sick

ELMAR

MICHAEL JECKS

De gehangene van Dartmoor

EEN SIR BALDWIN MYSTERIE

De gevangene van Dartmoor
is een uitgave van
Uitgeverij Elmar BV, Rijswijk, mei 2003
Oorspronkelijke titel: *A Moorland Hanging*
Oorspronkelijke uitgever: Headline Book Publishing, Londen
Copyright © 1996 by Michael Jecks
Nederlandse vertaling: Marten Hofstede
Copyright Nederlandse vertaling:
© Uitgeverij Elmar BV, Rijswijk, 2003
Omslagontwerp: Wil Immink

ISBN 90-389-1354-0
NUR 330

Voor Nicky, Martin, George,
en speciaal voor Keith en Lynn,
die mij als eersten hebben aangemoedigd
te gaan schrijven.

ᴄᴇʀ ɪɴʟᴇɪᴅɪɴɢ

Voor lezers die mijn twee eerdere boeken over de avonturen van sir Baldwin Furnshill en Simon Puttock niet kennen, volgt hier een korte introductie tot de geschiedenis in het begin van de veertiende eeuw.

Het eind van de dertiende en het begin van de veertiende eeuw betekenden een tijd van grote veranderingen voor de Europese bevolking. Onenigheid over het pausdom in Rome had de paus ertoe gebracht zijn zetel te verplaatsen naar Avignon in Frankrijk; daardoor werd de Franse koning Filips IV ("de Schone") de machtigste man van de christenheid, met een directe invloed op Christus' plaatsvervanger op aarde.

Hét bewijs voor het nieuwe gezag van de Franse koning vormt het lot van de "arme soldaten van Christus en de tempel van Salomo" – de tempelridders. Tweehonderd jaar lang waren zij de meest vooraanstaande instelling van Europa geweest, die alleen de paus zelf verantwoording schuldig was. De monniken beschouwden zich als strijders voor God en vochten voor de verdediging van het koninkrijk Jeruzalem. En zo sterk was hun geloof in de opdracht van hun orde om de bakermat van het christendom tegen de ongelovigen te beschermen, dat velen van hen daarvoor hun leven gaven. Deze mannen waren op zich ridders, maar gaven wereldse geneugten en persoonlijke rijkdom op om de plichten van hun geestelijke orde op zich te nemen: armoede, kuisheid en gehoorzaamheid.

De tempeliers kwamen op met de kruistochten en werden rijk door hun gewaagde handelstranscaties; men zou ze zelfs de eerste financiële dienstverleners kunnen noemen, die promesses uitgaven ter bevestiging van deposito's die dan in andere landen konden worden opgenomen. Aanhangers lieten hun grote legaten na, die rijke bronnen van inkomsten vormden voor de instandhouding van hun leger. Tegen het eind van de dertiende eeuw vormden zij een geduchte politieke en militaire macht.

Maar Filips IV had dringend geld nodig. In 1306 kwam hij in actie tegen een rijke maar impopulaire en weerloze groep. Op één dag werden alle joden in Frankrijk gearresteerd. Al hun bezittingen werden in beslag genomen en ten bate van de Kroon geveild. Ondertussen werden joodse burgers zonder een cent het land uitgezet. Alle schuldbewijzen van de koning aan de joden werden vernietigd, terwijl schulden van onderdanen nu aan de koning moesten worden betaald – en wel onmiddellijk. Al met al bleek dit een buitengewoon succesvolle actie, en al gauw begon Filips uit te kijken naar andere even rijke groepen die hij kon villen.

De tempeliers waren beslist geen gemakkelijk doelwit, maar rijk waren ze zeker – hoewel ze als religieuze orde de bescherming van de paus genoten. Hoe zou de koning zich van hun geld meester kunnen maken zolang de paus in naam verantwoordelijk voor hen was?

Gelukkig was paus Clemens V een man met zeer moderne opvattingen. Hij gaf alleen om zijn eigen rijkdom. Nuttig was ook dat hij vlak in de buurt was nu hij in Frankrijk woonde. Toch zou zelfs hij geprotesteerd hebben tegen het idee de tempeliers te beroven, en dus kwam de koning in actie zonder hem in te lichten.

In werkelijkheid was het lot van de tempeliers al eerder bezegeld, in 1291, toen het laatste belangrijke bolwerk in Palestina verloren ging, en daarmee de tempeliers hun hele bestaansrecht kwijtraakten. Akko was het enig overgebleven bezit van het oude kruisvaardersrijk van Jeruzalem. In april 1291 werd het aangevallen, en op 28 mei viel het onder de hevige bestorming van de moslems. Daarmee vervloog de hoop van de christenheid op het oude koninkrijk. Maar ook het respect voor de tempeliers had er zwaar onder te lijden. De val van Akko werd ook andere ordes niet in dank afgenomen, maar alleen de tempeliers hadden hun hoofdkwartier in Frankrijk, en dit werd hun noodlottig.

Op vrijdag 13 oktober 1307 – een dag die de geschiedenis zou ingaan als "vrijdag de 13e" – werd ieder lid van de orde in Frankrijk aangehouden. Over hun vernietiging zijn tal van wilde complottheorieën de wereld in gebracht, maar slechts één feit is absoluut en onontkoombaar: voordien waren de tempeliers rijk; nadien verdween die rijkdom. Filips was de aanstichter die hen van diverse misdaden beschuldigde, in een tijd dat hij dringend om geld verlegen zat. En al gauw liet de paus zich door de aanklachten van de koning overtuigen. Het kan zijn dat Clemens V financieel profijt trok uit de vernietiging van de orde, en dat dit hem de aantijgingen hielp geloven.

De orde werd ontbonden. Sommige ridders waren al dood. Andere, speciaal de meer vooraanstaande, belandden op de brandstapel. Van de rest verdwenen er velen in kloosters en sloten sommigen zich aan bij de Duitse ridders, de hospitaalridders of een van de andere ordes die aan de randen van het christelijke Europa tegen de ongelovigen streden.

In Engeland en Schotland is aan de beschuldigingen tegen de tempeliers nooit veel geloof gehecht. De Engelse koning, Edward II, vertrouwde hen omdat ze zijn vader hadden geholpen in gevechten tegen de Schotten en omdat hun overste was gesneuveld in de oorlog tegen William Wallace. Toen Edward een pauselijke missive kreeg waarin hem werd opgedragen zijn oude vrienden te arresteren, talmde hij enkele weken. Hij was een zwakkeling (die later aan de kant zou worden gezet door zijn vrouw en haar minnaar), en hij had al te veel vijanden om de tempeliers en hun steun op het spel te zetten. Tegen de tijd dat hij in actie kwam, was het merendeel van de tempeliers verdwenen – met hun schatten.

De meeste tempeliers werden nooit teruggevonden; sommige weken vrijwel zeker uit naar Schotland. In de slag bij Bannockburn, die voor Edward II zo ongelukkig eindigde, zou het vaandel van de tempeliers zijn opgedoken. De Schotse koning Robert I ("Bruce") was niet bang de paus tegen zich in het harnas te jagen – hij was al geëxcommuniceerd en zijn land was in de kerkelijke ban gedaan: de priesters mochten er geen heilige riten voltrekken.

In 1315 en 1316 ging heel Europa gebukt onder een vreselijke hongersnood. Zwakke economieën raakten ontwricht, speciaal die van Engeland en Frankrijk, en honderdduizenden mensen vonden de dood. Overstromingen vernietigden gewassen en hele kudden schapen. Bandietenbendes bevolkten de wegen, rovend en moordend om zich in leven te houden, en geruchten over kannibalisme deden de ronde.

Dit was een akelige, wrede tijd, waarin krijgsheren ruzieden en elkaar bevochten. Koning Edward kon niets uitrichten en gold voor een dwaas. Al gauw braken er tussen hem en de Fransen onenigheden uit, die een paar jaar later tot de Honderdjarige Oorlog leidden. Theologen maakten elkaar het leven zuur met disputen over finesses van het christelijk geloof, zoals de vraag of humor heiligschennis was. En toch vonden in diezelfde tijd mannen als Bacon de bril en het buskruit uit, werd aan de nieuwe universiteiten onderwijs in de klassieken gegeven en kwam de handel tot bloei. Slechts zeventig jaar later zou Chaucer zijn *Canterbury Tales* schrijven, en Froissart zijn *Chroniques*. Langzamerhand ontwikkelde zich het Engelse gewoonterecht, procederen maakte advocaten rijk – en tot voorwerp van afkeer!

Te midden van alle beroering heersten in sommige gebieden nog betrekkelijke rust en orde. Terwijl de kuststeden door piraten werden overvallen, Engelse bezittingen op het vasteland werden geannexeerd door de Franse koning, en de grensstreken onder de voet werden gelopen door Schotse plunderaars die ook Ierland binnenvielen, bleef het in het zuidwesten van Engeland rustig.

Dit was de tijd van sir Baldwin Furnshill, een voormalige tempelridder, en zijn vriend de baljuw van Lydford Castle, Simon Puttock.

Michael Jecks

Noot van de vertaler

Voor degenen die minder bekend zijn met de geschiedenis en geografie van Engeland, volgt nu een korte aanvulling over het gebied waar de Sir Baldwin mysteries zich afspelen. Het gaat hier om de zuidwestpunt van Engeland, met name het graafschap Devon, begrensd door Somerset in het oosten en Cornwall in het westen. Een belangrijk onderdeel van West-Engeland vormen de "Moors", de voor een deel met heide begroeide woeste gronden: Bodmin Moor, Exmoor en de "woeste gronden" waarvan sprake is in de sir Baldwin mysteries: Dartmoor, een gebied van bijna 800 km², bestaande uit met heide begroeide dalen, granieten rotspieken (de "Tors"), en moerassen.

Hier in Devon, en ook in Cornwall, werd tin gedolven, een metaal dat voor de Engelse economie van groot belang was. Met de opbrengsten hiervan financierden de Engelse koningen vanaf Richard I ("Leeuwenhart", 1189-1199) hun oorlogen. Dit belang leidde tot een soort aparte status van het gebied, met een eigen bestuur, onder de Lord Warden of the Stannaries, de inspecteur-generaal van de tinmijnen, die direct onder de koning stond, eigen belastingen, wetgeving en rechtspraak ("stannary law"), en zelfs een eigen parlement ("Stannary Parliament") van 24 leden, dat bijeenkwam bij de in dit boek genoemde Crockern Tor. In speciale "stannary towns" – in Devon waren dat Tavistock, Chagford en Ashburton – werd het tin gekeurd, gesmolten en gestempeld.

De aparte status van de tinmijnen bracht problemen met zich mee voor de "Lords of the Manors", de heren van de havezaten. Hun lokale economie dreef op het bezit van horigen, die hun land bewerkten en daaraan gebonden waren; maar zodra zulke horigen als mijnwerker in de tinmijnen gingen werken, vielen ze onder de Lord Warden of the Stannaries, en onder de "stannary law". Een havezaat zonder horigen was economisch niet levens-

vatbaar. Vandaar de conflicten waarover in dit sir Baldwin mysterie wordt verhaald.

Marten Hofstede

hoofdstuk 1

Terwijl Thomas Smyth zich op de lange, flauwe helling voortsleepte naar de rotsmassa bovenaan, was de man die weldra zou sterven het laatste waar hij aan dacht. Het enige dat Smyth bezighield was de zeurende pijn in zijn gespannen spieren, en de vraag hoever hij nog te gaan had.

Vlak voor het laatste stuk omhoog moest hij even uitrusten. Hijgend stond hij stil met de handen op de heupen. Met het invallen van de schemering werd het koeler, een opluchting na de zinderende hitte van de dag. Hij keek naar de steenmassa boven zich en glimlachte flauwtjes. Na deze expeditie moest hij wel accepteren dat hij geen jongeman meer was. Hoewel hij nog even jong van geest was als toen hij hier voor het eerst, als knaap van nog geen twintig kwam, was dat nu meer dan tweeëndertig jaar geleden. Thomas was de vijftig al gepasseerd.

Toen hij om zich heen keek, zag hij in het oosten dunne rookpluimen opstijgen: de verspreide groep keuterboerderijtjes langs de weg naar Chagford maakte zich klaar voor de avond. Hij kon het geblaf van een hond horen, het geroep van een man, luiken die voor ramen werden dichtgeslagen, en zo nu en dan het gebulk van ossen op stal. Na de ellende van 1315 en 1316, toen het hele rijk door hongersnood getroffen was, klonk het alsof de normale gang van zaken was teruggekeerd. Dit dorp midden in Dartmoor leverde het bewijs van de verbetering van het weer, dat nu, in 1318, eindelijk gezonde oogsten beloofde.

Maar Smyths smeulende woede, belette hem het tafereel rustig te aanschouwen. Hij voelde hoe zijn blik weg werd getrokken van het zuidoosten, waar de grijze mist veroorzaakt werd door zijn nieuwe ovenhuis, met de houtskooloven waarin de tin werd gesmolten die de voornaamste bron van zijn rijkdom was. Het waren de vuren in het noorden die hem opeengeklemde kaken en een woeste blik bezorgden, de vuren van de tindelvers die onlangs waren gearriveerd en die zijn land gestolen hadden.

Hij was hier niet geboren. Vele jaren geleden, toen hij nog als soldaat in de oorlogen tegen Wales diende, had hij voor het eerst gehoord van de enorme rijkdom die uit de winning van het zo overvloedig op de woeste gronden aanwezige erts kon worden verkregen. En dus was hij, toen de strijd voorbij was, naar het zuiden afgezakt met de bedoeling in die rijkdom te delen.

Destijds, in 1286, was hij een slungelige negentienjarige geweest – een armoedzaaier zonder toekomst. In die dagen was een groot deel van deze streek rondom de rivier de Dart nog onbewoond, en bewerkten slechts enkele tindelvers het land om winst te maken. De belastingen waren loodzwaar; ze werden geheven op ieder moment dat er geld nodig was om oorlog te voeren – en het kwam zelden voor dat de koning geen oorlog voerde. Velen hadden het land al in de steek gelaten toen Thomas arriveerde, wat hem in staat stelde zijn bedrijf tegen geringe kosten uit te breiden. In een paar jaar tijd had hij het gestaag zien uitgroeien, zodat hij nu mijlen in de omtrek de rijkste tindelver was, die anderen in dienst had om de ovens brandende te houden en de gietvormen vol tin... Dat hij geen eigenaar van het land was vond hij bijzaak – en een financiële besparing. Volgens zijn maatstaven was het land van hem: hij kon tin winnen en winst maken; hij kon stukken land afbakenen waar hij maar wilde; hij had een zetel in het parlement van het tinmijndistrict. Dit waren de oude rechten van de tindelvers van Devon, en hij maakte daar ten volle gebruik van.

Maar er waren anderen gekomen, die stukken land stalen die hij als de zijne beschouwde, en het voor hun eigen profijt bewerkten. Ze torpedeerden zijn streven en maakten hem daarmee belachelijk in de ogen van zijn buren. Het was onuitstaanbaar.

Grimmig richtte hij zijn ogen weer op de heuvel vóór hem en begon weer te klimmen.

Achter hem glimlachte George Harang tevreden. Hij had een glimp van Thomas' gelaatsuitdrukking opgevangen en wist genoeg. Eindelijk had de oude tindelver dus besloten zijn land en investeringen te verdedigen. Volgens George hadden de tegenmaatregelen al veel eerder moeten komen, maar dat zou niemand van hem horen. Daarvoor had hij te veel ontzag voor zijn heer.

Ze klommen langs de zuidkant van Longaford Tor omhoog en weldra ontwaarde George de gele gloed van een vuur bij de kegelvormige rotspunt aan de top. Met een knikje in de richting daarvan ging hij voor met een hand op zijn mes, maar er was geen reden tot behoedzaamheid. Zoals afgesproken wachtten de drie mannen op hen in de beschutting van het kleine grasbekken. Thomas Smyths knecht liep hen voorbij zonder veel aandacht aan hen te besteden en bleef met zijn armen over elkaar staan terwijl de bespreking begon.

George keek naar zijn werkgever en constateerde dat de innerlijke kracht die hij als jongeman had bewonderd, niet was afgenomen. Hoewel hij maar 1,68 meter lang was, had Smyth de bouw van een worstelaar met zijn gespierde armen en dijen en een borstkas zo rond en stevig als een wijnvat. Hij had een natuurlijk overwicht als hij in het gezelschap was van mannen die voor hem werkten en kon iedereen op zijn gemak stellen. Zoals altijd zat hij met de anderen bij het vuur, met zijn vierkante kin agressief vriendelijk naar voren gestoken, schitterende donkere ogen en dikke wenkbrauwen die elkaar bijna raakten onder de lok grijzend haar. In het zachte licht van de vlammen, dacht George, zou men zijn meester gemakkelijk voor een man van tien, of misschien zelfs twintig jaar jonger hebben kunnen houden. De felle schittering in zijn ogen, de uitvallen van zijn handen terwijl hij sprak, de snelle geestdrift in zijn woorden, alles leek te wijzen op een man in de kracht van zijn jaren, niet op iemand die al mijlenver in de omgeving tot de oudsten behoorde.

Toen Thomas uitgesproken was, hield hij nog even oogcontact met de andere mannen als om te bevestigen dat hij de juiste groep had uitverkoren. Daarna sloeg hij de twee dichtstbijzijnde mannen voldaan op hun rug. Hij stond op en begon, ditmaal in een sneller tempo, heuvelaf te lopen, gevolgd door George.

"Ze doen het," zei Thomas peinzend, terwijl hij met zijn handen in zijn brede leren riem gehaakt naar het oosten staarde nu ze in zuidelijke richting naar hun paarden liepen.

"Ja, heer," beaamde George, waarop zijn meester zich met een ruk omdraaide en hem scherp aankeek.

"Jij denkt dat ze hiervoor de juiste lui zijn?"

George knikte. "Harold Magge zou alles doen wat u vroeg," zei hij op besliste toon terwijl de vrijwel zwarte ogen de zijne vasthielden. "En Stephen de Crocker en Thomas Horsho doen wat Harold hun opdraagt."

Thomas keerde zich weer naar het uitzicht. "Goed," zei hij zachtjes. "Ik ben het zat. Ik wil mijn land terug."

Ondertussen dreef ten zuidoosten van hen Adam Coyt zijn laatste vee door de poort naar binnen, voordat hij met zijn honden langs de oude stenen wal ging om die op zwakke plekken te controleren.

Hij had zijn hele leven op de woeste gronden doorgebracht. Als jongetje had hij buiten gespeeld, en op de uitgestrekte golvende vlakten tussen Lydford en Chagford, in alle seizoenen naar de dieren gekeken. Konijnen en herten, wolven en vossen, hij kende ze evengoed als de dieren op zijn boerderij. Als man van de woeste gronden had hij nooit een ander leven gekend. Zijn vader had hier gewoond, en diens vader vóór hem, generatie na generatie had gewerkt in het onbarmhartige klimaat dat zo vaak degenen brak die het niet respecteerden.

Ja, Adam voelde zich nauw verbonden met het land, maar in zijn geval kwam dat gevoel van affiniteit voort uit ervaring en angst. Hoewel hij er goed geboerd had, had Dartmoor zijn tol geëist, zijn vrouw en zoon had het hem gekost. De woeste gronden kon hij dat niet verwijten; zo ging het daar nu eenmaal toe. Ze had er niet op uit moeten gaan toen het al sneeuwde, en ze was niet goed bij haar verstand geweest toen ze naderhand had proberen terug te keren. Voor Crockern, de geest van Dartmoor, moesten mensen respect hebben. Het had geen zin God om hulp te bidden als Crockern de ijzige winden eropuit had gestuurd om het land te geselen. Toen Adam haar opgerolde lichaam had gevonden, een hoopje ellende van blauwwit bevroren vlees, had hij gehuild, maar niet lang. Tranen hadden geen zin – hij had werk te doen. Een jaar later was ook zijn zoon gestorven, in de strenge winter van 1316, toen het voedsel bedierf onder de neergutsende regens. Adam had er zelfs niet om kunnen huilen. Hij had geprobeerd de jongen in leven te houden door hem van zijn eigen schamele portie te eten te geven, maar het was niet genoeg geweest en het gehuil was met de dag luider geworden zodat Adam bijna opgelucht was toen het zwakker werd en uiteindelijk ophield. Een maand later, toen de dooi was ingetreden, had hij de akelige reis naar de kerk van Widecombe gemaakt – het deerniswekkende lichaampje kon niet meer in zijn ton worden bewaard, ingezouten als een stuk varkensvlees, en hij wilde dat de jongen bij zijn moeder begraven werd.

Desondanks hadden de woeste gronden hem een goed leven

geschonken. Zijn vee gedijde, zijn leven werd niet geteisterd door de rampen van oorlog en ziekte waarover iedereen in de steden sprak als hij inkopen ging doen, en hij leefde in vrede, ver van anderen. Alleen de tindelvers stuurden zo nu en dan zijn leven in de war, als ze gaten groeven in het land dat hij nodig had als weidegrond, en de rivieren omwoelden waar hij zijn dieren liet drinken.

Voor een man van de woeste gronden als Adam Coyt bestond de wereld uit twee groepen mensen: degenen die net als hij van Dartmoor waren, en de rest – vreemdelingen – die uit andere delen van Devon of de wereld kwamen. Nu de avond viel, waren hun vuren te zien als glinsterende lichtpuntjes, sommige ver weg, andere dichterbij. Dit waren de plaatsen waar de tindelvers woonden. Hij slaakte een zucht, klopte zijn hond op de kop en ging op huis aan. Er was niets dat hij aan de invasie van ertszoekers kon doen.

Henry Smalhobbe geeuwde en ging op zijn gemak voor het vuur zitten. Hij was benieuwd wat het donkere erts hem zou opleveren. De afgelopen week had hij een nieuwe geul gegraven van de rivier de Dart naar zijn stukje grond, zodat hij stromend water zou hebben om de waardevolle tinsteen te kunnen onderscheiden van de lichtere aarde eromheen; dit was zijn eerste vuur sinds de geul af was, en zijn eerste poging in deze streek tin te delven.

Het was hard werken vergeleken met wat hij gewend was, en hij kreeg nog steeds te vlug blaren op zijn handen. Hij moest vele dagen erts verzamelen om een vuur de moeite waard te maken, maar dit lapje grond met struikgewas leek tenminste meer potentieel te hebben dan het vorige stuk grond dat hij onderzocht had. Gedurende het grootste deel van een jaar had hij een paar honderd meter van de smalle rivierbedding afgewerkt en het goede erts gescheiden van de nutteloze grond. Hij had de aarde langs de rand opgehoopt, totdat hij tinsteen opmerkte in een gat dat gegraven was om een vuur te maken. Geïnteresseerd was hij de grond in de buurt gaan inspecteren. Aanvankelijk was er weinig geweest, maar toen vond hij een rijk uitziende afzetting. Evenwijdig aan de oude rivierbedding leek een dikke laag tinsteen te lopen die zich slechts een decimeter of drie onder de grond bevond. Dus hij had zijn speurtocht in de rivier opgegeven en concentreerde zich nu op de voorraad die vlak onder de oude oevers lag.

De tengere man van tegen de dertig had slordig geknipt, muisgrijs haar en zag er oververmoeid uit, met gespannen gelaatstrekken en helbruine ogen, die een koortsachtige glans hadden. Hoeveel uur hij ook in de buitenlucht doorbracht, zijn huid bruinde nooit, maar nam alleen een ongezond rode kleur aan.

Bij het horen van een geluid wierp hij een blik over zijn schouder. Sarah, zijn vrouw, naderde met een kom bonensoep, een bord met brood en een pul bier. De donkere, mollige vrouw van een jaar of twintig glimlachte tegen hem, waardoor ze kuiltjes in haar wangen kreeg. Zo leek ze weer vijftien, wat ze was geweest toen ze elkaar voor het eerst ontmoet hadden. Ze bleef hem gezelschap houden en het deed hem genoegen dat ze niet over haar angsten begon. Ze hadden het vaak genoeg over de dreigingen en gevaren gehad. Het was zinloos de ene dag na de andere hetzelfde onvruchtbare onderwerp aan te snijden. Ze knikte naar het vuur terwijl hij zijn bier naar binnen goot. "Zit er veel tin in dat stuk grond, denk je?"

Hij keek naar de rokende houtskool. Dit was de gemakkelijkste manier om het metaal uit het erts te winnen. Je groef een gat en stak een vuur aan met lagen houtskool en daarbovenop erts. Als het vuur eenmaal gedoofd was, kon het tin er in puntige zwarte brokken uit worden gehaald. Hij brak een homp brood af en begon te kauwen. "Ik weet het niet. Het was donker en voelde zwaar aan, maar het is moeilijk te zeggen. Soms komt het beste metaal van de slechtst uitziende brokken, en soms levert de best uitziende tinsteen maar weinig op…"

Hij kon zien dat ze er met haar gedachten niet bij was. Haar blik was gericht op de flikkerende gloed in het noorden, waar hun buurman zijn hut had. "Het heeft geen zin je zorgen te maken, Sarah," zei hij zachtjes.

"Nee," beaamde ze, "maar ik wou dat hij 's avonds hierheen kwam en bij ons bleef. Het zou veiliger zijn, zowel voor ons als voor hem. Zolang we apart blijven…"

"Sarah, hij komt toch niet." Hij wierp een snelle blik op het verre vuur. "Trouwens, hij redt het wel."

"Smyths mannen hebben ons al zo vaak bedreigd. Als hij ons weg wil hebben, kan hij ons gemakkelijk aanvallen, en Peter is te ver bij iedereen vandaan, daar op de woeste gronden. Er is niemand om hem te helpen."

Haar echtgenoot ging staan en haalde zijn schouders op. "Ik weet het. Maar hij is ervan overtuigd dat hij veilig is. Hoe dan ook, waarom zouden wij bang moeten zijn? We zijn net als Smyth tindelver en we hebben dezelfde rechten als hij. Hij kan ons niet wegjagen."

Sarah knikte, maar haar ogen meden de zijne. Ze wist dat hij formeel gelijk had, maar dat maakte haar angst er niet minder om. Drie keer waren de mannen nu al langs geweest – twee keer terwijl Henry weg was om erts te delven. De eerste keer hadden ze alleen maar schunnige opmerkingen gemaakt. Ze waren om haar heen gaan staan en hadden haar belet te ontsnappen, toen ze er plezier in schepten haar te beledigen, door te vragen waarom ze nog geen kinderen had: lag het aan haar of aan haar man? Was hij niet goed genoeg? Misschien zou een andere man, een echte mijnwerker, beter zijn? En het enige wat ze kon doen, was zwijgend blijven staan, blozend van verlegenheid om wat ze zeiden. Die keer waren ze snel vertrokken.

De tweede keer was Henry bij haar geweest. Het ene moment waren ze nog met z'n tweeën, het volgende kwamen vier mannen met knuppels hun vertellen dat ze moesten maken dat ze wegkwamen, dat ze dit land moesten verlaten. In een vlaag van trots herinnerde ze zich hoe dapper haar man was geweest. Hij had haar achter zich geduwd om haar te beschermen en was tegen de mannen tekeergegaan. Zonder acht te slaan op hun dreigementen en gesiste waarschuwingen had hij koppig volgehouden dat hij recht had op het tin op zijn stuk grond. Even plotseling als ze verschenen waren, hadden de mannen hun hielen gelicht, maar nog uren daarna waren hun dreigende woorden in de lucht blijven hangen.

Het derde bezoek had haar de meeste angst aangejaagd. Terwijl zij alleen thuis was, was er een man binnengekomen, zonder kloppen. Ze herkende hem meteen: het was Thomas Smyth. Hij liep naar een stoel, ging zitten, en begon op kalme, zachte toon te praten, met zijn ellebogen op zijn knieën geplant en zijn verontrustende donkere ogen op haar gericht. Aanvankelijk had ze gedacht dat hij wartaal uitsloeg: hij had over zijn leven gesproken, over zijn huwelijk, daarna over zijn liefde voor zijn dochter – en pas toen was ze gaan beseffen dat hij haar probeerde te intimideren. "Ik zou het geen prettig idee vinden als mijn dochter zo ver bij iedereen vandaan was. Ik zou er niet graag aan denken dat ze gemakkelijk weduwe zou kunnen worden, voor zichzelf zou moeten zorgen, zoals jij dat zou moeten doen als je man hier op de woeste gronden om het leven zou komen."

Toen was ze razend geworden. Dat deze man haar huis durfde binnen te komen en haar durfde te bedreigen, ging alle perken te buiten. Het was zo schokkend dat ze haar angst vergat, haar houten lepel ophief en hem toeschreeuwde te vertrekken. Dat deed hij, met een cynische, half-geamuseerde blik op haar wapen, alsof hij het vergeleek met de zwaarden, messen en pijlen van zijn mannen. Maar bij de deur was hij blijven staan. Hij had omgekeken en haar weloverwogen gewaarschuwd: "Denk na over wat ik gezegd heb, vrouw Smalhobbe. Per slot van rekening zou je man op dit moment al dood kunnen zijn. Je zou al weduwe kunnen zijn. Denk daar eens aan."

De schrik van dat bezoek was ze nog niet kwijt. Die vreemde, donkere kleine man met de zachte stem, die haar vergeleek met zijn eigen dochter, had haar een indruk van wreedheid gegeven die in de loop der tijd niet vervaagd was. Ze wist dat haar man zich die avond zorgen om haar had gemaakt toen hij thuis was. Haar angst was maar al te duidelijk, want zodra hij arriveerde had ze zich in zijn armen gestort. Het had even geduurd voordat hij haar ervan had kunnen overtuigen dat er niets met hem aan de hand was – hij had de hele dag zelfs niemand gezien.

"Wil je hier weg?"

Zijn vraag kwam zo onverwacht en werd zo zacht uitgesproken dat ze zich afvroeg of ze hem goed verstaan had. Vandaar dat ze hem met grote ogen aankeek en vroeg: "Wat?"

Haar duidelijke verbazing bracht een droge grijns op zijn gelaat. "Ik zei: 'Wil je hier weg?' Ik wil dat niet, maar als jij hier geen rust kunt vinden, moeten we misschien ergens anders heen verhuizen."

"Maar…" Ze zweeg en dacht na. Dit land was het enige plekje dat ze op de wereld hadden. Ze waren hier gekomen – was het nog maar een jaar geleden? – om te proberen een nieuw leven op te bouwen nadat ze hun oude huis waren kwijtgeraakt, en hadden met Gods hulp een schamel kostje kunnen verdienen. Als ze hier weggingen, zouden ze zich dan ooit nog ergens anders kunnen vestigen? Voor de eerste keer dacht ze na over de keuzes die ze sinds het eerste bezoek van Smyths mannen nog hadden: blijven en het risico lopen door hun rijke en machtige buurman te worden gemolesteerd, of weggaan en elders een nieuw bestaan trachten op te bouwen. Ze hadden dat een jaar lang geprobeerd voordat ze naar deze woeste gronden waren gekomen, en alleen de gedachte deed haar al huiveren. Ze kon dat niet weer onder ogen zien.

Ze keerde zich naar haar echtgenoot toe en keek hem een minuut lang recht in de ogen. "We blijven," zei ze.

Hij schonk haar een tedere glimlach. "We hebben tenminste elkaar."

"Ja," fluisterde ze, en onwillekeurig ging haar angstige blik in de richting van Peter Bruthers vuurtje, zo nietig en verloren in zijn eenzame verte.

De beslissing om te blijven had Sarah een innerlijke leegte van angst bezorgd. Het toevluchtsoord dat hun nog maar een paar weken tevoren zo veilig had geleken, was even onveilig gebleken als alle andere plaatsen waar ze zich hadden proberen te verbergen. Zij had tenminste haar man bij zich, dacht ze. Die arme Peter Bruther had niemand. Hoe zou hij zich kunnen verdedigen, zo helemaal alleen daarbuiten, als Thomas Smyths mannen hem aanvielen?

Na van zijn paard te zijn gesprongen en de wachtende stalknecht de teugels te hebben toegeworpen, liep sir Robert Beauscyr snel naar de trap die naar de oude zaal leidde. Zijn smalle gezicht was bleek en zijn lippen waren tot een dunne lijn samengeknepen. Hij nam de trap met twee treden tegelijk, wierp de grote deur open en ging door het gordijn de zaal binnen.

"Vader!" begon hij op gebiedende toon. "Die verdomde idioot van een horige…"

"Stil!" De boze kreet van zijn anders zo bedaarde vader snoerde Robert de mond, en nu merkte hij de andere twee mannen in de kamer pas op. Terwijl hij hen behoedzaam in ogenschouw nam, zakte zijn woede. Een van hen – breedgeschouderd en met de machtige rechterarm die een levenslange training voor de oorlog verried – herkende hij meteen.

Sir Robert kon zien dat zijn jongere broer volwassen geworden was. De tengere, lenige jongen van veertien die zes jaar eerder het huis had verlaten, was een getaande krijgsman geworden. Kalme blauwe ogen hielden de zijne gevangen, maar het gezicht was veranderd: de neus was gebroken, en een dik litteken ontsierde zijn rechter jukbeen, wat, dacht Robert, beslist al de vrouwen in Exeter zou aantrekken.

Van zijn kant was John Beauscyr niet onder de indruk van de aanblik van zijn broer; hij moest zelfs een grimas van weerzin onderdrukken. Robert, altijd meer een boekenwurm dan een krijgsman, had het magere, ascetische uiterlijk van een priester; zijn huid was wasachtig door te veel binnenshuis doorgebrachte uren. Zelfs zijn handdruk voelde slap en deerniswekkend aan. John was er zeker van dat zijn oudere broer als koopman een beter figuur zou slaan dan als ridder, en het was hem dan ook een doorn in het oog dat hij in de loterij des levens als laatste geboren was: het was Robert, niet hij, die de oude havezaat Beauscyr in Dartmoor zou erven.

De tweede bezoeker was een lange man, die iets verder bij het vuur vandaan stond, alsof hij op de achtergrond wilde blijven tot hij er zeker van was dat sir Robert geen gevaar vormde. Nu hij John zijn broer had zien verwelkomen stapte hij naar voren, en sir Robert werd getroffen door de kracht die hij uitstraalde, niet alleen spierkracht, ook doelgerichtheid en wilskracht. John stelde hen aan elkaar voor. "Robert, dit is mijn heer, sir Ralph van Warton. Ik ben nu meer dan twee jaar zijn schildknaap. Sir Ralph, dit is mijn broer."

Sir Robert wierp een snelle blik op zijn vader en gebaarde toen naar de wachtende dienaar. "sir Ralph, het doet mij genoegen dat u ons bent komen bezoeken, u bent van harte welkom. Blijft u hier enige tijd?"

Sir Ralph boog minzaam het hoofd. "Niet lang waarschijnlijk. Dit is gewoon het laatste stadium van onze reis naar de kust. Ik beken dat ik de huidige staat van het rijk deprimerend vind; ik zal blij zijn als ik kan vertrekken."

Sir William knikte, en gaf de dienaar opdracht meer wijn en wat koud vlees te halen. "Sinds de hongersnood zijn er nauwelijks genoeg horigen om de velden te bewerken."

"Maar het is hier rustig."

"Ik neem aan van wel. Hier zijn we tenminste veilig voor de overvallen van die moordenaars uit Schotland."

"Het is duivelsgebroed," gaf sir Ralph toe.

"Zeker, heer. Krankzinnig! Ze moeten gek zijn. Eén overwinning en ze schijnen te denken dat ze ongestraft zover in het rijk kunnen oprukken als ze willen. Beseffen ze niet dat ze zich het ongenoegen van de paus op de hals halen? Hun aanvoerder is al geëxcommuniceerd, geloof ik – willen ze dat hun hele land in de ban wordt gedaan?"

"Dat is het al." Het was John die zich dit liet ontvallen, en Robert zag met interesse dat zijn ridder hem een scherpe blik toewierp. Het was alsof John plotseling besefte iets verkeerds te hebben gezegd, want hij bloosde. Sir Ralph nam daarna het woord, terwijl de dienaar hem een kroes wijn aanreikte.

"Ja, de Schotten hebben een interdict opgelegd gekregen. De paus heeft besloten hen te straffen vanwege hun weigering het geschil met koning Edward bij te leggen, die per slot van rekening hun leenheer is."

"Goed," zei sir William, terwijl hij met een voldane glimlach in zijn handen wreef. "Laten we hopen dat ze van hun dwaalwegen terugkeren. Misschien zullen ze nu inzien dat ze zich niet in leven kunnen houden door maar te stelen wat ze wensen. Die Schotten zijn niet meer dan een stelletje bandieten."

"Daar komt nog bij, dat het ook iedere kans op een nieuwe kruistocht naar het Heilige Land tenietdoet, en dat is wat de paus graag zou willen," vervolgde sir Ralph, terwijl hij in zijn kroes staarde. "Zolang de Schotten invallen blijven doen in het noorden, nu de Franse koning het zuiden bedreigt, kan van koning Edward nauwelijks worden verwacht dat hij naar Palestina reist. De wens van de paus een nieuwe poging te wagen om het Heilige Land te veroveren zal een vrome wens moeten blijven."

"Maar de paus probeert tenminste de Schotten in het gareel te krijgen."

"Ja, heer. En het nieuws uit Ierland klinkt beter. 's Konings opperstaatsraad daar heeft de Schotse indringers kennelijk teruggedreven. God zij dank voor een verstandig man die zijn troepen kan aanvoeren!"

"Als eh… als er een nieuwe kruistocht zou komen, sir Ralph – zou u dan meegaan?" vroeg sir Robert, en hij kon terstond een scherpe blik van de ridder incasseren.

"Ja, heer. Ik ben zoals uw broer hier. Ik heb geen bezittingen; mijn broer heeft alles van onze vader geërfd. Waar ik naar snak – wat ik nodig heb – is een gelegenheid om roem en gunsten te verwerven. Waar zou een ridder anders moeten zijn dan in de strijd? Als er een nieuwe kruistocht was, zou ik roem en rijkdom kunnen verwerven. Maar er komt geen kruistocht. Niet zolang de Franse en de Engelse koning bij iedere gelegenheid met elkaar kibbelen. Nee, ik zal niet naar Palestina gaan, maar ik wil de zee oversteken om nieuwe landen te zien en te vechten. Er zijn oorlogen in Italië waar een ridder flinke bedragen kan verdienen. Misschien ga ik daarheen."

Terwijl hij gebaarde om meer wijn te laten aanrukken, liet sir William een boer. "Ja, de Italiaanse steden bieden goede kansen," gaf hij toe.

Sir Ralph knikte, maar zijn grijze ogen bleven op sir Robert gericht. Even later schraapte John zijn keel.

"En hoe is het met het landgoed? De havezaat ziet eruit alsof ze nauwelijks geleden heeft, vergeleken met de rest van het rijk."

"We hebben geluk gehad," beaamde sir William. "Onze landerijen hebben niet zoveel te verduren gehad als andere. En er zijn niet veel horigen gestorven."

"Maar sommigen zijn weggelopen."

Sir Roberts scherpe toon deed zijn broer en de ridder opkijken. Zijn vader opende zijn mond om iets te zeggen, maar sir Robert herhaalde met een snel opkomende woede nu hij zich het voorval herinnerde: "O ja, sommigen zijn weggelopen. Zoals Peter Bruther..."

John fronste zijn wenkbrauwen: "Wie, de zoon van de oude Martha?"

"Ja. Zij is overleden, en hij is zo'n negen maanden geleden ervandoor gegaan. We dachten dat hij naar het oosten was getrokken, om te proberen zijn vrijheid te verkrijgen, maar vandaag heb ik hem op de weg naar Exeter gezien. De idioot is kennelijk niet ver weg gevlucht, hij is alleen maar naar de woeste gronden gegaan. Hij zag mij ook en nam de moeite mij staande te houden om te laten zien dat hij niet bang meer voor ons is, het hondsvot."

"Heb je hem een pak slaag gegeven?" vroeg zijn broer nieuwsgierig.

"Hij was omringd door mijnwerkers, die als lijfwachten om een koning stonden. Ik kon niets doen. Als ik hem een lesje had geleerd, zouden ze mij hebben aangevallen." Sir Robert staarde in het vuur, terwijl John een grins over deze zwakheid niet kon onderdrukken.

Sir Ralph haalde zijn schouders op en zei: "Wel, als u hem wilt pakken, ga dan achter hem aan. Als een horige wegloopt, moet hij een jaar en een dag vrij blijven om zijn vrijheid te verkrijgen. Als hij nog geen jaar weg is, hebt u alle recht om hem terug te brengen."

"Niet hier, sir Ralph. De woeste gronden zijn anders. En anderen zullen hem ermee zien wegkomen, ongestraft! Daar zal hij voor zorgen: de schurk beloofde dat, en lachte mij uit. Hij – een horige – lachte mij uit!"

Sir William keek bezorgd. "Dit zou slecht kunnen zijn voor het landgoed. Wat kunnen we er aan doen? Als we niets doen, zullen de andere horigen zien dat ze kunnen gaan wanneer ze dat willen, en zal de havezaat failliet gaan door een gebrek aan arbeiders. Maar als we hem terug proberen te halen, zouden we de mijnwerkers op ons dak kunnen krijgen."

John maakte zich geen zorgen. "Laat de inspecteur-generaal van de tinmijnen in Lydford dat maar uitzoeken. Hij draagt rechtens verantwoordelijkheid voor de tindelvers in Devon. Peter Bruther moet terugkomen, en de inspecteur-generaal kan ervoor zorgen dat hij dat doet."

"Misschien heb je gelijk," mopperde Robert. Daarna verraste hij John met een woedende uitbarsting: "Eén ding weet ik wel: als ik die rotzak alleen te pakken krijg, daarbuiten op de woeste gronden, zal het hem spijten dat hij mij heeft uitgelachen."

"Je moet een mijnwerker geen kwaad doen," protesteerde zijn vader zachtzinnig.

"Ik? Ik moet geen horigen laten weglopen, vader, en u zou dat ook niet moeten doen!"

Hoofdstuk 2

"In 's hemelsnaam, Simon!"

"Wat?" Simon Puttock draaide zich om in het zadel en tuurde naar zijn vriend.

Zijn metgezel zuchtte dramatisch, maar toen hij de uitdrukking op Simons gelaat zag, barstte hij onwillekeurig in een schaterlach uit. "Jouw chagrijnige gedoe, wat anders? De hele weg zit je al als een beer met één poot in een klem te kermen over dit bezoek. Ben je van plan dat vol te houden tot we er zijn? Waar maak je je zo druk over? De reis is niet lang, aan het eind ervan wacht een maaltijd, en het weer is tenminste goed voor een ritje over deze woeste gronden waar je mij zoveel over verteld hebt."

Simon, baljuw van Lydford Castle, haalde boos zijn schouders op. Hij moest in elk geval erkennen dat het laatste deel van de uitspraak klopte. Van deze plek, aan de uiterste oostrand van Lydford, zagen de woeste gronden er aanlokkelijk uit in de zonneschijn – een bedrieglijke reeks zich vaag aftekenende groene heuvels in de verte, golvend en in elkaar overgaand, met een helgele en gouden toets waar het zonlicht de brem te pakken kreeg, en met zo nu en dan een likje purper en mauve waar de heide groeide. Het tafereel deed denken aan de kleurrijke gewaden van een keizer, de hellingen waren hier en daar met wit doorspikkeld waar schapen graasden. Boven hen zweefde een havik aan een onbewolkte hemel, terwijl vóór hen water glinsterde in beken en plassen.

Maar het uitzicht schonk hem geen troost, en het ergste van alles was dat de baljuw betwijfelde of hij zijn problemen volledig zou kunnen verklaren. Het was nu twee jaar geleden dat hij sir Baldwin Furnshill voor het eerst had ontmoet, de heer van Furnshill Manor bij Cadbury, en de twee mannen waren nauw bevriend geraakt. Zoals Simon, na moordzaken met hem te hebben onderzocht, wist, was Baldwin listig en geleerd; hij wist heel wat van de wet af – speciaal nu hij vrederechter was – maar de problemen waar Simon dagelijks mee te kampen had, zouden zelfs voor een man die thuis was in juridische zaken, onbegrijpelijk zijn. Hoewel Baldwin in zijn jeugd veel gereisd had, was hij in die dagen een lid geweest van een rijke, machtige organisatie. Plaatselijke kwesties waren een heel ander verhaal.

De baljuw wierp hem een weifelende blik toe. In het zonlicht zag Baldwin er gebruind en fit uit, en lichtte de dunne messnee op zijn wang rood op. Zijn bruine ogen gingen zelfverzekerd over het land vóór hen, en met zijn krachtige, vierkante gelaat zag hij eruit als het prototype van de moderne ridder. Maar de netjes geknipte baard die de lijn van zijn kaak volgde, viel uit de toon, evenals zijn kleding. De oude tuniek was gevlekt en versleten, zijn broek verschoten en stoffig, wat hem er deed uitzien alsof hij tot armoede vervallen was. Het was niet zo, wist Simon, want de landerijen van de ridder waren welvarend, maar het kon Baldwin gewoon niet schelen hoe hij eruitzag. Hij vond het best voor arm door te gaan als anderen wilden geloven dat hij dat was.

"Kom op, Simon. Hoe kun je op een dag als deze zo ongelukkig zijn?" vroeg Baldwin. Hij vond het niets voor zijn vriend om zo in zichzelf gekeerd en ver weg te zijn. Gewoonlijk was het Baldwin zelf die ten prooi was aan sombere gedachten, en Simon die hem weer naar het heden moest terughalen. Maar dit keer niet. Baldwin was ontspannen en verkwikt na drie dagen bij de baljuw te hebben gelogeerd, en hij kon zich niet voorstellen waarom de boodschap van een obscure havezaat in de omgeving van Widecombe zijn vriend zo van zijn stuk had gebracht.

Simon reed een tijdje in stilte naast hem, op en neer deinend in de maat van de sukkelgang van zijn paard. "Het zijn die verdomde tindelvers, Baldwin," zei hij ten slotte. "Overal waar zij opduiken, ontstaan moeilijkheden."

"Maar deze Beauscyr heeft toch maar een simpele klacht?"

"Het is niet zo gemakkelijk als het lijkt," gromde Simon. "Dit is niet zoals jouw havezaat, waar je het recht hebt je boeren te behandelen zoals je wilt. Dit is een kroondomein."

"Een kroondomein?" herhaalde Baldwin weifelend.

"Ja. Het was een jachtgebied voor de koning totdat hij Piers Gaveston tot graaf van Cornwall maakte en het aan hem schonk. Sinds de moord op Gaveston is het weer aan de koning toegevallen – en de tindelvers vallen onder de jurisdictie van de koning."

"Hoezo?"

De baljuw gaf uitleg. "Er is altijd een heleboel tin op de woeste gronden geweest, en de exploitatie daarvan is voor veel mensen een lucratieve zaak geworden – niet in de laatste plaats voor de koning. Edward heft belasting op al het metaal dat hier wordt gedolven, en dus heeft hij de tindelvers rechten gegeven om hen en hun belangen te beschermen. Ze mogen zo ongeveer alles wat hen helpt om tin te vinden."

"Maar de man is toch een weggelopen horige? Dit geldt niet voor hem."

"Ik wou dat het zo was. Het probleem is dat hij een tindelver is geworden zodra hij grond afbakende. Daaruit volgt dat hij deel uitmaakt van het kroondomein. Beauscyr zal het niet leuk vinden, maar zijn horige werkt nu voor de koning. Beauscyr kan daar weinig aan doen."

"Nou, dan moet Beauscyr maar accepteren dat hij zijn horige kwijt is, of hij dat nu leuk vindt of niet. Hij kan een verzoek aan de koning richten als hij het gevoel heeft dat hij een aanspraak kan doen gelden."

Simon bekeek zijn vriend met een verbitterde blik, waarop de ridder hem een onschuldige, opgewekte blik van onbegrip schonk. Simon zuchtte. "Sir William Beauscyr zal het niet zo zien, sir Baldwin," zei hij droogjes. Om dit sarcastische gebruik van zijn titel gniffelde de ridder, maar de baljuw bleef de zaak somber inzien. "Wat hem aangaat heeft hij ook rechten – dezelfde als jij of ieder ander. Deze man was zijn horige; hij is weggelopen, en dus moet hij worden teruggebracht."

"Tenzij de man nu onder 's konings bescherming valt," zei Baldwin luchtig.

"Tenzij nu de koning over hem gaat," beaamde Simon. "De moeilijkheid is dat veel horigen weglopen en zich mijnwerkers noemen, enkel om aan hun heer te ontkomen. Sommige mannen op de woeste gronden doen aanspraak gelden op tinmijnrechten en -privileges – dat wil zeggen, ze hebben verklaard dat ze tindelvers zijn en gedragen zich zo – totdat ze een nieuwe belasting opgelegd krijgen. Dan veranderen ze plotseling van gedachten en zeggen dat ze kooplui zijn, of boeren, of houtvesters... wat dan ook! Beauscyr beweert dat deze man – hoe heette hij ook weer? Peter? – zich uitgeeft voor een tindelver omdat het hem van pas komt, maar dat hij niet van plan is tin te delven."

"Dat begrijp ik niet," zei Baldwin. "Wat voor zin zou dat hebben? Het betekent alleen dat hij de ene heer voor de andere heeft verruild. Het betekent niet dat hij vrij is..."

"Ja, dat doet het wel," zei Simon met nadruk. "Als tindelver heeft hij het merendeel van de rechten van een vrij man – daar draait het om. Hij kan naar hartelust tin delven, zolang als hij wil. De tindelvers hebben al sinds onheuglijke tijden oude rechten, zodat de koning er zeker van kan zijn dat ze er zoveel mogelijk van naar boven halen. In elk geval leveren hun inspanningen hem ieder jaar een vermogen op. De koning stelt een paar regels voor de mijnwerkers vast, en zij maken hun eigen wetten. Daarom kunnen ze op de woeste gronden hun gang gaan. Ze hebben het recht, hun door de koning gegeven, om er op ieders grond naar tin te graven, om turf te steken als brandstof voor hun vuren, om water om te leiden voor hun uitgravingen – vrijwel alles. Deze Peter Hoe-heet-hij-ook-weer wist wat hij deed toen hij wegliep. Hij is zo goed als vrij. En deze verdomde idioot van een Beauscyr wil dat ik – ik! – problemen oplos die al eeuwen broeien..."

Baldwin grinnikte terwijl zijn vriend door bleef mopperen. Met zijn tweeëndertig jaar was Simon zo'n dertien jaar jonger dan hij, en dit soort woede-uitbarstingen associeerde Baldwin meestal met de woeste roodharige mannen van het noorden. Maar de ridder wist dat deze driftbuien nooit lang duurden. Onder normale omstandigheden was de lange Simon met zijn donkere huid en bruin, bijna zwart haar, een gelijkmoedig mens, die accepteerde wat het leven voor hem in petto had, en naarmate hij ouder werd, bestudeerden zijn grijze ogen de wereld met een afstandelijke kalmte die een scherpe geest camoufleerde. Doordat hij een opleiding had genoten, was hij erin getraind naar argumenten te luisteren om een eerlijke en redelijke koers in elk dispuut te vinden, een eigenschap die Baldwin geruststellend vond bij een man die verantwoordelijk was voor het welzijn en de lotgevallen van anderen. De logische geest van de baljuw kon de meeste verzoekers tevredenstellen, en het kwam zelden voor dat hij boos werd, als dingen unfair leken of mensen onverzoenlijk.

Speelde frustratie een rol omdat hij moest gaan bemiddelen tussen twee partijen wier opvattingen en wensen zozeer met elkaar in strijd waren? Uit het weinige dat Baldwin erover gehoord had, bleek dat Simon niet veel kans had het beide partijen naar de zin te maken. De behoeften van de tindelvers en de landeigenaren op de woeste gronden waren te zeer met elkaar vervlochten en tegelijk te uiteenlopend dan dat ze een gemakkelijke oplossing toelieten – de koning zelf zou een compromis moeten uitvaardigen. Baldwin besloot zijn vriend op te beuren door over diens zoon te beginnen.

"Ik ben blij, Simon, dat jouw eigen Peter het goed maakt."

De baljuw reageerde met een spottende grijns. "Dank je wel dat je van onderwerp verandert, ja, met Peter gaat het goed, God zij dank! En Hugh is dol op hem." De jongen was een langverbeide zegening. Simon en zijn vrouw Margaret waren dol op hun dochter Edith, maar beiden hadden naar een broertje voor haar verlangd. Het jaar tevoren waren hun wensen eindelijk in vervulling gegaan, en Simons knecht Hugh was direct aan de baby gehecht geraakt, een feit dat zo nu en dan tot gekibbel leidde omdat zowel hij als Simons dochter op hem wilden passen.

Verderop vroeg Baldwin: "Heb je gehoord over de gebeurtenissen aan de Schotse grens?" Terwijl de baljuw hem verbluft aankeek, vervolgde hij: "Het schijnt dat de paus zo razend was over de oorlogen tussen de Schotten en de Engelsen dat hij twee kardinalen heeft gestuurd om te proberen een vergelijk tot stand te brengen."

"Een vrede tussen Robert Bruce en Edward komt er nooit! Geen van 's konings mannen wenst Bruce te zien behouden wat hij gestolen heeft, en hij zal het ook niet allemaal prijsgeven."

"Ach, nu de Ieren zijn begonnen zijn mannen terug te dringen, zal hij misschien aanvaarden dat zijn veroveringen daar zover zijn gegaan als mogelijk is. Het kan zijn dat hij eindelijk gaat overwegen in vrede toe te stemmen."

"Ik weet het zo net nog niet. Iemand zoals hij heeft geen eergevoel. Hij heeft een eed van trouw aan de vader van de koning gezworen toen hij graaf van Carrick was – hoe zou men hem weer kunnen vertrouwen?"

"Gemakkelijk genoeg, waarde vriend. Dat was een politieke belofte," zei Baldwin cynisch. "Sindsdien is hij tot koning gekroond. Per slot van rekening is onze eigen gezegende vorst Edward een vazal van Frankrijk voor Gascogne, en toch heeft hij koning Filips geen hulde bewezen."

"O, maar dat is iets anders. Koning Edward is een man van eer, en hij is de laatste paar jaar naar Frankrijk gegaan om hulde te brengen – maar hoe vaak mag dat van hem worden verwacht?

Iedere keer dat hij terugkeert, gaat de Franse koning dood en moet hij weer op weg gaan om diens opvolger trouw te zweren. Nee, dat ligt anders met die gek uit Schotland. Hij weigert te komen en zijn Engelse koning hulde te betuigen."

"Ik ben er niet zeker van dat het zo simpel ligt, Simon. Niettemin, we kunnen alleen maar hopen op vrede. Nog meer oorlog is het laatste dat dit land kan gebruiken."

"Hebben de kardinalen het er goed afgebracht?"

"Nee. Niet helemaal," zei Baldwin, en toen gniffelde hij stilletjes. Bedaard, alsof hij woord voor woord met zorg koos, voegde hij eraan toe: "In feite ontmoetten ze onderweg enig ongerief. In juli van het afgelopen jaar zijn ze op onze kusten aangeland, maar naar het schijnt zijn ze pas veel later in Schotland verschenen. Tussen York en Durham zijn ze blijkbaar op een groep struikrovers gestuit en beroofd."

"Hoe liep dat af?"

"O, ze zijn ongedeerd gebleven. Het is meer hun trots die een deuk heeft opgelopen! Natuurlijk zijn hun paarden en hun geld gestolen, maar verder zijn ze ongemoeid gelaten. De extra lichaamsbeweging zal de eerwaarde kardinalen vermoedelijk goed hebben gedaan."

"Ik veronderstel dat elke kans op vrede daarmee verspeeld is. Als die verdomde Schotse rebellen het wagen de kardinalen van de paus te overvallen en te beroven op weg naar een ontmoeting met hun heer..."

"Ah, Simon!" De ridder brulde van het lachen, zodat zijn vriend hem verbluft aanstaarde. "Je moet niet te vlug conclusies trekken! Het zijn niet de Schotten geweest die de kardinalen hebben overvallen, het was een bende onder leiding van een Engelsman."

"Geen Engelsman zou dat durven!"

"Het was sir Gilbert Middleton. Hij had voor de misdaad gekozen. Volgens zeggen was zijn motief dat de koning niet in staat was mensen in de noordelijke grensgewesten te beschermen, en dat hij daar net zo goed van kon profiteren. Eind vorig jaar is hij gepakt en ik verwacht dat zijn hoofd op dit moment in Londen op een lans staat, vanwege de last die hij de koning bezorgd heeft."

"Hoe ben je hierachter gekomen?" pruttelde Simon, zowel verongelijkt door het gelach als geamuseerd.

"Doodeenvoudig," vertelde de oudere man hem. "Ik praat met reizigers. De meeste mensen vertellen hun nieuwtjes maar al te graag aan iemand die daar belang in stelt. En soms zoeken... vrienden mij nog wel eens op."

Ze verdiepten zich beiden in het verleden. Meer dan tien jaar waren verstreken sinds de aanhouding van de "arme soldaten van Christus en de tempel van Salomo", de tempelridders, en hier in Engeland waren ze nagenoeg vergeten. Hun landerijen waren verdeeld en verkocht, of in handen van hun rivalen, de hospitaalridders. Maar Baldwin noch Simon kon de orde vergeten, want Baldwin was lid geweest van de vogelvrij verklaarde en in ongenade gevallen groep.

Er bestond een opvatting, die in Engeland en Schotland veel aanhangers had, dat de tempelridders onschuldig waren aan de misdaden waarvan zij beschuldigd werden en dat ze alleen maar het slachtoffer waren van een door de Franse koning uitgebroed complot om zich van hun rijkdom meester te maken. Nadat de orde was vernietigd werden veel van haar voormalige leden door de Engelse koning als diplomaten gebruikt. Andere leden van de militaire orde werden in Schotland verwelkomd, waar koning Robert I zoveel getrainde soldaten kon gebruiken als hij kon vinden. Er waren meldingen dat de "Beauséant", de zwart-met-witte vlag van de tempeliers, in Bannockburn was gezien, waar de Engelse troepen zo'n verpletterende nederlaag hadden geleden. En dus was er in het hele land een groot aantal mannen die al kameraden van sir Baldwin van Furnshill waren geweest, voordat hij vrederechter in Crediton was geworden, en hij had vaak gasten op zijn kleine havezaat. Hoewel Simon dat wist, vroeg hij er maar niet al te diepgaand naar.

"Zo, dus de paus wil ook vrede," mijmerde Simon na een tijdje. "Dat zou kunnen helpen. Misschien kan hij Bruce overhalen met zijn overvallen te stoppen."

"Sla zijn vermogen om een eind aan de oorlogen te maken niet al te hoog aan, vriend," zei Baldwin met een zure glimlach. "Per slot van rekening heeft de paus Bruce al geëxcommuniceerd. En als jij tot koning der Schotten gekroond was, zou je het waarschijnlijk ook niet op prijs stellen een brief van de paus te krijgen met als adressering 'Gij die uzelf koning van Schotland noemt'. Als paus Johannes vrede wil, zal hij beter zijn best moeten doen!"

Ze grinnikten hier nog steeds om toen ze een flauwe helling afreden vanwaar de woeste gronden in al hun uitgestrektheid te zien waren. Voor Baldwin, die de streek niet kende, was het een ontzagwekkend gezicht. Helgroen gras, voor een deel dun en afgegraasd door vee, voor een deel lang en stakig als rietstengels, werd her en der doorsneden door zilveren sporen van glinsterend water dat in blauwe plassen sijpelde. Hun pad was een donkere kronkellijn tussen golvende heuvels met brokken graniet. Het was een landschap dat in de winter naargeestig zou zijn geweest, dacht Baldwin, maar dat nu vol beloften leek met het gejubel van leeuweriken aan de heldere hemel en het voortdurende geklater van water.

Ettelijke mijlen reden de ridder en zijn vriend zonder een mens te zien. Het pad was druk begaan, het gras was platgetreden en hier en daar verdwenen, maar er was geen teken van bewoning. Het terrein was op alle mogelijke plekken bezaaid met grijze zwerfkeien. Hun weg voerde hen een laag dal in, en weldra volgden ze de zoom van een klein bos op de steile berghelling, waar de bomen tussen de stenen en zwerfkeien groeiden.

"Goeie God, Simon. Wat is hier gebeurd?"

De bomen verschilden van alles wat de ridder ooit eerder gezien had; ze leken verschrompeld. Stuk voor stuk waren het onvolgroeide, misvormde karikaturen van de woudreuzen die hij van zijn landerijen kende. Geen boom was meer dan zes meter hoog, en het merendeel was veel korter.

"Fijn dat het een verrassing voor je is," zei Simon meesmuilend. "Je laat mij altijd verbaasd staan met je verhalen over vreemde landen, dus ik ben blij dat ik ook eens iets terug kan doen."

"Maar wat is er met deze bomen gebeurd? Waarom zijn ze zo... misvormd is het enige woord dat ik ervoor kan bedenken. Dit zijn toch eiken?"

"Ik denk het wel, ja." Simon keek naar de bomen langs het pad. "Hier in Wistman's Wood worden ze niet hoger."

"En elders op de woeste gronden?"

"Ik heb gehoord dat er meer plaatsen zijn waar de bomen er zo uitzien, maar ik ben er nog niet geweest. Al de andere bomen die ik gezien heb, waren normaal."

"Merkwaardig zijn ze zeker. Al de takken wijzen dezelfde kant uit – had je dat gezien?"

"Het is alsof ze naar iets wijzen, vind je niet? Ik heb gehoord..."

"Ja?"

"Nou, je kent de verhalen toch wel? Over de duivel en zijn troep blaffende hellehonden die op jacht zijn naar verloren zielen? Nu zie je waar die verhalen vandaan komen, Baldwin, van de woeste gronden. Ze zeggen dat de hellehonden hier te horen zijn als de wind hard waait."

Baldwin wierp hem een gemelijke blik toe. "Je denkt zeker dat die honden hier komen om tegen de bomen te plassen? Dat pis van hellehonden die takken doet afsterven, en de eiken daardoor aan één kant doodgaan? Werkelijk, Simon, ik..."

"Nee, natuurlijk niet." Simon hield haastig zijn hand op om de uitbarsting van ironie te stuiten. "Maar ik weet wel dat ik hier niet zou willen zijn als het donker is."

"Daar kan ik inkomen," zei Baldwin nadenkend, terwijl hij naar de bomen staarde. De sfeer was drukkend, dus het was gemakkelijk te begrijpen hoe mensen zich het ergste van zo'n plaats konden voorstellen, speciaal als de wind bij het invallen van de avond door de takken huilde. Baldwin zelf geloofde niet in oudewijvenpraatjes, maar iedereen zou onder de indruk zijn van de dreiging van een plaats als deze.

"De mensen hier vinden dat het iets onguurs heeft," vervolgde Simon. "Misschien komt daar de naam vandaan. In deze omgeving betekent 'wisht' griezelig, of eng. Zo zien de bomen er in elk geval wel uit."

"En of. Maar ik denk dat ze om een laag-bij-de-grondse reden zo groeien. Hellehonden!" Zijn stem verried zijn binnenpret, en de baljuw wierp hem een argwanende blik toe.

Nadat ze een mijl verder naar het zuiden nog een heuvel hadden beklommen, begreep Baldwin eindelijk waarom Simon hem daar had gebracht. Hij hield zijn paard in en keek.

"Dit wou ik je laten zien, Baldwin. Welkom bij de tinmijnen van Dartmoor!" zei Simon.

Baldwin zag een enorm kampement op een vlakte te midden van lage heuvels. Er was geen muur of omheining om het kamp. Her en der verspreid stonden grijze hutjes van plaggen en steen. Uit de grootste ervan, die in het midden stond, kwam een dikke rookpluim, die omhoogkringelde in de wind. Het uitgestrekte terrein was bezaaid met gaten en greppels. Door het midden liep een smalle maar snel stromende beek, met verscheidene door mensen gegraven aftakkingen, en aan hun rechterkant bevond zich een grote dam. Hierdoor werden andere weteringen gevoed, die in de verte verdwenen en Baldwin de indruk gaven dat ze naar mijnen leidden.

"Er moeten hier heel wat mannen zijn, met al deze huizen," zei Baldwin, terwijl hij het terrein peinzend bekeek.

"Een heel leger. Alleen in dit kamp al meer dan honderd," beaamde Simon, en hij liet zijn paard verdergaan.

Ze hadden nog maar een klein stukje afgelegd toen ze twee mannen zagen aan de rand van het dorp. Simon glimlachte sardonisch om hun reactie – het was karakteristiek voor de mijnwerkers hier op het land dat ze vreemden met argwaan bekeken. Een van hen wees in zijn richting en rende toen weg; de andere man greep iets wat er als een houweel uitzag en trad hen vastberaden tegemoet. Tegen de tijd dat de baljuw en zijn vriend naderbij waren gekomen, werden ze opgewacht door een groep mannen die er in Baldwins militaire ogen uitzagen als getrainde soldaten. De man die was weggerend om hulp te gaan halen, was teruggekeerd in het gezelschap van een gezette figuur die eruitzag alsof hij de leiding had.

Simon reed op hem af met een vriendelijke glimlach op zijn gezicht, maar de tindelver snauwde: "Wie zijn jullie? Wat moeten jullie hier?"

De baljuw zuchtte. Het was om razend van te worden dat deze mijnwerkers zo onhebbelijk durfden te zijn – en, wat nog erger was, dat ze het recht en de overmacht hadden om zich zo te gedragen. Hij hoorde Baldwins adem stokken en kon de golven van afkeuring van de ridder bijna voelen.

"Goedendag," antwoordde hij op vriendelijke toon. "Wij zijn op weg naar een vriend, verder in het oosten. Mijn reisgenoot hier heeft nog nooit gezien hoe tin wordt gedolven, en..."

"En dat zal hij vandaag ook niet te zien krijgen," zei de man resoluut. Baldwin bracht zijn paard wat dichter naar Simon toe. De mijnwerker was klein van stuk en had zandkleurig haar. Zijn huid was door zon en wind getaand tot de kleur van oud zadelleer. Hij zag er oud uit, misschien ouder dan hij was, door de hardheid van het leven op de woeste gronden. Als fitheid een criterium was, was de man niet oud. Zijn buik was gespierd, zijn schouders waren bijna even breed als hij lang was, en de ridder dacht dat hij niet graag tegen zo'n man zou vechten zonder over betere wapens te beschikken. Op dat moment had de man alleen

een lange dolk bij zich, maar aan de manier waarop hij zijn handen dicht bij het heft hield, met zijn duimen in zijn dikke leren riem gehaakt, kon Baldwin zien dat hij op zijn hoede was.

"Vertel ons dan tenminste hoe ver het naar de havezaat van sir William Beauscyr is," zei de ridder op scherpe toon, en hij zag tot zijn genoegen een flikkering van twijfel in de bruine ogen van de mijnwerker.

"Zijn jullie vrienden van sir William?"

"Nee, dat niet," antwoordde Baldwin, maar de baljuw en ik zijn op weg naar hem toe."

"De baljuw?" Argwanend keek de man naar Simon.

"Ja, ik ben de baljuw," zei Simon, die geïrriteerd begon te raken. "En ja, ik ben gekomen om sir William te bezoeken. Antwoord nu op de vraag van mijn vriend en vertel ons hoever het nog is naar de havezaat."

Met tegenzin werd hun de weg gewezen, terwijl de andere mannen toekeken en met hun houwelen en schoppen speelden. Baldwin was blij toen ze het groepje mijnwerkers achter zich konden laten. Toen ze voorbij het dorp waren en aan de andere kant van het kamp de helling opgingen, wierp hij een blik achterom. Het gaf hem een onbehaaglijk gevoel dat de vierkante man nog roerloos op dezelfde plaats stond en hen nakeek.

In een tijd dat zoveel heren er moeite mee hadden hun landgoed te blijven bekostigen, kwam Beauscyr Manor voor Baldwin als een verrassing. De familie was hem natuurlijk bekend – dat kon niet anders, want ze hadden de Engelse kroon zoveel jaren trouw gediend... en toch had hij niet zo'n grootse havezaat verwacht. Maar toen bedacht hij dat sir William Beauscyr niet voor niets in Schotland en Wales had gevochten en de oude koning Edward in Frankrijk had vergezeld. Hij moest daar vaak zijn voordeel mee hebben kunnen doen, en zoals veel mannen die het gemaakt hebben in het leven, pronkte sir William kennelijk graag met zijn rijkdom.

De imposante burcht lag een paar mijl voorbij het mijnwerkerskamp. Ze was aan de oostelijke rand van de woeste gronden aan de kant van Widecombe gebouwd, op een heuveltje in een lus van de oostelijke Dart, zodat de rivier om de achterzijde van de gebouwen stroomde en een smalle slotgracht vormde. In de buurt stonden hutten voor het huispersoneel en enkele horigen die de velden bewerkten, maar ze vielen in het niet bij de have-zaat zelf. Toen ze een lage heuvel afreden die er een eindje van-daan lag, kon Baldwin de opstelling zien. De havezaat vormde een rechthoek die door een plaatselijke steensoort was afgeba-kend, en omvatte al de essentiële gebouwen binnen haar muren. Eén imposant gedeelte, aan de voorkant, zag op het westen uit en omvatte de hoofdpoort, met daarachter een ommuurde gang, die met een tweede deur was afgesloten om het complex daarachter te beveiligen. De zaal was aan de andere kant van de met ronde keien bestrate binnenhof, hoog verheven boven zijn kelders, een groot bouwsel met aan één kant een opkamer waar de familie zich kon afzonderen van haar personeel. Aan de noordkant was het keukengedeelte, met zo te zien kamers voor het garnizoen, terwijl de stallen aan de zuidkant lagen. Iedere aanvaller die het landgoed zou proberen te bestormen, zou een regen van projec-tielen moeten trotseren die vanaf alle gebouwen op hem zouden neerdalen. Zelfs als beide poorten genomen waren, zodat men op de binnenplaats kon komen, zou de zaal zelf een langdurige aan-val kunnen doorstaan.

Bij de eerste poort moesten de beide mannen een paar minu-ten wachten, maar ze werden weldra binnengelaten en lieten zich opgelucht uit het zadel zakken. De havezaat lag maar zo'n twaalf mijl van Lydford, maar door alle heuvels en de beken die ze had-den moeten oversteken, leek de afstand veel groter. Simon wreef over zijn rug en Baldwin zei met een vermoeide grijns: "Ik ben denk ik niet in conditie voor zulke tochtjes. Ah, is dat onze gast-heer?"

Boven aan de trap naar de zaal was een man verschenen die de treden afdaalde en op hen toe kwam. Simon kon zien dat hij niet de man was die de dringende boodschap had gebracht waar-in hulp gevraagd werd bij het terugbrengen van een horige. Sir William moest een flink stuk in de vijftig zijn, terwijl deze man slechts een jaar of twintig was.

"Mijn vader vroeg mij u te verwelkomen," kondigde hij aan. "Ik ben zijn zoon, sir Robert Beauscyr. Bent u de baljuw? U kunt niet..."

"Nee," viel Baldwin hem snel in de rede en hij knikte naar Simon. "Dit is de baljuw. Ik ben maar een vriend."

Met een rood aangelopen gezicht van boosheid keek Robert Beauscyr Simon aan, alsof de baljuw hem opzettelijk misleid had.

De moed zonk Simon in de schoenen bij het zien van deze hooghartige, afwerende blik, en de dunne, op elkaar geperste lippen. Het zag er niet naar uit dat het gesprek een kalm en redelijk verloop zou hebben. Hij zuchtte toen sir Robert Beauscyr zich omdraaide om hen voor te gaan naar de zaal. Hier, wist Simon, zou hem worden gevraagd tekst en uitleg te geven, en dat zou geen pretje worden.

ḣoofɒsᴄuᴋ 3

oen ze de trap op waren gegaan bevonden ze zich in een smalle gang tussen schotten. Links stond een deur open van een provisiekamer met fusten en kisten, waar een man bezig was een kruik met bier te vullen – een welkome aanblik na hun rit. Baldwin volgde de anderen de zaal in. Hier smeulde een vuur in een haard midden in het vertrek, en op de droge biezen stonden lukraak banken en tafels. Door ouderdom en rook verkleurde wandtapijten bedekten de muren, waarop lichtbundels uit de hoge vensters vielen. Op een verhoging zaten drie mannen en een vrouw om een hoge tafel. Simon was bijna bij de verhoging en Robert Beauscyr was bezig hem voor te stellen. Terwijl hij de namen van de aanwezigen opnoemde, bekeek Baldwin hen aandachtig.

"Mijn vader, sir William Beauscyr." Groot en lomp, was de eerste indruk van de ridder. De korte benen gaven het lichaam een wanverhouding; de armen, lang en gespierd als van een mensaap, bungelden uit de korte mouwen van de blauwe tuniek. Over beide wangen liep een groot, stervormig litteken, als van de stoot van een lans. Zijn zware wenkbrauwen waren ontzagwekkend en hij had een paar felroze, vlezige en sensuele lippen in een bleek gelaat. Hoewel hij eens een vechter was geweest, moest dat al jaren geleden zijn. Sir William was geen man meer die angst inboezemde, stelde Baldwin vast, toen hij de flinke buik opmerkte die over de leren riem uitpuilde.

"Mijn moeder, lady Matillida."

Toen hij de elegante vrouw vorstelijk zag knikken, was Baldwin onder de indruk. Ze leek weinig ouder dan Robert Beauscyr, maar moest tegen de veertig lopen om een zoon van zijn leeftijd te hebben. Ze was lang en slank, zeker niet minder dan een meter achtenzestig, en had donkere ogen. Haar bewegingen waren gracieus en even trefzeker als die van een adelaar. Ze gaf

Baldwin het uitgesproken gevoel dat zij de meeste intelligentie in dit huwelijk inbracht.

"Mijn broer, John." Deze jongeman was duidelijk bezig met een militaire loopbaan. Goedgebouwd, met lichter haar dan de anderen in zijn familie, en verrassend helblauwe ogen voor iemand met zo'n donkere huid. Toen die ogen even over Simon waren gegleden, werden ze op Baldwin gericht met een intensiteit die de ridder merkwaardig verwarrend vond. En dan was er nog iemand.

"De heer van mijn broer, sir Ralph van Warton." Slank en elegant in zijn soepele groene tuniek maakte hij op Baldwin de indruk van een bereisd man. Daar gaven zijn kalme ogen blijk van, donkere, geloken ogen onder dunne wenkbrauwen. Hij had geen zichtbare littekens, maar Baldwin wist dat veel krijgslieden hun gevechtsonderscheidingen onder hun kleren droegen, op de punten waar hun wapenrusting het zwakst was. Terwijl hij de ridder bestudeerde, en Simon hem voorstelde door zijn naam en titel te noemen, werd Baldwin zich er plotseling van bewust dat de belangstelling wederzijds was. Sir Ralph van Warton was duidelijk van streek gebracht door zijn aanwezigheid, alsof hij een of andere reden had om Baldwin – of zijn ambt – te vrezen.

Er werd voedsel gebracht, brood vers uit de oven en koud vlees, en Simon en Baldwin werden gastvrij bij de familie aan tafel genood. Zo kwamen ze samen aan het uiteinde van de tafel tegenover sir Ralph te zitten. Zonder dat iemand de reden voor Simons bezoek noemde, verliep de maaltijd. Toen stonden Matillida, John en sir Ralph op en keken vragend naar sir Robert, die kennelijk niet van plan was zich bij hen te voegen. Hij vermeed hardnekkig hun blik en staarde zijn vader aan, die met een gemelijk schouderophalen toegaf.

Zodra de andere drie zich hadden verwijderd, was het de zoon die voor de terugkeer van de weggelopen horige begon te pleiten, terwijl de vader met zijn lege tinnen kroes speelde.

"Dus wat bent u van plan eraan te doen, baljuw? We hebben de inspecteur-generaal van Lydford gevraagd hierheen te komen en onderzoek te doen; maar in plaats daarvan heeft hij u gestuurd, dus wat gaat u doen? Dit verdwijnen van onze horigen moet ophouden, anders worden we geruïneerd."

"Het is natuurlijk moeilijk," zei Simon sussend. "De inspecteur-generaal heeft mij gevraagd hierheen te komen en het met u te bespreken. Maar u begrijpt de moeilijkheden. Uw horige is nu een mijnwerker, een tindelver, en..."

"Dat weten we allemaal wel! De vraag is, wat gaat u eraan doen om hem terug te halen? Als de havezaat geen voedsel kan produceren, hebben wij geen geld: we zullen onze belastingen niet kunnen betalen. Let op mijn woorden, als dat hondsvot hier ongestraft mee wegkomt, zullen anderen weldra zijn voorbeeld volgen."

"Ja, maar de tindelvers hebben oude rechten..." Simon zuchtte toen hij weer in de rede werd gevallen.

"Dat hoeft u mij niet te vertellen! Ik ben hier geboren, ik ken die voorrechten van de tindelvers. Maar dit is iets anders. Peter Bruther is geen tindelver. Hij steekt geen turf en delft geen tin. Hij zit alleen maar in zijn nieuwe huisje te genieten van het nietsdoen. Als u mij niet gelooft, ga dan zelf kijken!"

Geduldig legde Simon uit: "Al zou ik dat doen, wat dan nog? Het maakt geen verschil of ik hem zie luieren of niet. Wettelijk gezien bent u nu de verantwoordelijkheid voor hem kwijt, dus..."

"De verantwoordelijkheid kwijt?" De stem van de jongeman zwol aan tot een geschreeuw: "Hij is onze horige, en de wet laat hem weglopen! Alleen maar om een paar boeven op de woeste gronden te plezieren..."

"En de koning," bracht Baldwin vriendelijk in het midden.

Sir Robert wierp hem een blik vol afkeer toe. Zijn stem beefde van minachting toen hij honend uitriep: "De koning? Dat stuk onbenul. Wat..."

"Zwijg, Robert." Eindelijk leunde zijn vader naar voren, met zijn ellebogen op de tafel. Evenals anderen van wie Baldwin wist dat ze steekwonden in hun wangen hadden opgelopen, lispelde de oude ridder enigszins, alsof zijn tong beschadigd was. Hij zag er moe uit, en Baldwin was er zeker van dat het niet zijn idee was geweest de hulp van de inspecteur-generaal in te roepen. "Welnu, baljuw, u weet dat mijn zoon gelijk heeft. Er moet iets gebeuren; ik kan niet toestaan dat de horigen van mijn land verdwijnen. Hoe zal de inspecteur-generaal ertegenover staan als ik deze Bruther terughaal?"

"Dat moet u niet doen," zei Simon botweg. "Als u dat doet, zullen de mijnwerkers het recht hebben zich te verzetten, en de inspecteur-generaal wenst geen vechtpartij."

"U gaat dus niets doen om ons te helpen?"

Simon hief zijn handen op in een gebaar van vertwijfeling. "Wat wilt u dat ik zeg, heer? Wilt u dat ik lieg? Dat ik iets beloof waarvan u weet dat ik het niet kan aanbieden? Ik heb geen strijdmacht waarop ik een beroep kan doen, ik ben alleen maar 's konings dienaar hier – en ik heb geen sancties tegen wetsovertreders. Bruther heeft de wet aan zijn kant. Als u hem terug probeert te halen, moet ik u waarschuwen dat ik de mijnwerkers zal moeten helpen als ze tegenstand bieden. Maar dat weet u al. Luister – als u dat wilt, kan ik proberen u een beetje te helpen in uw situatie door een brief te schrijven..."

"Dus na zoveel jaar de belangen van de koning te hebben gediend moet ik nu accepteren dat ik mijn rijkdom kwijtraak, is dat wat u bedoelt?"

"De man is weg. Vergeet hem. Hij is nu praktisch een vrij man, die zijn eigen land bezit om te ontginnen."

"Baljuw." Sir Robert Beauscyr leunde naar voren en bracht met sissende stem uit: "Wat mij aangaat is die man nog steeds onze horige, en onze horigen bezitten niets! Ze mogen iets van ons bezit gebruiken zolang wij dat toestaan, en dat is alles. Als zij iets bezitten, dan is dat hun buik en hun honger. Verder niets."

"Sir William," Simon negeerde de uitbarsting van de zoon, "ik kan niets zeggen dat ook maar iets zal veranderen aan de feiten."

"Nee, dat kunt u niet, hè?" zei sir Robert. Hij stond zo wild op dat zijn stoel achteroverviel en keek Simon woedend aan. "Maar ik ben niet bereid mijn erfenis aan mijn neus voorbij te zien gaan vanwege de stupiditeit van de wet – en van de lui die haar moeten uitvoeren! Als jullie ons niet helpen, zullen we dit probleem zelf moeten oplossen!" En voordat Simon kon antwoorden, stormde hij de zaal uit.

Even zwegen ze alle drie. Baldwins ogen waren nog op het gordijn gericht waarachter de woedende sir Robert was verdwenen toen hij sir William op peinzende toon hoorde spreken.

"Hij maakt zich grote zorgen, zoals wij allemaal. Hier op de woeste gronden is het moeilijk genoeg de boeren aan het werk te houden, zonder dat we de jongere generatie kwijtraken die haar vrijheid hoopt te verkrijgen, en daarbij ook nog eens een flinke hoeveelheid geld."

"Ja, ik begrijp het probleem, maar wat kan ik doen? Als baljuw moet ik de wet handhaven."

"En u denkt dat dit de manier is om dat te doen? In godsnaam!" Hij keek Simon wanhopig aan. "Ik heb mijn zoon ervan weerhouden iets slechts over hem te zeggen, maar – Jezus Christus – de koning heeft het volk niet in de hand. Kijk maar naar wat er in Bristol is gebeurd – nog maar twee jaar geleden moest de stad met geschut worden aangevallen omdat ze aan de Kroon verschuldigde belastingen weigerde te betalen. Op het platteland wordt struikroverij een steeds groter probleem, en overal duiken bandieten op. Horigen komen openlijk in opstand. Nergens willen mensen gehoorzaam zijn aan de wet; sinds Bannockburn hebben ze geen enkel respect meer voor de koning. Wat moet er van ons worden als deze kerel hiermee wegkomt? We zouden hier een oproer kunnen krijgen, op mijn havezaat. De horigen zouden kunnen besluiten in opstand te komen – en wat doet u dan, baljuw? Hierheen komen om uw verontschuldigingen aan mijn lijk aan te bieden? En aan de lichamen van mijn vrouw en mijn zoons?"

Simon had daar niets op te zeggen, en na een ogenblik sloeg de oude ridder zijn ogen neer. Hij had op hulp gehoopt, op iets constructiefs, maar het was duidelijk dat de inspecteur-generaal of zijn baljuw hem niets te bieden hadden. Zoals de mijnwerkers heel goed wisten, stonden ze sterk omdat ze de wet achter zich hadden. Er was niets meer wat hij kon doen – alles was nu in Gods handen. Langzaam stond hij op en liep de kamer uit. Plotseling voelde hij de last van zijn leeftijd. Het was nog maar de vraag of hij zijn oudste zoon ervan kon weerhouden domme dingen te doen en de mijnwerkers te provoceren.

Toen het gordijn achter sir William was dichtgevallen, hoorde Baldwin een diepe zucht. De ridder keek de baljuw aan en schonk hem een zure glimlach. "Ik denk dat ik je zorgen omtrent je bezoek hier begin te begrijpen."

Simon knorde. Hij wierp een snelle blik op de deuropening met het gordijn ervoor en stond op. "Laten we eens gaan rondkijken in de havezaat. Deze zaal maakt mij nerveus. Ik voel me als een gevangene die op de terugkeer van de cipier wacht."

Weer terug op de binnenplaats ademde Simon de warme, naar turf ruikende frisse lucht in. Hij had wel verwacht dat de Beauscyrs boos zouden worden, maar dat maakte het er niet gemakkelijker op. Per slot van rekening was hij het met hen eens en wilde hij niet op zijn geweten hebben dat hun misschien iets overkwam

43

als hun horigen tegen hen in opstand kwamen. De meelevende stem van zijn vriend onderbrak zijn gedachten.

"Kom, Simon. Er is niets aan te doen. Zoals je zei, Peter Bruther heeft wettelijk het recht daar te blijven als hij dat wil."

"Dat weet ik wel, maar dat helpt niet veel. Per slot van rekening drijft een havezaat op haar arbeidskrachten, zoals sir Willam zei. En als de horigen hier tot de ontdekking komen dat ze de wil van hun heer kunnen negeren, zullen ze hun respect voor hem kwijtraken – wat alleen maar tot rebellie kan leiden."

Baldwin nam de gebouwen rondom de binnenplaats op. "Je hoeft je om Beauscyr niet zoveel zorgen te maken," zei hij droog. "Kijk naar dit kasteel! Je zou al de mannen van het graafschap nodig hebben om hier binnen te komen."

Simon kon zien wat zijn vriend bedoelde. De verdedigingswerken waren inderdaad indrukwekkend. Los van de hoge muren zagen de magazijnen onder de hoofdzaal er vol uit. Te oordelen naar het aantal mannen dat op de been was, moesten er behalve dienaren ook nog een heleboel wachters zijn. Simon wees met zijn kin naar een paar mannen die zonder iets te doen bij de poort stonden. "Het lijkt erop dat de Beauscyrs zich hun eigen leger kunnen veroorloven."

Baldwin keek dezelfde kant uit en knikte langzaam. "Ja, nou, een verrassing is dat niet. Sir William heeft een aantal jaren de koning op zijn veldtochten vergezeld. Het is bekend dat hij verscheidene van Edwards vijanden krijgsgevangen heeft gemaakt, dus moet hij heel wat losgeld hebben geïnd. En zonder twijfel heeft hij heel wat oorlogsbuit vergaard."

Het klonk cynisch, daarom zei Simon: "Wat is er? Jij hebt ook gevochten... jij moet ook krijgsgevangenen hebben gemaakt en je eigen buit hebben vergaard. Het is per slot van rekening de oorlogsbuit die de oorlog de moeite waard maakt. Niemand zou de moeite nemen bij een leger te gaan als er geen beloning was."

Baldwin glimlachte, maar zei niets. Omdat ze zelden over zijn tijd als tempelridder praatten, zou het voor de baljuw, met zijn wereldlijke achtergrond, moeilijk te begrijpen zijn dat de tempeliers niet gevochten hadden om er beter van te worden, maar om God te dienen. Als zij schatten verwierven, waren die niet voor één persoon, maar kwamen ze ten goede aan de orde, zodat die haar belangrijke rol kon blijven spelen in het beschermen van de pelgrims naar het Heilige Land. Al het andere was ondergeschikt aan die heilige taak. Maar de ridders van de orde waren dan ook geen wereldlijke soldaten die voor hun eigen gewin vochten; zij waren de voorhoede van Christus, de ridderorde. Hun ridderlijke code deed Baldwin het idee van militaire dienst als huurling ver-afschuwen.

"Kom, beste vriend. Laten we weer naar binnen gaan," zei hij zacht. "In elk geval gaan we morgen naar Lydford terug."

"Ja, maar ze zullen me deze kwestie zeker niet laten vergeten. Nu zo'n jonge vent als sir Robert Beauscyr zich ermee bemoeit, die bang is dat zijn erfenis gevaar loopt, zal het beslist niet lang duren voordat deze zaak opnieuw gaat spelen."

Toen hij de volgende ochtend op de torentrans boven de poort stond en de twee mannen zag wegrijden, was sir Robert Beau-scyr vervuld van edele verontwaardiging. Hij had altijd vertrou-wen in de wet gehad, had geloofd dat die bescherming bood aan degenen die zulke bescherming nodig hadden, en was ervan overtuigd dat zijn familie het recht aan haar zijde had. Het was niet alleen oneerlijk dat Peter Bruther aan de gerechtigheid zou mogen ontkomen, het was verkeerd. Nog erger was het feit dat iedere poging om de zaken recht te zetten een inbreuk op de wet zou maken.

"Zo, broer. Daar valt geen genoegdoening te halen."

John was stilletjes naast hem komen staan en staarde ook naar Baldwin en Simon, die de flauwe helling opreden. Sir Robert kon het niet laten een schimpscheut te geven. "Eindelijk eens helemaal in je eentje, John? Waar is je heer, sir Ralph?"

"O, hij is een ritje gaan maken om de woeste gronden te bekijken." Hij wierp zijn broer een licht geamuseerde, vragende blik toe, maar haalde daarna zijn schouders op, alsof Roberts stemming te verwachten was, en er eigenlijk niet veel toe deed. "Dus de baljuw zal niet helpen. Dat lijkt een ding dat zeker is."

Zijn broer knikte boos. "Waar hebben we de wet voor als ze niet hooghoudt wat billijk en goed is?"

"Ah, maar ditmaal moet de wet de gulden middenweg vin-den tussen de belangen van een kleine familie op de woeste gronden en de koning."

Johns droge sarcasme maakte dat sir Robert hem aanstaarde. "Wat bedoel je? De afgelopen vijftig jaar hebben vader, en zijn vader vóór hem, in alle oorlogen de koningen van Engeland geholpen. Wij hebben dezelfde belangen als de koning. Het kan niet anders of hij weet dat."

"Ben je daar zeker van?" Nu klonk Johns stem honend. "Naar wat ik hoor is die koning van ons te slap om te beslissen wat hij 's ochtends zal aantrekken. Het enige wat hij wil is geld, zodat hij gul kan zijn voor zijn vrienden – en de mijnwerkers hebben hem dat geld gegeven. Wat zijn wij waard? En hoeveel waarde kan hij aan onze trouw hechten als hij het tussen grote heren voor het kiezen heeft – het neusje van de zalm, zoals Aymer de Valence en Thomas van Leicester. Zou hij dan ook de Beauscyrs nog nodig hebben om hem te beschermen?"

Geërgerd met zijn hand gebarend alsof hij de suggestie van zich af wilde slaan, snauwde sir Robert: "Lariekoek! De koning weet wie zijn echte vrienden zijn. Het zijn de ridders in de graafschappen zoals wij die zijn echte lijfwachten zijn, de mannen op wie hij in tijden van oorlog een beroep moet doen, niet..."

"Broer, broer, alsjeblieft! Geloof je dat echt? Zo stom kan de koning niet zijn dat hij dat denkt. De ridders op wie hij, zoals jij zegt, een beroep doet als er gevochten moet worden, zijn of wel in het buitenland en laten zich door de Pisanen en de Venetianen, of wie dan ook die het geld ervoor over heeft, betalen om te vechten, of ze zijn eerst trouw aan hun heer en dan pas aan hun koning. Per slot van rekening, aan wie zweren de meeste ridders trouw? Aan de koning of aan hun plaatselijke machthebber? Hoe dan ook, Edward hoeft zich hier niet druk over te maken. Hier is zijn keuze heel simpel: steunt hij de mijnwerkers, die hem vele tonnen tin leveren en de belastingen die ze opbrengen, of kiest hij de kant van een paar ridders wier landerijen aan de woeste gronden grenzen, en wier rijkdom alleen in een paar pond kan worden gemeten?"

"De rechtvaardigheid eist..."

"O, nee! Het leven is niet rechtvaardig. De koning, God zegene hem, moet kijken naar wat goed is voor hemzelf en het koninkrijk. Ik ben bang dat hij vader – en jou – niet hoog aanslaat, in vergelijking met de mijnwerkers."

"Wat mankeert jou?" vroeg sir Robert, gegriefd door dit sarcasme. "Je weet dat de koning mannen als wij nodig heeft, wij zijn de ruggengraat van het rijk. Waar zou hij zijn zonder de ridders en...

"Wie is dat?"

De plotselinge concentratie op het gelaat van zijn broer maakte dat sir Robert zich met een ruk naar het uitzicht keerde. Een paar ruiters vanuit het westen gingen de helling af. Met een frons op het voorhoofd probeerde hij de figuren te onderscheiden. "Goeie God! Het is die mijnwerker, Thomas Smyth, en zijn trawant. Wat moeten die hier?"

"Ik heb geen idee," zei John onverstoorbaar, met zijn blik op de ruiters gericht. "Maar als erfgenaam van de havezaat zul je het zeker gauw genoeg weten."

Binnensmonds vloekend draaide sir Robert zich om en beende naar de torentrap in de hoek bij de stallen. Dit was alleen maar een reden te meer om zich zorgen te maken. De mijnwerkers waren een voortdurende ergernis, en als ze langskwamen zou het waarschijnlijk niet om een beleefdheidsbezoek gaan.

Nieuwsgierig naar het verloop van de ontmoeting bleef John op de torentrans staan, waar hij op de binnenplaats kon neerkijken. Hij had een goed uitzicht op de ontvangst. De oude tindelver liet zich van zijn paard zakken en wierp de teugels met een arrogante polsbeweging naar zijn knecht. Hij had duidelijk het gevoel zelfs hier in het hol van de leeuw geen gevaar te lopen, zo constateerde John tot zijn verrassing. De knecht bleef achter, de ander slenterde de binnenplaats over en begaf zich in de richting van de trap naar de zaal. Bovenaan stond sir William, met een grimmig gelaat. Ze ontmoetten elkaar, wisselden enkele woorden bij de deur, en gingen toen naar binnen. Even later haastte sir Robert zich van het stalgedeelte naar de zaal.

Even speelde John met het idee de trap naar de zaal op te lopen om boven het gesprek af te luisteren. Hier bood zich een gelegenheid aan voor onschuldige pret, de kans om iets af te luisteren waarmee hij de trots van zijn broer kon doorprikken... maar de gêne ingeval hij zou worden betrapt woog zwaarder dan een mogelijk voordeel, daarom zette hij de bijeenkomst uit zijn hoofd. Het was warm op de torentrans, en hij stond op het punt een pint bier te gaan halen toen hij luide stemmen hoorde.

Er was duidelijk een verhit debat gaande. Hij kon de stem van zijn vader onderscheiden, kennelijk verheven in een poging iemand tot bedaren te brengen, en vervolgens het schorre geblaf van zijn broer: "Dat kunt u niet doen – ik laat het niet toe! Dit is waanzin, complete waanzin! U wilt het woord van een vreemdeling accepteren – het is in strijd met elke logica! Ik wil het niet hebben!"

Er volgde meer in dezelfde trant, en John kon zien dat de knecht van de mijnwerker het even intrigerend vond als hij. Bij de eerste schreeuw aarzelde de man zichtbaar, onzeker of hij naar de zaal moest gaan of niet. Met de ene hand op zijn dolk, en de andere aan zijn onderlip plukkend, kwam de knecht al gauw tot een besluit. Hij begon de richting van de zaaltrap uit te lopen, maar voordat hij de binnenplaats had kunnen oversteken, werd boven de deur opengegooid en kwam sir Robert de trap af gestormd. Hij haastte zich over het plaveisel naar de stallen en duwde daar een trage stalknecht naar zijn paard. Terwijl hij zijn bevelen blafte, werd het dier gezadeld en getoomd, en even later galoppeerde sir Robert door de poort, de helling vóór de have-zaat op.

John bleef verbouwereerd kijken totdat zijn broer tussen de bomen op de heuveltop verdwenen was, daarna keerde hij naar de binnenplaats terug. Boven aan de trap stond zijn vader, achter hem, in de deuropening, stond de tindelver. John zag het snelle handgebaar van de tindelver, de knecht die langzaam zijn dolk losliet, maar wat hij vooral zag en wat hem heimelijk deed mees-muilen, was de uitdrukking van wanhoop op het gezicht van zijn vader die zijn oudste zoon had zien wegrijden.

ɦoofɒstuk 4

Vanwege de problemen met struikrovers had sir Ralph besloten de raad van zijn gastheer op te volgen en op zijn rit een soldaat mee te nemen. Na met zijn jonge schildknaap te hebben gesproken, besefte hij ook dat er nog een goede reden was om iemand mee te nemen die het gebied goed kende – want zelfs midden in de zomer kon Dartmoor een gevaarlijke plek zijn. Er waren moerassen te over, waarin onvoorzichtige reizigers evengoed verzeild konden raken als de schapen en runderen van de bewoners. Toch was het in de warme zon moeilijk op gevaar bedacht te zijn, en weldra liet hij zijn voorzichtigheid in zoverre varen dat zijn paard in handgalop mocht overgaan. Hij genoot van de wind die hij aan zijn mantel voelde trekken, en van het gevoel van afgemeten, elegante kracht in de gang van zijn paard. In plaats van zijn wapenrusting droeg hij zijn rijkleding, bestaande uit een broek en een eenvoudige tuniek van groene wol, dun en koel. Het was niet nodig geweest zijn grote strijdros mee te nemen. Vandaag bereed hij zijn kleine paard, een lichtgebouwde voskleurige merrie die de mijlen met enthousiasme verslond.

Zijn lijfwacht, een opgewekte jongeman, Ronald Taverner genaamd, was maar al te blij met de rit. Het was goed om eens van de havezaat weg te zijn. Hij kende deze ridder niet, maar hij was een optimistisch mens, die sir William graag een plezier deed en graag op iedere vriend van de Beauscyrs indruk wilde maken. Op dat moment was de gedachte die hem het meest bezighield dat ze misschien even ergens zouden stoppen om iets te drinken. Om die reden nam hij de ridder mee in noordwestelijke richting, naar het bierhuis waar de rivier de Dart de oost-westweg over de woeste gronden kruiste. De boer daar maakte altijd te veel bier voor zichzelf, en verkocht dat maar al te graag aan iedereen die voorbijkwam.

Ze waren vier of vijf mijl gevorderd toen ze zich aan de rand

van een lage klif bevonden; ze hielden in en tuurden naar het dal
dat gevormd werd door een nauwe lus van een oude rivierbedding. Beneden lagen de resten van wat een machtige rivier moest
zijn geweest. Er was nu alleen nog maar een beek die omlaag sijpelde tussen de rotsen, die rechts en links scherp van hen afbogen.
Verder zagen ze overal grijs graniet en puin, met hier en daar een
struik of een armetierig boompje. Er was ook een man, die ging
staan toen de twee figuren hoog boven hem verschenen. Hij
schermde zijn ogen tegen de zon achter hen af terwijl hij om-
hoogkeek.

Sir Ralph negeerde hem. De man was duidelijk een van de
tindelvers en daarom niet van belang. Maar toen hoorde hij het
gesis van de soldaat die plotseling zijn adem inhield. "Wat is er?"
vroeg hij.

"Die man daar. Dat is Peter Bruther, de vent die van de havezaat van mijn heer is weggelopen."

"O ja?" Ralph keek nog eens. Hij zag een man van tegen de
dertig, gekleed in een verschoten bruine tuniek en zo te zien een
sjofele katoenen mantel. Donkere ogen hielden de zijne gevangen, niet achterdochtig of angstig, maar met een soort vage
nieuwsgierigheid. Na een minuut haalde de man zijn schouders
op. Hij begon troep uit de stroom te schrapen en in een leren zak
te gieten. Op de een of andere manier voelde Ralph zich tekortgedaan. Naar wat hij gehoord had was deze horige de belichaming van het kwaad, en toch was de realiteit weinig spectaculair.
De ridder nam een kloek besluit en glimlachte. Hij reed de helling af naar de plek waar de man was.

Toen hij hen hoorde naderen, kwam Bruther weer overeind
om hen gade te slaan terwijl zij door de beek ploeterden. Eenmaal keek hij achterom alsof hij aan een plotselinge aanval dacht,
daarna wachtte hij geduldig. Ralph glimlachte. Zelfs als de man
dat zou willen, kon hij nergens heen – en het had weinig zin om
te proberen aan mannen te paard te ontsnappen, zo redeneerde
de ridder.

"Ben jij Peter Bruther?"

Bruther keek op en antwoordde: "Ik ben een mijnwerker."

Ralph voelde zijn mond vertrekken. Het deed hem plezier
dat de man zich niet van de wijs liet brengen. "Dat betekent dat
het antwoord ja is, neem ik aan. Jij bent de weggelopen horige
van het landgoed van sir William Beauscyr."

"Vroeger was ik een van zijn mannen," bekende Bruther kalm. Als hij zou hebben toegegeven dat hij een zak graan te koop had, had hij niet nonchalanter kunnen zijn.

Terwijl Ralph hem onderzoekend aankeek, werd hij zich plotseling bewust van een zekere droge humor in die intelligente ogen. Het bracht hem van zijn stuk. Als ridder was hij gewend aan een reeks van uitdrukkingen op de gezichten van boeren: gewoonlijk benauwdheid en ongerustheid, vaak uitgesproken angst. Nooit eerder had hij de openlijke minachting gezien die nu zichtbaar was in de gekrulde lippen en opgetrokken wenkbrauwen van deze man. Woede welde in hem op. Bij een koopman of een andere vrije burger zou het oneerbiedig zijn geweest. Bij een weggelopen horige was het een flagrante brutaliteit. Ralph stuurde zijn paard dichterbij.

"Als er iets te lachen valt, laat het mij dan weten."

"O, nee. Pas als u hebt uitgelegd waarom u mij wilt spreken. U bent hier per slot van rekening de indringer, niet ik."

"Indringer!" De ridder ontplofte, verbluft over de vermetelheid van dit onbeduidende mannetje. Naast hem hoorde hij de adem van de soldaat stokken.

"Sir Ralph, ik denk dat we terug moeten gaan..."

"Nee," viel de ridder uit, terwijl hij zijn blik op de nietige figuur voor hem gevestigd hield. "Ik denk dat we deze man mee moeten nemen. Als het niet om een andere reden is, dan verdient zijn onbeschaamdheid te worden bestraft. En het zou een wederdienst tegenover sir William zijn voor de gastvrijheid die hij mij betoond heeft. Per slot van rekening kunnen de Beauscyrs niet verantwoordelijk worden gesteld voor het feit dat ik de man per abuis terugbreng, wel? En ik zal binnenkort vertrokken zijn. Eenmaal terug op het land van de havezaat kan hij als wegloper gestraft worden. Bind hem vast en geef mij het eind van het touw – hij kan met ons mee naar de havezaat en daar uitleggen wat er te lachen viel. Als hij niet wil lopen, kunnen we hem meeslepen."

"Sir Ralph..."

Ditmaal was het Peter Bruther die de soldaat in de rede viel. "Het is sir Ralph, nietwaar? U weet dat ik een tindelver ben – ziet u mijn gereedschap hier? U weet natuurlijk dat ik nu de koning verantwoording schuldig ben en onder het recht van de tinmijnen val, en toch wilt u mij gijzelen?"

Ralph glimlachte onaangenaam. "Ik weet dat je een weggelopen horige van Beauscyr bent en dat is het enige wat er voor mij toe doet." Hij keerde zich om. "Ik heb je bevolen hem vast te binden..."

Verstomd keek hij naar wat er in aantocht was. Waar zonet nog een verlaten rivierbedding was geweest, bevond zich nu een groep van acht mannen. Aan de houwelen en schoppen te zien die ze in hun groezelige vuisten klemden, waren het mijnwerkers. Te laat besefte hij dat ze verder stroomopwaarts aan het werk moesten zijn geweest, aan de andere kant van de bocht. Toen hij hen beter bekeek wist hij zeker dat ze er niet voor terug zouden schrikken het gevecht aan te gaan. Onbewust tastte hij naar zijn zwaard, maar bij die beweging zag hij de punt van een houweel dreigend omhooggaan. Hij nam zijn hand weg, maar niet te ver. "Laat ons met rust," siste hij.

"Ziet u, deze mannen zijn vrienden van mij – andere mijnwerkers zoals ik. Ik denk dat u beter kunt vertrekken. Dit land is tindelversland. Ons land. U hebt hier geen rechten." Bruther was nu bijna bij het hoofd van zijn paard en keek hem aan. Zijn stem kreeg een harde, smalende klank. "Vooruit, heer ridder. Ga weg. Of wilt u liever proberen mij mee te nemen, zoals u gedreigd hebt?"

"Hier zul je spijt van krijgen!" Ralph leunde omlaag in zijn zadel en keek Bruther dreigend aan. Zijn ogen waren wijdopen van woede, maar hij kon niets doen. Hij gaf een hevige ruk aan de teugels, zodat het bit in de mond van zijn merrie beet, en dreef het dier met de sporen de heuvel op. Voordat Taverner achter hem aan kon gaan pakte Bruther het hoofdstel van zijn pony beet om een tros touw uit een riem te grissen, terwijl hij grijnzend naar de zenuwachtige soldaat stond te kijken. Onder het gelach van zijn mannen woog de mijnwerker het touw in zijn handen.

"Zeg aan sir Ralph dat ik dit bij me houdt," zei hij gniffelend. "Vertel hem dat hij mij kan komen halen wanneer hij maar wil. Ik zal het altijd bij de hand houden. Als hij me wil hebben, kan hij mij vastbinden en meenemen." Hij gaf een klap op de achterhand van de pony en Ronald ging achter de uit het zicht verdwijnende ridder aan.

Maar de soldaat had nog een heel eind te gaan voordat de schimpscheuten en het gelach van de mannen eindelijk waren verstorven.

Henry Smalhobbe kwam kreunend overeind en wreef over zijn

rug. De zon stond laag aan de westelijke hemel en toen hij er met een pijnlijk vertrokken gelaat naar keek, kon hij zien dat het al laat was. Hij moest naar zijn hut terug; over een halfuur of zo zou het donker zijn. In Bristol onttrokken de heuvels en de vele bomen de zon snel aan het gezicht, maar hier werd het alleen steeds donkerder, terwijl de sterren aan de hemel geleidelijk aan verschenen en schitterden als diamanten.

Na een kleine leren zak met gesteente op zijn rug te hebben genomen, pakte hij zijn schop en zijn houweel om zich huiswaarts te begeven. Het terrein glooide licht omhoog vanuit de oude rivierbedding. Hij moest eerst naar de vlakte boven en dan dwars door het land om bij de hut en Sarah te komen. Het was een afstand die hij nu al een paar weken iedere dag aflegde, en hij kende hem goed. Er waren geen gevaarlijke moerassen, mits hij voorzichtigheidshalve de grijze massa van Higher White Tor voor zich hield en Longaford Tor aan zijn linkerkant, en de weg was gemakkelijk, tamelijk effen en met gras begroeid. Er waren niet veel rotsen.

De beek kabbelde vrolijk achter hem terwijl hij naar boven klauterde, en weldra miste hij het geluid. Afgezien van de vogels was het sijpelende water die dag zijn enige gezelschap geweest. De meeste vogels waren om deze tijd op hun nest, en het was stil op de woeste gronden. Alleen het zachte gefluister van de wind liet zich horen. Het deed hem zijn rugzak ophijsen en met een frons voor zich uit turen. Er gingen hier te veel verhalen over Crockern; iemand kon zich niet op zijn gemak voelen als de duisternis het licht verjoeg en de woeste gronden aan de geesten overliet.

Maar Henry Smalhobbe was niet overmatig bijgelovig, en hij zette alle verhalen over de spoken van de woeste gronden uit zijn gedachten. Hij had dat al leren doen toen hij nog een jongetje was: je liet nutteloze angsten achter je zoals zoveel ongewenste bagage. Er was weinig geweest dat het vredige, gelijkmatige verloop van zijn jeugd had kunnen verstoren. Eenmaal volwassen geworden had hij het merendeel van zijn tijd doorgebracht met trouwe dienst aan zijn heer, en het werk had hem te zeer in beslag genomen om angst voor geesten of spoken te koesteren. Maar dat was voordat...

Hij bleef staan en wreef met de muis van zijn hand over zijn oog. Zijn ooglid trok weer – een vreemde maar irritante tic die zich de afgelopen paar maanden had ontwikkeld. Soms vroeg hij zich af of hij bezig was blind te worden. Die gedachte joeg hem angst aan. Blind zijn betekende het mikpunt van beschimpingen zijn, of erger. Er was niets dat een blinde man beschermde, tenzij hij rijk was, en Henry Smalhobbe was niet rijk. Als hij zijn gezichtsvermogen zou kwijtraken, wist hij wat er zou gebeuren. Andere mijnwerkers zouden zijn land inpikken; hij en zijn vrouw zouden van de woeste gronden verdreven worden. Hoe kon een blinde man werk vinden? Hun enige hoop zou zijn dat Sarah de kost ging verdienen, en er was maar één manier waarop ze dat zou kunnen doen.

Hij klemde zijn kaken op elkaar en liep door. Het was gekkenwerk zich over zulke dingen zorgen te maken. Per slot van rekening waren hier op de woeste gronden nog heel wat andere gevaren. Hij kon door een dier met hondsdolheid of door een slang worden gebeten, in een van de moerassen belanden of lepra oplopen. Ook zonder dat hij zijn verbeelding gebruikte wist hij hoe gruwelijk hij aan zijn eind kon komen.

Alsof dit uitgerekend het moment was, voerde de zachte wind een laag gehuil mee. Hij wierp onwillekeurig een blik op de horizon. Wolven – maar naar het geluid te horen een heel eind bij hem vandaan. Hij begon wat sneller te lopen.

Het was bijna donker toen hij tot zijn opluchting het flikkerende licht van het vuur in de deuropening van zijn hut zag. Hij en Sarah hadden hun huisje gebouwd van regelmatig gevormde stenen uit wat een oude muur leek te zijn, een paar meter verderop. De gaten hadden ze met kiezelstenen en modder opgevuld om de tocht buiten te houden, maar ze hadden alleen een oude katoenen deken om als deur te dienen. In de winter haalde die niet veel uit, maar nu, in de warmte van de zomer, ging het best. Sarah liet de deken 's avonds altijd open tot hij thuis was, om hem zijn weg te helpen vinden.

De grond was hier effen, en er lagen slechts weinig stukken graniet. Een paar struiken onderbraken de zachte golvingen van de grazige vlakte voor zijn deur, maar over het geheel genomen was het een kale landstreek zover als het oog reikte. Plotseling bleef Henry met gefronst voorhoofd staan. Verderop, tussen hem en zijn hut, leek een struik van vorm te zijn veranderd. Vanmorgen was het een dunne, uitwaaierende plant geweest, maar nu leek hij groter, omvangrijker.

Even had hij het gevoel alsof zijn hart stilstond. De verschrikkingen van de woeste gronden schoten hem weer te binnen. Hij herinnerde zich de verhalen over de geesten van dit land. De verhalen die hij had gehoord als hij in de herberg voor de haard zat met een pul bier in zijn hand. Ze hadden toen lachwekkend geleken, maar nu, mijlen bij iedereen vandaan, voelde hij zich weerloos. Een windvlaag blies het haar van zijn voorhoofd, en in de lichte streling ervan voelde hij hoe het koude zweet hem uitbrak. Toen de schimachtige figuur zich langzaam bewoog, gingen Henry's nekharen in een ijzige kramp van angst recht overeind staan als die van een hond.

Wat het ook was, het sneed hem de weg af. Hij kon niet bij zijn deur komen zonder er voorbij te moeten; kon niet zien hoe het met Sarah was. Ze was vast binnen, maar hij durfde niet naar haar te roepen – niet omwille van hemzelf, maar uit angst voor wat het ding haar zou aandoen.

Toen verdween de angst ineens als weggeblazen door de wind. De figuur had gehoest! Ieder schepsel dat zo'n aards geluid maakte, kon alleen maar van vlees en bloed zijn, net als hijzelf. Hij zette zachtjes zijn rugzak op de grond en ging op zijn hurken zitten. Wie de figuur ook was, hij leek verstopt te willen blijven. De kleine geluidsexplosie was onderdrukt, alsof ze door een hand voor de mond gesmoord was. Het was alleen het beetje wind geweest dat de man verraden had, door het geluid als een vriendelijke spion naar hem toe te dragen. Wie het was, en waarom hij zich hier bevond, was Henry een raadsel. Voorzichtig de ene voet voor de andere zettend besloop hij zijn prooi, terwijl hij een omtrekkende beweging maakte om de man van achteren te naderen.

Het bleek een hurkende man te zijn, die met zijn ellebogen op zijn knieën steunde en een donkere mantel droeg. Hij hield het land voor zich in de gaten en wierp zo nu en dan behoedzaam een blik achterom naar de hut. Henry voelde het bloed in zijn oren kloppen. Dit was niet zomaar een bewoner van de woeste gronden, dit was duidelijk een hinderlaag. De mijnwerker voelde een opkomende woede. Deze man wachtte op hem. Er kon maar één reden zijn, wist Henry, waarom iemand hem zou willen aanvallen, en als hij de vreemdeling uit wilde schakelen, zou hij hem onverhoeds moeten overmeesteren.

Oneindig voorzichtig sloop hij op de donkere gedaante af.

Elke keer dat hij het hoofd zag bewegen, stond hij ademloos stil. Als de man weer voor zich keek, ging Henry verder, waarbij hij zijn voeten langzaam hoog optilde in een parodie op een normale gang en ze voorzichtig zo neerzette dat er geen geluid te horen was. Er lagen hier geen twijgen of dorre bladeren die zijn aanwezigheid konden verraden. In een toestand van uiterste gespannenheid bewoog hij zich voort, zijn schedel prikkelde van opwinding, zijn handen waren als gietijzer om de steel van zijn houweel geklemd, zijn mond stond open om zelfs zijn ademhaling onhoorbaar te maken.

Maar toen ging alles mis.

"Henry? Henry?"

Het geroep van zijn vrouw, die een lichte bezorgdheid verried, schalde door de deuropening de avondlucht in. Ze stond de duisternis in te turen. Alleen omdat hij laat was. Sarah wachtte al sinds de schemering met het eten op hem, want gewoonlijk kwam hij terug voordat het pikdonker was. Henry was nog nooit zo laat geweest, bedacht ze, hij zou toch niet gewond zijn geraakt? Misschien was hij in een van de moerassen beland die her en der verspreid lagen in bepaalde gedeelten, of misschien had hij een ongeluk gehad terwijl hij aan het graven was. Nee, hij was niet gek. Hij kende het land hier op zijn duimpje, was met haar het hele gebied door gelopen om er zeker van te zijn dat het veilig was. Haar echtgenoot was een voorzichtig man, hij zou niet in zeven sloten tegelijk lopen. Ze maakte zich ook nog niet echt zorgen, maar had toch geen rust. Het was niets voor hem om zo laat te zijn, hij had er een hekel aan in het donker door de woeste gronden te lopen.

Terwijl ze met vooruitgestoken hoofd naar buiten tuurde, ontdekte ze verderop een schimmige figuur. Ze riep, zag zijn gezicht zich naar haar toe keren, vaalwit in de duisternis, en verschrikt. Daarna zag ze de andere gedaante, die zich omdraaide en overeind kwam, en toen ze nog twee mannen uit het donker zag opduiken gilde ze het uit.

Toen hij het bierhuis uitliep liet Samuel Hankyn goedgemutst een boer onder de ontspannende invloed van het sterke bier in zijn buik. Hij vroeg zich glimlachend af wat zijn heer ertoe bewogen had hem zo vroeg naar huis te sturen, want het was niets voor sir William om zonder soldaat verder te gaan, speciaal nu hij een ontmoeting zou hebben met de man die hij, zoals iedereen op de havezaat wist, als zijn vijand beschouwde.

Tot zijn ergernis zag Samuel dat Ronald Taverner, zijn metgezel, nog steeds die vage en lichtelijk domme uitdrukking op zijn gelaat had. Hij had niet moeten luisteren toen Ronald voorstelde dat ze iets zouden gaan drinken voordat ze naar huis gingen. Per slot van rekening had hij vaak genoeg gezien hoe weinig de knaap kon hebben.

Toch vreemd, overpeinsde hij, dat zijn heer had besloten zijn mannen bij de deur van de mijnwerker weg te sturen en alleen naar binnen te gaan. Na de ruzie van die middag zou een mens toch verwachten dat sir William een sterke troep mannen mee zou nemen, in plaats van alleen sir Ralph, zijn zoon John en twee soldaten – hemzelf en de jonge Ronald. Machtsvertoon zou meer gepast hebben bij een man van zijn positie, en aangezien al de mannen op het kasteel van de ruzie af wisten die ertoe had geleid dat sir Robert woedend was vertrokken, was er reden te meer de mijnwerkers te laten zien wie de baas was. Als zij zelfs maar vermoedden dat ze tweedracht binnen de gelederen van de familie Beauscyr hadden gezaaid, zouden de mijnwerkers kunnen besluiten om hogere eisen te stellen, of zelfs om de ridder te gijzelen en een hoge losprijs voor hem te vragen. Dat was al eerder gebeurd.

Overigens voelde Samuel zich alleen maar dankbaar dat hij de dans ontsprongen was. Als het op een gevecht uitdraaide, wilde hij een eind uit de buurt zijn. Ridders waren goed genoeg beschermd, want zij hadden maliënkolders en wapenrustingen aan. Werden ze desondanks gevangengenomen, dan waren er maar weinig mensen die hen zouden doden. Hen tegen een fiks losgeld vrijlaten was veel voordeliger. Dat gold niet voor de arme soldaat. Die kon zich niet veel meer veroorloven dan het wettelijk minimum aan wapenen – Samuels zwaard en helm waren door sir William betaald – en dus was het ook niet de moeite waard hem vast te houden. Als een soldaat gepakt werd, had hij geluk als zijn enige straf was dat zijn keel werd doorgesneden.

Met een frons op zijn gelaat keek Samuel naar de weg die voor hem lag. Het kon niet anders of sir William wist dat hij gevaar liep als hij zich in het kamp van de mijnwerkers waagde, dus waarom was hij daar dan zonder bescherming heen gegaan? Het was waanzin. Sir William zou toch zeker niet van plan zijn toe te geven – dat was bijna niet te geloven.

Niettemin spraken de feiten voor zich. Ze waren van Beauscyr naar het huis van Thomas Smyth in het dorp midden op de woeste gronden gereden, en daar had sir William zijn escorte opgedragen hem alleen te laten. Samuel had nog omgekeken en John en sir Ralph zien wegrijden via de weg naar Chagford. Zij zouden de oude ridder niet alleen hebben gelaten tenzij ze wisten dat hij veilig was, en dat betekende dat sir William gegaan moest zijn om de voorwaarden van de mijnwerker te accepteren – geld betalen om schade aan het landgoed te voorkomen.

Ronald had niet direct naar de havezaat terug willen gaan, want na de ruzie van die middag hing daar een sfeer alsof er storm op til was. Samuel had zich door hem laten overhalen samen een herberg op te zoeken. Ze hadden John en sir Ralph in noordoostelijke richting op de weg naar Chagford zien rijden, en geraden dat die twee naar de Vechtende Haan gingen. Het was geen geheim dat ze vaak naar die taveerne gingen om er te drinken en zich anderszins te vermaken. Ronald wilde ergens anders heen gaan, waar ze niet de geamuseerde en minzame blikken van de schildknaap zouden hoeven te verdragen. En dus waren ze de andere kant opgegaan, naar het bierhuis van de boer waar de rivieren de Dart en de Cowsic de weg kruisten. In dat kleine dal waren ze fijn bier gaan drinken en hadden ze hun heer en zijn problemen vergeten.

Maar nu het een paar uur later was en het donker begon te worden, had Samuel haast om naar de havezaat terug te keren. Hij wilde niet buiten zijn als de avond viel, daarvoor kende hij de verhalen te goed, en bovendien was hij bang voor de reactie van lady Matillida als ze laat zouden aankomen. Op een kleine burcht als Beauscyr zou ze er zeker van horen. Anderen hadden haar woede ondergaan; hij deed dat liever niet.

Na het stalerf van de boer te hebben verlaten reden ze in oostelijke richting. Het duurde niet lang of Samuel zag verderop een paar ruiters. Hij vloekte, want hij was er zeker van dat het mijnwerkers waren. Zelfs twee pinten bier maakten Ronald al nutteloos in een gevecht, en vandaag had hij er zes op. Zenuwachtig wierp Samuel een blik in zuidelijke richting. Hij herinnerde zich dit gebied; het was niet ver van de rivier de Dart, en het terrein was vaak weinig beter dan een moeras. Aan de andere kant van de weg was een pad naar het noorden. Dat zouden ze een mijl kunnen volgen, om dan de oostelijke afslag te nemen, de weg naar

Lych. Ze konden beter een omweg maken dan in een ongelijke strijd verwikkeld raken. Binnensmonds vloekend dreef hij zijn paard het pad op.

Eerst kronkelde het pad met de rivier mee, daarna begonnen zich aan beide zijden heuvels te verheffen. Ze hadden gemakkelijk rechtsaf kunnen slaan om zich weer naar de weg te begeven, maar dat zou hen dicht bij Crockern Tor hebben gebracht, de zetel van het parlement van de mijnwerkers. Alles wat maar enigszins verband hield met mijnwerkers stuitte Samuel die avond tegen de borst, dus hij besloot op het pad te blijven totdat het de weg naar Lych kruiste.

De rotsen aan weerszijden werden talrijker, de paarden gingen heuvelop en heuvelaf. Toen Samuel de grijsgroene massa van een bos voor zich zag, perste hij zijn lippen op elkaar. Nu was het nog maar een klein eindje naar de hoofdweg, stelde hij vast terwijl hij zijn paard aanspoorde. De rest van de tocht zou sneller gaan, en hoe eerder ze er waren hoe beter. De zon stond laag in het westen. De gloed ervan was een goud-met-purperen rand boven de heuvel aan zijn linkerhand, terwijl de wal aan zijn rechterhand er hogerop door werd verguld. Hier beneden in het dal voelde hij de kou uit de rivier opstijgen, en het gedempte hoefgetrappel had iets spookachtigs, nu ze hun paarden naar het kleine bos zwenkten.

"Is het nog ver?" hoorde hij Ronald roepen. Het brein van de knaap was nog beneveld, hij maakte de indruk op een wazige manier gelukkig te zijn.

"Hou je kop, stomme oen," snauwde Samuel. "Als jij er niet was geweest, zouden we al bijna terug zijn. We zijn mijlen omgereden, heb je dat niet gemerkt?"

Ze waren nu het bos te boven. Samuel stond op het punt zich nijdig om te draaien en er de sokken in te zetten langs de weg naar Lych, toen hij iets nieuws in Ronalds gelaatsuitdrukking zag. "Wat nu weer?' vroeg hij geïrriteerd.

Als antwoord wees de jonge soldaat met een trillende vinger naar een grote boom links van hen. Aan de voet lag een steen en aan een tak bungelde een man.

ⱨoofⱨscⱨuⱪ 5

ⱨet was al bijna een uur donker toen Matillida Beauscyr geschreeuw bij de poort hoorde, gevolgd door het zware gesnuif van een paard en hoefgestamp op de binnenplaats. Door de open deur zag ze hoe de stalknechten het paard van haar oudste zoon vasthielden, terwijl hij afsteeg en hun op bitse toon opdroeg het grote beest te voederen en te verzorgen. Toen kwam hij naar haar toe.

Ze bleef roerloos staan, met één hand tegen de deurpost, en hoewel ze geen enkel teken gaf, wist hij onmiddellijk hoe boos ze was.

"Moeder. Mijn excuses dat ik zo laat ben. Ik..."

"Hou je mond en kom binnen."

De woorden werden tussen kiezen door geperst die zo vast op elkaar waren geklemd dat ze eruitzag alsof ze aan klem leed. Terwijl hij haar gehoorzaamde, voelde hij zijn gezicht rood worden, zoals ook in zijn jeugd het geval was geweest als hij zich voorbereidde op haar scherpe tong. Met moeite hield hij zijn hoofd rechtop, vastbesloten zijn emoties niet te tonen.

Het was altijd hetzelfde als hij wist dat hij haar boos had gemaakt. Robert was voor niemand erg bang, zelfs voor zijn vader niet, maar voor zijn moeder had hij een heilig respect. Als dochter van een rijke poorter in Exeter had Matillida een opvoeding gekregen die haar een gebiedende houding had bijgebracht en de overtuiging dat haar wil wet was. Ze gedroeg zich nog steeds als een prinses – en nu, in de havezaat die zij als haar huis had uitverkoren, oefende ze meer macht uit dan welke koningin ook.

In de zaal liep ze naar de haard, terwijl ze de bottelier uitvloekte en hem op bitse toon het vertrek uit stuurde. Daarna ging ze zitten. "Wel?" vroeg ze. Ze zou zich niet door emoties laten meeslepen, dat zou te vernederend zijn, maar nu ze haar oudste zoon aanstaarde, kon ze haar minachting niet verbergen.

Hij had alle reden om zich slecht op zijn gemak te voelen, bedacht ze.

Naar het midden van de woeste gronden te verhuizen na het drukke sociale leven in Exeter was niet gemakkelijk geweest, maar ze had geweten wat haar plicht was. Haar vader was destijds blij dat hij haar een man als Beauscyr had kunnen bezorgen. In Matillida's ogen was sir William misschien niet zo knap als andere ridders, maar in 1289 was hij een rijk en machtig man, en ze was tevreden met de manier waarop zij in zijn huishouden had gepast. In de negenentwintig jaar sindsdien had ze haar twee verantwoordelijkheden nooit uit het oog verloren: de havezaat bestieren en haar echtgenoot de zoons schenken die hij nodig had. Twee zoons en een dochter waren jong gestorven, ze bleken te zwak voor het ruige klimaat van de woeste gronden. Slechts twee kinderen hadden het gehaald, en nu had de oudste het aanzien van de familie geschaad. De dwaas!

"Het spijt me als u zich zorgen om mij hebt gemaakt, maar..." begon Robert stijf.

"Doe niet zo stom! Als je zo gek zou zijn om je op de woeste gronden in de nesten te werken, mag je het zelf opknappen. En als je het zover zou krijgen dat je vermoord werd, zijn we tenminste verlost van nog meer problemen als gevolg van je onnadenkendheid."

"Hoezo? Ik was boos – ik moest vertrekken, anders zou ik misschien iets gezegd hebben dat ons in de problemen had kunnen brengen."

"Nee, niet boos. Je mokte als een kind wiens speelgoed is afgepakt. Je bent weggereden van een belangrijke bespreking waar je vader je bij nodig had." Met stemverheffing vervolgde ze: "En je hebt dat gedaan op een manier die er borg voor stond dat al de mannen op het erf het zouden horen en zien. O, die arme jonge meester, zullen ze allemaal hebben gedacht. En wat betekent dat voor jou in de toekomst? Hoe moeten ze nog respect voor je opbrengen? Wat gebeurt er als je vader overlijdt? Hij is de 55 al gepasseerd, veel langer zal hij het niet maken – en hoe kun jij zijn verantwoordelijkheden overnemen als de mannen denken dat je er iedere keer vandoor zult gaan zodra er een moeilijke beslissing moet worden genomen of een moeilijke onderhandeling moet worden gevoerd?"

"Dat is niet eerlijk," viel hij uit. "Die idioot van een Smyth bedreigde ons, de rotzak! Hij kwam hier binnenrijden alsof hij de eigenaar van dit huis was, en..."

"Jij durft hem een idioot te noemen?" Haar stem was zacht, maar haar handen klemden zich om de gebeeldhouwde armleuningen van de stoel. Het was irritant dat haar zoon zo dom was. Na de bevoorrechte opleiding die hij had genoten, had hij de gevolgen voor de havezaat en voor hemzelf moeten beseffen. "Hij kent tenminste zijn macht hier – jij schijnt die te vergeten. Herinner je je niet dat de wet luidt dat als een mijnwerker zegt dat er tin op ons land is, hij er hier naar kan komen graven? Als hij zegt dat er erts onder onze akkers ligt, kan hij onze gewassen vernietigen als hem dat belieft, en vertel me niet" – ze hield een hand op om te voorkomen dat hij haar in de rede viel – "dat hij dat niet zou durven. Hij heeft de mannen om dat te doen. En toen hij hier kwam praten, rende jij de kamer uit als een dienstmeid die bang is haar maagdelijkheid te verliezen!"

"Ik veronderstel dat het beter zou zijn geweest als ik gebleven was en hem had uitgedaagd. Dat zou u mooi hebben gevonden," zei hij bitter.

"Doe niet zo stom!" Ze stond op en keek hem handenwringend aan. "Als je vader overlijdt, zul jij voor de havezaat moeten zorgen, en voor mij. Die Smyth moet niet merken dat jij zwakke punten hebt, want hij zal die tegen je gebruiken. Als hij denkt dat jou boos maken het enige is wat hij in onderhandelingen met jou hoeft te doen, zal hij weten dat hij jou in zijn macht heeft."

"Maar hij wil dat we hem betalen om niet op ons land te komen!"

"Dat weet ik ook wel. Zoals je zegt, op dit moment wil hij dat we hem betalen om onze havezaat te beschermen. Als we niet doen wat hij zegt, zal hij beweren dat er hier tin is, of eisen dat hij het water van onze rivier mag afleiden voor zijn mijnen, of onze bomen omhakken om houtskool voor zijn ovens te maken. En we weten dat we niets kunnen doen om hem tegen te houden. Maar misschien is er binnenkort wel iets dat we tegen hem kunnen gebruiken. Op dit moment moeten we proberen hem niet tegen ons in te nemen, hem te vriend houden, hem niet beledigen of vernederen, en hem overhalen bij de havezaat vandaan te blijven. Dat is waar je vader en je broer momenteel mee bezig zijn, hem in de watten te leggen. Na jouw uitbarsting was dat nodig. Voorlopig zullen we betalen. We zullen de man inpakken, hem te vriend houden, ervoor zorgen dat hij tevreden is. Later zal het misschien onze beurt zijn en zal zijn brutaliteit hem duur te staan komen."

"Het is toch maar een boerenhufter, niet beter dan Peter Bruther, een weggelopen horige. Zou u met die onderhandelen?"

"Ik zou met de duivel zelf onderhandelen als dat deze havezaat intact zou houden!"

Langzaam drongen de woorden tot hem door. Dat zijn eigen moeder zo'n godslastering uitte, sloeg hem met stomheid, maar er was geen vergissing mogelijk. Haar woorden noch haar vastbeslotenheid vielen mis te verstaan. Plotseling was hij er niet zeker van dat hij haar ooit begrepen had. Onder het mompelen van nog een excuus verliet hij het vertrek.

Toen ze alleen was haalde Matillida diep adem; haar woede was geluchd. De jongen moest het toch begrijpen! Hij had verantwoordelijkheden, niet alleen tegenover het land en de havezaat, maar ook tegenover zijn familie. Vandaag had zijn gedrag dat alles in gevaar gebracht – en dat was onvergeeflijk. Een gevoel van naderend onheil bekroop haar, ze werd bang dat er een eind zou komen aan de veiligheid van de havezaat en haar familie.

Op de binnenplaats slenterde sir Robert over de straatkeien. Hij was in de war, onzeker van zichzelf en nog meer van zijn moeder. Binnenkort zou ze hem in elk geval beter moeten behandelen – als een man, niet als een dom kind. Bij de stallen bleef hij staan kijken naar een stalknecht die met een handvol stro het zweet van de flanken van zijn paard wreef. Als hij geluk had, lag er vanaf vandaag een nieuw leven voor hem in het verschiet. Sir Robert klom de torentrap op die naar de trans leidde.

Hij bevond zich nog steeds boven de hoofdpoort toen er twee ruiters aankwamen. Verveeld sloeg hij gade hoe ze de heuvel af galoppeerden. Het waren soldaten van de havezaat, zag hij.

"Open de poort!" schreeuwde een van hen. "Is sir William er al?"

Toen de grendels werden teruggeschoven en de poort werd opengedaan, kon Robert het wrevelige antwoord van de poortwachter horen. "Dat zouden jullie moeten weten – jullie waren bij hem. Natuurlijk is hij niet terug!"

"God!"

Sir Robert zag dat de man van zijn paard sprong en het dier

door de tweede poort naar de binnenplaats bracht, gevolgd door zijn metgezel. Beide mannen leken uitgeput na hun rit, en ook hun paarden zagen er vermoeid en bezweet uit. Weldra waren ze omringd door een zich verdringende menigte stalknechten en wachters. Iets in hun verontruste manier van doen deed hem naar de binnenmuur snellen en naar beneden roepen: "Jullie daar! Wat is er aan de hand?"

Zijn stem bracht het geroezemoes beneden tot zwijgen. Hij zag een stel bleke gezichten. Een daarvan trok zijn aandacht. Het was het gezicht van een van de ruiters, die hem aanstaarde met een mengeling van nervositeit en achterdocht. "Heer, we hebben de wegloper, Peter Bruther gevonden. Hij is dood!"

De volgende ochtend keek sir Ralph van Warton op de trans van de lage toren over het omringende landschap uit. Zijn gedachten waren bij het nieuws over Bruther, toen vier figuren te paard Beauscyr Manor naderden. De twee mannen voorop waren gemakkelijk te herkennen als de baljuw van Lydford en zijn vriend; de andere twee moesten volgens hem knechten zijn. Een van hen reed vlak achter de ridder, als een goed getrainde schild-knaap in dezelfde gang, wat vrijwel onmiddellijk sir Ralphs aandacht trok. De man was duidelijk een soldaat en aangezien hij niet meer dan een of twee meter achter het paard van zijn heer reed, moesten de twee gewend zijn samen te werken. Evenals zijn heer had hij een lichte wollen wapenrok aan, maar beiden droegen daaronder een maliënkolder, zoals glinsteringen bij hun polsen en enkels zo nu en dan lieten zien.

De laatste man in de groep sukkelde als een zoutzak achter de anderen aan en straalde onbehagen en ellende uit. Hij was duidelijk geen soldaat – hij zag eruit als een arbeider.

Ralph hoorde voetstappen en toen hij zich omdraaide keek John over zijn schouder.

"Dus de baljuw en zijn vriend zijn terug. En ze hebben ook lijfwachten bij zich. Heel verstandig. Je kunt nooit weten waar je vijanden zijn, nietwaar?"

Ralph schonk hem een ijzige glimlach. "We hoeven in elk geval niet bang voor elkaar te zijn."

"Denkt u dat?" John keek hem recht aan. "Na uw vernede-ring door die kerel…"

"Doe niet zo gek! Het was per slot van rekening maar een

boer. Niet iemand om je druk over te maken. En zeker niet het risico waard wegens moord te worden opgehangen. Hoezo? Je denkt toch niet dat ik..."

"Het zou kunnen, na die gênante vertoning. Ik hoop dat de soldaat die bij u was het niet nodig vindt onze vriend de baljuw in te lichten. Dat zou hem onnodig op het verkeerde been zetten."

"De soldaat?" Ralph nam hem behoedzaam op. "Wat kan die vertellen?"

"Alleen wat er gebeurd is, natuurlijk. Maar misschien zou ik eens met hem moeten praten om ervoor te zorgen dat zijn herinnering wordt... bijgesteld. Het laatste wat u en ik per slot van rekening kunnen gebruiken is dat er over een van ons verdenkingen rijzen." Hij boog en liep de trap af toen de eerste poort werd geopend om de bezoekers te verwelkomen.

Ralph keek intussen aandachtig naar de vier mannen die de vestingtoren binnenreden. "Ja," mompelde hij, "dat is het laatste wat ik kan gebruiken – ik ben een vreemde hier. Maar hoe zit het met jou, vriend? Waar ben jij op uit?"

Op de binnenplaats lieten de vier mannen zich langzaam uit het zadel glijden. Hugh, Simons knecht, was de laatste die afsteeg. Hij had een hekel aan paardrijden. Geboren en getogen aan de noordoostelijke rand van Dartmoor, als tweede zoon van een boer, had hij als jongen nooit een paard hoeven bestijgen en er ook geen gelegenheid voor gehad. In het kleine gehucht waar hij toen woonde, hadden ze vrijwel alles kunnen krijgen wat ze nodig hadden. Goederen die ze niet zelf konden produceren hadden ze via ruilhandel met rondreizende kooplui verkregen. Het was haast nooit nodig geweest ergens heen te gaan.

Maar sinds hij bij Simon in dienst was, had Hugh eraan moeten wennen regelmatig lange afstanden af te leggen. En dat betekende leren rijden. Hij verafschuwde het! Paarden waren veel te groot om naar je hand te zetten, vond hij. Iedere keer dat hij erop klauterde en onbehaaglijk in het zadel zat, merkte hij dat zijn gedachten naar de hardheid van de grond ver beneden hem gingen. In Simons dienst moest hij naar Tiverton rijden, of oostwaarts naar Exeter. Hij moest ook wel eens de woeste gronden oversteken om de mijnsteden Ashburton, Tavistock en Chagford te bezoeken, of de lange reis langs de kust maken. Voor hem waren het allemaal wanhoopsreizen. Onderweg namen de pijn en de angst hem zo in beslag, dat hij aan niets anders kon denken, en zelfs als ze uiteindelijk op hun bestemming aankwamen, kon hij de triomf van een veilige aankomst niet vieren: zijn gedachten waren dan alweer bij de komende beproevingen van de thuisreis.

Maar vandaag voelde hij zich nog niet zo kwaad. Er was geen mist geweest, zodat zijn angst in een moeras verdwaald te raken ongegrond was gebleken. De warmte van de zon en regelmatige teugen uit zijn wijnzak hadden hem bijna in een goede stemming gebracht. Toch wilde hij niet dat zijn heer zou denken dat hij aan paardrijden gewend begon te raken, en dus hield hij zijn stuurse blik vol toen hij zijn voeten uit de stijgbeugels haalde en zich zwaar uit zijn zadel liet zakken, waarna hij met beide handen over zijn rug bleef staan wrijven.

Als jongen was Hugh er met de schapen op uitgestuurd, om de kudde tegen twee- en viervoetige dieven te beschermen. Zijn argwaan jegens mensen stamde voor een groot deel uit die dagen, vandaar dat binnen de muren van de havezaat zijn gelaatsuitdrukking hard werd. Overal om hem heen was het een gedrang van mannen, van wie sommigen de paarden kwamen overnemen en anderen de tassen van de zadels haalden. De twee mannen die met zijn heer en sir Baldwin stonden te praten, waren, hoorde hij, sir William Beauscyr en zijn zoon sir Robert. Verderop stonden nog meer mannen alleen maar toe te kijken, gewone soldaten die de week tevoren bandieten hadden kunnen zijn. Ze leunden tegen deurposten of hingen rond met hun duimen in hun riem gehaakt. In Hughs ogen zagen ze eruit als beulen die hun gevangenen opnamen, hij kreeg er kippenvel van.

De oudere ridder en zijn zoon begroetten Simon en Baldwin. Ze gingen hun voor naar de zaal, met Hugh in hun kielzog. Edgar, Baldwins knecht, volgde zijn heer als een schaduw.

"Sir William," zei Simon, toen ze de zaal binnentraden, "Peter Bruthers dood was geen ongeval, neem ik aan."

De man glimlachte zuur. "Nee, baljuw. Het was geen ongeval."

"Waarom bent u daar zo zeker van?" vroeg Baldwin.

"Omdat hij is opgehangen! Twee van mijn mannen hebben hem gevonden, bungelend aan een boom."

Simon en Baldwin wisselden een blik. Beiden schrokken van het nieuws, vooral de baljuw. Door alle problemen tussen de tindelvers en de landeigenaren was er slechts een vonkje nodig om een uitslaande brand te veroorzaken die kon overslaan naar al het land onder zijn gezag. Dit sterfgeval zou gemakkelijk die vonk kunnen zijn.

Sir William deelde die angst duidelijk niet. Gereserveerd maar niet angstig liep hij naar de haard, waar zijn vrouw rustig een wandkleed zat te borduren. Ze glimlachte naar hem toen hij haar schouder aanraakte. Zodra ze haar aandacht weer op haar werk richtte, zei haar man: "Zeker, het is vervelend. Maar daarmee is ook een probleem opgelost."

Baldwin was niet verbaasd over die woorden. Het zou vreemd zijn geweest als de oude ridder er anders over had gedacht. Per slot van rekening, zo overwoog hij, moest de dood van Bruther een opluchting voor sir William zijn geweest, en de man was geen huichelaar.

Nadat hij op een bank bij het vuur was gaan zitten, keek Simon nadenkend naar de oude ridder. Robert liep naar de verhoging en ging daar met zijn rug tegen de tafel staan, terwijl hij zijn oren spitste. Simon keek van hem naar de ridder. "Opgelost?" vroeg hij.

"Ja." sir William liet zich zwaar in een stoel zakken. "Opgelost. Bruther is dood. Hij was een pijnlijk probleem voor mij en mijn gezin zolang hij in leven was, maar nu hij dood is, is het voorbeeld dat hij mijn boeren heeft gegeven, ook ter ziele gegaan. Als er nog andere horigen zijn geweest die ideeën hadden om weg te lopen, zullen ze zich nu wel tweemaal bedenken."

Baldwin was naast Simon gaan zitten en leunde nu naar voren. "Hebt u enig idee wie de moordenaar kan zijn?" zei hij. Tot zijn verrassing was het Matillida Beauscyr die hem antwoord gaf. Aanvankelijk bleven haar ogen op haar borduurwerk gericht, maar even later keek ze Baldwin aan.

"Ja. Hij zelf." Haar stem klonk zelfverzekerd. "Hij heeft zichzelf de das omgedaan."

"Pardon?" zei Baldwin met een vragende blik. "Hoe heeft hij dat dan gedaan?"

"De mijnwerkers in deze omgeving zijn een ruig stelletje, sir Baldwin, en ze hebben hun eigen soort gerechtigheid. Ze vertrouwen erop dat alle tindelvers zich aan bepaalde principes houden. Als een man aanspraak maakt op een stuk land, is het van hem. Deze dwaas Bruther heeft beslag op een stuk grond gelegd en is daar tin gaan delven. U zult wel merken dat hij zich op het land van iemand anders bevond. Voor de tindelvers staat dat gelijk aan diefstal. Ik denk dat u tot de ontdekking zult komen dat hij in overtreding was en dat de echte mijnwerkers besloten hem te straffen."

Sir Robert fronste zijn voorhoofd, niet goed wetend waar ze naartoe wilde, maar toen het hem begon te dagen snakte hij bijna naar adem. Kernachtig had Matillida de schuld op Thomas Smyth gegooid.

"Bedoelt u dat hij is opgehangen omdat hij op het stuk grond van iemand anders werkte?" informeerde Baldwin.

Sir William roerde zich weer. "Ja. Daar zijn we zeker van. Hij is gelyncht door een bende."

"Hebt u zijn lichaam hier?" vroeg Simon.

"Ja, in een kelder – het is daar koel."

"Kunnen we hem even bekijken?"

Schouderophalend stond de ridder op. Hij bracht zijn bezoek naar de binnenplaats en vandaar in het keukengedeelte, terwijl hij zijn zoon en zijn vrouw achterliet. Bij de achtermuur die het dichtst bij de rivier stond, kwamen ze via een korte trap in een ondiepe, putachtige kelder, waar wijn- en biervaten langs de wanden lagen. Toen Hugh bij wijze van experiment op een ervan klopte, klonk het dof, en bemoedigend vol. Aan het andere eind van het vertrek stond een grote kist; hierin rustte het lijk van de man die de landheer zoveel problemen had bezorgd.

Sir William liep eropaf en wenkte de anderen met een bezitterig gebaar naderbij. Toen ze in de kist tuurden, zagen Baldwin en Simon het gezicht van een tengere man van tegen de dertig, gekleed in een ruwe tuniek van dik roodachtig laken die zijn armen onbedekt liet.

"Arme duivel," hoorde Simon Baldwin mompelen, en hij begreep waarom. Sluik, donker haar viel over een van de ogen zonder de wezenloze blik te bedekken. Bruther was duidelijk door verhanging gestorven. In het opgeblazen gelaat staarden zijn wijdopen ogen in het niets. Zijn mond hing open en zijn tong was een zwart geworden, opgezwollen massa met een rand van tandafdrukken waar zijn kaken zich in de laatste stuiptrekkingen op elkaar hadden geklemd. Om zijn hals zaten de resten van een hennepen strop. Het was een licht touw, van het soort dat voor zwepen wordt gebruikt, niet van het type dat normaal gesproken met ophanging in verband wordt gebracht, en de strop was losjes geknoopt. Terwijl de baljuw toekeek, stond Baldwin, met zijn handen op de rand van de kist geleund het lijk te bestuderen. Simon dwong zich eveneens naar beneden te kijken.

Bruthers lijk verschilde van de andere lijken die hij gezien had. Hij begon met de dood vertrouwd te raken. De afgelopen twee jaar had hij mannen gezien die door verbranding en steekwonden om het leven waren gekomen, en maar al te vaak had hij naderhand de behoefte gevoeld om over te geven. Als vertegenwoordiger van de wet was hij ook getuige van heel wat ophangingen geweest, en van de resultaten. Naar zijn idee waren de lijken van veroordeelden minder beangstigend dan die van vermoorde mensen, vermoedelijk omdat het hem voldoening gaf de schuldigen gestraft te zien, maar ook omdat er minder openlijk geweld zichtbaar was. Hij werd nu geconfronteerd met het lijk van een man die zonder goede reden vermoord was, zonder proces, in een gewelddadige misdaad. Het was alsof de doodsangst van Bruther zich voor hem afspeelde. Voor zijn geestesoog liet hij de groep mannen passeren die het slachtoffer greep, zijn handen vastbond, de strop om zijn hals wierp, de spartelende, stikkende man omhoogtrok en daarna achterliet terwijl zijn gezicht zwart werd en zijn ogen uitpuilden. Simon slikte zwaar en wendde zich af.

Zoals gewoonlijk leek Baldwin onaangedaan door de aanblik van de dood. Na een zwijgende inspectie van het lichaam riep hij zijn knecht. Edgar had zich voorzien van een kandelaar, en in opdracht van de ridder hield hij die bij de voeten van de dode. Vervolgens ging de kandelaar langzaam naar de handen en polsen, en vandaar naar het gezicht. Ten slotte nam Baldwin het hoofd in zijn handen en bestudeerde, in zichzelf mompelend, niet alleen het gezicht, maar ook de schedel.

Sir William wierp Simon een verbaasde blik toe, waarop deze flauwtjes glimlachte. "Maak u geen zorgen, sir William. Mijn vriend is altijd zo."

"En dat is maar goed ook!" liet Baldwin zich ontvallen. "Goed zo, Edgar. Nu bij zijn hals, terwijl ik naar de strop kijk."

"Maar waarom?" Met de armen over de borst tikte de oudere ridder ongeduldig met zijn voet op de vloer. "Hebt u niet genoeg gezien? De kerel is dood, en daarmee uit."

Bij deze opmerking keek Baldwin op en het gele kaarslicht viel op zijn gelaat ."Daar weet ik nog niets van, heer." Hij gebaarde naar Edgar. "Snijd de strop van hem los. Sir William, hoe kunt u zeggen dat het daarmee uit is als we niet weten wie het gedaan heeft?"

"Maar zoals mijn vrouw zei, moeten het..."

"De mijnwerkers zijn geweest. Goed. Maar ik twijfel er niet aan dat de mijnwerkers zullen zeggen dat het iemand anders moet zijn geweest. Wie weet – ze zouden zelfs kunnen zeggen dat u het was, sir William. Nu, waar zei u dat deze man gevonden is?"

Ontzet staarde de oudere man eerst Simon en toen Baldwin aan. "Ik? Ze zouden niet durven!"

"Of een van uw zoons," vervolgde Baldwin opgewekt. "Daarom moeten we dit lichaam bestuderen, om te zien of we kunnen bewijzen wie hem écht vermoord heeft. Dus, waar is hij gevonden?"

"In... in Wistman's Wood – een klein bos dat hier een eindje vandaan ligt."

"En hij hing aan een boom?"

"Ja. Mijn mannen zagen iets bungelen toen ze langs kwamen. Zo vonden ze zijn lijk." Sir Williams ogen waren nog steeds wijd opengesperd van ontzetting.

"Dank u. Het lijkt me interessant eerst te kijken waar dit was, als u dat goed vindt. Zou u een van de mannen kunnen vragen ons daar te brengen?"

"Ja. Ja. Ik zal het regelen."

"Goed. Nu... ah, dank je Edgar."

Baldwin nam het zware koord van zijn knecht aan en bestudeerde het zorgvuldig. Het was sterke hennep. Edgar had het van de hals losgesneden maar daarbij de knoop intact gelaten, zodat die in zijn geheel kon worden onderzocht. Terwijl Simon toekeek, testte Baldwin de strop door aan de knoop te trekken, die gemakkelijk op en neer langs het touw gleed. Toen richtte de ridder zijn blik op het lichaam. Simon stak zijn hand uit, en Baldwin overhandigde hem zonder iets te zeggen het touw. Hij concentreerde zich weer op de dode, zich niet bewust van de anderen in het vertrek.

Simon had een teergevoelige kant die de ridder, afhankelijk van zijn stemming, hetzij innemend, hetzij hoogst irritant vond. Voor Baldwin, die in oorlogen had gevochten en de dood in vele gedaanten had aanschouwd, had ieder nieuw lijk iets boeiends. Hij werd door pure nieuwsgierigheid gedreven, niet om iets te bewijzen, maar enkel om de waarheid te vinden. Iedere keer dat hij een nieuw lijk onder ogen kreeg, wilde hij dat bestuderen om achter de doodsoorzaak te komen, alsof het lijk hem die kon openbaren als hij maar zou willen luisteren en kijken. En hij was vastbesloten er ook ditmaal de tijd te voor te nemen.

Lang geleden had hij ingezien dat mensen die op een bepaalde manier aan hun eind waren gekomen, ongeveer dezelfde verschijnselen vertoonden. Uit ervaring wist hij dus dat deze man door verhanging was gestorven. Dat was duidelijk te zien aan de tekens in het gezicht. Baldwin had ze al vaker bij gehangenen gezien, en terwijl hij ze ongeëmotioneerd opmerkte, knikte hij instemmend. De huid van het hoofd en het bovenste deel van de hals was donker gekleurd; in het oogwit waren kleine rode bloeduitstortingen te zien; op de wangen en de schedel, waar hij wat haar opzij streek, waren er nog meer te zien. Nee, hij twijfelde er niet aan dat deze man door een toegesnoerde keel om het leven was gekomen.

Hij bekeek de sporen die de verwijderde strop had achtergelaten. Toen hij de verwondingen aan de hals nader bestudeerde, zag hij iets vreemds. Het touw had om de hals gezeten, en waar op sommige plaatsen de huid was geschaafd, was een dikke striem zichtbaar. Het zag eruit, concludeerde hij, als een lange blaar, alsof er een dun laagje huid was afgeschrapt, waardoor het bloedende vlees was blootgelegd. Logisch gezien, bedacht hij, moest het een soort schaafwond zijn. Maar wat hem in verwarring bracht, was een tweede striem. Onder de brede wond was een dunnere streep, die van de ene naar de andere kant van de hals liep. Hij nam de kandelaar van Edgar over en hield die dichter bij de wond.

"Is dat alles? Of wilt u hier de hele middag blijven?" zei sir William ongeduldig. "Het lijkt mij duidelijk genoeg. Bruther is dood doordat hij is opgehangen – wat wilt u nog meer?"

Baldwin fronste zijn voorhoofd, tilde een van Bruthers handen op en inspecteerde de pols. Hij legde de hand terug, kwam langzaam overeind en glimlachte naar de heer des huizes. "Ja, natuurlijk. Welaan heer, als u ons nu naar de mannen zou kunnen brengen die het lichaam gevonden hebben, zullen we u met rust laten."

Sir William stommelde de trap naar de keuken op en wachtte op zijn gasten alvorens de binnenplaats op te lopen. Hij gaf bevelen aan een wachter, die de vreemdelingen argwanend bekeek en toen wegslenterde om de gewenste persoon te halen. Een paar minuten later verscheen Samuel Hankyn, mager en met een spits gelaat dat hem op een uitgehongerde fret deed lijken. Hij droeg roodbruine wollen kleding met een leren jasje. Vragend keek hij zijn heer aan en het lukte hem een zijdelingse blik op Simon en Baldwin te werpen terwijl sir William uitlegde wat ze wilden.

Het duurde niet lang of ze waren op weg. Aan de stand van de zon te zien hadden ze nog ruim drie uur voordat het donker zou worden. Aangezien niemand van hen op de woeste gronden wilde vastzitten als het avond werd, zetten ze er een flinke vaart achter die het moeilijk maakte met elkaar te praten. Samuel reed voorop, gevolgd door Simon, die last van stijve spieren had nu hij opnieuw in het zadel moest zitten. Na een halfuur sloegen ze in noordelijke richting een breed dal tussen twee lage heuvels in.

Baldwin zag verderop geboomte en vroeg aan Simon: "Is dat niet het bos waar we laatst langs zijn gekomen?"

"Ja, het is Wistman's Wood," zei Simon, en iets in zijn stem maakte dat de ridder hem aankeek.

"Nu ga je mij zeker vertellen dat die man vermoord is omdat hij de hellehonden boos had gemaakt!" zei hij schertsend.

"Er zijn dingen waar je niet mee moet spotten, speciaal hier op de woeste gronden, Baldwin. Er kunnen vreemde dingen gebeuren, het is hier niet zoals op andere plaatsen. Neem dit bos: al de bomen zijn kleiner dan ze zouden moeten zijn. Crockern zorgt voor zijn land zoals hij dat wil."

Baldwin stond op het punt iets te zeggen toen Samuel zei: "Daar was het."

Hij wees naar een muur van met mos begroeide stammen. Een licht briesje deed dorre bladeren ritselen en bezorgde de mannen een huivering doordat het zweet op hun rug afkoelde. Ze hielden de paarden in en staarden. Onder een boom, die iets hoger was dan de rest, lag een grote steen, en daarnaast lag een slordige hoop van de soort hennep die ze bij Peter Bruther hadden aangetroffen.

"Hij hing aan die tak daar," vervolgde Samuel, terwijl hij naar een dikke tak recht boven de steen wees.

De ridder liet zich van zijn paard zakken en liep op de boom af. De hennep was doorgesneden, zag hij. Hij bekeek de eik goed en keek daarna naar de steen. "Heb jij hem losgesneden?"

"Ja, heer. Toen ik terugkwam met de andere mannen."

Baldwin klom op de steen die zo'n zestig centimeter hoog was. Toen hij erop stond, kon hij met gestrekte armen net bij de tak erboven. Hij greep de tak vast en bekeek die enige tijd. Daarna liet hij hem weer los en sprong van de steen af, waarna hij de grond eromheen inspecteerde. Simon keek toe. Hij had zijn vriend al eerder zo zien rondsnuffelen als een hond die iets op moest sporen.

Samuel bromde iets binnensmonds en dreef zijn paard uit de wind in de beschutting van een rots. Hugh volgde zijn voorbeeld en bood hem een slok uit zijn wijnzak aan. De gids knikte hem dankbaar toe en nam een lange teug van de koele drank, waarna hij de zak teruggaf en met de rug van zijn hand zijn mond afveegde.

Met zijn duim naar de ridder wijzend, die nu op zijn hurken takjes en bladeren opzij zat te schuiven terwijl hij de grond bekeek, vroeg Samuel: "Is hij altijd zo? Hij ziet eruit alsof hij naar wortels zoekt."

Hugh boerde zachtjes en deed de stop op de zak. "Vaak genoeg. Maar hij lijkt soms dingen te zien die je nooit zou hebben verwacht," gaf hij met tegenzin toe. "Ik heb geen idee waar hij nu naar op zoek is."

"Er valt niets te zoeken. Er zijn hier lui gekomen die hem hebben opgehangen, dat is alles."

"Hij woonde hier ergens, niet?"

De man wees met zijn hoofd naar het noorden. "Een eindje ten noorden vanhier. De meeste mijnwerkers wonen op de woeste gronden, maar hij woonde dichter bij het midden dan de rest. Hij moet gek zijn geweest. Iedereen die ook maar enige tijd op de woeste gronden doorgebracht heeft, leert bij het midden vandaan te blijven."

"Waarom?" Edgar kwam aangereden en installeerde zich nu duidelijk op zijn gemak een eindje bij hen vandaan.

"Omdat geen mens die de woeste gronden kent hem wil tarten," mompelde Hugh, en de lijfwacht knikte wijs.

"Wie tarten? Waar heb je het over?"

"Hoor eens," zei Hugh, "dit hele gebied is van Crockern, de geest van de woeste gronden. Hij houdt niet van mensen die hem iets proberen af te nemen. Zelfs de mijnwerkers weten dat, daarom zitten ze op een kluitje bij elkaar, min of meer. Ze hebben hun dorpen, en laten het grootste deel van de woeste gronden met rust. Anders..."Zijn stem stierf weg toen hij de cynisch opgetrokken wenkbrauwen zag.

"Zeg het maar, Hugh. Anders wat?"

"Er was een boer, niet ver vanhier. Hij kon behoorlijk rondkomen, verdiende genoeg om met zijn gezin van te leven, maar hij wou meer. En dus begon hij uit te breiden op de woeste gronden. Nou, Crockern vindt het best dat hier mensen wonen zolang ze zijn land niet verzieken, maar ze moeten geen stukken inpikken die ze niet echt nodig hebben. En dus zorgde hij ervoor dat er op de nieuwe akkers niets groeide – hij dacht dat de boer dan wel zou ophouden. Maar dat was niet zo. De dwaas bleef proberen zijn land uit te breiden. Hij draineerde, plantte heggen, groef greppels, en bleef maar door zaaien, tot Crockern er genoeg van had en besloot er een eind aan te maken. De boer kwam in de problemen, want zijn dieren gingen dood, al zijn planten verlepten, niet alleen die op zijn nieuwe land, maar ook op de akkers die hij al had, en toen brandde zijn huis af..."

Samuel viel hem in de rede: "Zijn huis? Nee, het was zijn schuur."

"Zijn huis of zijn schuur," zei Hugh bereidwillig. "Hoe dan ook, hij raakte alles kwijt en was blut. Dat is Crockern. Want zie je, als je Crockern hier op zijn eigen terrein kwaad maakt, zul je door hem vernietigd worden."

"En dat is met die mijnwerker gebeurd, denk je?" Edgar was geamuseerd. Aangezien hij het grootste deel van zijn leven in grote steden had doorgebracht, keek hij neer op het bijgeloof van de plattelandsbevolking. "Hij probeerde te veel van het land in te pikken, en dus heeft de oude man van de woeste gronden hem vermoord?"

Beledigd door de plagerige toon deed Hugh er het zwijgen toe, maar de soldaat staarde Edgar aan met een peinzende uitdrukking in zijn donkere ogen. "Ik zou er niet mee spotten als ik jou was. Daar houdt Crockern misschien niet van, en we zijn nu op zijn land. Wie weet waarom Bruther gestorven is. Hij kan zichzelf de das omgedaan hebben, maar volgens mij is de kans dat die knaap door Crockern te grazen is genomen even groot als dat hij het slachtoffer is geworden van de mijnwerkers hier."

"Waarom zijn er dan geen andere mijnwerkers te grazen

genomen? Crockern zou toch zeker geen onderscheid tussen hen maken, wel?"

De soldaat gebaarde naar het zuiden. "Weet je hoe die heuvel wordt genoemd?"

Edgar keek om. Ze waren van die kant gekomen en er was een heuvel, maar vanwaar hij zat kon hij er niet meer van zien dan de flanken. Hij schudde zijn hoofd.

"Dat is Crockern Tor, waar de mijnwerkers bij elkaar komen voor hun parlement," zei Samuel. "En Bruther, nou die woonde daar dichtbij. Misschien wel te dichtbij. Crockern heeft niet graag dat zijn gebeente verstoord wordt."

"Dat geloof je zelf niet!" smaalde Edgar, maar de man negeerde hem, zette zijn paard aan en reed een eindje verder. Toen Edgar zich tot Hugh wendde, viel hem de uitdrukking op het gelaat van de knecht op. Hugh zag er bijna uit alsof hij dacht dat Edgar ieder moment door de bliksem kon worden getroffen.

ɦOOFÐSƮUK 6

e ridder had zijn inspectie van de grond voltooid. Hij besteeg zijn paard met een nadenkende frons op zijn gezicht. "Simon," zei hij zachtjes, "ik denk dat we een interessante zaak voor de boeg hebben." Hij keek nog eens naar de boom. "Er is iets vreemds aan dit geval."

"Wat dan?"

"In de eerste plaats deze uithoek. Wat deed Bruther hier – haalde hij hout of zo? Er ligt geen bijl. En dan de manier waarop..." Hij zweeg, terwijl hij naar de boom bleef staren alsof hij verwachtte dat die uitkomst zou brengen.

"De manier waarop?" souffleerde Simon na een tijdje.

"Ja. Als jij van plan was iemand te lynchen, wat zou je dan het eerste met hem doen?"

"Ik weet het niet – een prop in zijn mond stoppen, denk ik."

"En verder?"

"Nou, het zou ervan afhangen met hoeveel man we waren, hoe sterk die vent was, een heleboel dingen."

Baldwin keek hem even aan. "Een van de eerste dingen die je in zo'n geval doet, is toch zeker de handen vastbinden?"

"Ja, natuurlijk."

"Dus waarom was Bruther niet vastgebonden?"

"Ik neem aan dat de mannen die hem lossneden, ook de rest hebben losgemaakt."

"Nee, Simon. Hij werd niet vastgebonden. Als ze dat wel hadden gedaan, zouden zijn polsen gekneusd zijn geweest. Dat waren ze niet. Ik heb het gecontroleerd."

"Zou het kunnen zijn dat hij buiten westen was? Misschien was hij bewusteloos voordat ze hem ophingen."

"Mogelijk." Het klonk neutraal.

"Dan ben je er toch! Hij werd aangevallen en buiten westen geslagen, daarna heeft iemand een touw over die tak heen gegooid, het ene eind om zijn hals geknoopt, hem omhooggetrokken en het andere eind aan de boom vastgemaakt om hem daar te houden."

"Het zou kunnen," zei Baldwin weifelend. Hij verwonderde zich nog steeds over de dunne striem in de hals van de man, maar wilde daar niet over praten waar de soldaat bij was. Hij keerde zijn paard zodat hij oog in oog met de anderen stond.

"Hé, jij daar!" riep Simon, en hun gids kwam naar voren. "Je was met iemand anders van de havezaat toen jullie dit lichaam aantroffen, is het niet?"

"Ja, met Ronald Taverner."

"Hoe kwamen jullie helemaal hier verzeild? Het is mijlenver van waar Thomas Smyth woont, en ik heb begrepen dat jullie daar met sir William naartoe waren."

Samuel legde uit dat ze iets waren gaan drinken en toen langs een omweg naar huis waren gegaan omdat ze twee mijnwerkers op de weg hadden gezien. Baldwin luisterde aandachtig naar het verhaal. Het klonk waar, maar over één punt leek de man terughoudend. Daar moest hij meer van weten.

"Ik begrijp niet waarom jullie het zo ver gezocht hebben, en niet in een taveerne of herberg die dichter bij was. Er is er toch zeker wel een aan de weg naar Chagford?"

"Daar gingen John en zijn ridder heen. We wilden uit hun buurt blijven."

"Waarom?" vroeg Simon.

"Omdat..." Hij zweeg en staarde naar de grond.

"Vertel op, Samuel. Het blijft onder ons," zei Simon geruststellend.

"John kan moeilijk zijn," mompelde de soldaat.

Baldwin knikte. Uit een en ander had hij al opgemaakt dat de jonge schildknaap een wrede heer kon zijn. Per slot van rekening kreeg hij zijn opleiding bij sir Ralph van Warton. Ridders als sir Ralph, die als huurling krijgsdienst deden, stonden zeker niet bekend om hun zachtzinnigheid of grootmoedigheid.

"Dus jullie zijn helemaal naar het bierhuis bij de Dart gereden en hebben daar iets gedronken," concludeerde Simon. "En op de terugweg zijn jullie de weg af gegaan vanwege een paar mijnwerkers. Hoe zagen die eruit?"

"De ene was lang, ze waren allebei jong. Ze droegen een mantel en hadden een kap over hun hoofd." Er verscheen een nadenkende uitdrukking op zijn gelaat.

Dezelfde gedachte kwam bij Simon op. "Het komt niet vaak voor dat mijnwerkers een paard hebben; meestal berijden ze een pony, als ze al rijden. En je zegt dat ze een mantel droegen... Was het geen warme avond? Waarom zouden ze een mantel hebben aangehad?"

"Ik weet het niet. Eigenlijk nam ik zonder meer aan dat het mijnwerkers waren. Wie zou er anders om die tijd door de woeste gronden rijden? Boeren zijn dan bezig hun vee op stal te zetten, en er is geen koopman die op dat uur zou willen reizen. Ik dacht gewoon..."

"Zou het een ridder geweest kunnen zijn, een man die op weg was met zijn schildknaap?"

Weer dacht Samuel ingespannen na. Er was iets vreemds aan het duo geweest, nu hij erover nadacht. "Ik weet het niet... De ene kan van goede komaf geweest zijn, maar de andere..."

Na een stilte schraapte Simon zijn keel. "'t Is goed, Samuel," zei hij vriendelijk, "vertel het ons maar als je iets te binnen schiet. Wat ik nu wil horen is, weet jij waar die Bruther woonde?"

"Ja, voorbij het huis van de Smalhobbes." Hij wees met zijn duim over zijn schouder.

"Goed, dan is het niet te ver om. Breng ons daarheen."

Simon en Baldwin reden met hem mee naar de rots waar de twee knechten wachtten. Edgar gaf Hugh net een neerbuigende schimpscheut en Simon hoorde hem mompelen: "Crockerns gebeente!" De baljuw nam zich voor zijn knecht te vragen wat die opmerking betekende.

Ze zwoegden de helling van de heuvel op. Na een eindje rijden hadden ze de zwerfblokken achter zich gelaten; er leken alleen rotsblokken in het dal rondom het bos te liggen. Naar de top van de heuvel toe strekte zich vast, golvend grasland uit zover als het oog reikte, met tussen het gras kleine gele en witte bloemen. Aan alle kanten torenden de alomtegenwoordige grijze rotspieken boven de horizon uit. Simon kreunde inwendig bij de aanblik van dat verlaten landschap. Hij had zo langzamerhand schoon genoeg van paardrijden, maar kennelijk zou hij er nog wel even mee door moeten gaan.

Het was ruim anderhalve mijl naar het hutje waar Peter Bruther had gewoond. Na een paar minuten konden ze het zien – een huisje van steen, met slordig eroverheen geworpen plaggen als dak. Ervoor kronkelde een snelstromende beek, die de donkere bodem doorsneed. Erachter lag een lapje grond, waar enkele gewassen zich staande probeerden te houden in de gure winden die het land geselden.

De vijf mannen vertraagden hun tempo tot een draf, als voelden ze de drang om stilletjes te naderen uit eerbied voor de dode die hier gewoond had. Hun nadering geschiedde vrijwel zonder geluid, maar toen ze door de beek heen waren gewaad en op de deur af reden, hoorden ze een schrille kreet. Tegelijkertijd zagen ze een vrouw het huis uit schieten; ze dook onder het hoofd van Baldwins paard door en nam in oostelijke richting de benen.

De mannen waren zo verrast dat aanvankelijk niemand bewoog. Baldwins paard leek even verbluft als zijn berijder en werd pas schichtig toen de vrouw er allang vandoor was, maar op dat moment begon Baldwin juist van de schrik te bekomen. Terwijl Simon en Hugh elkaar verbouwereerd aankeken, gaf de ridder zijn paard de sporen om de vrouw achterna te gaan, op de voet gevolgd door Edgar.

Baldwin vroeg zich af wie ze was en wat ze in het huis van de overledene te zoeken had. Terwijl hij haar schuin van opzij naderde om haar niet nodeloos schrik aan te jagen, haalde hij haar in. Hij zag haar huilen en stak met een geruststellende glimlach zijn handen omhoog om te laten zien dat hij daar geen wapens in had. Het leek te werken, want toen hij inhield bleef ze op korte afstand van hem staan, terwijl ze hijgend langs haar ogen wreef.

De ridder kon onmogelijk de tekenen van haar armoede over het hoofd zien, de versleten jurk en de smerige kap, de gaten bij de ellebogen en de knieën, maar haar houding imponeerde hem. Ze stond kaarsrecht, bijna als een dame, en ontweek zijn blik niet. Dit was geen bange wezel van een lijfeigene, zag hij.

"Wacht alstublieft, vrouw. Ik verzeker u dat u geen gevaar loopt."

"Wie zijn jullie? Horen jullie bij Thomas?"

Zijn uitdrukking van oprecht onbegrip moest overtuigend zijn geweest, want ze keek van hem naar het groepje mannen bij de hut achter haar, en toen naar Edgar, die naast haar met zijn ellebogen op de schoft van zijn paard geleund zat. Baldwin haalde zijn schouders op om te benadrukken dat de naam hem niets zei. Hij kende die Thomas niet.

"Jullie zijn dus geen mijnwerkers," zei ze twijfelend, en haar

79

verbouwereerdheid nam nog toe toen de donkere ridder in luid gelach uitbarstte.

"Nee, nee, wij zijn geen mijnwerkers. Ik ben sir Baldwin Furnshill, en de heer hier achter mij is Simon Puttock, de baljuw van Lydford. We zijn hier om uit te zoeken wie Peter Bruther vermoord heeft."

"Is hij dan werkelijk dood?" Na die uitroep bedekte ze haar gezicht met haar handen.

Edgar bracht Baldwins paard naar de hut, terwijl de ridder met de wenende vrouw meeliep. Tegen de tijd dat ze terug waren bij de andere mannen, had hij haar kunnen ontlokken dat ze Sarah Smalhobbe heette.

"Waarom was je hier, Sarah?" vroeg Simon, toen Baldwin haar had voorgesteld.

"Ik zocht hulp nadat ze ons hadden aangevallen. Gisteren kwamen ze naar mijn huis, met z'n drieën, en gingen mijn man te lijf. Hij ligt nu in zijn bed. Drie tegen één! Wat een lef! De lafaards sloegen en schopten hem terwijl hij op de grond lag, ze hebben hem met knuppels toegetakeld omdat hij weigerde de woeste gronden te verlaten. Maar waar kunnen wij anders heen, heer? Wij hebben geen familie om ons te beschermen, we kunnen niet weggaan en een andere plek zoeken om te wonen."

"Je komt dus niet uit deze omgeving?" vroeg Baldwin zachtaardig, en onmiddellijk richtte ze haar blik op hem. Ze aarzelde, bang misschien te veel te zullen zeggen. "Nee, heer. We komen uit het noorden."

"Waarvandaan? Waarom zijn jullie helemaal hierheen gekomen, naar dit akelige oord?"

Ze begon opnieuw te snotteren. "Heer, het is erg, je kon nergens meer een homp brood verdienen – de hongersnood heeft ook rijkere mensen dan wij getroffen. We moesten ergens anders heen omdat we niets meer te eten konden krijgen, en toen we hoorden dat hier in het zuiden tin werd gedolven, leek het een kans om ons leven weer op poten te zetten."

Simon wierp Baldwin een blik toe en keek toen de vrouw weer aan. "We kunnen je beschermen op weg naar je huis, en misschien je man helpen. Maar je moet ons vertellen wie hem dit hebben aangedaan."

De angst keerde in haar ogen terug. "Als ik u dat vertel, komen ze weer."

"Als je het ons vertelt, kunnen wij ervoor zorgen dat ze nooit terugkomen," zei hij geruststellend.

"Hoe kan ik daarop rekenen? En als u zich nu vergist? Ze kunnen ons huis in brand steken, of ons allebei vermoorden!"

"Sarah, bedaar. Ik ben de baljuw. Ze zullen je niet durven aanvallen als ze horen dat je onder mijn bescherming staat."

"Ik weet niet... daar moet ik met mijn man over praten."

"Best, ik zal je niet dwingen. Maar denk erover na. Misschien kunnen we je helpen – het laatste waar we hier per slot van rekening op zitten te wachten is anarchie."

"Die bestaat hier al, baljuw," zei ze treurig.

Terwijl zij met Hugh en Edgar buiten Bruthers hut bleef wachten, gingen Simon en Baldwin de kleine woning binnen. Een houten balk in het midden hield het dak omhoog. Een verbrande plek en twijgen in de buurt daarvan lieten zien waar de mijnwerker zijn vuur had gestookt. Een eenvoudige bank vormde het enige meubilair. Het zielige hoopje bezittingen van de man lag op een groot blok graniet dat uit de muur naar voren stak en als tafel diende: een mantel, een kap, een klein mes, een half brood, een geslacht konijn. Een dunne, versleten slaapmat lag opgerold op de vloer ernaast.

Baldwin pakte het dode konijn op en woog het in zijn hand. "Dit kan nog maar een dag oud zijn. In deze warmte zou het nauwelijks langer goed blijven. Als Bruther dit gevangen heeft, zal hij vast zo kort daarna geen zelfmoord hebben gepleegd?"

"Hoezo – denk je dat hij misschien zelfmoord heeft gepleegd?" vroeg Simon op scherpe toon.

De ridder zuchtte. "Nee, maar zelfmoord zou verklaren waarom zijn handen niet waren vastgebonden. En dan is er nog die tweede striem..."

"Welke tweede striem?"

Baldwin legde uit wat hij bedoelde en Simon luisterde aandachtig. "Het bewijst min of meer dat het moord moet zijn geweest," zei de ridder, terwijl hij het konijn wegwierp.

"Het is niet erg eervol, wel?" mijmerde Simon. "Een man van achteren besluipen en hem wurgen. Niet het soort gedrag dat je hier op het land zou verwachten. Als er gevochten wordt, is het meestal met dolken of vuisten. Dit... het is om misselijk van te worden."

"Ja. Zoals je zegt, het is niet erg ridderlijk. Maar er zijn nu eenmaal veel mijnwerkers op de woeste gronden, en ik betwijfel of die van adel kunnen zijn. Hoe dan ook, je hebt hier niet veel reden voor een roofmoord."

"Zouden ze hem van iets beroofd kunnen hebben?"

"Een horige? Misschien had hij een beurs bij zich, maar hij woonde hier nog geen jaar. Nee, ik betwijfel of het doel roof was. Bovendien, sinds wanneer hangen rovers hun slachtoffers op?"

Er viel hier niets meer voor hen te ontdekken. Ze gingen naar buiten en klommen op hun paard. Baldwin bood vrouw Smalhobbe een ritje met Edgar aan, maar zij sloeg dat af. Het was niet ver naar haar huis, en ze liep liever, zei ze. "Dat zou ik ook liever doen," mompelde Hugh woest toen hij zag dat Simon binnen gehoorsafstand was, maar zijn heer verkoos de opmerking te negeren.

Op het stuk land van de Smalhobbes troffen ze een net vierkant stenen huisje aan. Sarah rende onmiddellijk naar binnen, terwijl de mannen van hun paard stegen. Binnen was het benauwd. In het licht van een druipende kaars, die de lucht bezwangerde met de stank van brandend dierlijk vet, kon Simon de tengere figuur zien die op een strozak aan de andere kant van de kamer lag, met zijn vrouw op haar knieën naast hem. De mijnwerker kwam al met een ruk overeind. Zo te zien was hij bezorgd maar niet bang. Hij zag er gehavend uit en had verwondingen in zijn uitgemergelde gezicht. Toch maakte hij de indruk dat hij zijn mannetje stond.

"Mijn vrouw zegt dat u probeert uit te zoeken wat er gisteravond gebeurd is," zei Smalhobbe met een vermoeide en gespannen stem.

Baldwin keek de kamer rond en zuchtte toen hij besefte dat er geen stoelen of banken waren. Hij ging op zijn hurken zitten. "Ja. Zoals je vrouw je waarschijnlijk verteld heeft, is Peter Bruther vermoord. We horen dat jij ook bent aangevallen."

Henry Smalhobbe keek van hem naar Simon die naast de ridder neerhurkte. De gelaatsuitdrukking van de mijnwerker was gereserveerd en achterdochtig, maar Simon meende toch een glimp van hoop te ontwaren, alsof de man om hulp had gebeden en nu het gevoel had dat de redding nabij was. Simon schraapte zijn keel. "Zou je ons kunnen vertellen wat er gisteravond gebeurd is? Misschien kunnen we jou helpen en tegelijk de vraag ophelderen wie Peter Bruther heeft vermoord."

"Misschien," zei Henry Smalhobbe zachtjes, en hij liet zich op één elleboog zakken. Zijn gezicht was nu in het duister, onder het niveau van de kandelaar aan de muur, zodat zijn gelaatsuitdrukking moeilijk te zien was. Simon vroeg zich af of de verandering van houding opzettelijk was. Hij beet op zijn lip van concentratie toen de mijnwerker vervolgde: "Er valt niet veel te vertellen. Ik was de hele dag buiten aan het werk geweest, zoals altijd. Ik kwam van de rivier, iets ten zuiden van hier. Het was al donker. En ik was bijna thuis toen ik een man zag die zich buiten schuilhield. Hij moet op mij hebben gewacht." Hij sprak zonder emotie, alsof hij het over andermans ongeluk had. "Toen ik Sarah hoorde roepen, wilde ik gaan kijken of het goed met haar was, maar meteen kreeg ik van achteren een klap op mijn kop." Hij zweeg en betastte voorzichtig zijn schedel. "Ik viel op de grond en iemand fluisterde in mijn oor dat als ik niet ophoepelde en dit land overliet aan de rechtmatige eigenaar, het mijn dood zou worden. En mijn vrouw..."

"Ik begrijp het. En toen?" zei Simon zachtjes.

"Ze begonnen me af te tuigen. Er was iemand die me schopte, en een ander had een knuppel, denk ik, hij sloeg me overal – op mijn benen, mijn rug, mijn hoofd, overal. Ik raakte buiten westen toen ze met mijn hoofd begonnen." Hij sprak zonder omhaal en probeerde zijn verhaal niet op te smukken. Simon was er zeker van dat ze hem konden geloven.

Het was Baldwin die naar voren leunde en vroeg: "Heb je iemand van deze mannen gezien?"

"Dat hoefde niet heer. Ik ken ze allemaal. Ze zijn met z'n drieën: Thomas Horsho, Harold Magge en Stephen the Crocker." Hij vertelde in het kort over hun vorige bezoeken, hoe ze hem en zijn vrouw hadden bedreigd. "Gewoonlijk is George Harang er ook bij, als deze lui mensen bang gaan maken, maar gisteravond was het Harold die het woord deed. Als George erbij was geweest, zou hij het hebben gedaan."

"Heb je hem iets over Peter Bruther horen zeggen? Wat dan ook?"

"Nee, heer, niet dat ik mij kan herinneren. Anders zou ik het u wel vertellen." Zijn stem klonk overtuigend.

"Heb je gehoord van iemand anders die onlangs is aangevallen? Weet je of er gisteravond iemand anders gewond is geraakt?"

"Nee, heer," zei Smallhobbe, terwijl hij naar zijn vrouw keek om steun te zoeken. Zij schudde haar hoofd ook, met grote ogen van bezorgdheid.

Baldwin zweeg, en Simon kwam langzaam overeind, met krakende knieën. "Bedankt alvast. We zullen zien wat we kunnen doen. Als je bereid bent deze lui aan te klagen, kunnen we misschien zorgen dat ze bestraft worden."

"O nee, heer!" Sarah Smalhobbe's gezicht was verwrongen van angst. "Dat kunt u vergeten! Wat zal er van ons worden als we dat doen? U ziet waar die mannen toe in staat zijn als we hun maar een beetje last veroorzaken..."

Simon hield zijn hoofd scheef. "Wat bedoel je met 'een beetje last'? Wat hebben jullie gedaan dat jullie die aframmeling verdiend hebben?" vroeg hij.

Even staarde ze hem aan, toen sloeg ze haar ogen neer en zocht ze, dacht Simon, steun bij haar echtgenoot.

"Henry?" zei hij aanmoedigend, en hij was er zeker van dat de man nerveus opschrok.

"Toen we hier kwamen, hebben we alles legaal gedaan, ons stuk land afgebakend en het laten registreren. Het enige wat we wilden was met rust gelaten worden om de kost te verdienen, en tot dusver hebben we dat gedaan. Maar sommige tindelvers..., het enige wat zij willen is mensen van het land houden."

"Tindelvers? Je bedoelt zeker landeigenaren. Zij zijn het die willen dat de mijnwerkers vertrekken," zei Baldwin.

"Nee, heer. De landeigenaren willen dat we ze met rust laten, dat is waar. Sommige mijnwerkers vernielen hun akkers en weiden, maar nee, ik bedoelde echt dat mijnwerkers ons van dit stuk grond weg willen hebben."

"Is het dan erg rijk? Is hier veel tin en willen anderen dat jullie hier weggaan zodat zij het kunnen winnen?"

Tot verrassing van de ridder barstte de gewonde man in een wrang gelach uit. "Nee, er is misschien genoeg voor Sarah en mij om van te leven, maar niet genoeg om er rijk van te worden. Iemand anders werkt ons tegen. Hij heeft mijnwerkers betaald om dit land niet te bewerken, zodat het weidegrond kan blijven, en ze zijn bezig die overeenkomst af te dwingen."

"Dus deze lui hebben je een pak slaag gegeven omdat ze betaald werden om het land onbezet te houden?"

"Ja, heer. Ze werken voor een machtig man, voor Thomas Smyth, en hij wordt ervoor betaald niet zo ver op de woeste gronden te delven. Daarom heeft hij hun opgedragen ervoor te zorgen dat mensen als wij verdwijnen."

"Wist jij hiervan, Simon?" vroeg Baldwin, terwijl hij zijn vriend verbaasd aankeek.

"Ik heb ervan gehoord," gaf de baljuw toe. "Het is moeilijk om er een eind aan te maken. Toen de mijnwerkers van Devon zich dertien jaar geleden afscheidden van de Cornishmen en hun eigen tindelversparlement hier in Dartmoor vormden, hebben ze plaatselijk meer macht gekregen, en dit soort dingen is een paar keer voorgekomen. Maar," zei hij, terwijl hij de Smalhobbes toeknikte, "ik zal doen wat ik kan om er een eind aan te maken, nu ik weet wie hier verantwoordelijk voor is."

Tijdens de terugrit naar de havezaat deed Simon er het zwijgen toe en ook Baldwin stelde zich ermee tevreden zich koest te houden. Hoewel de baljuw hem had gewaarschuwd voor de moeilijkheden die de tindelvers veroorzaakten, had hij niet beseft hoe de mensen op de woeste gronden te lijden hadden van bendes, die sommigen terroriseerden omdat ze daar van anderen geld voor kregen. Hij was nog steeds in gedachten verzonken toen ze op Beauscyr Manor arriveerden. Het begon donker te worden, en iedereen was blij zich uit het zadel te kunnen laten zakken. Samuel Hankyn ging naar de keuken, terwijl de andere vier zich naar de zaal begaven. Hier zag Baldwin tot zijn genoegen dat er eten voor hen was klaargezet op een tafel voor het vuur. Hij zat al te eten toen de anderen nog moesten gaan zitten. Er was verder niemand in de zaal.

Na een paar minuten schoof sir Robert Beauscyr de gordijnen bij de ingang van de zaal opzij. Hij marcheerde over de met biezen bedekte vloer naar een bank tegenover Simon, ging zitten en staarde de baljuw aan. "En? Hebben jullie iets ontdekt?" vroeg hij plompverloren.

Simon bekeek hem zwijgend terwijl hij op wat taai, gedroogd rundvlees kauwde. Hij mocht de oudste van de twee broers al niet sinds hun eerste ontmoeting. Zijn arrogantie was beledigend, Simon was zo'n bejegening niet gewend. Hij zakte onderuit op zijn bank en pakte zijn tinnen kroes op. De vraag negerend zei hij: "Hoe lang betaalt de havezaat Thomas Smyth al geld om van het land van de havezaat weg te blijven?" Daarna nam hij een slok.

Robert Beauscyr stond paf. De hele affaire was pas de afgelopen paar dagen tot een uitbarsting gekomen. Voordien had zelfs hij niet van de regeling af geweten. Om zijn figuur te redden probeerde hij de zaak met een schouderophalen af te doen, hoewel hij wist dat de schok zichtbaar was geweest. "Wat heeft dat met die moord te maken?" snauwde hij. "Het doet niet terzake."

"En of het dat doet. Als u bijvoorbeeld iemand had betaald om land te beschermen dat van u is, en hij zou dat proberen te doen door iemand te vermoorden, zou dat hetzelfde zijn als wanneer u voor de moord zou betalen." De baljuw stak nonchalant een korst brood in zijn mond, zich verkneukelend over het onbehagen van de jonge ridder. "Waar of niet?"

"Nee... ik bedoel, misschien. Maar dat is hier niet van belang."

"Hoezo? Beschouwt u uzelf als boven de wet staand?" vroeg Baldwin vriendelijk.

Sir Robert keek hem woedend aan. "Nee, natuurlijk niet. Maar Wistman's Wood maakt geen deel uit van de havezaat. Het valt buiten ons domein. Als het van iemand is, is het van Adam Coyt, een man van de woeste gronden. Hij heeft daar weiderechten. Hoe dan ook, wij zouden niet betalen om een horige om zeep te laten brengen!"

"Zelfs niet een die weggelopen was en die voor de familie een nagel aan hun doodskist was?" zei Simon met opgetrokken wenkbrauwen.

Voordat Robert antwoord kon geven kwam zijn vader de zaal binnen. Het ergerde sir William dat zijn zoon er al was. Toen hij merkte hoe gespannen de mannen om de tafel leken, deed hij een schietgebedje. "Wat heeft die dwaas nu weer gezegd?" vroeg hij zich binnensmonds af. Terwijl hij de bezoekers nors toeknikte, liet hij zich naast zijn zoon neervallen. Hij voelde zich uitgeput en wist dat zijn vermoeidheid zichtbaar was. Baldwins suggestie dat de mijnwerkers hem van de moord op Bruther zouden kunnen beschuldigen, was een akelige schok voor hem geweest, en hij vond het nu moeilijk de ridder recht in de ogen te kijken. De afgelopen week was al zwaar genoeg geweest. Hij wist dat het er niet gemakkelijker op zou worden zolang de baljuw aanwezig was.

Zuchtend zei hij: "Ik neem aan dat u de plek hebt gevonden waar hij vermoord is, baljuw?"

Onmiddellijk barstte zijn zoon uit: "U hebt niet gezegd... hebt u iets ontdekt?"

Er was een zweem van nervositeit in zijn stem, dacht Simon; peinzend keek hij de jongeman aan. "Het lijkt niet waarschijnlijk dat hij zelfmoord heeft gepleegd," vertelde hij de Beauscyrs. "We vermoeden dat hij door een bende is vermoord." Hij wilde nog geen gewag maken van hun bezoek aan het huis van de Smalhobbes, niet zolang het nog niet zeker was dat die geen vergelding hoefden te vrezen. "Zoals u zei, de mijnwerkers zijn een ruig volkje. Ongetwijfeld ergerden sommigen van hen zich aan Bruthers mijnbouwactiviteiten."

"Juist, ja. Wat gaat u eraan doen?"

Simon staarde naar zijn kroes en keek toen Baldwin even aan. De ridder twijfelde niet. Hij strekte zijn benen en zuchtte tevreden. "We zullen morgen met die mijnwerkers gaan praten en kijken wat ze te zeggen hebben."

Sir Robert stond op. "Ik wil dat deze zaak snel wordt uitgezocht, zodat we weer een normaal leven kunnen leiden." Zonder groet liep hij de zaal uit.

"Vergeef hem zijn onbehouwenheid, baljuw. Het is enkel de onstuimigheid van de jeugd. Hij heeft vandaag een slechte dag gehad; hij is ervan overtuigd dat de mijnwerkers meer problemen gaan geven. En hij heeft een woordenwisseling gehad met mijn andere zoon." Sir William slaakte een diepe zucht. "En een van de soldaten is vandaag bij het oefenen gewond geraakt... Waarom gaat toch altijd alles tegelijk verkeerd?"

Met een kort knikje wierp Simon hem een ijzige glimlach toe, terwijl Baldwin zijn grijns moest verbergen door een slok uit zijn kroes te nemen. Als de knaap zo onstuimig bleef, dacht hij, zou het er misschien van komen dat de baljuw hem met getrokken zwaard manieren leerde.

Hoofdstuk 7

Nadat hun verteld was hoe ze moesten rijden, vertrokken ze de volgende ochtend vroeg om de mijnwerker te ontmoeten over wie ze zoveel gehoord hadden: Thomas Smyth. Onderweg praatten ze over het lijk. Simon vond Baldwins interesse voor de dunne striem op Bruthers hals lichtelijk overdreven. "Ben je er zeker van dat het niets te maken heeft met het touw waaraan hij was opgehangen?"

"Het kan daar niet van zijn," zei Baldwin gedecideerd. "Als een man wordt opgehangen, veroorzaakt het touw een kneuzing; als een man gesmoord wordt, zullen er vingers en duimen als blauwe plekken zichtbaar zijn. Maar je kunt een dood lichaam zo hard slaan als je wilt – dat veroorzaakt geen blauwe plekken."

Simon haalde zijn schouders op. "Misschien, maar wat heeft dat ermee te maken?"

"Bij dit lichaam heeft het touw geen blauwe plekken veroorzaakt. Wel schaafwonden, maar geen blauwe plekken. Wat betekent dat? Het betekent dat Bruther al dood was toen hij werd opgehangen. Het dunne koord vormde het moordwapen, want dat heeft zijn hals inwendig gekneusd.

"Mooi! Dus iemand heeft hem opgehangen na hem vermoord te hebben om te laten zien hoe hij gestorven was. Wat attent," zei Simon sarcastisch.

Baldwin glimlachte. "Iemand heeft hem gewurgd voordat hij werd opgehangen," beaamde hij. "Maar toen is – vermoedelijk door dezelfde persoon – om een of andere reden de poppenkast opgezet om hem op te hangen."

"En je bent er zeker van dat hij gewurgd is?"

"O, ja. Daar kan geen twijfel aan bestaan. Alles wees erop. Heb je de rode vlekken over zijn hele gezicht niet gezien? De kleine bloeduitstortingen in zijn ogen?"

"Ik had er geen behoefte aan het lijk even nauwkeurig te bekijken als jij," zei Simon droog. "Wat heb je nog meer opgemerkt?"

"Ligt dat er zo dik op?"

"Ja, Baldwin. Je kijkt zo voldaan als een herbergier die net een vat zes maanden oud bier aan een zuiplap heeft verkocht. Vertel het dus maar. Wat is het?"

De ridder krabde nadenkend aan zijn nek. "Zoals ik zei, Bruthers handen waren niet vastgebonden. Hij had geen kneuzingen op zijn polsen. De streep op zijn hals was duidelijk zichtbaar aan de voorkant van zijn keel en aan de zijkanten, maar niet van achteren. Ik heb wat schrammen op zijn hoofd gezien, maar ik kan niet zeggen of hij die heeft opgelopen toen hij nog leefde. Het kan zijn dat hij van achteren is aangevallen."

"Ik begrijp het. Van achteren beslopen en gewurgd."

"Ja, maar het wijst natuurlijk ook op iets anders."

"Wat dan?"

Baldwin wierp hem een lijdzame blik toe en zuchtte. "Denk eens na. Als hij door een groep mannen was overvallen, zouden er tekenen van een gevecht zijn geweest. Maar die waren er niet – hij had alleen die striem. Zoals ik het zie, kreeg Bruther eerst een klap op zijn kop, vandaar die schrammen, en werd hij daarna gewurgd; of hij is onverhoeds verrast door één aanvaller, die een snoer om zijn hals wierp en hem op die manier wurgde. Ik houd het op het laatste, niet op het eerste."

"Waarom?"

"In godsnaam, Simon!" Nu was zijn toon openlijk geïrriteerd. "Denk na, man! Als hij bewusteloos was geslagen, waarom zou de moordenaar dan de moeite nemen een snoer te gaan halen, als hij de kerel met zijn blote handen kon wurgen? Het zou niet meer dan een minuut hoeven te duren, en het zou even snel gaan als het doden van een konijn of een kip. De moordenaar zou toevallig een koord bij zich gehad kunnen hebben, veronderstel ik, maar is het niet waarschijnlijker dat hij klaar was voor zijn slachtoffer? Hij had het snoer al stevig om zijn vuisten gewonden toen hij Bruther zag naderen, en het enige wat hij toen nog hoefde te doen was het om de nek van zijn nietsvermoedende slachtoffer werpen en..." Hij gaf een krachtige ruk met beide handen. "En dat was dat. Eén mijnwerker minder op de woeste gronden."

Simon fronste zijn voorhoofd. "Het klinkt logisch – maar we zijn nog geen stap verder met de vraag wie hem vermoord heeft."

"Nee. We moeten erachter zien te komen wie belang bij zijn dood hadden, en die dan ondervragen. Het probleem is dat er nogal wat mensen schijnen te zijn die hem uit de weg wilden hebben."

"Wel, misschien vinden we hier iets," zei de baljuw. Ze waren over de top van een kleine heuvel gekomen en keken op een dorp uit, aan de voet van een flauwe helling.

Zoals het daar lag detoneerde het tussen de uitgestrekte golvende vlakten van de woeste gronden, vond Baldwin. De armoedig uitziende langhuizen en hutjes waren in dezelfde stijl gebouwd als die in gehuchten als Blackway of Wefford op zijn eigen land, maar de kleur was verkeerd. Bij hem thuis was de aarde rood en gaf de modder die gebruikt was om muren te bouwen de huizen en hun pleisterwerk kleur. Deze woningen zagen er onpersoonlijk en grauw uit. Toen hij dichterbij kwam zag hij pas dat het niet de normale huizen van leem en hout waren die hij gewend was. Op zijn havezaat waren altijd modder en dieren bij de hand, en het bos aan de rand van bijna ieder dorp leverde boomstammen. Hier op de woeste gronden waren zulke bouwmaterialen niet aanwezig; slechts één materiaal, graniet, was in overvloed beschikbaar, en de bewoners maakten er overal gebruik van.

De huizen lagen aan weerszijden van een onafzienbaar lange, merkwaardig rechte weg. Achter de huizen bevonden zich lapjes grond die mens en dier voedsel verschaften, en er liepen weggetjes die de rand van het dorp vormden. Een rivier trok een streep door het land, sneed het dorp doormidden en voedde een visvijver erachter. Waar hij de weg kruiste, bood een brede voorde een veilig oversteekpunt. Hier reden de mannen op af, want er was hun verteld dat de mijnwerker het huis bezat dat vlakbij de kruising op de westelijke oever lag.

Toen het huis in zicht kwam, tuitte Baldwin de lippen in een geluidloos gefluit. Hoewel het geen kasteel met kantelen, een slotgracht of een grote poort was, moest de eigenaar hiervan een rijk man zijn. Baldwin had heel wat rijkeluishuizen gezien, maar nog nooit zoiets fraais als dit. De zaal in het midden was ruim, met brede, hoge ramen onder een leien dak. Annex was opslagruimte, en verderop stond een apart vierkant gebouw dat een keukengedeelte leek te zijn. Dit alles ademde een sfeer van comfort en rust. Toen hij een blik op Simon wierp, zag hij dat de baljuw ook onder de indruk was.

"Doet Lydford er een beetje miezerig uitzien," mompelde

Simon, en de ridder lachte hardop. Zoals hij wist was Lydford bij de familie van de baljuw berucht geworden om zijn tochtigheid. De gure wind die door het ravijn van Lydford joeg, geselde de vierkante slottoren en maakte het leven binnen onaangenaam. Margaret, Simons vrouw, was dan ook blij dat hij als baljuw de mogelijkheid had in een huis in de buurt te wonen, en niet in het kasteel zelf.

Het huis van Thomas Smyth werd van de weg gescheiden door een groot weiland waarin ossen tevreden aan het knabbelen waren toen de vier mannen langs reden. Een recht pad leidde naar de stallen, en daar moesten ze zijn. Terwijl ze afstegen, kwam er een witharige man aangeschuifeld, die de slaap uit zijn ogen wreef. Hij ontfermde zich over de paarden, hoewel het hem duidelijk verbaasde dat er al zo vroeg bezoek kwam.

Ze waren op weg naar het huis toen er een man de deur uitkwam. "Ah!" zei Baldwin. "Ik denk dat dit een interessante ontmoeting wordt."

Simon zag dat het dezelfde man was die hen in het begin had gewaarschuwd het mijnwerkerskamp met rust te laten. De herkenning was wederzijds. De man met het zandkleurige haar aarzelde, wierp een blik op de deur achter hem en keek toen weer naar het bezoek met een wantrouwige uitdrukking op zijn gezicht. Op de een of andere manier vrolijkte dit Simon op.

"Hallo... ik geloof dat we elkaar eerder ontmoet hebben," zei hij hartelijk.

"Kan zijn. Misschien."

"Natuurlijk. Jij was toch de man die ons de weg naar sir Williams havezaat hielp vinden? Wij zijn hier om Thomas Smyth te spreken. Is dit zijn huis?"

De man lachte spottend terwijl hij Simon van top tot teen bekeek. "Wil hij jullie dan spreken?"

"Ik denk dat hij dat beter kan beoordelen dan zijn dienaar," zei Simon kortaf. Hij maakte aanstalten de man voorbij te lopen, maar tot zijn verrassing werd hem de pas afgesneden.

De mijnwerker ging voor hem staan, met zijn handen in zijn riem.

"Waar gaat het over?"

Geïnteresseerd keek Baldwin naar de emoties die elkaar op het expressieve gelaat van zijn vriend afwisselden. Verbluffe verontwaardiging werd gevolgd door droog amusement, en dat werd weggevaagd door een plotselinge woedeaanval. Simons gezicht liep rood aan en zijn kaken klemden zich op elkaar; Baldwin moest snel ingrijpen om een uitbarsting te voorkomen.

"Ik denk dat wij jouw heer moeten vertellen wat wij met hem willen bespreken," zei hij glimlachend. Ondertussen kwam Edgar naast hem staan, met een hand op het gevest van zijn zwaard. "Dus, je heer," vervolgde Baldwin. "Waar is hij?"

George Harang staarde hem aan. Hij was niet gewend dat iemand hem de voet dwarszette. Geen enkele mijnwerker zou hem op deze manier durven uitdagen, maar hij had nu met de baljuw en diens vriend te maken. Hij zette zich schrap en stond op het punt om hulp te roepen toen iemand achter hem vroeg: "Wat heeft al dat rumoer te betekenen?"

De man die de vraag had gesteld stond in de deuropening geleund. Hij zag er sjofel maar opgewekt uit en hij glimlachte joviaal.

Simon vond hem op Baldwins buldog lijken – zij het minder lelijk. Deze kleine man met schouderlang grijzend haar en ogen als kooltjes, glinsterend van pret, had een arme lijfeigene kunnen zijn wat zijn kleding betrof. Zijn leren wambuis was gehavend en versleten, zijn hemd was een eenvoudige wollen kamizool, met veel gestopte gaten, en het enige persoonlijke sieraad dat de baljuw kon zien was de gouden ring aan zijn wijsvinger. Opzichtig vertoon was onnodig, want zijn houding maakte duidelijk dat alleen hij de heer des huizes kon zijn.

"Uit de weg, George. Natuurlijk zal ik deze gasten ontvangen. Ik kan de baljuw van Lydford toch niet wegsturen?" En het bezoek kreeg een wenk binnen te komen. Terwijl Hugh zich achter de ridder en Simon aan haastte, bleef Edgar naar George staan kijken; pas toen de wacht zijn blik afwendde liep Edgar met grote passen achter de anderen aan.

Zoals Baldwin verwacht had, was het huis prachtig. De deur kwam uit op een gang tussen gelambrizeerde schotten, met daarboven een zangersgalerij, en met aan het eind een lange zaal waarin hoge ramen enorme poelen van licht op de met biezen bedekte vloer wierpen. De haard was een grote kring van aangestampte aarde midden op de vloer, en een enorm blok hout dat op het bed van gloeiende as lag te smeulen, siste en kraakte zachtjes. Wandtapijten hielden de warmte binnen, en al het zichtbare houtwerk was rijk gebeeldhouwd.

Naast het vuur lagen twee wolfshonden, die overeind kwamen toen ze de bezoekers hoorden binnenkomen, en hun baas in de gaten hielden.

Thomas Smyth liep naar zijn honden toe en liet even zijn handen op hun koppen rusten. Daarop gingen de dieren onmiddellijk liggen, als op een teken. In de buurt stond een bank bij een tafel, en Smyth ging zitten, terwijl hij de anderen een wenk gaf zijn voorbeeld te volgen.

Simon werd door plotselinge twijfels bevangen. Deze man zag er niet uit als een brutale afperser – en nog veel minder als een moordenaar. Hij leek kalm en redelijk, met de zelfverzekerde uitstraling van rijkdom. Simon zag dat Baldwin naar de haard liep, voor de honden neerhurkte en ze over hun kop streelde. Toen Hugh in hun buurt kwam, klonk er gegrom dat de knecht op een drafje naar een bank deed gaan, waar hij ging zitten. Maar aan Baldwins klopjes onderwierpen de dieren zich met kennelijk plezier. De baljuw schudde zijn hoofd. Op de een of andere manier had Baldwin altijd dat effect op honden.

"En, baljuw. Wat kan ik voor u doen?" Thomas Smyth zat er op zijn gemak bij, met zijn handen op zijn knieën, het toonbeeld van beminnelijkheid.

"Hoe weet je dat ik de baljuw ben?"

"Ah wel, als zo'n belangrijk man als u met uw vriend door de woeste gronden gaat, kan het niet anders of u wordt opgemerkt. En mijn mannen bestrijken hier een groot gebied. Per slot van rekening werken er meer dan honderd man voor mij."

Simon was zich bewust van het bedekte dreigement in deze onschuldige woorden. Alleen een rijk man die zijn eigen macht kende, kon zich veroorloven zoveel mannen in loondienst te hebben, en de mijnwerker wees op het aantal mannen op wie hij kon rekenen. Als om het feit te benadrukken wierp Smyth een vluchtige blik op de drie andere mannen alvorens zijn ogen weer op Simon te laten rusten. Maar toen hij aan Simons gezicht zag dat hij de boodschap had begrepen, grijnsde hij, alsof dit maar een spelletje was en ze nu ter zake konden komen. Met een licht gevoel van afkeer merkte Simon dat hij 's mans brutale zelfvertrouwen wel kon waarderen. Hij besloot het doel van hun bezoek zijdelings te benaderen.

"Gisteren is er een overval geweest," begon hij. "Waarom

hebben je mannen Henry Smalhobbe afgetuigd en hem verteld dat hij zijn mijn moet verlaten?"

"Wie?"

"Henry Smalhobbe."

"Dat is een ernstige beschuldiging, baljuw," zei Thomas Smyth, terwijl zijn ogen zich verhardden tot zwarte ijskristallen. Simon hoorde iemand achter hem naar adem happen, en toen hij zich omkeerde, zag hij dat George Harang hen was gevolgd en nu vlak in de buurt stond. Hij keek woedend naar de baljuw.

"Heel ernstig," beaamde Simon vriendelijk, terwijl hij zich weer naar de mijnwerker keerde.

"Heeft deze man ook verteld wie hem hebben afgetuigd?" Ditmaal veinsde de mijnwerker verrassing.

"Harold Magge, Thomas Horsho en Stephen the Crocker. Allemaal mannen van jou."

"George?" Smyth keek zijn dienaar aan.

"Heer, die zijn weg bij de mijnen. Ze moeten eergisteren vertrokken zijn."

"Ah. Dus u ziet, baljuw, dat ze mijn kamp verlaten hebben. Ze moeten met een eigen project bezig zijn als ze die – hoe heet hij ook weer? – hebben aangevallen."

Simon negeerde de vraag. "Waarom zouden ze je kamp verlaten hebben?"

"Ah, tja, baljuw," zei Smyth glimlachend, terwijl hij met veel vertoon zijn schouders ophaalde. "Een man kan net zoveel redenen hebben om te vertrekken als ik mannen heb die voor mij werken. Ik ben meester-tindelver, ik heb een meerderheidsbelang in veel mijnen op de woeste gronden, dus het is moeilijk al de mannen te volgen die in mijn mijnen werken. Ze zijn van allerlei slag: dagloners, arbeiders op jaarcontract en vele anderen. Verwacht u echt dat ik ze allemaal persoonlijk ken? Dat is onmogelijk! En dan zijn er natuurlijk ook nog vreemdelingen, mannen die niet van hier zijn en een hekel aan de woeste gronden krijgen – of er bang voor worden. Ze worden vaak depressief van het leven hier, en vertrekken gewoon."

"Anderen hebben gesuggereerd dat jij je mannen – en je mijnen – heel goed in de gaten houdt."

"O, ja. Wel, natuurlijk doe ik dat." Zijn vriendelijke glimlach verbreedde zich, alsof hij het aandoenlijk vond dat Simon niets beters had kunnen bedenken. "Ik moet krachtig optreden. Het is een ruig stelletje mannen, baljuw. Ze vragen heel wat – laten we zeggen 'toezicht'. Er zijn lieden bij die misschien niet gediend zouden zijn van een al te grondig onderzoek naar hun verleden. Velen zijn vast alleen maar naar Dartmoor gekomen omdat ze wisten dat ze dan onder het recht van de tinmijnen zouden vallen, en verschoond zouden zijn van alle moeilijkheden die ze achter zich wensten te laten. Dat betekent niet dat ik ze allemaal bij naam ken."

"Bedoel je dat je bandieten in dienst hebt?" vroeg Simon botweg.

"Baljuw, alstublieft! Verwacht u dat ik bij alle drosten en schouten in het land ga informeren naar het verleden van iedereen die mij om een baan komt vragen? Trouwens, de meesten van hen zullen nooit terugkeren naar waar ze vandaan komen, dus je zou bijna kunnen zeggen dat ik de wet van bandieten afhelp! Zolang ze hier zijn en voor mij werken, leven ze niet in de bossen en beroven ze geen kooplui – als ze dat al ooit gedaan hebben."

Baldwin gromde en ging staan. "Deze drie mannen – waren zij vogelvrijverklaarden?"

"Ik heb geen idee. Ik heb het hun niet gevraagd," zei Smyth.

"Is het waar dat je geprobeerd hebt Smalhobbe en anderen van de woeste gronden te verjagen?"

"Verjagen?" Met schuin gehouden hoofd staarde Smyth de ridder aan, alsof hij niet wist wat hij hoorde.

"Ja, van de woeste gronden te verjagen. Door hen te bedreigen, door te suggereren dat hun vrouwen kunnen worden verkracht of tot weduwe gemaakt..."

"O, kom nou toch! Ik heb al overal mijnen, meer heb ik er niet nodig."

"En toch is er iemand gewond geraakt, die jou daarvoor verantwoordelijk acht – en iemand anders is dood."

"Dood?" De blik die hij George Harang toewierp, was niet geveinsd, dat wist Baldwin zeker. Er was hier sprake van oprechte verrassing.

"Ja, een man, Bruther genaamd," zei Simon kortaf.

"Wat zegt u? Is Peter Bruther dood?" De tindelver staarde hen ongelovig aan.

"Vermoord," zei Simon. "Iemand heeft hem opgehangen. Heb je enig idee wie Bruther dood had willen hebben?"

Smyths gezicht verstarde. De baljuw kon de waarheid niet

kennen, bedacht hij. Anders zou die vraag nooit gesteld zijn. Maar voordat hij zijn tegenwoordigheid van geest terug had en kon antwoorden, was er een onderbreking.

De deur ging met een klap open en Baldwin stond oog in oog met een paar vrouwen. Een van hen was een opgewekte verschijning van hoogstens veertig, zo'n tien jaar jonger dan Smyth, en uit haar glimlach maakte de ridder op dat dit kleine dikkerdje zijn vrouw moest zijn. Ze had de gezonde, frisse gelaatskleur die hij met bewoners van de woeste gronden associeerde, maar miste het norse flegma dat hij bij anderen had opgemerkt. Haar donkere haar was gevlochten en gekruld onder haar kap, en de stijve strengheid van haar hoofdtooi strookte niet met haar lachende bruine ogen.

De andere vrouw was kennelijk haar dochter. Ze had hetzelfde donkere haar en dezelfde zonnige, hartverwarmende lach, die een levendige geest verried. Bij het zien van de gasten bleef ze even bij de deur staan voordat ze naar haar vader liep. Baldwin schatte haar een jaar of vijftien, ze was nog een beetje veulenachtig in haar bewegingen en rank als een hinde, maar zonder de onhandigheid die soms zo evident was bij meisjes van haar leeftijd. Het meisje was heel zelfverzekerd en wist dat ze door vier mannen bekeken werd. Dat bleek uit de manier waarop ze elegant en sierlijk over de vloer naar haar vader zweefde. Baldwin merkte dat haar moeder dit ook had gezien. Ze zuchtte alsof dit vroegrijpe gedrag haar enigszins wanhopig stemde, maar grinnikte toen hun blikken elkaar kruisten. Hij reageerde met een brede grijns.

"Vader, je had beloofd vanochtend met mij uit rijden te gaan."

Het meisje had een diepe stem, die niet paste bij haar tengere figuur. Hoewel haar aandacht schijnbaar op Smyth gevestigd was, ging ze naast hem staan met haar hand op zijn schouder, zodat ze de bezoekers kon bekijken.

"Ja, maar we zijn nu bezig, popje," zei haar vader, terwijl hij een arm om haar middel legde en de baljuw strak bleef aankijken. Simon had het gevoel dat Smyth zich met moeite beheerste, maar dat was niet te verwonderen. Niemand wordt graag op één en dezelfde dag van afpersing en moord beschuldigd, dacht hij.

"Duurt het nog lang?" Ze keek uitdagend naar Baldwin, maar de ridder was er niet zeker van of de vraag tot hem gericht was. Ondertussen was de tindelver in gesprek met Simon.

"Wie Bruther dood wilde hebben, vroeg u? Dat moet u de lamzakken vragen bij wie hij weg is gelopen, de Beauscyrs. Ze wilden hem terug om andere horigen ervan te weerhouden de havezaat te verlaten, en ze maakten daar geen geheim van."

"Maar waarom zouden ze hem vermoorden?"

"Als waarschuwing – om te laten zien wat iedere andere wegloper te wachten staat. Hij is opgehangen, zegt u? De Beauscyrs moeten een zo duidelijk mogelijk signaal hebben willen afgeven! Een kort touw en een fikse val. Hoe moeten ze hun havezaat anders bij elkaar houden? Ze kunnen zich niet veroorloven iedereen maar van zijn werk te laten weglopen als hij dat wil; de havezaat kan niet zonder mannen."

"Zij suggereerden dat jij het geweest zou kunnen zijn die hem hebt laten vermoorden."

Even was het stil, toen viel de dienaar van de mijnwerker uit: "Hebben ze dat gezegd? Durven ze mijn heer te beschuldigen."

"Zwijg, George!" Het bevel kwam onmiddellijk en onverbiddelijk, en Simon zag dat Smyths ogen bliksemden van drift. Maar zijn woede verdween even snel als ze was opgevlamd, en na deze uitbarsting was hij een vermoeide, zonderling kwetsbare man, van wie de baljuw zich realiseerde dat hij al oud was in vergelijking tot de meesten. Toen Smyth weer sprak, deed hij het bedaarder, maar de emotie klonk nog altijd door in de precieze manier waarop hij articuleerde.

"Baljuw, ik woon hier nu al vele jaren en zoals ik al zei moet ik een ruig stelletje lieden onder de duim houden. Er zijn wel strubbelingen geweest, maar niet zo vaak, en iedere keer heb ik de vrede hier weten te bewaren, terwijl op andere plaatsen zelfs ridders hun toevlucht hebben genomen tot struikroverij. De afgelopen paar jaar waren moeilijk en toch heb ik er op de woeste gronden voor gezorgd dat het recht in stand is gebleven. Als ik dacht dat een van mijn mannen Peter Bruther vermoord had, zou ik ervoor zorgen dat hij gestraft werd. Vergelijk dat eens met de Beauscyrs. Kijk naar die oude dwaas, sir William, en zijn twee jonge welpen. Als u de moordenaar wilt vinden, hoeft u niet verder te zoeken dan die familie. Met name sir Robert Beauscyr is een..."

"Vader, dat is niet eerlijk!" Zijn dochters uitbarsting overviel hem. Ze rukte zich los uit zijn arm om haar middel. "Het zou nooit bij Robert opkomen iemand te vermoorden!"

"Zwijg, Alicia!" Hij sprak zonder stemverheffing, maar op een kille, boze toon. "Wat jij vindt, is niet belangrijk; dit heeft niets met jou te maken. Dit is ernstig. Iemand heeft een moord gepleegd, en ik denk dat het Robert kan zijn geweest." Terwijl zijn dochter hem een tragische blik toewierp en naast George ging zitten, wendde hij zich weer tot Simon en vervolgde: "Robert Beauscyr heeft altijd een wreed trekje gehad, en hij kan de hulp van heel wat mannen uit de lijfwacht van zijn vader inroepen. Het zou gemakkelijk voor hem zijn geweest naar de woeste gronden te gaan en Bruther te vermoorden."

Baldwins ogen waren op de dochter gericht. Ze zat naast George, en hield haar ogen op haar vader gevestigd, terwijl de oude dienaar haar meelevend op haar rug klopte. Ze keek alsof ze op het punt stond in tranen uit te barsten, en de ridder maakte daaruit op hoe na zij en de toekomstige erfgenaam van Beauscyr Manor elkaar waren komen te staan. Ze hadden de juiste leeftijd: de jongen was net de twintig gepasseerd, het meisje klaar om op haar vijftiende of zo te trouwen; vermoedelijk kende ze hem al haar hele leven. Ze woonden hier dicht bij elkaar, en andere dorpen lagen ver weg. Er konden maar weinig anderen van hun leeftijd hier in de buurt zijn.

Simon zei: "Maar hoe zit het met jou, Thomas? Waar was je op de avond dat Bruther vermoord werd?"

"Ik?" Het ongeloof verdween en maakte plaats voor ijzige woede. "Hier, baljuw – ik was hier! En als u dat bij een onafhankelijke getuige wilt natrekken, vraag het dan aan sir William Beauscyr. Hij was hier bij mij. En nu, als u mij wilt verontschuldigen, heb ik andere zaken om voor te zorgen."

Hij stevende op de deur af, maar voordat hij de zaal kon verlaten, zei Baldwin: "Nog één ding voordat je gaat. Heb je er geen bezwaar tegen, dat wij naar je kamp gaan om te vragen of iemand weet waar de drie mijnwerkers zijn? We moeten hen zo spoedig mogelijk spreken, hetzij om hun onschuld in deze zaak te bevestigen, hetzij..."

Thomas Smyth staarde hem enigszins spottend aan. "Natuurlijk," zei hij. "George zal u daar brengen en ervoor zorgen dat uw vragen worden beantwoord, nietwaar George?"

hoofdstuk 8

"hoe lang ken je je heer al, George?" Simons stem had een verzoenende klank nu ze de helling vanaf het huis afsukkelden om in zuidwestelijke richting op het kamp van de mijnwerkers af te gaan. Ze hadden de rivier al ver links van zich gelaten en reden door verlaten land, waar het enige geluid afkomstig was van rinkelend paardentuig.

Harang keek de baljuw achterdochtig aan, zijn wenkbrauwen vormden bijna één zandkleurige streep. Gerustgesteld door de oprechtheid die hij zag, haalde hij zijn schouders op. "Zo'n jaar of zeventien, vermoed ik."

"Dat was de eerste keer, dat je hier kwam?"

"Ja."

"En toen ben je voor hem gaan werken?"

"Ja."

"Sindsdien ben je bij hem gebleven?"

"Ja."

Deze geslotenheid ontmoedigde Simon. Hij keek Baldwin aan, die vriendelijk zei: "Dus ik neem aan dat Alicia geboren is kort nadat je voor Thomas Smyth bent gaan werken?"

"Ja."

"Ze moet... hoe oud zijn – vijftien? Zestien?"

"Vijftien. Geboren in 1303. In mei." Voor het eerst klonk zijn stem zachter, en zijn gezicht verried de intensiteit van zijn gevoelens voor het meisje.

"Ze lijkt me een slim kind."

"Heel slim," zei George, die nu naast de ridder reed. "Snel van begrip en kwiek is ze. Ik hoefde haar altijd maar één keer te vertellen welke vogel er zong, en dan wist ze dat voortaan."

"Het is een genoegen met iemand om te gaan die snel leert, nietwaar?"

"O ja, heer. En ze is bijna even sterk als een kerel. Omdat ze hier is opgegroeid, kent ze de woeste gronden zoals de meeste mensen hun tuin kennen. Ze is vaak urenlang op stap met haar pony."

"Kennelijk is ze gesteld op sir Robert Beauscyr."

"Waarom zegt u dat?" Er verscheen een argwanende uitdrukking op George's gezicht.

"Ze maakte er geen geheim van, door hem zo in bescherming te nemen."

"Nou ja, ze kennen elkaar," gaf George met tegenzin toe.

"Is het niet..." Baldwin aarzelde. "Ik bedoel, deze Robert Beauscyr is misschien wel rijk, maar hij is toch niet het toonbeeld van een ridder, wel? Ik zou gedacht hebben dat hij te saai voor haar was."

"Dat is wat ik tegen haar gezegd heb, maar als ze eenmaal..." George bloosde.

"Een beetje eigenzinnig misschien? Ze zag eruit alsof ze wist wat ze wilde."

George wierp de ridder een snelle blik toe, grinnikte plotseling en knikte beslist.

"Kijk heer, daar gaat het niet om. Als ze haar zinnen op iemand anders had gezet, een boer of zo, zou ik er denk ik geen moeite mee hebben, maar ik vertrouw de Beauscyrs niet. Ik heb in mijn leven wel wat heren gekend, en ze zijn nooit zo sterk als hun vaders, als u begrijpt wat ik bedoel. De zoons lijken altijd zwakker te zijn, in hun hoofd of in hun armen, net alsof de kracht bij de kinderen terugloopt. En dat is volgens mij met de Beauscyrs het geval. Sir William is sterk genoeg, dat kan ik niet tegenspreken, hij heeft het bewezen door voor de koning te vechten – maar zijn zoon, sir Robert? Hij heeft wel hersens, maar hij gebruikt die alleen voor boeken lezen, en dat is niet normaal. Nee, ik denk niet dat hij oké is."

"Oké voor Alicia, bedoel je? Of bedoel je dat hij een moord zou kunnen plegen?" Baldwin begon te lachen toen hij 's mans gelaatsuitdrukking zag. "Kom nou, George. Zoals je heer zei, Robert Beauscyr had goede redenen om de man terug te willen. Denk je dat hij tot een moord in staat is?"

"Of hij Peter Bruther kan hebben vermoord?" George reed in stilte voort terwijl hij de implicaties overwoog. Zoals hij wist, hadden de Beauscyrs weinig reden om Peter Bruther te mogen, maar iemand vermoorden was iets anders dan hem niet mogen. "Ik zou denken van niet, maar als hij een groep mannen bij zich had die zouden doen wat hij hun vroeg, zou hij er misschien opdracht toe geven."

"Wat weet je over zijn broer?"

"Die?" Hij spuwde. "Als Robert de hersenen heeft, dan heeft John de spierballen. Als er iemand is die ik altijd vóór mij zou willen hebben, nooit achter mij, dan is hij het. Maar hij heeft geen belangstelling voor het land, hij gaat altijd met zijn ridder op zoek naar meer oorlogsbuit of gestolen goed. Dat soort lui is nooit tevreden, ze willen altijd meer."

"Dat soort lui?" Baldwin keek hem even aan, maar George vond dat hij genoeg had gezegd en weigerde zich nader te verklaren. De rest van hun rit bewaarde hij een gereserveerd stilzwijgen. Gelukkig was het niet ver meer, weldra bereikten ze de brede hoogvlakte waar de mijnwerkers hun kamp hadden. George leidde hen naar een klein stalgedeelte bij een langzaam draaiend waterrad. Nadat ze hun paarden daar hadden achtergelaten, bracht hij hen naar het ovenhuis.

Binnen was het zo heet als in een smidse. Twee mannen werkten met ontbloot bovenlijf aan de oven, waarvan de vlammen de vierkante ruimte in een onaardse gloed van heet rood licht zetten. Puffend van de warmte deinsde Baldwin terug. De lucht was zo droog en prikkelend van de houtskooldampen dat hij amper adem kon halen na de koelte van de rit, en bij iedere samenpersing van de blaasbalg trof de luchtdruk hem als een mokerslag.

Het eenvoudige gebouw van twee vertrekken was opgetrokken uit steen en plaggen om wind en regen buiten te houden. Een doorgang naar rechts leidde naar een voorraadkamer, en tegenover de ingang bevond zich een haard in een muurnis. Hij zag eruit als een rij verticaal neergezette stenen, op z'n hoogst een breedte van 1,20 meter in totaal. Aan de linkerkant was een enorme blaasbalg, die vanbuiten bleek te worden aangedreven door het waterrad in de rivier. Zo werd lucht toegevoerd naar de onderkant van de haard. Achter de stenen, vertelde George hun, stond een grote lemen pot, in de vorm van een op zijn punt staande kegel.

"We vullen de lemen pot met lagen houtskool en erts," legde George desgevraagd uit. "De blaasbalg is nodig om de oven heet genoeg te krijgen zodat het tin smelt. Dan loopt het in de goot onderin." Hij wees naar een diep gegroefde steen onder de oven.

"Het enige wat we dan nog hoeven te doen is het in een giet-vorm scheppen; zo kan het in de tinmijnstad worden gestempeld."

De temperatuur was ondraaglijk. Hoewel Baldwin langer had willen blijven om te zien wat er plaatsvond, haastte hij zich weg te komen. "Fascinerend," mompelde hij buiten tegen Simon, terwijl hij het zweet van zijn voorhoofd wiste, "maar uitgesproken ongerieflijk!"

"Behalve als er sneeuw ligt," zei George opgewekt. Nu hij binnen was geweest, leek hij opgekikkerd, en deed hij Baldwin denken aan een duivel die kort en krachtig een stoot hellevuur had gekregen.

"Kun je ons laten zien waar die drie mannen woonden?" vroeg Simon. Hij had er genoeg van ovenhuizen of andere installaties en benodigdheden van de mijnwerkers te bekijken. In zijn ogen was het even opwindend als leem te zien drogen – zij het heel wat lucratiever.

George Harang haalde onverschillig zijn schouders op en ging hun voor naar een serie hutten aan de zuidelijke rand van het gehucht. Een ervan wees hij aan, waarna hij schijnbaar volkomen ontspannen bleef wachten. Simon en Baldwin keken elkaar aan, doken toen onder de bovendorpel door en gingen naar binnen.

Het was een armoedig krot van slechts drie bij tweeënhalve meter, en het stonk er naar pis en rook. Bij een kleine haard met wat verbrande twijgen en houtsnippers lag een takkenbos. Er was een armetierige strozak waar het stro uitstak, en daarnaast lag een canvas zak met daarop een houten bord en een pot, alles met roet bedekt. Verder was het vertrek leeg.

Buiten had zich een kleine, tengere vreemdeling bij Hugh, Edgar en George gevoegd. Hij had de grauwe huid en heldere ogen die het kenmerk zijn van te hard werken. George wees naar hem met zijn duim. "Dit is hun vrind. Hij slaapt hier ook."

Simon zag dat de jongeman zenuwachtig was, misschien uit verlegenheid. Hij zei: "We zouden je een paar vragen willen stellen over Harold Magge, Thomas Horsho en Stephen the Crocker. Weet jij waar ze zijn?"

"Nee, heer." De jongen schudde nadrukkelijk zijn hoofd. "Ik heb ze niet weg zien gaan."

"Sliepen ze hier altijd?"

"Ja, heer." Hij knikte even nadrukkelijk ja als hij nee had geschud. Simon begon zich af te vragen of zijn hoofd wel stevig genoeg op zijn schouders stond. Zo niet, dan kon het er elk moment af vliegen.

"Wanneer heb je ze voor het laatst gezien?"

"Weet ik niet, heer."

"Zo ongeveer, jongen. Je hoeft niet precies te zijn."

"Een paar dagen geleden, heer."

"Waar heb je ze voor het laatst gezien?"

"Weet ik niet meer, heer."

"Je kunt ons toch zeker wel vertellen of ze hier in de hut waren of ergens anders toen je ze voor het laatst zag?"

"Weet ik niet, heer."

Simons irritatie groeide, totdat hij een glimp van George Harangs gezicht opving. George leunde tegen de muur van de hut en glimlachte ontspannen tegen de mijnwerker. Ineens begreep Simon het.

"In elk geval bedankt. Je bent heel behulpzaam geweest," zei hij, en de man nam de benen als een opgeschrikt hert. Simon keek naar zijn vriend. "Ik vind dat we nu wel genoeg beslag op George's tijd hebben gelegd." Toen hij het ongeloof op Baldwins gelaat zag, nam hij hem bij de arm om samen naar de paarden terug te lopen. "Kom, we moeten met de Beauscyrs gaan praten."

Hun gids vergezelde hen naar hun paarden. "Het spijt mij dat u zo weinig hebt ontdekt," zei hij opgewekt.

"Ja," zei Simon nadenkend. "Maar ik heb nog één laatste vraag. Waar was jij op de avond dat Peter Bruther stierf?"

"Ik?" George glimlachte. "Ik was natuurlijk thuis, bij mijn heer. Waar zou ik anders geweest moeten zijn?"

"Dat was complete tijdverspilling!" mompelde Baldwin kwaad terwijl ze in een gestaag tempo de helling vanaf het kamp opreden. Simon keek hem even aan en glimlachte.

"Niet helemaal, Baldwin. We zijn wel iets wijzer geworden van ons bezoek. Het is duidelijk dat George Harang en Thomas Smyth ons niet willen helpen een van deze drie op te sporen. Ze weten precies waar hun mannen die avond mee bezig waren, maar willen niet dat wij daarachter komen – en dat doet enkele interessante vragen rijzen. Bijvoorbeeld, als Thomas Smyth de mannen verbergt of ons verhindert ze te vinden, wist hij dan dat de drie daarheen gingen? Heeft hij hun verteld te gaan? Heeft hij hun feitelijk opgedragen Henry Smalhobbe af te tuigen? En als hij dat gedaan heeft, heeft hij hun dan ook verteld naar Peter Bruthers huis te gaan en hem aan te vallen?"

"Dat zou hij gedaan kunnen hebben, aan zijn gezicht te zien," zei Baldwin, terwijl hij peinzend in de verte staarde, waar een man vee hoedde. "Ik denk dat Smyth tot vrijwel alles in staat is om te krijgen wat hij wil. Het is een man die hier zijn eigen rijk heeft opgebouwd, en niemand hoeft hem iets te vertellen. Er zijn mannen zat om te doen wat hij beveelt, en naar die arme, bange wezel van daarnet te oordelen zijn een heleboel als de dood hem te ergeren. Ik ben er zeker van dat hij daar bang voor was."

"Ja, daar twijfel ik ook niet aan. Daarom vond ik dat we maar beter konden vertrekken, aangezien we kennelijk toch nergens zouden komen – tenminste niet zolang George Harang binnen gehoorsafstand rondhing. Nee, als we antwoorden willen krijgen van wie van Thomas Smyths mannen dan ook, zullen we ze bij hun heer en zijn dienaar vandaan moeten houden."

Met een gevoel van opluchting zag sir William het groepje mannen wegrijden om op jacht te gaan. Drie knechten hadden zich bij zijn zoons en sir Ralph gevoegd. De twee jongens hadden elkaar bijna voortdurend in de haren gezeten nu John was teruggekeerd. Hoewel hij erg trots was op allebei zijn zoons, begon sir William uit te kijken naar het moment waarop sir Ralph en zijn jongste zouden vertrekken om door te gaan met hun reizen in het buitenland. Zuchtend keerde hij terug naar de zaal, waar zijn vrouw zou wachten. Ook Matillida voelde de spanning van het onophoudelijke gekissebis; ze begon humeurig te worden.

Er was iets niet in orde met Robert, overwoog hij. Doorgaans reageerde zijn oudste zoon pragmatisch op problemen, maar nu leek hij niet in staat conflicten te vermijden – hij zocht ze zelfs. In het verleden zou hij een ruzie altijd uit de weg zijn gegaan en liever met zijn werk zijn doorgegaan, maar sinds de affaire met Peter Bruther, en speciaal nu zijn broer weer was thuisgekomen, leek hij er plezier in te hebben om ruzie te maken. Sir William fronste zijn wenkbrauwen. Het was bijna alsof hij plotseling een nieuwe sterke karaktertrek bij zichzelf had ontdekt.

En John was nu ook een ander mens. Natuurlijk was veel

daarvan het gevolg van zijn training als krijgsman. Daarvóór was hij nog maar een knaap geweest, en nu was hij als een man teruggekeerd. Dat lag voor Robert moeilijk. John had zijn eigen mening over een aantal zaken waarin hij zich voordien aan de zienswijze van zijn broer zou hebben onderworpen. Daar was geen sprake meer van. Toen hij van huis was weggegaan, was hij een verlegen, stille jongen geweest; nu, na zes jaar aanhoudende training in dienst van zijn heer, was hij gewend aan werk en ontberingen. Doordat hij jaren in de Schotse moerassen had geleefd en tot krijgsman was gevormd in de strijd tegen de indringers, had hij te veel meegemaakt om weer in een toestand van gepaste volgzaamheid te vervallen, waarin hij voortdurend het hoofd boog voor de wensen van zijn broer. Misschien was dat het. Misschien was het alleen dat Robert niet kon begrijpen dat John volwassen was geworden, zo concludeerde sir William.

Terwijl hij de trap naar de zaal opklom, dwaalden zijn ogen naar de hoofdpoort, alsof hij erdoorheen wilde kijken om de wegrijdende mannen te zien. Hij wist nog niet goed wat hij van sir Ralph moest denken. De ridder had zijn zoon beslist goed getraind in de krijgskunst en de ridderlijkheid, dat had hij aan tal van details kunnen zien, aan de vrijgevige manier waarop hij geld met de wachters deelde, aan de manier waarop hij bedelaars aan de deur aalmoezen gaf, maar vooral aan de manier waarop hij een zwaard kon hanteren. Het was indrukwekkend geweest, moest sir William tegenover zichzelf toegeven – maar ook verontrustend.

De dag tevoren was John slechtgehumeurd geweest. Kennelijk verveeld had hij iemand gezocht voor een oefenpartijtje. Hij had een van de soldaten, Ronald Taverner, weten over te halen, en ze hadden oefenzwaarden van zwaar ijzer gebruikt, waarvan de snedes en de punten bot waren gemaakt. Als bescherming droegen ze beukelaars, kleine, ronde schilden. Het moest John in conditie houden, zo had hij het althans gebracht, maar toen sir William naar de stallen was gegaan om te kijken, had een opmerking van sir Ralph hem verbaasd.

De ridder was bij hem komen staan met een droog glimlachje op zijn gelaat, en sir William had opgemerkt: "Het is goed om de jeugd aan het werk te zien om de beste prestaties te leveren die ze kunnen, nietwaar?"

Sir Ralph had hem even aangekeken en daarna zijn blik weer op de strijders in de ring gericht. "Om te leren zou de jeugd toch zeker tegenstanders moeten kiezen die even goed of beter zijn dan zijzelf?"

Verrast had sir William de beide mannen gadegeslagen. Het lag voor de hand wat de ridder bedoeld had, en hij had het trouwens zelf gezien. Terwijl John zijn vaardigheid had gedemonstreerd en met zijn zwaard ieder zwak punt in de verdediging van zijn tegenstander had opgezocht, was de wachter duidelijk niet op zijn gemak geweest, en ver beneden Johns maat. Hij had zijn zwaard wel goed vastgehouden, maar leek niet genoeg kracht te hebben om het effectief te gebruiken. Zijn schild was nooit helemaal snel genoeg om de verwoestende klappen van het wapen van zijn tegenstander te pareren, zijn eigen kling was altijd net te traag om van een opening te profiteren. Hoewel John erin geslaagd was de indruk te wekken dat hij flink zijn best moest doen, was de echte inspanning helemaal van de tegenpartij gekomen.

"Ze lijken inderdaad niet aan elkaar gewaagd," had hij gezegd, verrast door het gegniffel van zijn gast.

"Absoluut niet. John kan nu elk moment zijn concentratie kwijtraken. Ah, daar zullen we het hebben."

John had gewankeld, een van zijn voeten was ergens achter blijven steken, en hij was gestruikeld. De wachter had er direct op gereageerd. Maar zodra hij naar voren kwam, had de schildknaap een schijnbeweging naar rechts gemaakt, en hem een klap met zijn schild gegeven, die de man op zijn knieën deed zijgen. Voordat hij op kon staan, was het zware zwaard neergekomen op zijn nek. Hij had zich in het zand op de binnenplaats gewenteld van pijn en had zijn hals vastgeklemd, terwijl John uit de ring was geslenterd, zijn zwaard in de grond had gestoken en terloops zijn handschoenen had uitgetrokken.

"Zo, vader. Ik vrees dat uw wachter mijn trucje niet doorhad." Zijn ogen waren halfgesloten, zodat niet viel op te maken wat voor uitdrukking ze hadden. "Maar hij heeft geleerd een zwaardvechter die struikelt niet te vertrouwen."

"Moest je hem zo hard raken? Het was niet nodig..." Drie mannen hadden zich naar de kronkelende figuur gehaast, en hielpen hem op de been terwijl sir William verbijsterd toekeek. Zelfs toen hij overeind was gezet, hing zijn hoofd erbij alsof zijn nek gebroken was.

"Natuurlijk moest dat," zei John onverstoorbaar. "Hoe zou hij kunnen leren als hij niet gewond was? Alleen door honden – en ook knechten – ervan langs te geven, kun je de les tot ze laten doordringen. Het komt wel weer goed met hem. Een paar dagen hoofdpijn is alles wat hij eraan overhoudt." En toen had hij sir Ralph aangekeken, die geen spier had vertrokken. "Hoe dan ook, het voornaamste is dat ik gewonnen heb. Winnen is toch het enige wat ertoe doet als je een wapen in de hand hebt? Winnen en in leven blijven."

"John, dat is niet zoals een ridder zich gedraagt. Het is niet alleen de overwinning die ertoe doet, het gaat om de eer van het gevecht," had zijn vader geprotesteerd.

"Misschien, vader. Maar soms doet de eer er niet toe," had John gezegd, en zijn cynisme had sir William met stomheid geslagen. Met een licht schouderophalen was John weggelopen, terwijl de twee mannen hem nakeken. Toen de gewonde die half werd weggedragen, John een onheilspellende blik had nagezonden, had sir Ralph gemompeld: "Je soldaat zou dankbaar moeten zijn. Als zijn zwaard echt en scherp was geweest, zou John hem ook geraakt hebben."

Nu, een dag later, herinnerde sir William zich nog steeds de vreemde droefheid in de stem van de ridder uit het noorden. Het was alsof sir Ralph met die woorden had bekend hoe slecht hij zijn schildknaap had opgeleid. Hoewel een krijgsman in het gevecht resoluut moest optreden, moest hij ook trouw, rechtschapen en hoffelijk zijn – zowel jegens ondergeschikten als tegenover zijn meerderen. Johns gedrag was gespeend van alle ridderlijke eigenschappen. Dat, zo wist sir William zeker, was de reden waarom sir Ralph er zo ongelukkig, zo verontrust uitzag, alsof hij voor het eerst de aard van de schildknaap begreep die hij had opgeleid.

Geluiden bij de poort trokken zijn aandacht. De baljuw en zijn vriend kwamen terug van hun bezoek aan Thomas Smyth. Bezorgdheid welde in hem op toen hij hen zag binnenrijden en afstijgen, maar er was niets dat hij kon doen. Als Thomas het hun verteld had, zou hij het gauw genoeg weten. Plotseling kreeg hij een alarmerende ingeving. Sir Ralph had nog een andere reden kunnen hebben voor zijn zwartgallige stemming de dag tevoren. Er was geen aanwijzing wanneer Peter Bruther gestorven was. Het zou kunnen zijn dat sir Ralph dacht dat John de hand in zijn dood had gehad.

Simon zag de figuur van de oude ridder langzaam de trap opgaan en knikte in zijn richting. "Dit heeft hem erg aangegrepen. Sir William ziet er ouder uit dan toen wij hier voor het eerst kwamen."

"Ja. Hij voelt zijn verantwoordelijkheden. Het is vreemd zoals de dood iemand kan herinneren aan zijn eigen zwaktes – of die van zijn familie." Baldwins gezicht stond nadenkend, zijn ogen waren op de nu gesloten deur gericht.

"Zouden we hem een tijdje met rust moeten laten, denk je?"

"Eens zullen we hem moeten ondervragen. Dat kan dan net zo goed meteen," zei Baldwin, terwijl hij zich op weg begaf naar de zaal.

Binnen zaten de oude ridder en zijn vrouw voor het vuur. Toen sir William zijn ogen op de vier mannen richtte, kon Simon zien hoe uitgeput hij was. "Baljuw, sir Baldwin – kom alstublieft binnen en drink wat wijn."

"Dank u," zei Simon terwijl hij zijn hand uitstak om de kroes aan te nemen die hem werd aangereikt. Toen ging hij op zijn bank zitten. Baldwin kwam naast hem zitten, terwijl Edgar en Hugh bescheiden iets verder naar achteren plaatsnamen.

"Hebt u een nuttige ochtend gehad?" vroeg Matillida Beauscyr minzaam, en Baldwin glimlachte haar toe terwijl hij een slokje wijn nam.

"Heel nuttig, dank u," zei hij. "Ja, we zijn van Thomas Smyth naar het kamp van de mijnwerkers gegaan. En we zagen toevallig een man met vee op de woeste gronden, in de buurt van het mijnwerkerskamp. Zijn er veel mensen die de woeste gronden gebruiken om vee te weiden?"

Sir William knikte. "Er zijn er nogal wat. Niet zoveel als vroeger vóór de hongersnood – toen hadden we vijfduizend man of meer, en tegenwoordig nog niet de helft... Maar er zijn nog altijd boeren die gebruikmaken van hun weiderechten. De man die u zag, was vermoedelijk Adam Coyt. Hij woont westelijk vanhier. Ik denk dat hij zijn hele leven op de woeste gronden heeft doorgebracht, en hij heeft het niet gemakkelijk gehad. Zijn vrouw en zoon zijn allebei dood. Sindsdien heeft hij zijn kleine boerderij alleen gaande gehouden."

"Het moet hard voor de man zijn," zei Baldwin. "Helemaal alleen te werken, en niemand te hebben om zijn bezit aan na te laten."

"Zo gaat het maar al te vaak, ben ik bang," zuchtte sir William. "De woeste gronden zijn wreed voor iedereen die hier verkiest te wonen. Om een bewoner van deze streek te zijn moet je zo hard zijn als het graniet van de woeste gronden zelf."

"Maar uw havezaat is zo niet!" wierp Simon tegen. "Ze is succesvol, met goede oogsten en een groeiende veestapel." Als baljuw kon hij dat weten; hij zag ieder jaar de productiecijfers. Sir William wierp hem een blik toe alsof hij een direct ingaande belastingverhoging verwachtte.

"Tot dusver hebben we geluk gehad, baljuw. Meer geluk dan sommige anderen," gaf hij gewichtig toe.

"U moet blij zijn dat u twee sterke zoons hebt om dit alles aan na te laten," vervolgde Baldwin.

"Natuurlijk. Het zou moeilijk zijn als ik geen erfgenamen had," antwoordde sir William met een schouderophalen.

Baldwin keek hem niet aan. "Thomas Smyth heeft geen zoon, wel? Zou u ons iets over hem kunnen vertellen?"

Sir William staarde een moment in het vuur. "Ik dacht," zei hij droogjes, "dat u alles wat u wilde weten van de man zelf had kunnen horen toen u bij hem was. Hoe dan ook, hij komt niet uit deze streek, zoals u vermoedelijk geraden hebt. Ik denk dat hij ergens uit het noorden kwam en in 1286 of 1287 hierheen verhuisd is. Natuurlijk was hij toen nog maar een jongeman. Wel, hij begon enthousiast tin te delven en had geluk. Veel lieden gaan tijden lang door zonder iets te vinden, maar hij was een van de gelukkigen. Hij stootte op een stuk grond dat een fikse hoeveelheid metaal bevatte, en hij ging er slim mee om, door andere mannen in dienst te nemen om het te ontginnen terwijl hij zelf naar meer zocht. Al gauw was hij niet tevreden meer met alleen tin te delven. Hij mikte op betere, efficiëntere manieren om het te verfijnen. De meeste lui zijn blij als ze tin vinden en smelten het één keer, maar hij niet."

"Wat deed hij dan?" vroeg Baldwin. Het was Simon die antwoordde.

"Er is een eerste en een tweede smelting, Baldwin. Als mijnwerkers erts vinden, breken ze het in kleine stukken om het tin eruit te smelten boven hun haardvuren. Dat wordt de eerste smelting genoemd. Er blijven tal van ongerechtigheden in achter van de houtskool en andere rommel, en dus moet het nog eens gesmolten worden om er wit tin van te maken, dat puur genoeg is om in de tinmijnsteden te worden gestempeld."

"Juist. En Smyth was daar niet tevreden mee?"

Sir William grijnsde zuur. "O nee, dat is niets voor oude Thomas. Daar is hij te slim voor. Hij moest en zou zijn eigen ovenhuis bouwen. De oven is zo schoon dat hij tin sneller kan smelten en er zelfs nog meer uithaalt, en het is allemaal wit tin. Het bevat nauwelijks onzuiverheden. Hij kan produceren zoveel hij wil, en ook het metaal van anderen smelten. Dus laat hij hen betalen om zijn ovens te gebruiken, en dat maakt hem hier des te machtiger."

Simon trok de voor de hand liggende conclusie: "U mag hem niet, sir William."

"Nee. Het is verkeerd dat een man als hij als een heer kan leven. Hij is maar een man uit het gewone volk – ik weet niet eens of hij wel een vrij man is. Hij zou heel goed net zo'n weggelopen boer kunnen zijn als Bruther, iemand die erin geslaagd is naar de woeste gronden te ontsnappen. Alleen het feit dat hij hier rijk is geworden, maakt hem er niet beter op."

"Hij heeft ons verteld dat u bij hem was op de avond dat Peter Bruther stierf. Wat deed u daar als u zo'n hekel aan hem hebt?"

Sir William kreeg een aanval van woede die plaatsmaakte voor een soort vermoeide berusting. "Voor een gast bent u wel heel nieuwsgierig, baljuw," zuchtte hij. "Ach, wat doet het er ook toe? Ik was daar om te bespreken op welke voorwaarden hij mijn landerijen niet zou vernielen."

"Dus u bent hem gaan betalen om hier niet te komen?"

"Ja. Als ik dat niet deed, zou hij een legertje mijnwerkers sturen, die mijn water zouden nemen, op mijn weilanden zouden graven en mijn bomen zouden vellen voor de houtskool. Per slot van rekening zijn ze daartoe gerechtigd. We hebben een bedrag afgesproken."

"Juist. De mannen die het lijk vonden, waren toch met u meegegaan?"

"Ja. Maar ik heb ze weggestuurd voordat ik naar binnen ging om met Smyth te praten."

"Waarom?"

"Ik wilde met hem praten zonder dat er twee nieuwsgierige soldaten meeluisterden."

"Was u tijdens dat gesprek alleen met Smyth?"

"Afgezien van zijn dienaar, George Harang."

"Had u geen mannen bij u?" Simons stem klonk oprecht verbaasd.

Sir William keek verstoord op. "En wie had ik dan bij me moeten hebben, baljuw? Een zoon als Robert, die het feit verafschuwde dat ik met een chanteur moest onderhandelen? Of misschien John en zijn heer, die met me mee waren gegaan, maar... Ha! Ieder van hen zou nog liever zijn eigen keel hebben doorgesneden dan koehandel met een man uit het gewone volk te drijven. Zij gingen huns weegs toen we bij het huis van de mijnwerker aankwamen. Ik stuurde de soldaten terug, zodat ze niet zouden horen wat ik met Smyth te bespreken had. Hoe had ik een van mijn wachters zo'n soort gesprek kunnen laten afluisteren? Het zou als een lopend vuurtje door deze contreien zijn gegaan dat ik, de heer van de havezaat, door een gewone tindelver gechanteerd werd en gedwongen was om te betalen. Hoe zouden de mannen hier mij nog kunnen respecteren als ze dat zouden horen?"

Zijn vrouw legde haar hand op zijn schouder en sir William kwam langzaam tot bedaren. Hij zonk uitgeput achterover in zijn stoel. De baljuw zou het toch zeker wel begrijpen, dacht hij. Een vesting als deze was slechts zo sterk als de mannen die haar bewoonden. Als de wachters geen vertrouwen in hun heer hadden, zouden ze ervandoor kunnen gaan of, wat erger was, tot de conclusie kunnen komen dat hij te oud was voor zijn verantwoordelijkheden. Zwakke heren maakten het niet lang – er was altijd wel iemand die klaarstond om muiterij onder de gewone wachters te organiseren. Het was niet zoals in de tijden van weleer, toen rechtschapen mannen een leven lang voor hun heer werkten; tegenwoordig moesten kastelen als Beauscyr het hebben van huurlingen, betaalde huursoldaten. Daarom had dit kasteel, zoals zoveel andere nieuwe kastelen, slaapzalen voor de soldaten die afgescheiden waren van de opkamer, waar de familie woonde. Vroeger zou iedereen in dezelfde zaal hebben geslapen, maar huurlingen kon je als wachters niet helemaal vertrouwen. Het kwam meer dan eens voor dat een heer de strijd met zijn eigen mannen moest aanbinden en zijn opkamer moest verdedigen tegen uitgerekend de soldaten die hij zelf voor de oorlog had opgeleid. De baljuw zou dat toch zeker ook wel begrijpen?

Zijn vrouw keek Simon ijzig aan. "Is het niet genoeg dat wij voor deze mijnwerker moeten kruipen? Is het echt nodig dat u dit oprakelt en ons hiermee lastigvalt?"

"Het spijt mij, vrouwe. Al was Peter Bruther maar een horige, het lijkt erop dat hij vermoord is, en we moeten iedereen vragen stellen die daarbij betrokken zou kunnen zijn."

"Die daarbij betrokken zou kunnen zijn? Wilt u daarmee zeggen dat u mijn man van betrokkenheid verdenkt?" Met van woede en afkeer opgetrokken wenkbrauwen keek ze hem aan. "Meer wens ik niet te horen, heer. U bent een gast, maar wij hoeven geen beledigingen te slikken. Ik zou nu graag met rust gelaten worden. Ga alstublieft."

Het was geen verzoek. Beschaamd en met het ellendige gevoel de vrouwe van de havezaat van streek te hebben gemaakt, ging Simon de anderen voor de zaal uit.

"Zo voelde ik me nou toen ik nog een jongetje was en mijn oppas mij de kamer uitstuurde omdat ik stout was geweest," mompelde Baldwin om hem op te beuren, en Simon glimlachte dankbaar.

Toen ze vertrokken waren, knielde Matillida aan de voeten van haar man neer, met haar handen in zijn schoot. "Zie je hoe hun geest werkt? Dat hoerenjong Smyth heeft ze al in zijn zak. Je hebt gehoord over de corruptie van ambtenaren – wel, kennelijk denkt de baljuw meer aan zijn beurs dan aan gerechtigheid! Je moet iets doen om Puttock te laten beseffen wat een gevaar die mijnwerkers daar vormen."

Sir William zag er oud en vermoeid uit, en voor het eerst merkte ze op hoe de jaren hun tol van zijn geest hadden geëist. Met zijn ene hand op de hare en de andere in haar haar, glimlachte hij zwakjes. "Arme Matillida! Het enige wat je wilt is een sterke, veilige familie, en nu maak je mee, dat we van alle kanten worden bedreigd. Wat wil je dat ik doe? Thomas Smyth laten vermoorden? Of hem misschien alleen maar laten folteren, totdat hij bekent de jonge Bruther te hebben vermoord?"

"Doe niet zo gek! Nee, we moeten hem te vriend houden, dat is zeker. We kunnen deze zaak niet uit de hand laten lopen, en Smyth tegen ons in het harnas jagen. Wist je dat Robert zijn zinnen op Alicia heeft gezet?

"Wat! Wil mijn zoon haar? Maar hij haat Thomas..."

"Natuurlijk doet hij dat, maar dat maakt niets uit als het om het meisje gaat. Het zou een goede partij voor hem zijn. Ze is intelligent en zal wel een aardige bruidsschat meebrengen."

Hij lachte cynisch. "Een aardige bruidsschat? Ja, heel aardig. Het zal ons eigen geld zijn dat ons wordt teruggegeven."

"Ja, heer gemaal, maar het is beter dat het als bruidsschat terugkomt dan dat het voorgoed verloren is voor de familie. En het meisje zal een goede vrouw voor hem zijn, zoals ik al zei. Speciaal als ik haar in die richting help en opleid. Dus moeten we haar vader te vriend houden, nietwaar?"

"Maar je zei dat we de baljuw moeten laten beseffen hoe gevaarlijk de mijnwerkers zijn. Hoe kunnen we..."

"We moeten de baljuw natuurlijk laten inzien hoe schokkend het is dat bandieten en dieven zich voor mijnwerkers uitgeven. We hebben geen bezwaar tegen vrije burgers die hier komen werken, enkel tegen de struikrovers en de moordenaars. Als men die laat blijven, is het dan een wonder dat er soms mensen door hen vermoord worden? Natuurlijk niet! Dat is wat je de baljuw en zijn vriend duidelijk moet maken, dat we al moeite genoeg hebben om hier in leven te blijven zonder dat er moordenaars en bandieten in een nabijgelegen mijnwerkerskamp wonen."

Hij stond op en keek op haar neer. "Ik zal zien wat ik kan doen."

"We moeten Thomas Smyth tevreden zien te houden, zodat hij zijn zegen geeft aan het huwelijk van zijn dochter met onze zoon. Het zal voor hem een logische stap zijn, haar kwijt te raken aan een goede familie, en het zal goed voor ons zijn van zijn macht en rijkdom te kunnen profiteren. Maar hij moet een beetje ingetoomd worden. We moeten hem bijbrengen dat zijn macht eindigt bij de grens van onze bezittingen, en dat hij niet moet proberen ons weer geld af te persen." Sir William knikte en liep naar de deur, maar voordat hij er was, hield haar stem hem tegen. "En als de baljuw naar je luistert, zouden we de macht van andere mijnwerkers misschien voorgoed kunnen breken, en zelf het land in handen kunnen krijgen."

Ноогоsтик 9

Langzaam reed sir Ralph van Warton terug. Zijn gedachten waren bij de woordenwisseling tussen Robert en John. Hij wist hoe gemakkelijk broers bijna slaags met elkaar konden raken. Nog niet zo heel veel jaren geleden had hij het zwaard getrokken tegen zijn oudste broer bij een weddenschap over de prijs van een valk. Het schokte hem dus nauwelijks Robert en John zo met elkaar overhoop te zien liggen – ze deden alleen maar zoals broers over de hele wereld – maar hij vond de onderlinge vijandigheid verrassend kwaadaardig. Zodra een van de twee zijn mond opendeed, waren er onderdrukte gevoelens in het spel. Robert, tenger, bleek, zo te zien zwak, was tenminste nog loyaal en rechtschapen, terwijl John openlijk spotziek en beledigend was, zonder respect voor wie dan ook.

Vandaag was het sir Ralphs idee geweest te gaan jagen. Hij had het gevoel er goed aan te doen de benauwde sfeer van de havezaat te ontvluchten, weg van de grijze ogen van de baljuw en de listige vragen van zijn vriend van Furnshill. Sir Ralph had een aangename rit naar een stil gedeelte van het privé-park van de Beauscyrs verwacht, waar ze de honden op een hert konden loslaten. Het was al een tijdje geleden dat hij de jacht als tijdverdrijf had gekend en niet als noodzakelijk werk, en het vooruitzicht trok hem.

Maar in werkelijkheid was het heel anders gegaan. Ze waren in oostelijke richting gereden, van de woeste gronden een paar dichte bossen in, en vrijwel onmiddellijk waren de broers elkaar in de haren gevlogen. Een van hen – hij wist niet eens meer wie – had commentaar gehad op het jachtgebied dat de ander had gekozen, en plotseling zat hij midden in een woordentwist. Het was een kwestie van pure zelfverdediging om zich op de achtergrond te houden toen de beledigingen en verwensingen over en weer vlogen en het met alle rust gedaan was. Ze hadden een kleine reebok een mijl of meer achternagezeten, maar waren toen het spoor kwijtgeraakt, en natuurlijk hadden beide broers elkaar de schuld gegeven. Na nog een mijl lang een opkomende woede te hebben verbeten, had sir Ralph ieder verlangen verloren om het stel gezelschap te houden en dus had hij aangekondigd dat hij terugging. Hij had aanbiedingen met hem mee te gaan afgeslagen, zijn paard naar het westen gekeerd en was vertrokken, benijd door een soldaat die duidelijk ook genoeg had van het gekissebis.

Tussen de twee jongemannen bestond een spanning die hij niet begreep. Ze leek de normale rivaliteit te boven te gaan. Misschien kwam het door de jaloezie van de jongste. In de meeste families zou John naar een klooster zijn gestuurd en geen training als ridder hebben gekregen. Maar al te vaak moest de tweede zoon het religieuze leven in, terwijl de oudste zijn opleiding en training als erfgenaam voortzette. Eigenlijk had in dit geval het omgekeerde moeten gebeuren. Ondanks al zijn poses en trotse gedrag was Robert beter geschikt voor een leven in het klooster, terwijl John de vastberaden, sterke, eigenzinnige zoon was. Hij zou, dacht de ridder, een heel goede heer van de havezaat zijn geweest.

Bij de poort riep hij de poortwachter aan, en even later liep hij met zijn paard naar de binnenplaats. Toen hij daar de andere ridder, de vriend van de baljuw zag, verstrakte hij. Zijn schouders rechtend leidde hij zijn paard over de binnenplaats naar de stallen.

"Een goed rijdier," hoorde hij Baldwin zeggen, en hij beaamde dit met een knikje, terwijl hij 's mans blik ontweek. Hij kon niet om hem heen, want de donkerharige ridder stond te dichtbij om te passeren, en dus trok hij als aan de grond genageld zijn handschoenen uit.

Zijn onzekerheid was pijnlijk om aan te zien, bedacht Baldwin. Hij glimlachte en probeerde zo vriendelijk mogelijk te doen, maar de man werd er nog nerveuzer door. Baldwin gaf het zwarte paard een klopje op de achterhand en ving daarbij een glimp op van het, ten dele onder vuil verborgen, brandmerk op de paardenbil – een grote hoofdletter M. Toen hij de ridder weer aankeek, zag hij hem verstarren.

"Sir Ralph, maak u geen zorgen," zei hij, zo zachtjes dat de stalknecht het niet kon horen. "Zaken die aan de Schotse grens spelen, zijn hier in het zuiden niet van belang." Toen hij daarna de binnenplaats overstak, voelde hij de ogen van de ridder in zijn rug.

115

Simon stond bij de ingang van de keuken, in het gezelschap van Edgar en Hugh. De baljuw en zijn knecht dronken een grote pul bier die hun door de oude bottelier was ingeschonken.

"Alweer aan de drank, Simon? Het bier zal je verstand benevelen."

Simon nam nog een slok. "Het duizelt me toch al. Mijnwerkers, ridders, schildknapen, horigen... bah! We zijn hier onze tijd aan het verdoen! Ik heb geen idee wie Bruther vermoord kan hebben, ik heb zelfs geen idee wat hij voor iemand was. Hoe kunnen we erachter komen wie het gedaan heeft als wat vage antipathieën jegens hem het enige is waar we op af kunnen gaan?"

"Daar zit wat in," zei Baldwin, terwijl hij een pul van de knecht aannam en die uitstak om hem te laten vullen. Toen de pul halfvol was, hield hij zijn hand erboven. "Dank je. Ja, Simon, je zou gelijk kunnen hebben. We weten dat hij zijn heer, de oude sir William, en sir Robert Beauscyr een doorn in het vlees was. Thomas Smyth haatte hem omdat hij een indringer was en niet voor hem uit de weg ging, en dus is het mogelijk dat hij door Smyth is vermoord..."

"Of door de bende die Smalhobbe heeft afgetuigd," viel Simon hem in de rede. "En dan is er ook nog die ridder." Hij wees met zijn kin naar de lange figuur bij de stallen. "Ik vertrouw hem niet. Hij is te afstandelijk."

"Ik weet wat je bedoelt, maar ik denk dat ik binnenkort een en ander over hem zal kunnen ophelderen. Laat hem maar aan mij over."

"En de andere broer?"

"Wie, John? Hij is hier al drie jaar nauwelijks meer geweest. Wat voor reden zou hij kunnen hebben om een moord te plegen?"

"Mensen kunnen heel wat redenen hebben om te moorden, Baldwin. Misschien wilde hij zijn vader en zijn broer van een probleem verlossen."

Sir Ralph was net uit de stallen gekomen. Hij stond even besluiteloos naar het groepje mannen te kijken, maar liep daarna in de richting van de zaal. Baldwin keek de baljuw veelbetekenend aan. "Zag je dat? Als ik hier alleen was geweest, zou hij waarschijnlijk naar me toe zijn gekomen om met me te praten."

"Waarom zeg je dat?"

"Ik bekeek zonet zijn paard, en het had een brandmerk op de achterhand."

"Werkelijk? Wel, nu zoveel heren extra soldaten in dienst moeten nemen, doen ze dat toch vaak? Gebrandmerkte paarden kunnen worden herkend als ze gestolen worden. En het komt niet zelden voor dat een man zegt dat zijn rijdier gestolen is terwijl hij het verkocht heeft, als hij vindt dat zijn heer hem niet genoeg betaalt – en als hij weet dat zijn heer hem er een ander voor in de plaats zal geven. En als huursoldaten ervandoor gaan voordat hun contract is afgelopen, is het een gemakkelijke manier om ze terug te vinden. Het is niet erg diervriendelijk, ik weet het, maar velen doen het. Het is een van die buitenlandse gewoonten waarmee we zijn opgezadeld, en..."

"Simon, alsjeblieft! Jij moest maar nooit gaan reizen, in elk ander land zou je al een paar meter van de kust gelyncht worden. Maar waar het om gaat is dit. Weet jij een plaats waar ze paarden brandmerken met een hoofdletter M?"

"Moretonhampstead?" Simons gelaat vertrok toen hij verder-af gelegen plaatsen probeerde te bedenken.

Lachend gaf Baldwin hem een klap op zijn rug, wat de baljuw bier deed morsen en hem een gegrom van afkeer ontlokte. "Simon, als gids in deze contreien ben je onbetaalbaar, maar als man van de wereld ben je hopeloos. Wie zou zich in dat stadje om huurlingen bekommeren? Ik zal je een aanwijzing geven: zoek het eens heel ver naar het noorden toe. In de buurt van Schotland, waar John en sir Ralph woonden."

Op dat moment klonk er geroep bij de poort. Even later werd het een gedrang van mannen op de binnenplaats. De trotse figuur van Robert Beauscyr kwam binnengereden; zijn broer volgde hem met een brede grijns op zijn gelaat, en daarachter liepen drie honden.

"Nu je toch bezig bent jezelf geluk te wensen met je wereld-wijsheid, Baldwin, zou ik je willen voorstellen eens met Robert te gaan praten," mompelde Simon. "Dan zal ik een gesprekje met de andere broer aanknopen. We moeten zien uit te zoeken of ze iets weten."

Toen de ridder knikte, slenterde de baljuw naar de schild-knaap toe, die bezig was zijn paard te roskammen, terwijl Baldwin Robert naar de andere kant van de stallen volgde.

Hugh keek Edgar aan. "Moeten wij mee, wat denk je?"

De ander keek zijn heer na. "Ik denk niet dat ze ons nodig hebben – vermoedelijk lopen we alleen maar in de weg."

"Dat dacht ik al." Hugh liet een tevreden boer en stak de bottelier zijn pul nog eens toe.

Robert Beauscyr bekeek kritisch hoe een stalknecht zijn paard van zadel en toom ontdeed, en ventileerde droge opmerkingen over 's mans kundigheden. Hij keek om zodra hij Baldwin hoorde aankomen, en leek opgelucht toen hij zag wie het was – of wie het niet was.

"Een goede rit gehad?" vroeg Baldwin vriendelijk.

"De rit was in orde, maar de conversatie was stompzinnig."

Baldwin sloeg zijn armen over elkaar en leunde op een schraag. "Het is met broers erg moeilijk. Je hebt het gevoel dat je ze moet mogen – maar soms kunnen ze onmogelijk zijn."

"Hij kan zo superieur doen – voordat hij naar het noorden vertrok, was hij nooit zo. Toen konden we over dingen praten en van elkaars gezelschap genieten, maar nu is het 'O, doen jullie dat hier nog...' of 'Wel, in het noorden hadden we al deze luxe spullen niet...' en 'Ik veronderstel dat je zoiets wel moet doen als je in zo'n uithoek als deze woont, maar in fatsoenlijk gezelschap...' Op zulke momenten zou ik er wel eens enig verstand bij hem in willen rammen."

De ridder glimlachte. "Je vrienden kun je kiezen, maar met je familie zit je opgescheept," beaamde hij.

"Godzijdank niet lang meer. Binnenkort vertrekt hij met sir Ralph, en ik zal blij zijn als ze weg zijn."

"Oordeel niet te hard over hem, Robert. Hij is nog erg jong en zal er wel overheen groeien. Het probleem is dat hij van mannen gewonnen heeft van wie hij een hoge dunk had. Als hij eenmaal zijn sporen verdiend heeft, zal hij beginnen te begrijpen dat het leven niet zo simpel is. Op dit moment is het enige wat hij weet, dat hij de proeve van het gevecht heeft doorstaan en gewonnen heeft – of in elk geval niet gesneuveld is. Maar als ridder zal hij tot de ontdekking komen dat het nog niet gemakkelijk is het bevel te voeren. Hij zal mannen de dood in moeten sturen, en dat is een ontnuchterende verantwoordelijkheid."

Robert keek hem aan en zag de afwezige blik in zijn ogen. "U hebt gevochten, en mannen aangevoerd?" vroeg hij.

Zich losschuddend uit zijn herinneringen wierp Baldwin

hem een zure glimlach toe. "O ja, vriend. En zien sneuvelen. Ik was net als jouw broer, onstuimig, vol bravoure, en een voortdurende doorn in het vlees van mijn oudste broer. Hij had de verantwoordelijkheid de familie en de havezaat te beschermen, en ik heb denk ik nooit beseft hoe moeilijk zijn taak was. Er was de dood van een stad voor nodig om mij te laten zien wat echte plicht betekent, en tegen die tijd was het te laat om iets te zeggen. Ik was te ver hiervandaan. Maak je geen zorgen, John zal tot bedaren komen. Hij zal opknappen, en je zult weer trots op je broer zijn, als hij zich los kan maken van het verlangen naar macht en geld."

"Áls hij dat ooit doet," zei Robert, terwijl hij over zijn schouder een korzelige blik naar zijn broer wierp. "Het is niet zo dat een ridder die tegenwoordig naar het vasteland gaat, rijk terugkeert, en er net als vroeger een landgoed aan overhoudt."

"Er zijn er nog altijd die slagen," zei Baldwin vriendelijk. "Zolang hij in dienst van sir Ralph is, zal er denk ik goed voor hem gezorgd worden; die man is erg slim."

"Mogelijk."

"Robert." Baldwins toon was peinzend. "Ik weet dat dit vervelend voor je is, maar ik moet het vragen: wat deed je op de avond dat Peter Bruther stierf?"

De ander draaide zich met een ruk naar hem toe. "Ik? Ik... Bedoelt u dat u mij verdenkt?"

Baldwin zweeg, maar zijn ogen hielden die van sir Robert vast, totdat deze schouderophalend de zijne neersloeg. "U hebt waarschijnlijk gelijk. Per slot van rekening had ik mijn redenen om hem te haten nadat hij was weggelopen en de familie belachelijk had gemaakt." Hij staarde naar zijn laarzen. "U weet al van dat duivelsjong, Thomas Smyth, en zijn eis dat wij hem geld betalen om van ons land weg te blijven. Dat was de middag waarop hij bij ons op bezoek kwam. Wij hadden de rest van de dag om daarover na te denken. Hij liet het redelijk klinken, zei dat hij meer water nodig had en dat het veel geld zou kosten dat van de woeste gronden te halen. Zijn alternatief, zei hij, was onze rivieren af te tappen – op die manier zou het voor hem veel goedkoper zijn. Maar toen zei hij dat als wij ermee akkoord gingen hem het verschil te betalen, hij de mijnwerkers zou overhalen ons water met rust te laten. Het was je reinste chantage, niets anders."

"Hoe reageerde je vader?"

"Mijn vader is oud en moe. Hij heeft in zijn leven veel harde en lange gevechten geleverd en toch krijgt hij nog altijd te maken met lieden als Smyth. Hij dacht dat we geen keus hadden. Ik... ik ben bang dat ik driftig ben geworden. Met Smyth onderhandelen was als sjacheren met een dief om je eigen beurs terug te krijgen! Het maakte me razend, zoals die dief ons bespeelde. Ik ben weggelopen, aan zo'n bespreking wilde ik niet meedoen, ik ben naar Chagford gereden, naar de taveerne."

"Ben je in de buurt van Bruthers huis geweest?"

Hij aarzelde niet. "Ja. 's Middags ben ik langs Bruthers perceel gekomen. Maar ik heb daar niemand gezien."

"Wanneer ben je teruggekomen?"

"Even na het vallen van de avond. Ik was razend. Het heeft lang geduurd voordat ik kalmeerde. De gedachte dat mijn vader bezig was mijn geboorterecht weg te geven, eerst door die horige te laten weglopen en vervolgens door de mijnwerkers af te kopen – wel, het was beter dat ik een tijdje weg was, dat was alles."

"Hoe reageerde John op het aanbod van de mijnwerker?"

"Wat dacht u? Toen hij ervan hoorde, was hij geamuseerd. Het is mijn erfdeel, niet dat van hem, als mijn vader overlijdt. In zijn ogen gaat alles wat afbreuk doet aan de havezaat, ten koste van mij, en dat spreekt hem wel aan." Zijn stem klonk bitter.

"Je hebt niemand in de buurt van Bruthers huis gezien, zeg je. En elders?"

Robert fronste zijn wenkbrauwen en dacht een minuut lang na. "Ik zag Adam Coyt, een bewoner van de woeste gronden, 's middags ten noorden van Crockern Tor. Hij was bezig turf te steken, denk ik. Behalve hem heb ik niemand gezien, alleen mijnwerkers."

"Waar? En op welke tijd van de dag?"

"Ze gingen in noordelijke richting, even nadat ik Coyt gezien had liepen ze naar de weg toe."

"Met z'n hoevelen waren ze?" vroeg Baldwin, terwijl hij nonchalant probeerde te klinken om zijn plotselinge spanning te verbergen.

"Met z'n drieën. Ze begaven zich van hun kamp naar de woeste gronden. Ze waren op dat moment niet ver van Coyt."

"Juist." Baldwin knikte nadenkend. Sir Roberts manier van doen kreeg iets ontwijkends. Achteloos vroeg hij: "En al die tijd was je alleen?"

"O, ja. De hele tijd."

Baldwin wist dat hij loog.

Johns glimlach verbreedde zich toen hij Simon op zich af zag komen. Hij stond met zijn handen in zijn riem op hem te wachten. "Zo, baljuw, hebt u de moordenaars van die arme Peter al gevonden?" vroeg hij vrolijk.

Simon wierp hem een zure blik toe. Het brallerige optreden van de jongeman maakte hem even onsympathiek als zijn oudere broer. "Nog niet, maar we vinden ze wel," zei hij zuur.

"Ja?" Johns ogen dwaalden af naar Baldwin die met Robert stond te praten. "En dat gaan jullie zeker doen door ons apart te nemen, zodat wij niet op elkaar in kunnen spelen? Zo ja, dan bent u te laat; we zijn net een tijdje helemaal alleen geweest – aangezien sir Ralph genoeg kreeg van ons gesprek, denk ik. Nou ja… Enfin, wat kan ik voor u doen?"

"Er is beslist een reden geweest voor de moord op Peter Bruther. Wie zagen hem liever dood dan levend?"

"Een goede vraag. De voor de hand liggende namen kent u al, veronderstel ik: Thomas Smyth en zijn kornuiten, mijn vader en natuurlijk mijn broer. U mag kiezen."

"En jij?"

"Ik?" Een fractie van een seconde zag Simon zijn verrassing. "Maar… ah, baljuw, ik denk dat u een spelletje speelt. Wat voor reden zou ik kunnen hebben? Ik heb bij Bruthers dood niets te winnen. Hij was een lastpak voor de familie, maar dat is mijn zorg niet. De hele erfenis zal naar Robert gaan, en ik heb er geen behoefte aan hem te helpen door hinderpalen uit de weg te ruimen die zijn geluk in de weg staan. Waarom zou ik?"

"Je kunt dus niet verkroppen dat Robert de havezaat erft?"

"U bent heel opmerkzaam, baljuw," zei John droog. Toen krulde zijn bovenlip zich, en hij voegde er honend aan toe: "Mijn geliefde broer is een klerk. Hij is goed met boeken en rekeningen, en meestal is dat, denk ik, wat de havezaat nodig heeft, maar de rest van de tijd is een krachtige hand nodig. Die kan hij niet leveren; ik wel."

"Om de boeren onder de duim te houden?"

"Bijvoorbeeld." Hij knikte. "Nu struikrovers een ernstig probleem beginnen te worden en bandieten afgelegen huizen overvallen, is het tijd dat we de onruststokers hard aanpakken. Zij zijn eropuit de rust in het rijk te verstoren, en ze moeten uitgeroeid worden."

Simon keek naar de glimlachtende jongeman die zijn remedies voor het land verkondigde, alsof het een grap was die de baljuw niet kon begrijpen. "Dus jij denkt dat alle bandieten moeten worden gevangen en afgemaakt," zei hij.

"O ja, baljuw. Iedereen die wanorde wil scheppen, gewone boeren die bandieten worden, dieven, beurzensnijders, insluipers, brouwers die hun bier verdunnen, tindelvers die onzuiverheden met hun metaal mengen... en mannen die hun land niet op orde kunnen houden. Allemaal verdienen ze de strop, vindt u niet?"

"Inclusief ridders?"

"O, nee." Nu werd zijn gelaatsuitdrukking ernstig. "Je kunt een adellijke ridder niet op één hoop gooien met de rest. Een ridder is de bezitter van de hoogste deugden, hoe dan ook. Hij behoort tot de hoogste stand van het land en vecht voor het goede. Per slot van rekening zijn van de drie standen in de samenleving – de ridders, de geestelijkheid en het volk – de ridders het belangrijkst; want zij zijn de mannen die de orde moeten handhaven."

"Veel mensen zouden de geestelijkheid de hoogste stand vinden."

"Die kan de richting aangeven, maar niet veel meer. Dat hebben de kruistochten bewezen; de bisschoppen en hun mannen hebben ons voorgehouden dat wij het Heilige Land moesten heroveren, maar had het veroverd kunnen worden zonder de ridders? Natuurlijk niet."

"Maar," zei Simon, wiens christelijke ziel ontzet was, "het waren de ridders die het Heilige Land zijn kwijtgeraakt, door onder één hoedje te spelen met de heidenen daar! Als ze..."

"Als ze niet door anderen waren misleid, bedoelt u. De paus en zijn bisschoppen begonnen zich slechte gewoonten aan te meten. De pausen zijn te lang geïnteresseerd geweest in hun eigen rijkdom. Kijk maar naar Bonifatius, en al de geruchten dat hij een duivelaanbidder en een sodomieter is. Geen wonder dat God na dat alles heeft besloten dat het Heilige Land ons moest worden ontnomen."

"Dat heeft er niets mee te maken! Bonifatius is pas jaren na de val van Akko paus geworden!"

"Ziet u hem voor de eerste aan die zo liederlijk en ketters

was? Nee, het gaat al jaren zo. En de ridders zijn altijd brandschoon geweest, want de enige plicht van een ridder is eer en roem in de strijd na te jagen. Hoffelijkheid, eer, gulheid... dat zijn de voornaamste principes waar een ridder zich aan moet houden. Het enige wat een bisschop hoeft te doen om zijn rijkdom honderdvoudig te vermeerderen is liefde voor God belijden; zodra hij als een heilige wordt beschouwd, zullen mensen als schapen over de brug komen om hem hun geld te geven."

"Je hebt een erg cynische kijk op de wereld, John."

"Misschien. Maar ik zal me er tenminste niet door laten teleurstellen. Ik heb al te veel gezien om meer vertrouwen in mijzelf en mijn zwaard te hebben dan in wie of wat dan ook."

"Als je er zo over denkt, vind je zeker dat een weggelopen horige niets te betekenen heeft in vergelijking met een ridder, en dat hij gestraft moet worden als hij de familie van een ridder te schande maakt?"

"Heel goed, baljuw!" zei hij verrukt. "Dus u brengt ons weer op ons onderwerp terug en suggereert tegelijk dat ik een motief voor de moord had. Maar nee, ik ben bang dat u het ergens anders moet zoeken. Ik zou mij niet bekommeren om iemand die mijn broer het leven zuur maakte. Waarom zou ik? Bruther was alleen maar een doorn in Roberts vlees, en als zodanig deed hij mij een genoegen."

"Niettemin, waar was je op de dag dat Bruther vermoord is?"

"Ha! Ik vroeg me al af hoe lang het zou duren voordat u daarop terugkwam. Laat me eens kijken... Ik ben hier vrijwel de hele dag geweest, met sir Ralph en mijn vader en moeder. Ik heb bijvoorbeeld de ruzie tussen Robert en Thomas Smyth gezien – gênant, hoor, om je oudere broer uit een bespreking te zien wegrennen als een ondeugende aap die met de zweep heeft gehad. Na het avondeten ben ik met mijn vader naar Smyths huis gereden. Sir Ralph kwam ook mee. Trouwens, mijn vader heeft de tindelver het geld betaald dat hij vroeg. Stuitend, ik weet het, maar het is niet anders."

"En jij bent bij je vader gebleven?"

John onderdrukte een geeuw. "Nee, sir Ralph en ik wilden niet bij zo'n smerig zaakje betrokken raken. We hebben mijn vader daar achtergelaten en zijn naar de herberg gegaan – de Vechtende Haan. Een tijdje later zijn we naar huis gereden."

"En langs welke route was dat?"

"We zijn niet langs Bruthers huis gekomen, als dat is wat u bedoelt, baljuw. We zijn regelrecht op huis aangegaan." Glimlachend wachtte hij op de volgende vraag.

Uit zijn ooghoek zag Simon dat Baldwin bij Robert vandaan liep. Verdere pogingen de schildknaap te ondervragen hadden geen zin, besloot hij. John maakte zich geen zorgen, of had geleerd dat te verbergen, dacht de baljuw, terwijl hij de openlijk geamuseerde gelaatsuitdrukking trotseerde.

"Maak u geen zorgen, baljuw, ik weet zeker dat u de moordenaar zult vinden," zei John, met een spottende toon in zijn stem.

Simon knikte onbewogen, liep toen weg en voegde zich bij Baldwin.

"Hoe was John?" vroeg de ridder, terwijl hij over zijn schouder naar de schildknaap tuurde.

"In één woord: onverdraaglijk. Als hij nog duidelijker had gemaakt dat hij mij een dwaas vond, zou ik het recht hebben gehad hem een oplawaai te verkopen. Kortom, ik kreeg de indruk dat hij de spot dreef met onze poging erachter te komen wie de dood van Bruther op zijn geweten heeft. Hoe zit het met de oudste Beauscyr?"

"O, nu eens voor één keer kalm en redelijk. Hij is zelfs niet uit zijn slof geschoten," zei Baldwin, die de bitterheid in Simons stem wel amusant vond. "Maar hij heeft geen alibi voor die avond. Hij is het grootste deel van de dag in z'n eentje eropuit geweest." Hij rapporteerde wat Robert hem verteld had, waarna Simon verslag deed van zijn gesprek met John.

"Dus John heeft tenminste een soort getuige voor zijn verhaal," besloot de baljuw. "Sir Ralph was bij hem, zegt hij. Als die kan bevestigen wat John mij verteld heeft, is Robert de meest verdachte figuur, denk je niet, Baldwin?"

De ridder staarde naar de broers. "Ik veronderstel van wel," zei hij peinzend. "Maar ik denk dat ik Johns verhaal toch ga natrekken. Misschien zou het de moeite waard zijn als we eens naar die herberg reden en hun bier probeerden."

"Broer?"

Bij het horen van deze zachte, lage aanroep in het nachtelijk duister draaide sir Robert zich schielijk om en greep naar zijn zwaard. Er klonk een droog gegniffel en toen maakte zich een schaduw los van de muur bij de stallen. In het zwakke licht van de muurkandelaar zag Robert dat het zijn broer was. "Wat wil je?" snauwde hij.

Johns gezicht stond bezorgd. "Heeft de baljuw of die verdomde ridder jou vandaag ook ondervraagd?"

"Ja. En wat dan nog?"

"Ik denk dat je voorzichtig moet zijn, dat is alles. De baljuw schijnt te denken dat jij of ik de moordenaar zou kunnen zijn."

Robert voelde zijn kracht wegvloeien. "En?" zei hij, terwijl er een scheut van angst door hem heen ging.

"Al zijn we het misschien over een heleboel dingen oneens, broer, dit is belangrijk. Die mijnwerkers hebben Bruther vermoord, dat staat voor mij vast, maar het ziet ernaar uit dat ze of wel de baljuw hebben omgekocht – hij is per slot van rekening verantwoordelijk voor de tindelvers – of erin geslaagd zijn de verdenking op iemand van de havezaat over te hevelen. Dat kunnen we niet hebben."

"Wat stel je voor?"

"Deze moord moet door de drie mannen zijn geregeld die Smalhobbe hebben aangevallen. Wat kunnen we doen om ze te vinden? Thomas Smyth is een sluwe oude duivel. Hij heeft ze natuurlijk laten verdwijnen. Als we er ook maar één te pakken krijgen en hem laten bekennen wat ze met Smalhobbe en Bruther hebben gedaan, zou dat natuurlijk al een heel stuk helpen om de baljuw van onze onschuld te overtuigen."

"Maar waar kan hij drie man laten verdwijnen?" zei Robert nadenkend. "Er zijn niet zoveel plaatsen op de woeste gronden. Tenzij hij ze in het mijnwerkerskamp heeft verstopt..."

Sir Ralph wilde weg. De havezaat was vol gevaren; hij had het gevoel dat alles wat hij deed, kon worden onderzocht. Zijn enige optie was weggaan om zijn reis voort te zetten. Het gedwongen oponthoud maakte hem kribbig.

Nu hij kort na het invallen van de duisternis op de torentrans boven de poort stond, leek het landschap in het niet te verdwijnen door de relatieve helderheid van de muurkandelaars en stoven die de muur en de gang verlichtten. Hij wikkelde zich in zijn mantel en staarde mistroostig naar het zuiden. Hij wist dat hij moest vertrekken, en wel zo snel mogelijk.

Omdat hij een geluid hoorde, tuurde hij omlaag. Op de binnenplaats kon hij John, zijn schildknaap, in gezelschap van

Robert bij de stallen zien staan. Toen boven de deur naar de zaal openging, zag hij hoe de broers zich snel in het duister van de stallen terugtrokken. Hij trok verrast zijn wenkbrauwen op. Waarom zouden ze zo stiekem doen, vroeg hij zich af.

Even later begreep hij waarom het tweetal zich schuilhield, want in de deuropening zag hij de lange ridder staan, in z'n eentje. Alleen al de aanblik van de baljuw of zijn vriend begon vervelend te worden – en zorgwekkend. Zo dicht bij de kust – en dus ontsnapping – en toch van de buitenwereld afgesneden te zijn, was even frustrerend als opgesloten te zitten in een belegerde stad. Het lokte hem niet weer met de ridder te spreken na diens stille hint. Baldwin van Furnshill wist meer dan hij had laten doorschemeren, daar was hij zeker van.

Baldwin daalde de trap af en liep naar een wachter op de binnenplaats toe. Hun stemmen bereikten sir Ralph als een zacht gemompel in de stille avondlucht. Hij zag de wachter naar hem wijzen, zag dat Baldwin een blik in zijn richting wierp, en het bloed stolde in zijn aderen toen de ridder zich naar de torentrap begaf en die beklom om zich bij hem te voegen.

"Sir Ralph, ik ben blij dat ik u tref."

"Ik stond op het punt naar binnen te gaan. Het is koud, hierboven," zei sir Ralph, terwijl hij de mantel om zijn schouders trok.

"Dit zal niet lang duren. Kom, laten we een eindje omlopen."

Het was onmogelijk de kalme, ernstige stem niet te gehoorzamen. Al gauw liep sir Ralph tegen zijn zin met de ridder mee. Hij betreurde dat hij niet met rust werd gelaten, zodat hij zijn toekomst kon plannen; hij wilde geen voortzetting van de dubbelzinnige conversatie van eerder op die dag. Maar tot zijn verrassing liet de ridder hem niet aan het woord komen.

"Vroeger diende ik bij een roemrijk leger, weet u," begon hij. "Ik heb in de laatste slag om Akko gevochten, destijds in 1291. Dat is natuurlijk al lang geleden. Het enige wat ik toen wilde, was een kans om aanzien te verwerven, en voor een jonge ridder is daar niets verkeerds aan, wel? Maar naderhand bevond ik mij in een positie waarin mijn loyaliteit op de proef werd gesteld. Als je trouw hebt gezworen aan de meest respectabele motieven, valt de ontdekking dat je verraden bent je rauw op het lijf. Dat is mij overkomen."

Baldwin stond stil boven de hoofdpoort en zuchtte. Herinneringen ophalen had hem een goed idee geleken, maar nu kon hij sir Ralphs nervositeit en wantrouwen voelen. Toen hij doorging, klonk hij weemoedig. "Het gebeurt natuurlijk nog steeds. Mannen zweren trouw, en komen dan tot de ontdekking dat hun heer niet rechtschapen is. En wat doet een man in zo'n geval? Weggaan en een andere heer zoeken? Of wachten tot hij van zijn eed ontheven wordt? Het is heel moeilijk."

Al luisterend voelde sir Ralph zich klemgezet. Hij zou deze vreemdeling graag in vertrouwen nemen. Zijn donkerbruine ogen straalden integriteit en begrip uit, een vriendelijkheid die hij gewoonlijk met priesters associeerde. Nu hij kampte met gevoelens van eenzaamheid en gevaar, kwam hij in de verleiding de waarheid eruit te gooien. Maar hij durfde niet.

In het flakkerende licht zag hij er lusteloos, bleek en ziekelijk uit. Baldwin leunde kalm met zijn handen op een kanteel terwijl hij in herinneringen verzonken in de verte staarde, alsof hij zich niet van sir Ralphs aanwezigheid bewust was.

"Hoe dan ook," vervolgde Baldwin, "wat er in het noorden gebeurt, gaat ons hier in het zuiden niet aan. Er heerst voortdurend onrust in de moerassen, en als de Schotten aanvallen, moeten mannen zich verdedigen." Hij draaide zich om en keek sir Ralph onderzoekend aan. "Maar als iemand een moord zou plegen, kan ik dat niet goedkeuren. Als ik zou ontdekken dat iemand een moord had begaan, zou ik ervoor moeten zorgen dat hij gevangen werd gezet. En als ik dacht te weten wie die horige Bruther vermoord heeft, zou het er niet toe doen of het de zoon van een lijfeigene of van een heer was, ik zou hem gevangen houden totdat hij berecht werd."

"Beschuldigt u mij van de moord op die knaap? Wat voor reden zou ik daarvoor kunnen hebben?"

"Dat vraag ik me ook af," zei Baldwin, aan wie het niet ontging hoe gespannen de man was. "Nee, ik beschuldig u niet, sir Ralph. Maar ik denk wel dat u iets van die zaak weet, en ik zou graag willen dat u mij vertrouwde. Misschien doet u dat nog wel eens."

Sir Ralph keek een andere kant uit. Hij wilde wel geloven wat de ridder zei, maar hij kon niets zeggen. Het was te gevaarlijk. Hij kwam niet uit deze streek, en hij had geen familie of vrienden op wie hij kon rekenen voor bescherming. Plotseling voelde hij zich erg alleen.

Na een ogenblik slaakte Baldwin een zucht. Er was niets aan te doen, sir Ralphs koppige gelaatsuitdrukking verried zijn vastbeslotenheid om het stilzwijgen te bewaren. Baldwin stond op het punt te vertrekken, toen iets op de binnenplaats zijn aandacht trok. Waar zouden die twee het over hebben? vroeg hij zich af. Sir Ralph volgde zijn blik en zag John en Robert bij een muurkandelaar staan.

Even later staarde sir Ralph in zuidelijke richting. Of het giswerk was geweest, interesseerde hem niet. Hij stond weer in zijn eentje op de torentrans. Het enige wat ertoe deed was dat sir Baldwin kennelijk van zijn verleden af wist. Hoe hij erachter was gekomen, was niet van belang. Feit was dat hij het wist. En dat zou kunnen betekenen dat de baljuw het ook wist...

Die gedachte deed hem huiveren.

Hoofdstuk 10

Simon hees zich kreunend overeind op de bank die als bed had gediend. In het verleden, toen hij nog te jong was om in aanmerking te komen voor het voorrecht in een zaal te mogen slapen, had hij op reis vaak in schuren overnacht. Dat was te prefereren boven dit, dacht hij. In een schuur of stal waren hooi en stro om een gerieflijke slaapplaats in te richten, maar nu hij baljuw was, leken zijn gastheren altijd te denken dat het hem toekwam in de zaal op een van de beste houten banken van de familie te slapen. Vermoedelijk, dacht hij huiverend, vanwege een algemene antipathie tegen baljuws.

Het zou geen wonder zijn als het een soort straf was. Hoewel hij zich fatsoenlijk probeerde te gedragen, waren er tal van baljuws in het land die bekendstonden als corrupt en oneerlijk. Zelfs aan baljuws die verantwoordelijk waren voor de woeste gronden werden daden toegeschreven die op z'n best dubieus konden worden genoemd. De inspecteur-generaal kreeg regelmatig klachten van mensen die beweerden dat baljuws mannen van het land oppakten en in het cachot opsloten totdat er losgeld werd betaald. Of dat jury's in ruil voor geld slechte gerechtelijke uitspraken deden. Er waren maar weinig mensen die de baljuws van de woeste gronden vertrouwden.

Zich uitrekkend keek hij om zich heen. Natuurlijk lag Hugh nog te snurken in een hoek. Ongeacht waar hij sliep, er was altijd zoiets als een charge van strijdrossen nodig om hem 's ochtends wakker te maken. Van Edgar of Baldwin was geen spoor te bekennen. Hun banken waren onbezet.

Hij stond op en liep geeuwend naar het vuur toe. Van de grote houtblokken die de avond tevoren hadden gebrand, was niet veel meer over; hij moest wat gloeiende sintels bij elkaar duwen en erop blazen om het vuur aan te wakkeren. Dit duurde enige tijd. Hij was er nog meer bezig toen de deur werd opengegooid. Baldwin kwam binnenstampen, met Edgar in zijn kielzog.

"Vlug, Simon, maak je klaar om te vertrekken. Ik heb al opdracht gegeven onze paarden te zadelen en eten klaar te maken. Het is niet te zeggen hoe lang dit gaat duren." Hij gaf een schop tegen Hughs bank. "Die verdomde idioten!"

"Wat is er in 's hemelsnaam aan de hand?" vroeg Simon, terwijl Hugh, plotseling wakker geschud, met wild maaiende armen van zijn bank gleed.

"Wat er aan de hand is? Oorlog, baljuw. Die idioten zijn met een paar soldaten naar het mijnwerkerskamp gegaan!"

"Over wie heb je het?"

"Word wakker, Simon. Allemachtig, je zou het geduld van een heilige op de proef stellen als je slaapdronken bent! Robert en John, natuurlijk. Ze hebben het in hun kop gehaald dat Peter Bruthers moordenaars zich in het kamp van Thomas Smyth ophouden, en ze zijn daarheen gereden om ze te pakken."

Hughs gezicht verscheen boven zijn bank uit. Zijn ogen waren groot van schrik, maar Simon verdiepte zich niet in de vraag of dat van de val was of van de gedachte aan een gevecht. "Hugh! Staar niet zo en maak je gereed!"

Binnen een paar minuten waren ze buiten. Hun paarden stonden klaar. Het kostte slechts een ogenblik om ze te bestijgen, en de teugels uit de handen van de stalknechten te trekken. Halsoverkop reden ze de poort uit om over de woeste gronden naar het kamp van de mijnwerkers te jakkeren.

De zon stond al een heel eind aan de hemel toen Simons maag begon te knorren omdat hij zijn ontbijt was misgelopen. Op de havezaat, zo dacht hij dromerig, zouden er koude plakken kalfsvlees zijn geweest, want de avond tevoren hadden ze kalf gegeten. Toen Baldwin naast hem kwam rijden, keek hij hem met een zure blik aan.

De ridder negeerde die blik; zijn gezicht stond ernstig. "Wat is dat – hoor je het?" Hij hield zijn hoofd scheef en Simon volgde zijn voorbeeld. Vaag konden ze boven het gebonk van hoeven en het geknars van tuigen een gekletter en gerinkel horen, als van een leger hoefsmeden. Baldwin knarsetandde. "God! We zijn te laat!"

Terwijl hij zijn paard tot grotere spoed aanzette, tastte Baldwin naar het gevest van zijn zwaard. Nu ze er bijna waren, begon hij zich af te vragen of het wel zo'n goed idee was geweest de twee broers en hun mannen achterna te gaan. Ze waren maar met z'n vieren, en als het tot een gevecht kwam, zouden ze met te weinig zijn om de partijen uit elkaar te houden.

Hoe de zaken stonden zagen ze pas toen ze over de heuvelkam kwamen en in het dal van de mijnwerkers konden kijken.

"Goddank!" hoorde hij Simon zeggen, en hij beaamde dat in stilte. Er lagen geen lichamen op de grond, de twee partijen waren nog niet slaags geraakt!

De menigte was het dichtst bij het ovenhuis, dus daar ging Baldwin te paard op af. Hij kwam over de flauwe helling aanstormen en denderde door de beek, zodat het water hoog opspatte.

Zo hard mogelijk "Stop!" brullend trok Baldwin zijn zwaard. Hij kon nu zien dat het metaalachtige gekletter werd veroorzaakt door een regen van stenen op de schilden van de broers. Ze stonden voor de deur van het ovenhuis, geflankeerd door drie soldaten, terwijl de tindelvers hen bekogelden met stenen die ze van de oever van de beek haalden. George Harang leek de aanval te leiden, want hij stond vooraan en moedigde de mijnwerkers met geschreeuw aan.

Terwijl een steen op Johns schild ketste die hem deed vloeken en wankelen, arriveerde Baldwin om tussenbeide te komen. Met zijn zwaard dreigend schreeuwde hij naar de mijnwerker die de steen gegooid had: "Ik zei stop! Nog één steen, en je gaat eraan – begrepen?" De man knikte verbijsterd, ontsteld plotseling een tegenstander op het toneel te zien. Toen Baldwin er zeker van was dat de man zou gehoorzamen, keerde hij zijn paard naar de Beauscyrs toe. Hij kwam tot de ontdekking dat Simon, Edgar en Hugh er ook al waren.

De baljuw liet er geen gras over groeien. Hij begon tegen de broers uit te varen met een woede die niemand kon ontgaan.

"Wel? Wat voor excuus hebben jullie voor deze verstoring?" zei hij op een toon zo kil als een bergstroom. "Jullie zijn schuldig aan het binnendringen van een kroondomein, aan een gewapende overval en aan bedreiging van onderdanen van 's konings domein – wat hebben jullie daarop te zeggen? Robert? Spreek op!"

"We wilden de bende vangen die Peter Bruther vermoord heeft."

"O? Dus jij weet wie het was?"

John trad naar voren, met een verwarde frons op zijn gelaat.

"Het moeten mijnwerkers zijn, baljuw. Ze hebben ons bedreigd, zoals u weet. Van afpersing naar moord is maar een kleine stap."

"Onzin!"

"Het is een feit. En deze zelfde bende heeft alleenwonende mijnwerkers afgetuigd. Hoe zit het met Henry Smalhobbe? Verdient hij geen bescherming tegen deze schurken? Of kunnen zij u niet schelen, baljuw?"

Omdat Simon zijn zelfbeheersing dreigde te verliezen, greep Baldwin hem bij de arm. De stem van de ridder klonk kalm. "John Beauscyr, je bent een dwaas. Zwijg! De baljuw heeft gelijk dat hij alle mijnwerkers beschermt, niet deze of gene maar allemaal. Jullie zijn in overtreding door hier te zijn, nog daargelaten dat jullie je wapens hebben getrokken tegen mensen die een wettelijk recht hebben hier te zijn. Daar zullen jullie later voor boeten. Nu gaan jullie met ons mee."

"En onze gevangenen?" hoonde de jongeman.

"Wat voor gevangenen?" vroeg Simon.

John verdween in het ovenhuis. Ze hoorden een kreet, en daarna een vloek. Even later kwamen drie mannen met gebonden handen naar buiten, gevolgd door John, die nonchalant met zijn zwaard in hun richting wees. "Ziehier, baljuw, laat mij u een paar mannen voorstellen die u wilde ontmoeten: Stephen the Crocker, Harold Magge en Thomas Horsho. Gaat u ons nog bedanken omdat we hen voor u gevonden hebben?"

"U, baljuw, wordt geacht de beschermer te zijn van de rechten van de mijnwerkers hier," bulderde Thomas Smyth. "U bent hier niet om ons werk te verstoren en vreemden te helpen die besluiten mijn mannen te molesteren!"

Baldwin en Simon waren naar zijn huis gereden nadat Hugh en Edgar met de Beauscyrs en hun mannen naar de havezaat waren vertrokken, met achterlating van de drie bendeleden. Het zou onmogelijk zijn hen gevangen te nemen en weg te voeren, dat hadden ze kunnen opmaken uit het boze gepruttel van de menigte mijnwerkers. Maar Simon had met George Harang gesproken en die had er, na enig tegenstribbelen, in toegestemd de drie tot nader order te laten bewaken. De baljuw had hem ervan overtuigd dat de inspecteur-generaal in Lydford hem persoonlijk voor hen verantwoordelijk zou houden. Als ze ontsnapten, zou dat hem worden aangerekend.

Terwijl de heer des huizes razend en tierend rondstampte als een opgehitste beer, zaten de baljuw en zijn vriend zwijgend naar hem te kijken. Simon ziedde van woede. De Beauscyrs uitknijpen was één ding, maar tegen de baljuw van de inspecteur-generaal liegen was van heel andere orde dacht hij verontwaardigd. Baldwin, die buiten alle juridische implicaties stond, was in een positie om van het treffen te genieten, en dat deed hij. Met onverholen vermaak sloeg hij Thomas Smyths getetter gade, iets waar Smyths humeur niet beter van werd. Met een gezicht als een donderwolk keek hij de beide mannen aan. George Harang voegde daar een blik van openlijke verachting aan toe.

"Hoe kunnen we het tin van de koning delven als we worden tegengewerkt? En als dit geen tegenwerking is, mag God weten wat het wel is! De waanzin om die mensen in het mijndorp te laten komen. Als ik daar was geweest, zouden de rotzakken niet meer in leven zijn, dat kan ik u verzekeren! En u hebt ze laten gaan! Ze hadden onmiddellijk in hechtenis moeten worden genomen – door u, baljuw. Daarvoor bent u hier, het is uw werk, en als u het niet doet, zal iemand anders het moeten doen. De brutaliteit van die lui! Ze dringen binnen in mijn ovenhuis, tuigen twee van mijn arbeiders af als een stel bandieten, en dan laat u hen ontsnappen! Ze hadden in de gevangenis van Lydford gestopt moeten worden tot de volgende rechtzitting, dat zou ze een toontje lager hebben laten zingen! Die twee met hun soldaten! God nog aan toe!"

Baldwin nam aan dat de tirade op haar eind liep. Smyth bleef naast George Harang staan en keek van de zittende mannen naar zijn dienaar, wiens gelaatsuitdrukking zijn woede alleen maar groter maakte. "En jij... jij hoeft niet te kijken als een advocaat die een nieuwe cliënt heeft, hufter! Als jij je werk behoorlijk had gedaan, zou dat kamp beter beschermd zijn geweest. Hoe zijn die knullen van Beauscyr erin geslaagd het terrein op te komen? Hè? Ze hadden al mijlenver van het kamp gesignaleerd en tot staan gebracht moeten worden. Hoe kunnen wij ons tin beschermen als de mijnwerkers niet voor het ovenhuis en de opslagruimten zorgen?"

George deinsde terug. Hij had de scherpe tong van zijn heer vaker moeten verdragen, maar nu was het helemaal mis. Hij had

Thomas nog nooit zo kwaad gezien, zelfs niet wanneer hij voor de show een van de mannen de huid vol schold wegens een overtreding van zijn regels. Dit was trouwens niet gespeeld, dit was de rauwe, heftige woede van een man die het gehad had. "Heer, ik heb gedaan wat ik..."

"Hou je kop!"Thomas wendde zich weer tot Simon. "Welnu, baljuw. Wat gaat u eraan doen? Ik wil dat u ze arresteert."

"Nee."

"Hoezo nee'? Hebt u geen idee wat uw..."

Simon onderbrak de nieuwe tirade. "Ik ga de Beauscyrs niet arresteren, noch je mannen. Ik zal ze allemaal verhoren, maar totdat ik weet wat er hier werkelijk speelt, laat ik het daarbij. Zowel jouw mensen als de Beauscyrs hebben zich te veel vrijheden veroorloofd, en dat moet afgelopen zijn. Je stopt nu onmiddellijk met je pogingen mensen van de woeste gronden te verjagen."

"U durft mij – mij – te vertellen wat ik moet doen?" Zijn stem was nu lager, en zijn gezicht werd heel bleek alsof het bloed eruit wegtrok. "U durft mij te vertellen dat u mijn mannen gaat verhoren? Ik zal u dit vertellen, baljuw: nog nooit heeft iemand de arrogantie gehad mij in mijn eigen huis te bedreigen, en als u denkt..."

"Thomas Smyth, ik ben de baljuw van Lydford, zoals je hebt opgemerkt. Ik ben hier in opdracht van de inspecteur-generaal. Als je het nog eens waagt mij in de rede te vallen, zal ik je arresteren en je in de gevangenis laten gooien. Ben ik duidelijk?"

Hoewel Simons stem bedrieglijk zacht klonk, was Thomas zich bewust van de staalharde ondertoon. Hij beet op zijn lip en keek dreigend, maar beende toen op een stoel af en bleef er gespannen naast staan. Hij gaf zijn dienaar opdracht wijn te halen en staarde Simon aan.

Terwijl hij zonder met zijn ogen te knipperen terugstaarde, vervolgde de baljuw: "Goed. Ik heb aanwijzingen dat je mannen mijnwerkers die legitiem op de woeste gronden verblijven, aftuigen, dat je landeigenaren geld laat betalen om van hun land weg te blijven, en nu kom ik tot de ontdekking dat je tegen mij gelogen hebt. Toen ik je naar deze mannen vroeg, heb je mij verteld dat ze hier niet meer waren, dat ze uit het mijnwerkerskamp verdwenen waren. Nu ontdek ik dat de Beauscyrs volkomen terecht hebben aangenomen dat je loog, en dat je ze in werkelijkheid in het magazijn van jouw ovenhuis verstopt hebt gehouden. Onder de wetten van het kroon-domein of onder de wetten van de tinmijnen ben je schuldig. Maar voordat ik de warboel uitzoek die je ervan gemaakt hebt, ben ik van plan uit te vinden wat er met Peter Bruther gebeurd is, en ik verwacht jouw volledige medewerking. Als ik het gevoel heb dat ik die niet krijg, zal ik je laten arresteren. Ik vertrouw erop dat dit duidelijk is?"

"U bent ingehuurd door de Beauscyrs," hoonde de mijnwerker. "Daarom doet u uw plicht niet."

In woede ontstoken door deze aantijging maakte Baldwin aanstalten op te staan, maar Simon hield hem tegen. De ridder zonk terug en zei: "Dit begint onduldbaar te worden! Mijn vriend probeert een moord op te lossen, en het enige wat jij en de anderen die hier wonen willen doen is ruziemaken over oude privileges."

"Ze zijn belangrijk, heer ridder," snauwde Thomas hem toe, maar daarna zakte hij in zijn stoel neer. Nu hij de woede van de ridder had gezien, hield hij zijn tong in bedwang. George was de bottelier gaan halen, een magere, bleke man, die een drinkbeker en een kruik droeg. Met een zucht nam Smyth de hem aangeboden wijn aan, en daarna realiseerde hij zich pas dat er geen bekers voor zijn bezoekers waren. "En zij, idioot! Verwacht je soms dat zij uit de kruik drinken?' snauwde hij tegen de bottelier, waarop de man prompt de zaal uit rende. Smyth zuchtte nogmaals, maar kon een flauwe glimlach van afkeer niet onderdrukken. "Het lijkt erop dat mijn wereld uit elkaar valt," mompelde hij. "Goed dan, baljuw, ik geloof u. Mijn verontschuldigingen. U moet uw plicht doen. Wat wilt u van mij?"

Simon bekeek hem taxerend. Zelf zou hij uit zijn slof geschoten zijn als Baldwin hem niet te hulp was gekomen, en nu was hij blij dat hij zich in had kunnen houden. Met de mijnwerker aan zijn kant zou hij meer bereiken dan als hij hem tegen zich innam. Maar hij was er zeker van dat er iets niet klopte.

"In de eerste plaats wil ik je toestemming om met wie dan ook in het kamp te spreken, op ieder moment dat ik dat wil en zonder door je mannen te worden lastiggevallen." Hij keek op terwijl hij dit zei. George Harang en de bottelier waren met nog twee bekers en een kruik teruggekomen.

"Goed dan. Als het u helpt Peter Bruthers moordenaar te vinden, ga ik akkoord."

"En het kan zijn dat ik met anderen wil spreken. Je dochter..."

"Alicia? Waarom? Zij was..."

"Ze kent Robert Beauscyr, dat is alles."

"Goed dan, maar ze zal vast van weinig nut zijn. Trouwens, ik wil niet, dat ze de knaap nog ziet."

"En ten slotte wil ik weten om hoe laat je sir William sprak op de avond dat Bruther stierf."

"Hij was hier toen wij terugkwamen," zei Smyth, terwijl hij naar de bottelier keek. "Jij! Hoe laat kwam hij hier?"

De bottelier draaide met een ruk zijn hoofd om. Hij was te mager om gezond te zijn, en zijn zandkleurige haar werd al grijs. "Hij arriveerde hier bij daglicht, heer. Ik heb hem binnen laten wachten, en hij bleef midden in de zaal staan. Om de paar minuten riep hij om meer wijn. Ik moest iedere keer met een nieuwe kruik komen."

Smyth knikte minachtend. "Hij zag er beschonken uit toen we terugkwamen."

"Waar was je daarvóór?" vroeg Simon.

"We waren het grootste deel van de dag bij onze mannen om hun werk te controleren. Het ovenhuis is nog erg nieuw, en ik maakte mij zorgen dat het misschien niet behoorlijk zou werken, daarom hebben we er een groot deel van de tijd doorgebracht. We kwamen thuis nadat sir William gearriveerd was, en zijn meteen aan tafel gegaan – hoewel hij geen honger had. Het idee ons voedsel te delen zou denk ik zijn trots te zeer gekwetst hebben."

"Ik weet wat hij hier deed."

"Heeft hij u dat verteld?" Smyth was verrast.

"Met tegenzin, maar toch. Ik neem aan dat hij jouw eisen heeft aanvaard?"

"Ja," zei Thomas gespannen, "hoewel hij minder wilde betalen dan ik vroeg en ik erop heb moeten wijzen hoeveel moeilijkheden het hem zou besparen. Uiteindelijk is hij akkoord gegaan."

"En toen hij vertrok, in wat voor humeur was hij toen?"

"Ik zal niet zeggen dat hij blij was, baljuw. Maar hij leek te beseffen dat hij weinig keus had."

"Juist." Simon nipte van zijn wijn. "Hoe denk je over Robert Beauscyr?"

"Een driftkop. Hij gaat zo op in zijn studies dat hij nooit nadenkt over zijn daden," zei Thomas minachtend. "Dat hebben we vandaag gezien. Ieder ander zou het plan beter hebben doordacht en ervoor gezorgd hebben dat hij weg was voordat de mannen daar wakker werden, maar o nee, hij moest zo nodig met een hoop lawaai binnen komen rijden en zo'n trammelant maken dat ze allemaal wakker werden. En toen moest het wel tot een gevecht komen, wilde hij weg kunnen. Je reinste stommiteit."

"Had je dat gedrag van hem verwacht?'

"Hoe bedoelt u? O, ik veronderstel..." De mijnwerker dacht even na. "Nee, eigenlijk niet. Ik dacht dat hij een van de verstandiger landeigenaren in deze streek was, omdat hij zo geleerd is. Nee, u hebt gelijk. Hij was vandaag zichzelf niet. Gewoonlijk maakt hij het de mijnwerkers graag naar de zin."

"En John?"

"Ah, baljuw. Nu vraagt u mij naar iemand die ik niet begrijp. De jonge John is een harde vent, daar ben ik zeker van. Ik vertrouw hem niet, want hij ziet er altijd uit alsof er iets anders in zijn hoofd omgaat als hij spreekt. Hij neemt het niet dat zijn broer de erfgenaam van het landgoed is. Niet alleen uit jaloezie – hij gelooft echt dat hij de beste heer van de twee zou zijn, denk ik. En misschien heeft hij gelijk. Als hij het wil, kan hij buitengewoon innemend zijn, en hij heeft beslist de diplomatieke gave om met een onschuldig gezicht te kunnen liegen."

"Misschien wilde Robert Beauscyr Bruther gevangennemen om hem naar de havezaat terug te brengen; als de man zich verzet heeft, zou hij hem vermoord kunnen hebben. Hij had het motief een lastpak voor de havezaat te elimineren en iemand te straffen die hij als wegloper beschouwde, maar ik vraag me af wat John tot die moord zou hebben bewogen."

"John?" Met een frons van concentratie staarde Thomas in het vuur. "Ik zou het niet weten. Hij is te lang weg geweest om door Bruther beledigd te zijn, en hij lijkt me geen knaap die alles zal doen om zijn broer te helpen."

"Wie kan Peter Bruther nog meer dood hebben gewild, denk je?"

De oude man wierp hem een hulpeloze blik toe. "Ik heb geen idee, baljuw. Voor zover ik weet is er niemand die hem een haar had willen krenken."

"Wat weet je van Bruther?" Simon begon zich wanhopig te voelen. "Waar kwam hij vandaan?"

137

"Hij was de zoon van Martha Bruther, een weduwe in Shallow Barton, een klein dorp aan de rand van Widecombe. Haar man, de oude Arthur Bruther, is overleden voordat Peter geboren werd, en ze heeft de jongen alleen grootgebracht." Hij aarzelde. "Ik kan me niet voorstellen dat iemand hem wilde vermoorden."

Hij had nu iets milds dat Simon merkwaardig vond. Dat een machtig man als hij, die een harde werkgever voor veel van zijn mijnwerkers moest zijn geweest, zoveel sympathie voor de dode voelde, was ongewoon, te meer omdat Bruther op een perceel had gewoond waar Smyth in geïnteresseerd was. De baljuw vroeg zich af of dit een vertoning was die voor hem werd opgevoerd. Thomas Smyth kon best droefheid veinzen, daar was hij zeker van. De mijnwerker vulde zwijgend zijn beker bij en nam een diepe teug, terwijl hij in de verte staarde.

Baldwin leunde naar voren. "Denk je dat hij bij iets onwettigs betrokken was? Veediefstal, bijvoorbeeld? Zou hij vermoord kunnen zijn omdat hij iets gestolen had?"

"Nee!" De nadrukkelijke ontkenning deed de ridder verrast zijn wenkbrauwen optrekken. "Als dat zo was, zou ik er beslist van gehoord hebben. Ik heb hier heel wat mannen onder mij en ik probeer ervoor te zorgen dat iedereen zich aan de wet houdt. Anders zou ik hier om de andere week een baljuw over de vloer hebben."

De ridder knikte, maar zijn ogen bleven de mijnwerker aanstaren toen Simon zei: "Ik denk dat we genoeg van je hebben gehoord. Als je nog iets invalt, wil ik dat zo snel mogelijk weten. Nu moet ik je dochter spreken. Ik moet haar ook over die avond vragen."

"Maar ze zal niets gezien of gehoord hebben... ze is de hele tijd hier geweest."

"Misschien levert het toch iets op. Ik wil onder andere meer over Robert Beauscyr weten. Daar kan ze mij ook bij helpen."

Met tegenzin maakte Thomas Smyth een hoofdgebaar naar George Harang, die het vertrek verliet en prompt met het meisje terugkwam. De snelheid van haar komst en de blos op haar gelaat maakten duidelijk dat ze aan de deur had staan luisteren.

Terwijl hij Alicia bestudeerde, kon Baldwin zich voorstellen dat Robert Beauscyr interesse voor haar had. Ze had klasse – ongetwijfeld van haar moeder. Het was te zien aan haar manier van lopen. Ze had een gave huid en een hoog voorhoofd, zonder de zwaarte van Christine's gelaatstrekken, en haar grote ogen stonden ver uit elkaar. Alicia ging langzaam naar haar vader toe en bleef uitdagend naast hem staan, met haar kin in de lucht alsof ze verwachtte berecht te worden.

Simon hoopte dat zijn ondervraging haar niet overstuur zou maken. Eens zou zijn eigen dochter zijn zoals dit meisje, balancerend op de rand der volwassenheid – en hopend heel binnenkort naar de goede kant te vallen. "Op de avond dat Peter Bruther stierf, mijn beste kind, had je vader sir William Beauscyr op bezoek. Waar was jij die middag en avond?"

Met een snelle blik naar haar vader zei Alicia: "'s Ochtends ben ik met moeder naar Chagford geweest, maar halverwege de middag waren we hier weer terug. Omdat mijn vader sir William op bezoek kreeg, zijn we naar de opkamer gegaan."

"En daar ben je de hele avond gebleven? Je hebt niemand gesproken?"

"Nee."

"Juist. In dat geval kunnen we door. Is Robert Beauscyr een vriend van je?"

Ze ging iets rechter staan, als een hooghartige koningin. "Hij en ik kennen elkaar al sinds onze geboorte."

"Hoe zou je zijn temperament beschrijven?"

"Roberts temperament? O, zachtaardig. Hij is altijd kalm en beleefd. Hij verheft zelden zijn stem, en als hij dat doet, gebeurt het alleen als hij echt geprovoceerd wordt. Hij is ook erg dapper, natuurlijk. Hij heeft zijn kracht dan wel niet verspild in verre oorlogen die ons hier weinig zeggen, maar hij zou altijd iemand beschermen die hulp nodig had."

Baldwin wreef over zijn voorhoofd en slaakte een zucht. Dat was het probleem als je jongelui naar hun leeftijdsgenoten vroeg, dacht hij. Ze waren of wel de belichaming van alle kwaad, of volmaakte helden. Er scheen bijna nooit een middenweg te zijn. Als er één ding kon worden opgemaakt uit haar antwoorden op Simons voorzichtige vragen, dan was het dat ze op de knaap gesteld was. Hij wisselde een snelle blik met de baljuw, die even knikte.

"Heel goed, Alicia. Dank je wel, dat was erg nuttig. En nu," zei Simon, terwijl hij opstond, "denk ik dat we moeten gaan. Er zijn nog heel wat andere mensen die we moeten spreken."

Na Thomas Smyth en zijn dochter te hebben bedankt, begaven de baljuw en zijn vriend zich naar hun paarden. "En nu, Baldwin," zei Simon met een grijns, "moesten we maar eens een kijkje gaan nemen in de Vechtende Haan, vind je niet?"

ɦoofɔstuk II

e herberg bleek een aangename verrassing te zijn zodra ze in zicht kwam. Een groot hoofdgebouw stond een eindje van de bijgebouwen af. Alle muren waren van steen. Maar ze zagen er niet grijs en deprimerend uit, dit complex schitterde in het zonlicht. Het deed ook goede zaken, aan het aantal paarden te zien dat buiten wachtte.

Ze bonden hun paarden vast aan ringen in een muur van de herberg, en gingen naar binnen. Het was een groot lokaal, waarvan de zoldering op hoge pilaren steunde die oprezen als scheepsmasten. In het midden was een haard, en de biezen op de vloer roken fris. Hun geur verdreef bijna de zure stank van gemorst bier. De vensters waren hoog en smal, maar verlichtten de ruimte goed.

Zoals ze verwacht hadden was het druk in de herberg. Baldwin keek rond. In één hoek zaten mijnwerkers met verweerde gezichten; een fatterig uitziende koopman troonde met vier bedienden bij de haard; een ridder met twee soldaten die tegen een muur leunden, observeerden de anderen met een spottende glimlach; een groepje boeren zat te lachen aan een tafel; twee oudere mannen met rozige wangen zaten er stijf bij, alsof zulk lawaaiig vertoon hen van weerzin vervulde. En drie serveersters liepen met potten en kruiken rond om de mannen op hun wenken te bedienen.

Op een tafel afstevenend die nog onbezet was, wenkte Baldwin naar een knap, bleek meisje met loshangend, golvend bruin haar. Ze glimlachte naar hem en knikte.

"Zo, Simon. We moeten erachter zien te komen of sir Ralph hier is geweest, zoals de jonge John zei," zei de ridder toen hij was gaan zitten.

"Heren?"

Baldwin keek op en zag het meisje naast zich staan. Hij beantwoordde haar glimlach, bestelde, en weg was ze weer. Even

141

later kwam ze terug met een paar volle aarden pullen bier. Toen ze die had neergezet, vroeg Baldwin of ze even tijd had.

"O nee, heer. Niet terwijl er zoveel klanten bediend moeten worden. Ik moet aan het werk blijven, anders raak ik mijn baan hier kwijt..."

"Dit duurt niet lang," beloofde Baldwin. "Het gaat hierom, mijn vriend en ik kennen de Beauscyrs, en John vertelde ons dat zijn ridder en hij hier onlangs waren."

"Ja, heer. Ze kwamen een uur of zo voor donker binnen. We kennen John hier." De kuiltjes in haar wangen werden dieper, en er speelden sprankjes goud in haar groenbruine ogen. Vrolijk zei ze: "Maar ik heb nu geen tijd. Trouwens, dat was Molly, als hij een van ons heeft aanbevolen, niet ik. Ik ben Alison. Maar ik kan ervoor zorgen dat ze straks bij u komt, als u wilt."

De ridder staarde haar aan. "O! Ik..."

Toen hij de verlegenheid van zijn vriend zag, begon Simon te schudden van het lachen. Terwijl het meisje van hem naar Baldwin keek, probeerde de baljuw tot bedaren te komen. Ten slotte wist hij uit te brengen: "Alison, nog één vraag, als dat zou kunnen: als John bij Molly was, waar was zijn vriend dan?"

"Zijn vriend? O, nee! U begrijpt mij verkeerd – Molly was met zijn vriend. John was op dat moment niet in de stemming."

"Ik snap het. En hoe lang is zijn vriend hier geweest?" vroeg Simon, terwijl Baldwin kuchte en aandachtig naar voren leunde.

"Het grootste deel van de avond, heer." Haar ogen dwaalden enigszins nerveus naar de ridder. Ze wist dat de Beauscyrs een rijke en machtige familie waren, en ze werd niet graag over hen ondervraagd.

"Dus John en zijn vriend waren hier tot laat op de avond?" vroeg Simon.

"Nee."

"Wat?"

"John is hier niet lang geweest. Nadat Molly zijn vriend had meegenomen, is hij naar buiten gegaan – om een ritje te maken, denk ik!" giechelde ze. "Hij is pas later teruggekomen." Toen ze iemand dringend zag wuiven, liep ze gauw die kant uit.

"Sodeju!" vloekte Simon.

"Ja, dat verandert de zaken wel een beetje, niet? Als ze gelijk heeft, waren allebei de broers die avond zoek."

"Ja, beide zouden Bruther hebben kunnen vermoorden."

"Ik vraag me af... Hoewel het er alle schijn van heeft dat die twee elkaar haten, waren ze misschien allebei op pad om te proberen Bruther te vermoorden..."

"Denk je dat ze onder één hoedje spelen."

"Wel, het zou kunnen. Kennelijk wilde sir Robert de horige teruggebracht of bestraft zien, en het is niet onmogelijk dat hij zijn broer heeft overgehaald hem te helpen – bijvoorbeeld door erop te wijzen dat hun moeder afhankelijk is van de stabiliteit van de havezaat."

"Dat is wel zo, maar als ik zie hoe die twee op elkaar reageren, lijkt het me onwaarschijnlijk. Misschien had John toch een grief tegen Bruther."

"Ja..."Baldwins gelaatsuitdrukking verried zijn twijfel. "Maar het lijkt me een beetje vergezocht dat ze de man allebei dood wilden hebben en toevallig op dezelfde avond buiten op zoek naar hun slachtoffer waren. Er moet een eenvoudiger verklaring zijn; we hebben alleen nog niet alle feiten. Kom, laten we gaan. Ik wil horen wat die drie mijnwerkers te vertellen hebben."

In het kamp van de mijnwerkers troffen ze een kleine mannetjesputter aan die met getrokken zwaard voor het ovenhuis op wacht stond. Hij sloeg de twee naderende mannen argwanend gade en leek niet opzij te willen gaan, totdat Baldwin een hand op zijn eigen zwaard legde en hem zonder met zijn ogen te knipperen aankeek. Na een ogenblik haalde de wachter zijn schouders op en liet hen passeren.

De drie mijnwerkers bevonden zich in de opslagruimte waar ze verstopt hadden gezeten. Ze zaten er gemelijk en onmededeelzaam bij. Hoewel ze opkeken toen Simon en Baldwin binnentraden, liet geen van de drie merken de ondervragers te herkennen.

Het maakte weinig uit, want het was geen plek om te praten. Het waterrad rommelde en ratelde, mannen leverden hun bijdrage aan het lawaai door stukken erts met ijzeren stampers in granieten vijzels tot kleinere brokken te stampen, zodat ze in de oven konden, en de grote blaasbalg siste en hijgde voortdurend. De lucht in het vertrek was bedompt. Er hing een zure stank die Simon begon te herkennen: de metaalachtige reuk van tin, de geur van geld. Hij beduidde Baldwin en het drietal mee naar buiten te gaan, waar de lucht schoner was en ze konden praten zonder te worden gehinderd door het lawaai van machines en stampers.

Met knipperende ogen en vertrokken gezichten volgden de drie mannen Simon en Baldwin naar de oever van de beek, met in hun voetspoor de wachter, die zich afvroeg of zijn gevangenen wel uit hun cachot mochten, maar de kwestie niet met een ridder wilde uitvechten.

Toen ze met z'n allen op enige afstand van het langzaam draaiende rad zaten, monsterde Simon de mannen. "Wie van jullie is Magge?" vroeg hij. Het had geen zin deze drie nog verder te intimideren, zag hij. Hun angst was al groot genoeg. Ze wisten dat hun leven op het spel stond. Aan hun geschuifel en gehink was te zien dat ze een pak slaag hadden gehad; Simon nam zich voor de broers Beauscyr daarover aan te spreken als hij hen weer zag. Naar zijn mening was het martelen van gevangenen niet te verdedigen.

Harold Magge hief zijn hoofd op alsof het loodzwaar was. In een gelaat zo gebruind als de donkere aarde om hen heen vestigden zijn bloeddoorlopen blauwe ogen zich met een mateloze vermoeidheid op de baljuw. In gelukkiger tijden, dacht Simon, en met een kroes appelwijn in zijn knuist, had deze man met zijn piekerig geknipte haar en de dikke grijze stoppels op zijn vierkante kaken er even monter uit kunnen zien als een vrijgeboren boer. Maar nu vertoonde een van zijn wangen een blauwe plek met een ongezond gele kleur aan de randen en had hij schrammen in zijn gezicht, waar de huid geschaafd was. Hij zag er somber uit, de wanhoop nabij.

"Je weet dat jullie allemaal verdacht worden van moord?"

Langzaam knikkend zei Magge sarcastisch: "Ja. Onze heer heeft ons verraden."

"Kom jij niet uit deze omgeving?" vroeg Simon.

"Nee, ik kom uit het oosten, uit Kent. Ik ben hier nu vijftien jaar en werk in de mijnen. Al die tijd heb ik mijn heer trouw gediend."

"Daar twijfelen we niet aan, maar we moeten nagaan wat er gebeurd is op de avond dat Peter Bruther stierf. We weten al dat jullie een andere mijnwerker hebben aangevallen. Waarom?"

Magge raapte met een zucht een steentje op, wierp het omhoog en ving het op. Hij bleef dat doen terwijl hij sprak, en keek de baljuw geen moment aan. "Een paar dagen geleden kwam Thomas Smyth naar mij toe en vroeg mij hem samen met deze mannen op Longaford Tor te ontmoeten."

"Was hij daar alleen?"

"Hij had George Harang bij zich."

"Gaat hij er altijd samen met George op uit?" vroeg Simon.

De ogen bleven op de op-en-neergaande steen gevestigd. "Ja. George werkt al meer dan zeventien jaar voor hem, zeggen ze – iets langer dan ik, in elk geval. Wel, hij vroeg ons hem van de mijnwerkers daar op de woeste gronden af te helpen – al degenen die niet voor hem werkten."

"Zoals Henry Smalhobbe en Peter Bruther?"

"Zoals die," beaamde hij, terwijl hij de steen bleef vasthouden en Simon aanstaarde. "Maar hij heeft ons niet gevraagd iets aan Bruther te doen. Hij heeft ons gezegd hem met rust te laten."

"Moesten jullie Bruther met rust laten?" vroeg Simon sarcastisch. "Ik veronderstel dat hij daar een goed gevoel aan wilde overhouden, één man op de woeste gronden met rust te laten terwijl alle anderen weg moesten."

De ironie van de opmerking leek de mijnwerker te ontgaan. Nog steeds met de steen in zijn vuist geklemd, zei hij: "Wat ik zeg is het enige wat ik weet. Hij vertelde ons Bruther met rust te laten. Hij wilde dat we al de anderen zouden proberen weg te jagen, maar Bruther niet."

"Juist. En toen?"

"We hadden al enige tijd geprobeerd ze weg te jagen, maar er is hier een stelletje vreemde vogels neergestreken." Zijn stem klonk minachtend. "Niemand wilde vertrekken. Dat was het probleem. Thomas wilde ze weg hebben, en dus heeft hij ons opdracht gegeven ze af te tuigen. En dat hebben we gedaan."

"Henry Smalhobbe. Jij bent daar geweest." Het was geen vraag.

Magge knikte en begon de steen weer omhoog te werpen. Kennelijk deed het eentonige ritme van gooien en vangen hem goed. Simon vond het irritant en snakte ernaar de steen weg te grissen, maar zijn intuïtie zei hem bedaard te wachten tot de man zou doorgaan. Het duurde niet lang of zijn geduld werd beloond.

"We zijn daar geweest. Ik stond hem buiten op te wachten toen zijn vrouw vanuit de hut riep." Zonder emotie vertelde hij over de hinderlaag, hoe Smalhobbe een belager bijna had verrast maar door het bezorgde geroep van zijn vrouw was verraden, hoe ze hem tegen de grond hadden gewerkt en hem waren gaan aftuigen. "Hij hield zich kranig," zei hij ten slotte op peinzende toon. "Als wij niet met z'n drieën waren geweest, maar met z'n tweeën, had hij zich ons misschien van het lijf kunnen houden. Maar nu had hij weinig kans; we kwamen van alle kanten op hem af."

Simon moest lachen om het schoorvoetende respect van de mijnwerker voor de man die hij zo'n stevige aframmeling had gegeven. Maar hij zag tot zijn verrassing dat Baldwin intens geconcentreerd zat te kijken, en besefte toen pas hoe vreemd het was dat Henry Smalhobbe zich zo'n vechtersbaas had betoond. "Vocht hij zo goed?" vroeg hij nadenkend.

"Ja, als een getrainde soldaat."

"En toen zijn jullie naar het huis van Peter Bruther gegaan?"

De bloeddoorlopen ogen keken hem aan met een vonk van woede. "Nee! Dat zei ik toch, we zijn daar niet heen gegaan. Thomas had ons opgedragen hem met rust te laten, en dat hebben we gedaan."

Een van de andere gevangenen, een magere, onooglijke man met dun grijs haar en fletse amandelvormige ogen zei verongelijkt: "Waarom gelooft u ons niet? Waarom zouden we hem vermoord hebben? Daar hadden we geen reden toe."

"Hou je kop, Stephen." Magge's bevel bracht de ander tot zwijgen. Baldwin stelde vast dat Crocker een zwakke, incapabele kerel was die orders zou gehoorzamen, maar zich kennelijk tekortgedaan voelde.

"Goed dan," zei Simon ten slotte. "Dus jullie ontkennen absoluut bij de moord op Peter Bruther betrokken te zijn. Hebben jullie die dag iemand anders op de woeste gronden gezien – vóór of na jullie aanslag op Smalhobbe?"

De opgevangen steen bleef in Magge's hand liggen terwijl hij zijn voorhoofd fronste in concentratie. "Er waren een paar mannen, ik heb ze eerder op de havezaat van de Beauscyrs gezien. Ze gingen in de richting van Wistman's Wood."

"Je hebt geen anderen gezien?"

Er was een flikkering in zijn bloeddoorlopen ogen. "Nee," mompelde hij, en zowel Baldwin als Simon kon zien dat hij loog.

"Trouwens, waarom zouden wij Bruther kwaad willen doen?" Stephen the Crockers stem klonk smekend. "Vraag het aan Smalhobbe – hij zou een moord kunnen plegen! Waarschijn-

146

lijk wilde hij Bruthers land, en hij is vroeger een bandiet geweest, dus..."

"Wat zeg je?" Simon draaide met een ruk zijn hoofd om en staarde de man aan, terwijl hij Harold Magge met een kort gebaar het zwijgen oplegde. "Hoe weet je dat?"

"Ik heb het gezien." Er klonk heimelijke voldoening in Crockers stem om de aandacht die hij kreeg. "Hij zat in een bende die een koopman in het noorden heeft beroofd, ruim een jaar geleden. Ik heb het gezien. Daar heeft hij leren vechten, bij een bende moordenaars."

Toen ze eindelijk op de havezaat terugkwamen, hoefden ze sir Ralph niet te zoeken. Ze zaten nauwelijks in de zaal of de ridder kwam binnen.

"Waar is iedereen?" vroeg Simon, met een vaag gebaar naar het lege vertrek.

"Lady Beauscyr is naar de opkamer gegaan om te rusten, en sir William is gaan jagen. Hij was niet zo gecharmeerd van zijn zoons, zoals u zich kunt voorstellen. Robert is uit rijden gegaan, en John was beneden bij de stallen toen ik hem de laatste keer zag," zei sir Ralph met zijn ogen op Baldwin gericht. Het leek erop dat de ridder uit het noorden hem onder vier ogen wilde spreken, maar Baldwin was niet bereid dat te laten gebeuren. Met zijn kin op zijn ene hand geleund, gebaarde hij naar een bank.

"Nog maar een paar dagen geleden, sir Ralph, vertelde ik mijn vriend hier wat ik van een reiziger had gehoord. Hij was net uit het noorden gekomen, waar de legers Tynemouth beschermen, en had een paar interessante verhalen te vertellen over de gebeurtenissen daar."

Het leek alsof de moed sir Ralph plotseling in de schoenen zonk. Hij liet zich op de bank vallen en staarde Baldwin aan met de ogen van een haas die verstijfd van angst een aansluipende jager afwacht.

"Hij vertelde mij over groepen mannen daar, ridders en soldaten, die van de Schotse troebelen profiteerden om hun eigen snode plannen uit te voeren en in een groot gebied te roven en te plunderen terwijl de koning andere dingen aan zijn hoofd heeft. Een schandelijke zaak."

"Ja," fluisterde sir Ralph verward, maar hij ging rechtop zitten alsof hij een nieuwe bron van kracht en moed vond, en beantwoordde vastberaden Baldwins ernstige blik.

"Naar ik heb begrepen worden ze 'baanstropers' genoemd en rijden ze over het land uit als soldaten," zei Baldwin, wat werd bevestigd met een knikje. "En ze werden aangevoerd door twee mannen, sir Gilbert van Middleton en sir Walter van Selby. Ze hebben twee kardinalen overvallen, Lucas van Fieschi en Johannes van Offa, die waren gestuurd om met de Schotse koning te onderhandelen. Er is hun geen letsel toegebracht, maar hun paarden, hun geld en de hele rest is hun afgenomen, en dus was het een ernstige belediging van de paus. En een blijk van minachting voor de koning, natuurlijk."

Sir Ralphs gelaat had een asgrauwe kleur aangenomen. Simon voelde geen medeleven. De laatste jaren hadden te veel vermeend rechtschapen lieden overal in het land hun toevlucht tot geweld genomen, en dat boezemde hem alleen maar afkeer in.

"Dat was natuurlijk vorig jaar – 1317. Sindsdien hebben al sir Gilberts buren door zijn daden schoon genoeg van hem gekregen. Ik heb begrepen dat ze van plan waren zijn kasteel in Mitford aan te vallen. Wist u van deze zaak af, sir Ralph? Nee? Er was ook nog een ridder die sir Gilbert niet in de steek liet, herinner ik mij." Baldwins peinzende toon was bedrieglijk; de blik in zijn ogen bleef even geconcentreerd op de man vóór hem gericht. "Zijn naam was sir Ralph, dacht ik. Sir Ralph van Oxham. Komt die naam u bekend voor?" Zonder de ander tijd te geven om te reageren, ging hij onmiddellijk door: "Natuurlijk doet het voor ons hier niet terzake. Als een ridder trouw zweert aan een machtiger ridder, verdient hij lof als hij zich aan zijn geloften houdt. Je kunt iemand moeilijk veroordelen omdat hij zijn eed gestand doet als zijn heer naderhand besluit om bijvoorbeeld een baanstroper te worden. Trouwens, het is al moeilijk genoeg de orde in dit graafschap te handhaven zonder ons ook nog eens om de zaken van anderen, hier honderden mijlen vandaan, te gaan bekommeren. Per slot van rekening hebben we die moord om over na te denken, al ging het maar om een horige."

Sir Ralphs adem maakte een fluitend geluid via zijn samengeperste lippen. "Ja," zei hij schor. "Moord is een ernstiger misdaad, nietwaar?"

"Vertel mij eens, sir Ralph. Op de avond dat Peter Bruther

stierf, bent u met John naar een herberg gegaan. Wij zijn daar vandaag geweest, en een serveerster vertelde ons dat u de avond met een van hen hebt doorgebracht, maar dat John toen uit rijden is gegaan."

"Dat moet een misverstand zijn. Hij heeft mij verteld dat hij daar de hele nacht geweest is. Hij was er in elk geval toen ik naar de gelagkamer terugkeerde."

"Sliep hij?"

"Nee, hij zat bij de haard."

"Was het al licht?"

"Het was nog donker. De hanen hadden nog niet gekraaid." Simon en Baldwin twijfelden niet aan sir Ralphs oprechtheid. "Hij moet daar de hele nacht gebleven zijn," vervolgde hij. "Dat was tenminste wat hij mij vertelde. En waar zou hij anders geweest kunnen zijn?" Zijn gelaat verbleekte toen hij plotseling besefte wat hij gezegd had.

"Sir Ralph, we zouden u erg dankbaar zijn als u John en zijn familie niets over dit gesprek vertelt," zei Baldwin zachtjes. "U bent geen dwaas, dus ik ga u niet uitleggen waarom." De ridder knikte, zijn gedachten waren nog bij de verrassende onthulling die hem over zijn schildknaap was gedaan. "En nu, zou u ons kunnen vertellen hoe u hem vond toen hij bij u in het noorden was?"

"Heel goed," zei sir Ralph kort en bondig. "Hij bleek altijd moedig, bereid om voorop te gaan in een overval, ongeacht het risico. En hij was ook slim – geen stompzinnige schurk zoals sommige anderen: hij kon een aanval plannen. Als het tot een defensieve actie kwam, onderkende hij heel snel de aard van het terrein en hoe hij dat het best kon uitbuiten door een effectieve inzet van boogschutters en ruiters. Ik moet zeggen dat er geen betere schildknaap was toen ik in het noorden was."

"Was hij eerlijk? Zou u hem integer noemen?"

"Integer, ja. Hij zag er altijd op toe dat er goed voor een gevangene gezorgd werd totdat er losgeld kon worden geïnd, en wat kan een soldaat meer doen? Het is mij niet bekend dat hij ooit een gevangene mishandeld heeft; hij zorgde altijd voor ze."

"U hebt geen antwoord gegeven op mijn eerste vraag: was hij eerlijk?"

Sir Ralph dacht terug aan de overvallen, de keren dat hun aanvoerder, Gilbert, hen naar de dorpen, de kerken en de priorij had geleid. Het wapengekletter, de ruzies over de buit, vrouwen die weenden bij de aanblik van hun gesneuvelde mannen, en de onvermijdelijke, cynische glimlach op het gezicht van zijn schildknaap als hij naar hun deel van de opbrengst keek; hoe hij met andere soldaten dobbelde en altijd hun aandeel won, hoe hij heimelijk voedsel wist te vinden terwijl diezelfde mannen verhongerden, en hoe hij tegen hen kon liegen dat hij net zoveel honger had als zij.

"Nee," zei sir Ralph bedroefd. "Nee, ik denk niet dat hij erg eerlijk was. Na wat ik me herinner."

Baldwin knikte bedachtzaam. Uit de uitdrukking op sir Ralphs gezicht bleek dat de ridder zijn schildknaap in een nieuw licht zag. "Ik denk," zei hij, "dat we maar eens met de soldaat moesten gaan praten die bij Samuel Hankyn was toen hij het lichaam vond, zodat we zijn verhaal kunnen controleren."

"Ja," zei Simon, met zijn ogen nog altijd op de ridder gericht. "Hoe heette hij ook al weer?"

"Ronald Taverner," antwoordde Baldwin.

De schok was onmiskenbaar. Sir Ralph had net zijn hand naar een pul wijn uitgestoken en vermorste de drank bijna. Hij bestudeerde de pul in zijn hand alsof hij de blik van de baljuw probeerde te vermijden, en zette hem toen voorzichtig neer.

"Wat is er, sir Ralph?" vroeg Simon op een toon die verried hoe verrast hij was.

Het gelaat van de ridder zag er tragisch uit. Hij stond zonder iets te zeggen op en verliet de zaal. Simon en Baldwin konden elkaar alleen maar verbaasd aanstaren.

George Harang was op weg naar huis. Een paar uur lang had hij zijn heer kunnen mijden door naar het kamp te rijden onder het voorwendsel dat hij het ovenhuis moest controleren, maar de boodschapper had geen enkele ruimte voor twijfel gelaten. "Thomas wil je direct zien, George. Ik denk niet dat hij in de stemming is om te wachten," had de jongen die hem kwam halen gezegd, met een blik die vertelde hoe dringend de boodschap was.

Op de terugweg was George van hem te weten gekomen dat Smyth zich amper had verroerd sinds de baljuw en zijn vriend vertrokken waren. Toen de bottelier de zaal binnen was gegaan om met hem te praten, was hij afgeblaft, en sindsdien had iedereen hem met rust gelaten. Maar na een paar uur was hij weer tot leven gekomen, had om wijn gebruld en om George gevraagd.

Toen hij de zaal betrad en Smyth in het vuur zag staren, met zijn kin op zijn ene hand en de andere roerloos op de flank van een hond rustend, voelde George woede opkomen. Deze verschrompelde figuur was zijn heer niet. Thomas Smyth was een sterk en moedig man, die overal op de woeste gronden bekend was. Het was geen in elkaar gezakte oude man, die de strijd moe was.

"Heer? Ik hoorde dat u mij nodig had," zei George aarzelend, en de zwarte ogen richtten zich op hem.

"Nodig?" Het klonk peinzend, alsof Smyth met zijn gedachten elders was, maar toen stond hij op, en George zag dat hij niet verslagen was, maar door woede werd verteerd. "Natuurlijk heb ik jou nodig. Wie anders? Hoe vind je die baljuw en zijn vriend?"

"De ridder mag ik niet. De baljuw lijkt me wel recht-door-zee."

"O, ja. Recht-door-zee, zeker. Maar kunnen we hem vertrouwen? Ik denk van niet. Om te beginnen, hoe goed kent hij deze streek? Niet zo goed als wij, George. En de hele tijd dat hij hier is, logeert hij bij de Beauscyrs en krijgt hij hun giftige praatjes over de mijnwerkers en mij te horen! Ik moet niets van hem hebben, en ik denk dat de Beauscyrs hem om hun vinger winden. Het enige wat die familie wil is ons van de woeste gronden weg hebben, en zolang ze 's konings eigen dienaar te logeren hebben, kunnen ze hem de dingen op hun manier laten zien. Ik betwijfel of hij veel zou kosten als je hem omkocht – de meeste baljuws zijn heel goedkoop."

"Denkt u dan dat hij hun kant zal kiezen?"

"Ik denk dat we ervoor moeten zorgen dat hij dat niet doet. Houd die lui in de gaten, George. We moeten weten waar ze heen gaan en met wie ze praten, dan zullen we wel zien." Zijn blik dwaalde af, hij staarde weer in het vuur. "Ik ben bang dat die baljuw een groot gevaar voor ons kan worden, een echte bedreiging. En ik wil ervoor zorgen dat wij veilig zijn..."

ḥOOFOSTUK 12

Ronald Taverner lag op een strozak onder de zaal, in een rustig kamertje waar hij op verhaal kon komen. Samuel Hankyn zat op zijn knieën naast hem en gaf hem slokjes warm gezoet bier te drinken. Hij vroeg zich bezorgd af waar de vrolijke knaap was gebleven die hij al zo lang kende. Ronald was nu bleek en zenuwachtig, hij schrok van elk geluid. Op zijn lip bijtend van woede sloeg Samuel zijn vriend gade. Toen Simon en Baldwin binnentraden, trok hij zich terug en ging tegen de muur staan om de twee achterdochtig te bekijken.

Het kamertje gaf Simon een claustrofobisch gevoel. Het smalle venster in de muur en de open deur lieten maar weinig licht door. Behalve een door houtworm en ratten aangevreten bank was er nergens een plaats om te zitten. Aarzelend behielp de baljuw zich ermee. De bank leek hem te kunnen dragen, maar na een vluchtige blik gaf Baldwin er de voorkeur aan te blijven staan. Twee man, redeneerde hij, zou wel eens te gevaarlijk kunnen zijn.

Hoewel de baljuw gewend was gewonden te zien, vervulde de aanblik van het tengere slachtoffer hem met medelijden. Taverner was zo te zien nog maar een knaap van tegen de twintig, met zijn weerspannige bos muisgrijs haar boven een smal gezicht met een hoog voorhoofd. De donkere ogen keken hem angstig aan, de slanke vingers plukten aan de rafelige zoom van de versleten deken. Ronald Taverner was niet gewend functionarissen te ontmoeten.

"Wat is er met jou gebeurd?" vroeg Baldwin, en Simon kon horen dat de ridder even ontdaan was over de toestand van de jongen als hij.

"Ik ben gewond geraakt bij een oefening, heer."

"Hoe?" Baldwin kon geen zichtbare verwonding ontdekken, maar de roerloosheid van de gedaante onder de deken zei hem hoeveel pijn de jongen leed.

"John en ik waren aan het oefenen met stomp gemaakte zwaarden, heer, en hij raakte mij in mijn nek."

"Een ongeluk dus."

De snelle blik die hij Samuel toewierp, werd door de baljuw en zijn vriend gezien. Simon leunde naar voren. "Was het een ongeluk?"

"O ja, heer," verzekerde de knaap hem, maar zijn vriend liet een afkeurend gesnuif horen.

"Samuel?" vroeg Simon, opkijkend.

Meer aanmoediging had de man niet nodig. De doortraptheid van de aanval was eerst een schok voor hem geweest, maar daarna was hij in woede ontstoken, en nu hij al zoveel uren voor zijn metgezel zorgde was die woede gestadig toegenomen. "Nee, heer, het was geen ongeluk. Het was een waarschuwing," zei hij bitter.

"Een waarschuwing?" Simon trok zijn wenkbrauwen op. "Hoezo? Een waarschuwing waarvoor?"

"Vooruit Ronald, vertel het. Vertel hoe die krankzinnige hufter je bijna vermoord had. Toe, hij verdient niet beter."

Aarzelend, terwijl hij regelmatig naar zijn vriend keek, vertelde Ronald over het oefengevecht tussen hemzelf en de jongste van de twee broers; hoe hij had proberen te winnen, hoe John gestruikeld was en toen met zijn zwaard was uitgevallen. Het lag hem nog vers in het geheugen. De herinnering aan de ondraaglijke pijn in zijn nek was te levendig. Hij huiverde. "Volgens hem was het alleen maar om mij een lesje te leren, heer," besloot hij aandoenlijk.

"Laat mij eens kijken," gebood Baldwin. Hij liep naar het primitieve bed, knielde neer om de gezwollen en gekneusde nek even te bekijken en hielp de doodsbleke knaap toen voorzichtig te gaan liggen. Daarna keek hij Simon aan met ogen die schitterden van woede. "Dit is belachelijk! Zijn wond is veel te ernstig voor een oefenpartijtje – die verdomde idioot moet hebben geprobeerd zoveel mogelijk pijn te veroorzaken. Deze knaap zou dood kunnen zijn."

"Wat voor lesje was het dat hij je probeerde te leren, Ronald?" zei Simon, naar voren leunend.

"Ik..."

"Vertel het ze, Ronald. Het heeft geen zin het nu achter te houden. Als ze ons eruit gooien, leven we tenminste nog. Als hij je dit nog eens aandoet, vermoordt hij je misschien, zoals sir Baldwin zegt. Je wilt toch niet op dezelfde manier aan je eind komen als die arme Peter?" Samuels stem verried zijn woede.

"Wel, heren, het was om mij ervan te weerhouden aan wie dan ook te vertellen dat sir Ralph en ik een confrontatie met Peter Bruther hadden kort voordat hij vermoord werd."

Terwijl hij naar het verhaal luisterde, rimpelde Simons gelaat zich in een verblufte frons. Toen de jongen zweeg en krimpend van de pijn gemakkelijker probeerde te gaan liggen, wisselden Baldwin en de baljuw een verbijsterde blik uit.

"Zeg Ronald," zei Simon na een minuut of twee te hebben nagedacht, "heb je enig idee waarom die geschiedenis tot jouw afstraffing zou hebben geleid?"

"Nee, heer. Ik bedoel, tenzij..."

"Omdat John en zijn vriend Bruther vermoord hebben," zei Samuel zonder omwegen.

Simon keek hem peinzend aan. "John en sir Ralph?"

"We hebben ze samen zien wegrijden en ze zijn hier samen teruggekomen. Zij moeten het zijn geweest die Bruther hebben vermoord, en John heeft Ronald hier bijna doodgeslagen om hem ervan te weerhouden te praten – misschien was het zelfs zijn bedoeling hem te vermoorden."

"Och, kom, dat is..."

"Ze wilden dat hij zijn mond hield."

"Het schijnt dat sir Ralph de hele nacht bij een vrouw in de taveerne is geweest," zei Baldwin vriendelijk. "Hij kan Bruther niet vermoord hebben."

"Een slet uit de taveerne? Die zou waarschijnlijk nog zeggen dat ze het hele jaar bij hem was geweest, als ze maar genoeg betaald kreeg," zei Samuel honend. "Die kroeghoeren willen alleen maar geld. Wilt u zeggen dat u denkt dat ze eerlijk is?"

"Als je gelijk hebt," zei Simon geduldig, "begrijp ik niet waarom ze Bruther volgens jou vermoord zouden hebben."

Met een snelle beweging duwde Samuel zich van de muur af. Hij vond de baljuw onvoorstelbaar naïef. "Dat is toch duidelijk! Die sir Ralph kon het niet hebben dat hij door een weggelopen horige beledigd werd, en is dus met zijn schildknaap Bruther gaan vermoorden omdat hij zo onbeschoft was geweest. Ze wilden niet dat iemand te horen zou krijgen wat er was voorgevallen, daarom hebben ze geprobeerd elk spoor uit te wissen dat

Bruther met hen in verband bracht. Ieder gerucht over de ontmoeting op de woeste gronden moest de kop worden ingedrukt, omdat het zou bewijzen waarom sir Ralph Bruther dood wilde! Een edele ridder die er met de staart tussen de benen vandoor gaat! Wat voor motief wilt u nog meer?"

"Maar dat kan niet waar zijn!" protesteerde Ronald, terwijl hij zwakjes met zijn hand wuifde. "Hij is altijd goed voor mij geweest, en gul, anders dan anderen! En per slot van rekening…"

"Dat weet ik allemaal wel," zei Samuel vlug, en Baldwin keek hem scherp aan. De interruptie was te haastig, dacht hij, maar de soldaat beantwoordde zijn onderzoekende blik zonder verblikken of verblozen. "Er was daar niemand anders op pad, dus wie zou het anders geweest kunnen zijn? Als u gelijk hebt en die vrouw vertelt de waarheid, dan was de ridder die avond misschien wel in de herberg – maar was John daar ook? Hij zou denken dat een affront tegen zijn heer er ook een jegens hem was."

Kort daarna verlieten Simon en Baldwin het kamertje. Er viel niets meer te weten te komen, omdat er niets meer was dat de twee mannen nog kwijt wilden. Toen Baldwin op gedempte toon aan Simon vroeg wat hij ervan dacht, was de baljuw zo diep in gedachten verzonken dat hij niet op de vraag reageerde.

"Ik vroeg je wat jij ervan denkt, Simon."

"Het zou hout snijden, nietwaar?" mijmerde Simon. "Als we niet wisten dat sir Ralph die avond in de taverne was, zouden die twee perfecte verdachten zijn – als wat Ronald vertelde, waar is. Er is weinig waartoe ik die knapen van Beauscyr niet in staat acht," voegde hij er onheilspellend aan toe.

"Simon, Simon, Simon!" Baldwin lachte. "Bedoel je dat John Bruther heeft vermoord vanwege de belediging die zijn heer is aangedaan? Is dat geen staaltje van wat al te veel loyaliteit? Ik kan me niet voorstellen dat Johns toewijding aan wie dan ook zó ver zou gaan."

"Nee. Je hebt gelijk. Hij is te arrogant om zich druk te maken over commentaar op zijn heer. En hij geeft niets om het landgoed of zijn broer."

"Heb je gemerkt hoe Samuel zijn vriend de mond snoerde? Net toen Ronald wilde vertellen waarom sir Ralph beter is dan anderen, belette Samuel het hem."

"Ja, ik ben benieuwd wat de knaap te zeggen had. Misschien kunnen we Taverner ondervragen als hij alleen is."

Baldwin schudde zijn hoofd. "Te laat. Uit de manier waarop die twee daarbinnen zich gedroegen, blijkt dat Samuel de sterkste is – en hij wilde dat wat het ook was, geheim bleef. Ik denk dat Ronald al is overgehaald om zijn mond te houden. Hij zal doen wat Samuel wil – wie zal hij hier op de havezaat nog meer kunnen vertrouwen na zijn verwonding?"

"Zou het kunnen zijn dat hij John gezien heeft, denk je? Was dat wat Samuel achterhield?"

De ridder haalde zijn schouders op en trok zijn mondhoeken omlaag in een twijfelende halvemaan. "Ik heb geen idee. Aan mensen die Bruther niet mochten, hebben we momenteel geen gebrek, maar we kunnen geen schuldige aanwijzen. Tenzij Samuel besluit ons in vertrouwen te nemen, is het de vraag of we ooit meer te weten zullen komen." Hij fronste zijn wenkbrauwen. "Laten we het eens van de andere kant bekijken: wie was er die avond op de woeste gronden en had reden om Bruther dood te willen?"

"We weten van de serveerster dat John de herberg verlaten heeft. Hij zou zich op de woeste gronden bij zijn broer gevoegd kunnen hebben om samen de moord te plegen."

"Het zou kunnen. Maar die twee praten nauwelijks met elkaar zonder ruzie te krijgen."

"Misschien om hun daad te verbergen! En het zou ook kloppen met Johns poging om de ontmoeting tussen Bruther en zijn ridder te verbergen!" Simon sloeg zich op zijn dij, zo tevreden was hij over zijn scherpzinnigheid.

"Wacht!" zei Baldwin, terwijl hij een hand op de schouder van zijn vriend legde. "Waarom zou John Taverner te grazen hebben genomen?"

"Om de verdenking op sir Ralph te werpen. Hij heeft niet erg veel moeite gedaan om Taverner tot zwijgen te brengen, wel? Net genoeg om de jongen en zijn vriend boos te maken. Als het hem ernst was geweest, zou hij hun geld hebben betaald, en de jongen niet hebben afgetuigd. Het garandeerde bijna dat het verhaal uit zou komen – de manier waarop hij die knaap behandeld heeft."

Baldwin fronste zijn wenkbrauwen en slaakte een zucht. "Ik weet het zo net nog niet. Uit wat ik gezien heb, kan John angstaanjagen de enige manier vinden om iemand zijn mond te laten houden. Nee, ik denk dat hij dit in de doofpot probeerde te stoppen op de enige manier die hij kende, en geen idee had dat het allemaal uit zou komen zoals nu gebeurt. Het is een soldaat, Simon, vergeet dat niet. Samen met sir Ralph is hij baanstroper geweest. Dat betekent dat ze leefden van roof en afpersing. Het zou waarschijnlijk niet bij hem opkomen dat hij zijn doel met fijnzinniger middelen kon bereiken. Nee, ik denk dat we nog heel wat meer moeten uitzoeken voordat we iemand van deze moord beschuldigen."

Simons enthousiasme ebde weg en maakte plaats voor sombere overpeinzingen. "Dat kan wel, Baldwin, en toch zou ik best gelijk kunnen hebben, denk ik."

"Natuurlijk, maar voorlopig logeren we in de havezaat van de vader van de knapen, en moet je voorzichtig te werk gaan. We hebben nergens een bewijs van, alles berust op vermoedens. Het enige wat we echt weten is dat er die avond twee duistere figuren op de woeste gronden waren, en de rest hebben we alleen maar verondersteld."

"In dat geval moeten we bewijs zien te krijgen." Simon was op weg naar de zaal, maar bleef plotseling staan.

"Wat is er, Simon?"

"Baldwin! Bruther had een groep mijnwerkers bij zich, volgens Ronald Taverner! Waarom… kom!"

Hij liep naar de torentrap en klom die snel op. Baldwin volgde hem naar de plek waar sir Ralph op de trans stond uit te kijken, met zijn handen op een kanteel. Toen hij hen hoorde naderen, draaide hij zich met een zucht om.

"Sir Ralph, we hebben over uw ontmoeting met Peter Bruther op de woeste gronden gehoord," zei Simon.

"Dat dacht ik wel." Er verscheen een bittere trek om zijn lippen. "Het is het soort gebeurtenis dat een soldaat niet vergeet, een ridder die op de loop gaat voor het geteisem."

"We moeten weten wat er eigenlijk gebeurd is. Het zou verband met de moord kunnen houden."

"U bedoelt dat ik die kerel vermoord zou kunnen hebben?" Even gleden zijn ogen over hun gelaat. Hun twijfels waren maar al te duidelijk, en hij wist dat hij in hun plaats ook achterdochtig zou zijn. "Het is waar dat ik vernederd ben," gaf hij toe, "maar dat is geen reden om een moord te plegen."

"U had het ons moeten vertellen, sir Ralph," zei Simon kortaf. "Dat zou ons tijd bespaard hebben. U kunt uw fout nu goedmaken. We hebben begrepen dat u Bruther bent tegengekomen en hem mee terug wilde nemen."

"Ja. Hij was tussen de rotsen aan het graven toen we hem zagen, en ik wou daar een kijkje nemen. Toen beledigde hij mij, en ik was van plan hem daarvoor te straffen. Het zou natuurlijk ook het belang van mijn gastheer dienen, zijn weggelopen horige terug te krijgen. Ik dacht dat sir William mij dankbaar zou zijn. Maar het bleek onmogelijk."

"De mannen die bij hem waren hebben daar zeker een stokje voor gestoken?"

"Ja." Op het gelaat van de ridder verscheen een uitdrukking van zelfverwijt. "Ik had ze moeten negeren, maar…"

"Hoeveel mannen waren er?"

"O, een stuk of zeven, misschien acht."

"En hoe waren zij met hem?"

"Wat bedoelt u?"

Baldwin interrumpeerde. "Hoe gingen zij met hem om? Was hij bang voor die mannen of zouden zij vrienden van hem geweest kunnen zijn? Gedroegen ze zich als bewakers van een gevangene – of beschermden ze hem?"

Een uitdrukking van stomme verbazing vormde zich op het gelaat van de ridder. "Ik heb geen idee. Ik… ze leken hem goedgezind, dat wel. Ze leken mij geen vijanden van hem."

"Dus u zou niet zeggen dat hij tegen zijn wil door hen gevangen werd gehouden," hield Baldwin aan.

"Als dat zo was, zou hij toch niet zo onbeschoft tegen mij zijn geweest? Hij had het erop kunnen wagen met mij mee te gaan. Trouwens, waarom zou hij door lui van zijn eigen slag zijn vastgehouden?"

"Was dat uw indruk? Dat het lieden van zijn slag waren?"

"God nog aan toe!" sir Ralphs geduld raakte uitgeput. "Natuurlijk waren ze dat! Het waren toch mijnwerkers? En hij is er ook een!"

"Probeer het u te herinneren, sir Ralph," zei Simon kalm. "Bent u er zeker van dat het vrienden van hem waren? Deed het niet denken aan een gijzeling van iemand die toevallig een mijnwerker was? Hoe gedroegen ze zich?"

Sir Ralph staarde hem aan. "Ze…" Hij brak zijn zin af. "Nu ik erover nadenk, het leek inderdaad op een lijfwacht. Ze stonden om ons heen, maar deden geen mond open. Als ze allemaal gelijken waren geweest, zouden er waarschijnlijk meer hun mondje hebben geroerd, maar hij was de enige."

"U hebt verteld dat u niet wist dat John de herberg had verlaten toen u bij die vrouw was," zei Simon.

"Dat klopt. Ik had er geen idee van."

"Dus u weet niet hoe lang hij weg was? En of hij naar Bruthers huis geweest kan zijn?"

Sir Ralph stak zijn handen in de lucht. Hij had het gevoel een ondraaglijke beproeving te moeten doorstaan. Geërgerd staarde hij de baljuw aan. "In godsnaam! Hoe zou ik dat kunnen weten? Totdat u het mij vertelde had ik er geen idee van dat hij weg was geweest."

Baldwin leunde tegen een kanteel en sloeg zijn armen over elkaar. "We weten niet wat we ervan moeten denken. Maar het lijkt er wel op dat John de gelegenheid had Bruther te vermoorden. Het was nog licht toen u bij de herberg kwam, niet?" Hij knikte. "En was het nog licht toen u bij die vrouw was?"

"Mogelijk. De luiken waren dicht. Ik zou het niet kunnen zeggen."

"Dus het komt hierop neer. John wist dat Bruther u, zijn heer, had beledigd. Hij wist dat Bruther zijn vader en de havezaat problemen had bezorgd. En we weten dat hij de gelegenheid had Bruther te vermoorden, omdat hij een tijdje verdwenen is."

"Maar anderen hadden toch zeker meer reden om hem te vermoorden dan hij?"

"Misschien wel, maar we kunnen het feit niet negeren dat John de gelegenheid lijkt te hebben gehad, en redenen zat. Heeft hij moorden begaan toen hij bij u in het noorden was?"

Sir Ralph bevochtigde nerveus zijn lippen. "Het is mogelijk," bracht hij na een tijdje uit.

"Dus kan hij weer een moord hebben begaan." Baldwins toon was beslist, en sir Ralph knikte langzaam. Na een stilte van een paar minuten liep hij in gedachten verzonken naar de trap. Toen de anderen hem langzaam de binnenplaats zagen oversteken naar de zaal, zei Baldwin: "Nu is sir Ralph er zeker van dat het zijn schildknaap is."

"Ja, maar hij zou zich kunnen vergissen. Vergeet niet dat de drie mannen die voor Thomas Smyth werken, zeiden dat ze opdracht hadden om Bruther met rust te laten," merkte Simon op. "Uit wat sir Ralph vertelde, maak ik op dat Bruther door mijnwerkers beschermd werd, en dus moet het minder waarschijnlijk zijn dat het Smyths mannen zijn geweest die hem vermoord hebben. Maar waarom was Thomas er bij deze ene man niet op uit hem uit de streek te verjagen? Als hij zo vastbesloten was Henry Smalhobbe en anderen van de woeste gronden te laten gooien, wat kan hem er dan toe hebben gebracht Bruther te laten blijven?"

"Volgens mij was die Peter Bruther geen lafaard. Hij lijkt het tegen zijn heer, tegen sir Ralph, tegen wie dan ook te hebben willen opnemen. Misschien heeft hij ook Thomas Smyth laten zien wat hij waard was. Per slot van rekening weten we niet wie die mijnwerkers waren die hem in bescherming namen tegen de dappere ridder. Misschien waren er anderen zoals hij en Smalhobbe – een groepje zwakken die zich tegen de sterken verdedigden."

"Mogelijk. We moeten met Henry Smalhobbe praten en hem daarnaar vragen."

"We zouden het natuurlijk ook aan de mijnwerkers kunnen gaan vragen, maar ik betwijfel of we er wijzer van worden," zei Baldwin peinzend.

"Nee, ik wil Smalhobbe spreken. Ik wil meer weten over het verleden van die man."

Voor zijn hut liet Henry Smalhobbe met een zucht van voldoening zijn zak gereedschap vallen. Sarah hoorde het gekletter en haastte zich naar de deuropening om het gordijn opzij te schuiven. Ze was blij toen ze haar man zag. Sinds de overval was ze voortdurend bezorgd geweest, speciaal nadat ze over de dood van die arme Peter had gehoord. Vanaf die vreselijke dag had ze zich niet kunnen ontspannen.

Het was drukkend weer. Ze had de hele dag al het gevoel gehad dat ze zou flauwvallen van de hitte. Op een enkele leeuwerik na hadden de vogels het zelfs te warm gevonden om te zingen. Er was een nevel geweest die de heuvels aan het oog had onttrokken als zij naar het zuidoosten tuurde, en het dichter bij gelegen land zinderde onder de verstikkende deken van intens droge warmte.

Wanneer ze haar huishoudelijke taken vervulde, de vloer veegde, een tuniek waste of deeg mengde, kreeg Sarah Smalhobbe het gevoel dat de woeste gronden haar haatten, haar en haar man dood wilden hebben. Deze woeste gronden waren niet zachtaardig, zoals in het noorden, dichter bij hun oude huis, ze waren bruut en meedogenloos, en ze kon voelen hoe ze haar gadesloegen.

Zij was niet iemand die zich van alles inbeeldde, maar de verhalen over de oude man van de woeste gronden, Crockern, bleven haar achtervolgen. Hoe de geest mensen haatte, hoe hij de manier haatte waarop de tindelvers diep in zijn lichaam groeven om zijn rijkdommen aan de oppervlakte te brengen en daarbij het grijze gesteente verstoorden dat zijn gebeente vormde. Dit mocht dan de veertiende eeuw zijn, toch kon ze de last van zijn afkeuring voelen, en hoewel ze een christen was, wist ze wel beter dan hem hier in zijn eigen land te tarten.

Maar haar echtgenoot was tenminste weer veilig terug. Ze viel hem om de hals, de tranen nabij, en zelfs toen ze zijn adem hoorde stokken omdat ze zijn bezeerde borst tegen zich aandrukte, kon ze niet loslaten. Het was een te grote opluchting hem te kunnen vasthouden na de eenzaamheid van die dag.

Henry streelde haar liefdevol en gaf haar een kus op haar hoofd. De pijn werd minder, hoewel zijn ene arm nog steeds bijna niet te gebruiken viel. Hij was eigenlijk naar zijn mijn gegaan om zich ervan te vergewissen dat niemand zijn erts stal, maar hij had daar geen mens gezien en een groot deel van de tijd alleen maar zitten piekeren over de nabije toekomst. De mijnwerkers die voor Smyth werkten, werden gewelddadiger; als ze zo doorgingen zou hij zichzelf en zijn vrouw niet meer tegen hun aanvallen kunnen verdedigen. Misschien zouden ze nu moeten vertrekken, zolang het nog kon, vóór er een nieuwe aanslag plaatsvond. Maar daarmee zou hij zijn nederlaag erkennen.

Toen zijn vrouw hem steviger omklemde, glimlachte hij ondanks zijn pijn. Hij kon het niet verdragen haar te zien lijden, en als hij met haar op de vlucht ging, hoe zouden ze dan de kost kunnen verdienen? Ze werden nog niet rijker van zijn mijn, en ze waren al hun bezittingen kwijtgeraakt voordat ze hierheen waren gekomen. Hij streelde zachtjes haar rug. Woorden waren niet nodig. Beiden kenden de aard van het gevaar waarin ze verkeerden, en de risico's als ze weer op weg zouden gaan. Om te beginnen zou een van hun oude vijanden hen kunnen ontdekken. Hier op de woeste gronden werden ze tenminste beschermd door de tinmijnen. In het vrije veld konden ze uit hun tent worden gelokt, en het was niet zo heel ver van hun oude woonstee vandaan. Henry wist dat ze de mijngebieden in Cornwall zouden kunnen bereiken, maar zou het daar beter zijn?

Na gegeten te hebben en een beetje van het bier te hebben gedronken dat Sarah gebrouwen had, stond hij op en rekte zich uit. Kreunend glimlachte hij haar toe voordat hij naar buiten liep.

De woeste gronden strekten zich uit onder een volle maan, die de glooiende heuvels en vlakten een zilvergrijze kleur gaf, alsof ze vanbinnen werden verlicht. Ze leken bedekt met een dunne laag rijp die licht als dons over het naakte landschap lag. Nu hij aan de vooravond van een beslissing stond, werd hij zich bewust hoe oud dit land was, en hoe anders dan de mooie bossen en akkers rondom hun oude woonplaats Bristol. Hij ging zitten, met zijn vrouw naast zich, en samen staarden zij voor zich uit. Er werd geen woord gewisseld, ze zaten alleen maar te dromen, genietend van elkaars gezelschap en de koelte van de avond.

Ze waren zo in gedachten verzonken, dat ze de naderende ruiters pas opmerkten toen er een hoef op een steen kletterde. Terwijl Sarah zich aan de arm van haar man vastklampte, kwam Thomas Smyth met een gebrul op hen af galopperen.

hoofdstuk 13

Die avond was de maaltijd een sombere aangelegenheid, hoewel John Beauscyr het amusant vond. Simon, Baldwin en hun knechten zaten met de familie aan tafel op de verhoging in een zaal die wemelde van bedienden, maar de sfeer was gedrukt. Sir Ralph, zag John, zat gemelijk te kieskauwen, zich nauwelijks bewust van zijn disgenoten, alsof hij al voor een lafaard of een moordenaar was uitgemaakt. De weinige keren dat hij een blik van John opving, keek hij haastig, bijna schuldbewust, een andere kant op. Matillida was bits, en kortaangebonden tegenover de bedienden. Op een gegeven moment smeet ze een van hen krijsend een pul naar zijn hoofd toen hij wijn op haar kleed had gemorst. Sir William zat stilletjes en met vastberaden concentratie te eten om zowel de blikken van zijn gasten als die van zijn familie te ontwijken.

John vond het vermakelijk. Zijn enige reden tot zorg was zijn broer. Robert zat er zwijgend, maar ombekommerd bij, terwijl hij kieskeurig plakken vlees uit elkaar trok en opat. Dat stoorde John. Als ik de baljuw was, dacht hij, zou ik willen weten waarom Robert geen zorgen meer lijkt te hebben. Vanuit een ooghoek hield hij zijn broer heimelijk in de gaten, op zoek naar tekenen die deze duidelijke onbezorgdheid zouden kunnen verklaren. Maar toen de maaltijd ten einde was en zijn vader en moeder zich naar hun opkamer begaven, de bedienden hun kamers opzochten en de wachters naar hun plichten of hun barakken terugkeerden, was hij nog niets wijzer geworden.

Johns interesse voor zijn broer ontging Baldwin niet. Hij werd trouwens zelf gefascineerd door Roberts manier van doen. Er moest die middag iets gebeurd zijn, dacht Baldwin. Toen de zaal leegliep, slenterde hij Robert achterna, zich slechts vaag bewust van Edgar, die onmiddellijk opstond en hem volgde. Na zoveel jaar viel Edgars aanwezigheid alleen nog op als ze ontbrak.

Toen Baldwin naar de stallen liep, waar Robert een paard aaide, kreeg Edgar een wenk te wachten.

"Zo, sir Baldwin. Volgt u mij?" Robert Beauscyr trok een wenkbrauw op als om sardonisch plezier te suggereren.

"Nee. Maar toen ik je naar buiten zag gaan, kreeg ik zin om ook van de avondlucht te genieten."

Het was een aannemelijk excuus. De zon was langzaam bezig onder te gaan, en de lucht had een roze en mauve kleur aangenomen, wat het fort en de omringende heuvels het aanzien gaf van een gevernist schilderij, glad en glanzend. Het tafereel deed Baldwin denken aan de fijne zijdestoffen die hij in Cyprus had zien verhandelen. Hij kreeg het gevoel dat de warme, heldere kleuren binnen handbereik waren. De zon had Robert in gloeiende tinten gezet. Zijn gelaat leek bijna van goud, hetgeen zijn onder normale omstandigheden saaie gelaatstrekken een heel ander karakter gaf.

Maar het was niet alleen de kleur. Er was iets energieks aan de bewegingen van de knaap terwijl hij om zijn paard heen liep. Hij was levendiger dan anders. Zelfs toen hij sprak, had zijn stem een nieuwe vitaliteit. "Meer vragen? Of bent u alleen maar een verveelde gast, op zoek naar een verzetje?"

Baldwins glimlach verdween van zijn gezicht. Hij herinnerde zich mannen die sloom en duf waren, maar energiek werden nadat ze geweld hadden gepleegd. Na de dood van Peter Bruther was de vraag of Roberts nieuw verworven elan dezelfde oorzaak had – of Robert de moordenaar geweest kon zijn. "Heb je een prettige middag gehad?" vroeg hij, waarop hem een snelle blik werd toegeworpen.

"Ja, dank u, sir Baldwin," zei Robert op spottende toon. "Ik heb een heel plezierige rit gehad, die niet werd gestoord door het getreiter van mijn broer of uw ondervragingen. Ik vertrouw erop dat u ook een aangename tijd hebt gehad."

Zonder zich iets van de spottende toon aan te trekken stapte Baldwin naar voren om de achterhand van het paard te strelen. "Ik weet zeker dat je het heel saai zou hebben gevonden. We moesten een heleboel mensen vragen stellen, dat is alles. Maar het is interessant, nietwaar, om met mensen te praten die je onder normale omstandigheden niet zou ontmoeten?"

"U hebt de drie mannen verhoord die wij gevangen hebben genomen?" Met plotselinge concentratie staarde Robert de ridder aan.

"Ja. Harold Magge en de anderen." "Wie heeft ze een pak slaag gegeven?"

"Een pak slaag gegeven? Wat bedoelt u?"

"Precies wat ik zeg. Ze hebben een stevige aframmeling gekregen. Hebben jij en je broer ze gemarteld?"

Sir Robert staarde hem verbaasd aan. "Waarom zou ik dat in vredesnaam gedaan hebben? We dachten dat ze daar zaten en dus zijn we naar hen op jacht gegaan, maar zodra we hen gevonden hadden, werden we door de rest aangevallen."

De jonge ridder slaakte een zucht toen hij zag dat Baldwin zijn woorden in twijfel trok. Hij zag er nu ongelukkig uit, alsof de moed hem in de schoenen was gezonken. Baldwin kreeg spijt en zei op een verzoenender toon: "De drie waren erg behulpzaam."

"Wat hadden ze te vertellen?" Robert liep om het paard heen, zodat zijn gezicht nu in de schaduw van de stal verborgen was en Baldwin zijn gelaatstrekken niet kon zien.

Op zijn tanden zuigend om een stukje vlees te verwijderen zei Baldwin: "Ze bevestigden dat zij het zijn geweest die Smalhobbe hebben aangevallen, maar ze ontkenden pertinent iets met de dood van Bruther van doen te hebben."

"Hebben zij… hebben zij de twee ruiters gezien die Samuel had opgemerkt?"

Een onthullende vraag, dacht Baldwin. "Vanwaar die belangstelling voor de ruiters? Denk je dat zij de moord hebben gepleegd? Vanochtend was je er nog van overtuigd dat het de mijnwerkers moesten zijn."

"Ik… wel, die geven het toch niet toe? Ze proberen natuurlijk iemand anders de schuld te geven. Daarom vroeg ik me af of ze iets over die twee ruiters hadden gezegd."

Baldwin glimlachte en knikte. Nu wist hij zeker dat hij ten minste één van die ruiters kende.

De volgende ochtend was het droog maar bewolkt toen de vier mannen van Beauscyr Manor vertrokken. Baldwin vond het omgeslagen weer angstaanjagend. In het sombere licht leek er een grotere dreiging uit te gaan van de golvende vlakten en heuvels aan weerszijden. Op de met donkere heide begroeide hellingen staken grillig gevormde granieten rotspunten boosaardig boven het landschap uit. Sommige leken op fantastische wezens, klaar voor de sprong, andere op boven het land uittorenende reuzen, op zoek naar kleinere schepselen om te vermorzelen. Hoewel hij zich gewoonlijk niet overgaf aan irrationele angsten en bijgelovige voorstellingen, deed de aanblik van de reusachtige vormen die aan alle kanten opdoemden, hem beseffen hoe ver dit gebied verwijderd was van iedere stad.

Tot zijn lichte ergernis deed de boosaardige sfeer van de streek Simon niets. Hij reed gestaag voort, terwijl hij onwelluidend floot, zich kennelijk niet bewust van de dreiging die zijn vriend voelde. Na een poosje vond de ridder dit gebrek aan interesse in het uitzicht geruststellend. Simons onbezorgdheid leek de monsters die Baldwin bespeurde op een afstand te houden, alsof men erin moest geloven wilden ze bestaan. Maar het kwetste zijn trots te ontdekken dat hij ditmaal zelf de bijgelovige was.

Ze koersten in westelijke en vervolgens noordwestelijke richting tot ze bij een groepje bomen kwamen – niet zoals Wistman's Wood, zag Baldwin, het waren rechte, hoge eiken en kastanjebomen. Om vandaar het moerasland te vermijden moesten ze een grote bocht maken voordat ze weer langs veel betreden paden van aangestampte aarde de zacht glooiende hellingen van de heuvels konden volgen, en een beek bereikten. Ze zochten hun weg langs de oever en vervolgden hun tocht in noordelijke richting, met Simon voorop. Toen ze tussen verspreid staande bomen reden, brak de zon eindelijk door.

Bij een brug die bestond uit een reuzensteen over de beek, sloeg Simon rechtsaf. Hier was een pad dat naar het oosten voerde. Weldra waren ze onder de bomen uit en beklommen ze een lage heuvel. Bovenaan hield Simon in, en toen ving Baldwin de eerste glimp van Adam Coyts boerderij op.

Het zag er goed uit. De boerderij lag nog geen halve mijl van de weg in de luwte van een bosrijke heuvel die bescherming bood tegen het ergste geweld van de winterstormen. Het lange huis was gebouwd van graniet dat schuilging onder de witte laag pleisterkalk. Een paar meter ervandaan stond een koeienstal, met drie bijgebouwen pal ernaast, als zochten ze warmte. Uit het dak van het huis kwam een dunne rookpluim, die onmiddellijk werd weggeblazen door windvlagen.

Vanuit de schuur, waar hij takken van gevelde bomen afhakte om de stammen later tot hanteerbare planken te kunnen zagen, zag Adam Coyt hen met toegeknepen, achterdochtige ogen naderen. Vreemdelingen waren hier zeldzaam. Hij liet de bijl vallen en liep hen tegemoet.

Hugh was blij dat hij zich van zijn paard kon laten zakken. Hij wist dat zijn heer vandaag heel wat af wilde reizen en verschillende mensen wilde spreken, en was vastbesloten zichzelf rust te gunnen wanneer hij maar kon. Toen hij Adam zag aankomen, knikte hij. Door zijn jeugd in Drewsteignton kwam dit soort man hem bekend voor. Dit was een ouwe taaie van Dartmoor, hard als de elementen en evenzeer uit het land rondom hem gevormd als elke boom in zijn bos.

Simon steeg af en glimlachte geruststellend. "Goedemorgen, ik..." Hij keek verschrikt naar twee herdershonden die met ontblote tanden een schuur uit kwamen rennen.

Zonder zelfs maar in hun richting te kijken floot Adam en hij liet er een commando op volgen. Simon was opgelucht toen de honden gingen zitten en een ervan zich begon te krabben. De wilde beesten met kwijlende kaken waren in een oogwenk kameraadschappelijk geworden. Baldwin, die goed met honden overweg kon, liet ze even aan zijn handen ruiken en begon ze te aaien. Weldra overstelpten ze hem met extatisch gehijg en gelik, en in hun enthousiasme liepen ze hem bijna omver.

"Hij houdt van honden," zei Simon, meer bij wijze van verontschuldiging dan als verklaring, en Adam knikte, ditmaal in oprechte verbazing dat iemand een werkdier zou willen liefkozen. Naar zijn idee was het een onmiskenbaar teken van waanzin, net zoiets als het aaien van een koe of een lam. Je had er niets aan zo met boerderijdieren om te gaan.

Nadat Simon iedereen had voorgesteld, stemde de boer er grommend in toe de vragen van de baljuw te beantwoorden. Hij ging het bezoek voor naar de stapel stammen. Vreemdelingen mochten hier, zo maakte zijn houding duidelijk, gerust hun tijd komen verdoen als ze dat wensten, maar hij moest nog steeds de kost verdienen en had werk te doen. Hun ondervraging werd ingeleid door het gestage hakken van zijn bijl.

Na met tegenzin de honden in de steek te hebben gelaten, ging Baldwin op een dikke boomstam zitten, terwijl Simon bij hem bleef staan. Het was Simon die het gesprek opende.

"Adam, je hebt hier je hele leven gewoond. Zijn de dingen erg veranderd, in die jaren?"

Zonder op te kijken dacht de boer even na. "Nee. De woeste

gronden zijn de woeste gronden. Ze veranderen met de jaargetijden, maar dat is alles."

"Hebben de mijnwerkers verschil gemaakt?"

"Ze worden hebzuchtiger. Eerst waren het er maar een paar. Tegenwoordig zijn er een heleboel, en een paar daarvan bezitten alle mijnen. Vroeger waren alle tindelvers zoals die Bruther of Smalhobbe, een of twee man met een klein perceel. Nu werken er een heleboel op hetzelfde stuk land voor lui als Thomas Smyth."

"Hier zit je goed, veronderstel ik. Er zullen er niet veel zijn die helemaal hierheen komen om je lastig te vallen."

De bijl pauzeerde even en kwam toen weer neer. "Als je weiderechten hebt, komen ze dichtbij zat. Ze graven overal en laten gaten in de grond achter, zodat de dieren gewond kunnen raken. Vorig jaar heeft een vaars van mij er een poot in gebroken, maar het lukt me niet om geld van de mijnwerkers los te krijgen, ze doen een beroep op mijnprivileges. Ik ben dat beest kwijtgeraakt door hun schuld."

"En het is erger dan vroeger?"

"Ah, ja. Er is een tijd geweest dat ze niet dichter in de buurt kwamen dan vijf mijl vanhier. Nu zijn ze nog maar een mijl hiervandaan, en net op de plek waar ik de kudde heen leid."

"En jij denkt dat ze hebzuchtig zijn?"

"Wij hebben hier oude rechten, baljuw, wij die op het gemeenschappelijke land van de woeste gronden wonen. We zijn hier al sinds onheuglijke tijden, mijn familie en de rest, maar tegenwoordig wordt ons het leven zuur gemaakt door een paar vreemdelingen. Sommigen plegen berovingen – er was er een op de avond dat Bruther stierf. Ze eisen geld voor het niet gebruiken van ons land, en als we niet betalen, graven ze erin en pikken ze ons water, zodat wij het niet kunnen gebruiken. En wij staan machteloos. Wie zal ons hier beschermen als de mijnwerkers besluiten ons aan te vallen of ons bestelen?"

"Je zei dat er een beroving was. Wie is er overvallen?"

Adam Coyt wees met zijn hoofd in de richting van Widecombe in the Moor. "De oude Wat Meavy in Henway. Hij werd neergeslagen en van zijn beurs beroofd."

"Ik heb er niets over gehoord," zei Simon met een frons.

"Als deze dingen gebeuren, kunnen we niet elke keer naar Lydford lopen. Hoe dan ook, het ene moment reed hij Chagford binnen, en het volgende zat hij midden op de weg op z'n gat, een paar stuivers lichter. Er zijn hier te veel mijnwerkers om je druk te maken over nog een beroving, baljuw. Het gebeurt de hele tijd."

"En het wordt erger, zeg je?"

"Ja." Hij keek plotseling op en glimlachte zuur, terwijl hij zijn schouders ophaalde. "Maar gaat het in de rest van het land beter? De inspecteur-generaal weet toch hoe de zaken staan? Naar wat ik hoor is het niet alleen hier zo, maar overal."

"Als mensen ernstig te lijden hebben, moet je het de inspecteur-generaal vertellen, of tenminste mij als baljuw. We zouden..."

"Ernstig te lijden hebben!" De boer liet de bijl uit zijn handen vallen. "Wat denkt u dat hier gebeurd is? Hele dorpen zijn ontvolkt geraakt door het slechte weer. De mensen vertrekken voordat het land hen berooft van hun vaders, hun moeders, hun vrouwen en kinderen. Moeten we u komen vertellen hoe plaatsen als Hound Tor ontvolkt zijn? Het manvolk werkte door terwijl de vrouwen ziek werden en hun kinderen stierven, net zoals wij boeren dat moeten doen. We hebben onze boerderijen om voor te zorgen, maar waar zijn die goed voor als onze manlijke kinderen er niet meer zijn? Waarom zou je blijven zwoegen en sloven als er niemand is waar je het voor doet? Op Hound Tor waren er nog maar drie over, van de elf vier jaar geleden; allemaal dood, allemaal weg! Had u dat niet gehoord, baljuw?"

De ellende en vertwijfeling in zijn starende ogen gingen Simon aan het hart. De hongersnood was vreselijk geweest, wist hij, maar hij had die nooit in verband gebracht met de moeilijkheden hier op de woeste gronden. Tijdens de ergste ontberingen had hij nog in Sandford gewoond, ver in het noordoosten, waar de boerderijen niet zo te lijden hadden gehad.

Toen hij het begrip op het gezicht van de baljuw zag, bukte Adam zich moeizaam om zijn bijl op te pakken. Terwijl hij naar de opgeraapte bijl keek alsof hij het ding niet meer herkende, zei hij peinzend: "Ik had een vrouw en een zoon – maar één, de andere kinderen zijn allemaal jong gestorven; ze moeten sterk zijn om hier te overleven. Er is geen vroedvrouw, geen min om te helpen. Ik was er alleen maar, en vaak genoeg was ik buiten aan het werk als mijn vrouw een kind ter wereld bracht. Ik denk dat het de laatste geboorte is geweest die haar zo zwaar is gevallen, daarna is ze nooit echt hersteld. De volgende anderhalf jaar zag ze er zo bleek en zwak uit. Toen ze op een middag van haar werk kwam, is ze op weg naar huis in een sneeuwstorm gestorven. Daarna begon mijn zoon ook weg te kwijnen." Hij knipperde met zijn ogen en haalde vervaarlijk uit met zijn bijl. "Ik ben de enige niet," zei hij resoluut. "Er zijn in deze omgeving veel mensen die hun doden naar Widecombe of Lydford brengen om ze te laten begraven, toen de sneeuw gesmolten was. Wij allemaal hebben genoeg geleden. Dus als we het u vergaten te vertellen, heer, dan weet u het nu."

Baldwin had nog niets gezegd, maar nu schraapte hij zijn keel. Medeleven betuigen zou een belediging zijn geweest, wist hij, en zou als neerbuigend zijn opgevat. "Adam, zou je ons iets kunnen vertellen over de avond dat Peter Bruther stierf? Waar was je die dag?"

De bijl kwam neer en er sprong een tak weg. De boer raapte de twijgen op en gooide ze op de groeiende hoop bij de deur. Toen liep hij naar buiten, stak het erf over en keerde terug met een grote aarden kruik, waaruit hij een lange teug nam. Terwijl hij met de rug van zijn hand zijn mond afveegde, gaf hij de kruik aan de ridder door, die dankbaar glimlachte. Baldwin zette de kruik aan zijn mond en proefde een cider die zo sterk was dat hij die nauwelijks kon doorslikken. Hij moest een hoestbui onderdrukken toen hij de scherpe dampen inademde. Vlug gaf hij de kruik aan Simon door.

"Die middag was ik ten noorden van hier, om aan wat turf te komen bij Longaford Tor, waar de grond vlak is aan de rand van het moeras. Ik ga daar vaak heen, het is goede brandstof," zei Coyt, terwijl hij naar de tak voor hem keek. "En hout is hier schaars. Het is te waardevol om te verbranden. Hoe dan ook, het duurde langer dan ik verwacht had, en als ze een last te dragen heeft is mijn oude pony niet meer zo snel als vroeger. Dus ik was laat op weg naar huis. Net bij het invallen van de schemering was ik in de buurt van het huis van de Smalhobbes. De jonge Henry hield zich kranig, moet ik zeggen. Hij probeerde een man te pakken die hem stond op te wachten, maar er waren nog twee mannen en die pakten hem."

"Heb je geprobeerd hulp te gaan halen?"

"Hulp? Daar? Waar moest ik die vandaan halen? De dichtstbijzijnde hut was die van Bruther, een mijl of zo naar het noorden toe, maar hoe kon ik weten of de ene mijnwerker de andere zou helpen? Het waren mijnwerkers die Henry aanvielen, en wat zou hij eraan hebben als ik er nog een bij haalde? Trouwens, afgezien van een man meer of minder, zelfs als ik de hele weg daarheen had gerend, zouden die drie al weg zijn geweest tegen de tijd dat ik terugkwam."

"Wat deed zijn vrouw?"

"Ze maakte een hoop lawaai – geschreeuw en zo. Maar de mannen hoorden haar niet. Ze bleven gewoon haar man aftuigen."

"Was er nog iemand anders buiten?"

"Ik had daarvoor een paar ruiters gezien, terwijl ik bezig was turf te steken."

"Heb je gezien wie het waren?" vroeg Baldwin op scherpe toon.

Coyt keek hem enigszins verrast aan. "Ik denk dat het die mijnwerker was, Smyth, en zijn knecht. Ze waren onderweg ten noorden vanwaar de Smalhobbes wonen."

"Wat, gingen ze in de richting van Bruthers hut?" vroeg Simon.

"Ja, die kant op, veronderstel ik," zei Coyt ongeïnteresseerd.

"Ben je er zeker van dat zij het waren?"

"Ze zijn me later op de weg gepasseerd, net toen het echt donker werd. Ik herkende hun paarden. Zij waren het."

"Juist." Simon en Baldwin wisselden een blik. Als het duo langs de weg was gekomen, moesten ze de kant van Wistman's Wood uit zijn geweest. Baldwin vervolgde: "En jij bleef in zuidoostelijke richting rijden?"

"Ja, naar de weg toe, daarna naar de overkant en in oostelijke richting. Er is daar een pad naar mijn huis. Het duurde wel even met mijn arme oude pony."

"En je hebt niemand anders op de weg gezien? Is verder niemand je gepasseerd?"

"Nee. Of wacht eens..." Weer fronste hij zijn voorhoofd.

"Het zou belangrijk kunnen zijn," drong Baldwin aan.

"Ik geloof dat iemand mij inhaalde tegen de tijd dat ik bij de weg naar Chagford kwam. Het was toen al donker, maar er was iemand ten noorden van mij, die zachtjes reed. Ik heb niet gezien wie."

"Hoe lang zou dat geweest zijn nadat je de twee ruiters zag, denk je?"

"Niet erg lang. Ik moest de Cherry Brook over, en de pony was langzaam. Hooguit een paar minuten."

"Was hij ver weg?"

"Ik heb niet gekeken." De stem van de boer was tot een nors gemompel gedaald. Zijn bijl rees en daalde traag nu hij onder druk werd gezet.

"Waarom niet? Het was toch zeker vreemd om op dat moment van de avond een ruiter te horen, zeker als dat niet op de weg was?"

Met een rood wordend gelaat sloeg de boer weer op de stam in en gaf geen antwoord.

"Coyt? Ik vroeg, waarom heb je niet gekeken?"

Plotseling keek de boer Baldwin aan, niet agressief, maar met strijdlustige schaamte. "Omdat ik dacht dat het Heintje Pik was. Daarom!"

"Heintje..."

Simon kwam snel tussenbeide. "De duivel, Baldwin. De duivel." Adam Coyt draaide zich intussen om en liep weg.

Zodra de boer buiten gehoorsafstand was, hief Baldwin in wanhoop zijn handen ten hemel. "De duivel! In godsnaam! Waarom houden mensen nog steeds vast aan dat ridicule bijgeloof? Hij had alleen maar om zich heen hoeven kijken om te zien wie het was. Het zou Robert hebben kunnen zijn, of John – of geen van beiden. Maar vanwege een idioot..."

"Niet zo idioot, Baldwin," zei Simon kortaf. "Hij had er geen idee van dat er iemand vermoord was, en wist niet dat de ruiter in zijn buurt bij die moord betrokken zou kunnen zijn. Die boerderijen op de woeste gronden zijn zo afgelegen, zo ver van de bewoonde wereld. Heb jij de eenzaamheid van de woeste gronden nooit gevoeld? Je komt hier gemakkelijk genoeg op zulke gedachten. En er gaan tal van verhalen over de duivel."

"Simon toch! Dat is geen excuus. Als die kerel alleen maar even gekeken had, zou hij..."

"Zou ik wat?" Adam Coyt was ongemerkt teruggekeerd. "U kent deze streek niet. U woont hier niet zoals ik het hele jaar door, en u hebt niet gezien wat de woeste gronden met iemand kunnen doen. U begrijpt het gewoon niet. Neem nou die Bruther. Ja, het paard dat mij passeerde zou dat van zijn moordenaar geweest kunnen zijn – maar wat dan nog?"

"Wat bedoel je?" Baldwins gelaat was een masker van geïrriteerde verwarring.

"Bruther heeft het over zichzelf afgeroepen. Hij woonde diep in de woeste gronden, en die zorgen voor zichzelf, dat is het enige wat ik zeg. Deze streek is heel anders als je hier woont. U denkt misschien dat ik achterlijk ben dat ik in Heintje Pik of Crockern geloof. Voor u is dat gemakkelijk. U zult weer naar uw eigen dorp teruggaan. Ik moet hier blijven wonen. En ik kan dat niet doen als het land mij dat niet laat doen. Bruther dacht ook dat het allemaal bijgeloof was. Ik heb hem horen spotten met het idee dat Crockern zich wel eens zou kunnen wreken op mijnwerkers die te ver op zijn terrein woonden. Hij zei dat hij Crockern rauw lustte, hij zei dat hij maar op moest komen. Met de geesten spotten op hun eigen land is gekkenwerk."

"Dus jij denkt dat het Crockern was die Bruther vermoord heeft? Niet de duivel?" Baldwins stem klonk honend.

"Ik weet het niet. En het kan me niet schelen ook. Wie hem ook vermoord heeft, hield Crockern te vriend, dat is het enige wat ik weet."

ḣ00ḟℑϛϲʋк 14

"ysterie en bijgeloof!" mompelde Baldwin verontwaardigd toen de vier Coyts huis verlieten en op weg gingen naar de woeste gronden. Had de man maar gekeken, dan zouden ze nu een nieuwe getuige hebben, of tenminste de naam van iemand die had kunnen zien wie de twee ruiters waren. En deze man had ook Bruthers moordenaar kunnen zijn.

"Als de mensen normaal deden en zich niets van die oudewijvenpraatjes aantrokken," zei hij bitter, "zouden ze niet alleen de hele tijd minder bang zijn, maar vermoedelijk ook beter hun werk doen en een gelukkiger leven hebben. Crockern en Heintje Pik!"

Simon glimlachte flauwtjes om de afkeer van de ridder. "Maar de mensen hier hebben niet veel anders, Baldwin. Hoe dan ook, de vraag is, wie zat er op dat paard?"

"Als we die boer mogen geloven, was het de duivel."

Simon wist hoe weinig zijn vriend met de oude verhalen op had – Baldwin had ze vaak genoeg belachelijk gemaakt. De ridder was een bereisd man, die de wereld beter kende, en het viel niet mee er met hem over te discussiëren. Niettemin vond Simon het minachtende commentaar van de ridder op diepgewortelde lokale geloofsvoorstellingen erg beledigend.

"Simon?" Baldwin glimlachte beschaamd. "Het spijt mij – maar ik heb te veel mensen meegemaakt die door geruchten en verhalen geschaad zijn, daarom wil ik er niets mee te maken hebben. Het is zo, waarde vriend. We moeten erachter komen wie die eenzame ruiter was. Het zou natuurlijk een van de jonge Beauscyrs geweest kunnen zijn. Robert kan ons weinig vertellen over waar hij die avond naartoe is geweest, en John was weg uit de herberg, hoewel hij dat nog niet aan ons bekend heeft."

De verandering van toon stemde de baljuw milder. "Nu moeten we dus drie mannen zien op te sporen, in plaats van twee," zei hij peinzend. "De twee ruiters die door Samuel en Ronald gezien zijn, en de ruiter die Coyt heeft gehoord."

"Ja, gek eigenlijk." Er lag een nadenkende uitdrukking op Baldwins gelaat. "Na dat gesprek met sir Robert had ik er een eed op kunnen doen dat hij een van de twee ruiters was – hij keek zo schuldbewust. Misschien was hij de eenzame ruiter die even later Coyt inhaalde."

"Stel dat hij het was, is hij het dan geweest die Bruther vermoord heeft? Of hebben Smyth en zijn knecht het gedaan? En als het Smyth was die Bruther vermoord heeft, wat deed sir Robert daar dan?"

"Als hij het was," mompelde Baldwin. "Hoe dan ook, de moordenaar zal wel deel uitmaken van een van de twee groepen, de mijnwerkers of de mannen van het domein van de Beauscyrs."

"Ja, tenzij…" Simon beet op zijn lip en haalde zijn schouders op. "Er is denk ik nog een groep, Baldwin. Boeren zoals Coyt hebben er ook mee te maken gehad. Hun woeste gronden worden ontgonnen, het water in hun beken wordt afgetapt en hun weilanden worden vernield."

"Is dat voldoende reden om een moord te plegen?"

Ze waren weer bij de brug aangeland, en Simon liet zijn paard stilstaan om te drinken. "Ik weet het niet. Het hangt ervan af hoe men over Bruther dacht. Wat voor iemand was hij? Uit het verhaal van sir Ralph blijkt dat hij een dappere vent was, tenminste als er anderen bij waren. En hij was ook brutaal tegen Robert."

"Ja. Volgens de meesten was hij een onbesuisde jongeman, die voortdurend vijanden maakte," gaf Baldwin toe. "Hoewel Smyth een goed woordje voor hem deed."

"Het is niet zoals vroeger, toen horigen altijd onderdanig waren. Deze kerel lijkt extreem eigenzinnig te zijn geweest. Ik bedoel, hoeveel weggelopen horigen zouden iemand als sir Robert, tot voor kort zijn heer, durven beledigen, of zo iemand als sir Ralph, een ervaren krijgsman die duidelijk bereid is zijn naam te verdedigen?"

"Dat heeft hij anders niet gedaan."

"Nee, maar alleen omdat er een groep mijnwerkers bij was en dat stom zou zijn geweest."

"Hetzelfde geldt voor sir Robert toen hij door Bruther werd beledigd. De man moet dood hebben gewild dat hij zo openhartig was."

Simon staarde zijn vriend aan. "Baldwin, hoe vaak heb jij mensen zich zo zien gedragen?"

"Een horige, bedoel je? Nog nooit."

"En anderen?"

Baldwin haalde zijn schouders op en keek somber. "Je bent niet goed wijs als je onbeschoft tegen een ridder bent, en..."

"Je ziet niet waar ik heen wil. De enige keer dat ik mensen met opzet een ridder of een soldaat heb zien kleineren, was als ze wisten dat zij het machtigst waren!"

"Je wilt me toch niet wijsmaken dat de eerste de beste lijfeigene het gevoel zou kunnen hebben machtiger te zijn dan, zeg, sir Robert? Je hoeft alleen maar naar ze te kijken om te zien hoe anders ze zijn. De ene is arm en woont in een primitieve hut; de andere is rijk, de erfgenaam van een groot huis en geld, met een rijk landgoed, en hoog aangeschreven bij de koning. Hoe zou een armzalige boer als Bruther kunnen denken dat hij de gelijke van zo iemand was – laat staan zijn meerdere."

"Maar dat deed hij wel, nietwaar?" Simon gaf zijn paard de sporen om de beek over te steken. "Hij dacht inderdaad dat hij op z'n minst zijn gelijke was om zo arrogant te durven spreken. Hij wist hoe ze hem op de havezaat zagen: als een wegloper. En toch trotseerde hij hen en trokken zij aan het kortste eind."

"Alleen omdat die mannen bij hem waren," wierp Baldwin tegen.

"En waarom voelde hij zich bij hen veilig?"

"Nou, omdat het mijnwerkers waren, waarschijnlijk, net als hij. Jij hebt mij zelf verteld dat de mijnwerkers hier hun eigen wetten en regels hebben. Ongetwijfeld wist hij dat hij met anderen van zijn slag veilig genoeg zou zijn."

"Nee, Baldwin. We weten dat Thomas Smyth een hardvochtig heer is en de mijnwerkers hier dwingt te doen wat hij wil. Daarom is Smalhobbe toch afgetuigd?"

"Ja, dat is zo, maar misschien heeft Bruther zich bij andere kleine mijnwerkers in het gebied aangesloten om zich tegen Smyth te verdedigen."

"Als er zo'n groep was, hebben ze het er beroerd afgebracht. Als jij mannen ging organiseren, en dan je vijanden beledigde, zou jij dan de anderen verlaten en 's avonds in je eentje naar huis gaan? Ik betwijfel het! Na een vijand tegen je in het harnas te hebben gejaagd, zou je de anderen nodig hebben om je te verdedigen."

"Ja, ik veronderstel dat je gelijk hebt," zei Baldwin peinzend.

"Dus, als Bruther op zoveel mannen kon rekenen, waarom was hij dan kennelijk alleen en weerloos op de avond dat hij stierf? Waar waren de anderen gebleven? En waarom hadden zij hem in de steek gelaten?"

"Misschien hadden ze onenigheid met hem gekregen. Misschien wilden ze iets doen wat hij afkeurde, en..."

"Nee, nee, nee – herinner je je hoe sir Ralph zijn ontmoeting met Bruther beschreef? Het leek erop dat de jongere man de leiding had, nietwaar? Hij was de enige die zijn mond opendeed – geen van de anderen heeft iets gezegd. En toen hij sir Robert beledigde, was het al net zo. Bruther sprak, de anderen keken alleen maar toe en tastten naar hun wapens. Ik denk dus dat hij de leiding had, maar waarom werd hij helemaal in zijn eentje achtergelaten? Als een aanvoerder onenigheid krijgt met zijn groep, zullen sommigen misschien weggaan, maar anderen zullen blijven, al zijn het er maar een paar."

"Misschien waren er ook wel anderen bij hem toen Bruther vermoord werd, maar zijn zij ontsnapt voordat zij ook gewond konden raken."

"Ik geloof er niets van. Bekijk het eens zo: we gaan uit van de veronderstelling dat er die avond drie mensen op de woeste gronden in de buurt waren. Als Bruther ook maar iemand bij zich had gehad, zou het voor drie man moeilijk zijn geweest hem te pakken te nemen zonder dat een van hen gewond was geraakt of gesneuveld."

"Misschien waren er gewonden. Misschien hebben ze die ander vermoord en zijn lichaam in een moeras gegooid. En als een van de ridders erbij betrokken was, kunnen ze zich ermee tevreden hebben gesteld dat ze de man hadden die ze haatten, en zich niet om de rest hebben bekommerd. Je wilt ijzer met handen breken, waarde vriend. Dit zijn allemaal gissingen, meer niet."

Simon schudde zijn hoofd. "Ik geloof er niets van. Laten we bij Smalhobbe langsgaan. Misschien kan hij enig licht op de zaak werpen."

Terwijl ze het pad afreden, volgden ze de route die Adam Coyt op de avond van de moord had genomen. Baldwin keek met belangstelling rond. De weg liep redelijk recht en bleef vlak. Evenals andere wegen werd hij omzoomd door dwergstruiken, met zo nu en dan bosjes heide ertussen. Al gauw kwam een kreupelbosje in zicht, met aan weerszijden heuvels. Toen Baldwin ernaar vroeg, vertelde Simon hem dat deze streek Bellever heette. De hoofdweg van oost naar west was een mijl verderop, ze zouden de afstand naar het woongebied van de mijnwerkers op de woeste gronden snel moeten kunnen afleggen.

Het huis van de Smalhobbes zag er nu vrolijker uit. Er dreef langzaam rook uit het dak, en het grijze stenen bouwwerk tegen de achtergrond van de wijde vlakte sprak Baldwin aan. Dit toonbeeld van rust was op een merkwaardige manier in tegenspraak met de heftige gebeurtenissen die onlangs in de omgeving hadden plaatsgevonden.

Voor de deur troffen ze Sarah Smalhobbe aan, die op een stoel een kip zat te plukken terwijl andere kippen druk in de grond pikten en wroetten. Ze verwelkomde hen met een langzame glimlach en riep naar haar man. Even later voegde hij zich bij hen.

"Baljuw, sir Baldwin." Hij boog eerbiedig het hoofd voor hen.

"Henry, we komen even met je praten," zei Simon, terwijl hij van zijn paard klom en Hugh de teugels overhandigde. Smalhobbe zag er doodmoe uit, maar bleek toch al wat te zijn opgeknapt. Hij kon tenminste weer lopen. De mijnwerker droeg een zwaar leren jak over een dun wollen hemd en een korte broek. Aan zijn dikke leren riem hing een lang mes. Zijn linkerarm was van de pols tot de elleboog in een doek gewikkeld, hij had een blauwe plek op een van zijn wangen en een snee boven een blauw oog.

Smalhobbe ging op de stoel van zijn vrouw zitten en zuchtte. "Het doet nog altijd pijn als ik meer dan een paar meter loop, heren. Mijn rug is één grote massa builen en bulten waar die hoerenjongens mij hebben geraakt."

"Ze komen niet terug," zei Simon kort en bondig. "De mannen zijn gevonden en worden in het mijnwerkerskamp vastgehouden."

"Wat, door andere mijnwerkers van Thomas Smyth?" Zijn gelaat drukte ontsteltenis uit. "Maar het waren zijn mannen! U kunt er niet op vertrouwen dat hij hen bewaakt, hij zal willen dat ze loskomen en doorgaan." Hij staarde hen beiden aan, en daarna zijn vrouw, die een eindje bij hem vandaan stond en met een bezorgd gezicht luisterde.

"Dat zullen ze niet, denk ik," zei Baldwin geruststellend. "Ze zullen andere dingen aan hun hoofd hebben. Thomas Smyth zal hier voorlopig niet meer komen."

De mijnwerker leek niet overtuigd. Zijn ogen gleden over de horizon alsof hij daar ieder moment bendes plunderaars verwachtte te zien naderen.

Simon trachtte zijn aandacht te trekken. "Henry, we weten nog steeds niet wie Bruther vermoord heeft. Wie denk jij dat het gedaan zou kunnen hebben? Denk je dat het dezelfde mannen waren die jou hebben aangevallen?"

"Harold Magge en de anderen, bedoelt u?" De mijnwerker staarde hem aan. "Nee, ik betwijfel het. Iemand een pak slaag geven – dat konden ze... maar Peter vermoorden? Ik denk van niet."

"Je had die avond niemand anders gezien, totdat je werd overvallen?"

"Nee, niemand. Ik ben de hele dag op mijn stek geweest en het was er rustig."

"Je bent niet in de buurt van Wistman's Wood geweest?"

"Nee."

Baldwin interrumpeerde: "Je was laat thuis. Hoe kwam dat?"

"Ik was aan het smelten," zei hij eenvoudig. "Soms neemt dat tijd."

Simon knikte. "Weet jij wie Bruthers vrienden waren?"

"Vrienden?"

Op zijn hurken voor hem zittend keek Baldwin hem recht in de ogen. "We weten dat hij in de dagen vóór zijn dood verscheidene mannen bij zich had. Sir Robert Beauscyr heeft die bij hem gezien, en sir Ralph van Warton ook – zo'n zeven of acht man die eruitzagen als mijnwerkers. Heb jij enig idee wie dat waren?"

De mijnwerker keek wanhopig naar zijn vrouw. "Nee, ik weet het niet."

Baldwin zag haar snelle blik, de smekende uitdrukking in de ogen van haar man, en wist dat de man loog. "Goed," zei hij kalm. 'Misschien kun je ons dan dit vertellen. Wat voor iemand was Peter Bruther?"

"Het was een mijnwerker," zei Smalhobbe nonchalant. "Hij was hier nog niet zo lang, en hij was bezig tin te leren delven, net als ik."

"Ja, maar wat was het voor iemand? Als we weten wat voor

soort man hij was, kunnen we misschien raden waarom iemand hem heeft willen vermoorden."

"Hij was snel van begrip, en zelfverzekerd, neem ik aan. Hij maakte moeilijk vrienden en was niet goed van vertrouwen, maar hij leek gelukkig genoeg."

"Had hij een agressief karakter?"

"Niet dat ik kon zien. Ik bedoel, hij ging een gevecht niet uit de weg als hij gedronken had, maar dat is alles."

"Ging hij vaak naar de herberg?"

"Een of twee keer per week. Hij ging dan naar de Vechtende Haan, de kant van Chagford uit."

Simon fronste zijn wenkbrauwen. "Hoe kon hij dat betalen? Het bier in een herberg zou onbetaalbaar geweest moeten zijn voor iemand als hij, een weggelopen horige die nu als tindelver werkte. Waar kwam zijn geld vandaan?"

Smalhobbe haalde zijn schouders op en gaf geen antwoord. De ridder, die toekeek en luisterde, vond het maar verwarrend. Het was duidelijk dat de mijnwerker iets wist waar hij niet over wilde praten. Hij was door mijnwerkers aangevallen, zijn buurman was vermoord... en toch deed hij nu niets anders dan nors zijn schouders ophalen. Sarah Smalhobbe's grote bruine ogen waren nog steeds op haar man gevestigd. Zij maakte zich zorgen, zag Baldwin, maar hij had geen idee waarom.

Intussen was de baljuw doorgegaan. "Je zegt dus dat hij een paar keer per week naar de herberg ging. Met wie ging hij om?"

"Ik ben nooit met hem meegegaan, dus ik zou het niet kunnen zeggen."

"Juist. Maar je hebt gehoord dat hij in vechtpartijen verwikkeld raakte?"

"Ja. Hij heeft eens met een koopman gevochten van wie hij vond dat die hem beledigd had, en dan was er nog een bewoner van de woeste gronden die volgens hem niet goed snik was."

"Was dat Adam Coyt?"

"Ik weet het niet."

Zijn houding begon Baldwin te vervelen. Hij leunde naar voren en zei dreigend: "Er schijnt een heleboel te zijn wat je vandaag niet weet, Smalhobbe. Je dichtstbijzijnde buurman was voor jou een gesloten boek. Je hebt geen idee wie zijn vrienden waren, je kunt je niets herinneren van zijn geld, vechtpartijen, vijanden of wat dan ook. Wil je soms zijn moordenaar beschermen?"

Henry Smalhobbe staarde hem aan, en nu zag Baldwin zijn vergissing. De man was niet bang; er zat iets sluws in de uitdagende blik in zijn ogen, iets dat op eigenbelang wees. Toen ging de ridder een licht op. Hij bestudeerde de kippen, en de mijnwerker begon zenuwachtig te kijken.

"Zo Henry. Wie heb je deze week opgezocht? Of wanneer is hij jou komen opzoeken?"

Tot Simons verbazing betrok het gezicht van de kleine man. Hij stamelde: "Wat bedoelt u, heer? Ik weet niet waar u het over hebt, ik..."

Baldwin kwam overeind en torende met zijn handen op zijn heupen dreigend boven de mijnwerker uit. Even dacht Sarah dat hij hem zou slaan. "Het moet afgelopen zijn met dat gelieg, Henry Smalhobbe!" bulderde hij. "Je bent omgekocht om je mond te houden, nietwaar? Toen we hier voor de eerste keer op bezoek kwamen, had je geen kippen. Waar zijn ze vandaan gekomen? Van iemand die het goed met je meent, daar twijfel ik niet aan, want het is een aardige verzameling. Vertel ons wie het geweest is."

"Nee, heer, ze waren echt..."

"Henry, we moeten hun de waarheid vertellen!" Zijn vrouw viel voor hem op de knieën met haar handen bezwerend uitgestrekt naar die van haar man, en als een man die de hem verschuldigde eer aanvaardt, nam hij haar handen in de zijne terwijl hij in haar gezicht staarde. "Henry, vertel het hun! Ze proberen mensen zoals wij, die hier buiten op de woeste gronden wonen, te helpen," smeekte ze. "Alsjeblieft, vertel het hun!"

Smalhobbe sloeg zijn ogen op zodat hij de baljuw in het gezicht keek, en zuchtte. "Goed dan. Ik zal vertellen wat ik weet."

"Dank je," zei Simon opgelucht. "De mannen die Bruther vergezelden. Wie waren dat?"

"Mijnwerkers uit het kamp. Ze werken voor Thomas Smyth. Ze bleven gewoonlijk op de vlakte, voorbij Bruthers huis, en hielpen hem zijn land bewerken."

Baldwin trok zijn wenkbrauwen op. "Wou je mij vertellen dat Thomas Smyth zijn mannen erop uitstuurde om iemand daarbuiten op de woeste gronden te gaan helpen?"

"Ik weet niet waarom, heer. Het enige wat ik kan zeggen is wat ik weet. Die mannen waren van hem, en toch hielpen ze Bruther."

"Weet je zeker dat het geen mijnwerkers van verder naar het noorden waren?" vroeg Simon. "Zou Bruther geen bondgenootschap met andere kleine tindelvers gesloten kunnen hebben om zich met z'n allen te verdedigen?"

"Nee. Ziet u, ik kende een paar van die mannen uit de tijd dat wij hier voor het eerst naar de woeste gronden kwamen. We ontmoetten hen tijdens onze reis naar Dartmoor, en ze doken weer op met Bruther."

"Wat deden ze dan?" zei Simon verbouwereerd.

"Ze beschermden hem. Het was bekend dat hij een wegloper was – o, er zijn vermoedelijk horigen te over hier op de woeste gronden, het is de beste plaats ter wereld om je te verbergen – maar Bruther kwam van een havezaat dichtbij, dus hij zou op elk moment gepakt en teruggebracht kunnen worden. Hij had mannen nodig die op hem pasten."

"Waarom zou Thomas Smyth hem in vredesnaam beschermen?" vroeg Simon. "Hij wou mensen als jij en Bruther van de woeste gronden weg hebben, dacht ik."

"Hij wou mij weg hebben," gaf Smalhobbe toe. "Maar Bruther? Ik weet het niet. Zijn mijn was een eind uit de buurt, midden op de woeste gronden, ver van de wegen enzovoort. Misschien gaf Smyth niets om land dat daar lag. Ik weet dat de enige reden waarom hij mijn perceel wilde, was dat hij vond dat het van hem moest zijn, en het was heel wat dichter bij zijn kamp. Misschien was Bruthers land gewoon te afgelegen om er iemand voor te verjagen."

"Maar dan nog, waarom zou hij mannen sturen om de kerel te beschermen?"

"Smyth zou willen dat iedere mijnwerker veilig was voor de aanvallen van vreemdelingen," legde Smalhobbe uit. "Iedereen die hier kwam om Bruther op te pakken zou de wereld vertellen dat de mijnwerkers doodgewone mensen waren, zonder bijzondere rechten. Smyth is een sterke, stoutmoedige vent. Hij zou niet willen dat anderen hem, of elke andere mijnwerker op de woeste gronden, als een zwakkeling beschouwen. Hoeveel van zijn eigen mannen proberen hun verleden achter zich te laten door hier te komen? Hoeveel van hen zijn insluipers, rovers of vogelvrijverklaarden? Hoeveel van zijn mijnwerkers zou Smyth kwijtraken als iedereen maar naar de woeste gronden zou kunnen komen om zijn horigen mee te nemen? Dat zou hij niet willen, het zou al zijn mijnen ontwrichten. Ik denk dat hij vond dat hij op Bruther moest passen, om de andere mannen in zijn kamp te beschermen."

Simon nam een paar minuten de tijd om hierover na te denken. Hij zag de ridder al instemmend knikken: het was logisch. Veel baronnen zouden zich op dezelfde manier gedragen en mannen stationeren om een naburig klein fort te beschermen, niet uit winstbejag, maar enkel om een potentiële agressor af te schrikken. "Goed dan," zei hij ten slotte, "maar waarom waren deze mannen niet bij hem op de avond dat hij stierf?"

"Dat weet ik niet, heer."

"Heb je enig idee waarom hij bij Wistman's Wood kan zijn geweest?"

De mijnwerker schudde zijn hoofd en zei dat hij het niet wist.

Baldwin merkte op: "Je zei dat hij gewend was naar de herberg te gaan. Zou hij op weg daarheen kunnen zijn geweest?"

Smalhobbe wendde zich naar hem toe en schudde weer zijn hoofd. "Nee, als hij daarheen op weg was geweest, zou hij naar het oosten zijn gegaan. Hij kende die weg goed genoeg. Wistman's Wood is ten zuidwesten van zijn huis; er zou voor hem geen reden zijn daarheen te gaan."

"Als hij dronken was, vocht hij dan vaak met anderen?"

Smalhobbe knikte mistroostig en zuchtte. "Ja. Vaak. Hij wist nooit van ophouden. Op Beauscyr kreeg hij nooit de kans te veel te drinken, veronderstel ik, maar hier begon hij regelmatig naar de Vechtende Haan te gaan. Hij zou iedere keer gevochten hebben als de mannen die hij bij zich had er niet waren geweest. Anderen slikten zijn beledigingen en grootspraak zolang zijn lijfwacht hem beschermde."

"En Smyth liet dat toe? Hij zou toch zeker niet willen dat de plaatselijke bewoners in rep en roer werden gebracht door één schreeuwlelijk wiens enige verdienste was dat hij een toonbeeld van veiligheid voor anderen was? Dat wil er bij mij niet in!"

"Ik weet niet waarom het zo ging, het enige wat ik weet is dat het gebeurde."

"Juist. In dat geval is er nog maar één ander punt: wie heeft jou omgekocht om je mond over Bruther te houden?"

"Heer, ik..."

"Zijn naam, Smalhobbe! Je hebt al genoeg oponthoud veroorzaakt. Wie was het?"

"Ik kan het u niet zeggen. Hij zou me vermoorden!"

"Dan was het dus Thomas Smyth."

De uitdrukking van schrik op het gelaat van de mijnwerker was bijna komisch. "Maar... Hoe wist u dat?" hijgde hij.

"Je bent de afgelopen minuten bezig geweest ons te vertellen dat hij de machtigste man hier op de woeste gronden is, en we weten dat hij je heeft laten aftuigen om die macht erin te hameren. Het is duidelijk. Maar er is één ding," zei Baldwin, terwijl hij met gefronste wenkbrauwen naar voren leunde. "Waarom betaalde hij je om je mond te houden over Bruther?"

Dit keer was Smalhobbe's schouderophalen een gebaar van hulpeloosheid, maar zijn ogen waren boordevol haat en hij weigerde antwoord te geven.

"Goed dan," vervolgde Baldwin ten slotte. "Maar dit kun je ons wel vertellen: is het waar dat je vroeger een vogelvrijverklaarde bent geweest?"

Sarah voelde haar adem stokken. Henry's vechtlust liet hem in de steek, en ze zag de onverholen paniek in zijn ogen. Na al die tijd waren hun pogingen om een nieuw leven te beginnen ten slotte op niets uitgelopen, wist ze. Bij die gedachte barstte ze in snikken uit. Haar maag kwam in opstand nu ze open kaart met de ridder moest spelen. "Heer, het is niet waar," zei ze met gebroken stem.

Baldwin glimlachte haar bemoedigend toe terwijl zij weerloos voor hem knielde. "Vertel ons dan de waarheid. Een moord kan ons meer schelen dan iemands misdragingen in een ver verleden."

Ze negeerde de wanhoopskreet "Sarah!" van haar man en zei: "Heer, ik vertrouw u. Zweert u dat we met rust worden gelaten als we part noch deel hebben aan Peter Bruthers dood?"

Baldwin wierp Simon een vragende blik toe en knikte toen langzaam. "Ja, tenzij jullie andere moorden op je geweten hebben."

"Dat is redelijk. Goed dan, heer. Mijn man heeft vroeger voor een rechtvaardige en fatsoenlijke heer gewerkt, een poorter in Bristol. Henry was zijn bottelier, en tot twee jaar geleden leidden we bij hem een gelukkig bestaan."

"De opstand?" moedigde Baldwin haar aan.

"Ja," knikte ze. "Onze heer was Robert Martyn. In 1316 legde de koning Bristol hoge belastingen op en hij negeerde de smeekbeden van de stad om ze te verlagen. We hebben afgezanten helemaal naar Londen gestuurd, om uit te leggen dat ze te hoog waren, maar hij wou niet luisteren. Ten slotte stuurde hij de drost van Gloucester met de politie van het graafschap om de stad te belegeren. Ze lieten de gracht leeglopen, braken de watermolen af en zetten blijden neer, waarmee ze rotsblokken naar ons schoten totdat ze de stad innamen."

"Robert Martyn werd vogelvrij verklaard, niet?" vroeg Simon.

"Ja, heer. En hij vertrok uit het rijk. Maar wat konden wij doen? We hadden geen huis, geen geld, geen heer. We werden de stad uitgezet toen de hongersnood op zijn hoogst was, en als we toen geen lui waren tegengekomen..."

Eindelijk begon Henry met een toonloze stem te spreken. "Het waren vogelvrijverklaarden, maar ze ontfermden zich over ons en gaven ons te eten. Een van die mannen kwam van de woeste gronden hier, en we besloten te gaan kijken of zijn verhalen over tinmijnen waar waren. Hij heeft mij leren jagen en vechten, maar ik zweer het, ik heb nooit iets geroofd of gestolen, en ik heb nog nooit iemand gedood."

Met een uitdagende blik keek hij Simon aan, en de baljuw geloofde hem.

ḥoofᴅsᴛuк 15

O p weg naar de Vechtende Haan reden ze langs Thomas Smyths huis, en Hugh kon het niet laten er reikhalzend naar te staren tot lang nadat ze er voorbij waren. Het huis lag er rustig bij, met slechts enkele stalknechten en een koeherder die op het erf rondliepen en oud hooi en drek op de hoop in de hoek dicht bij de ingang schepten. Vanhier zou het met een kar worden opgehaald en naar de akkers achter het dorp worden gebracht, om tot gier te vergaan.

Na alles te hebben gehoord wat Smalhobbe had gezegd, was Hugh geïntrigeerd. Hij had aangenomen dat de dood van de mijnwerker een simpele moord was geweest, dat iemand die een wrok tegen hem koesterde hem had opgehangen. Hij zou gewed hebben dat het een van de Beauscyrs was die dit op zijn geweten had. Maar nu was hij er zeker van dat het iets te maken moest hebben met de meester-tindelver in zijn grote herenhuis. Waarom zou hij de Smalhobbes anders betaald hebben om hun mond dicht te houden?

Het was met een zekere tegenzin dat hij zich weer naar de weg toe draaide, maar al gauw klaarde zijn stemming op. Hugh was geen man die lang bleef piekeren. Verderop lag een herberg, waar hij eten en stevig bier zou krijgen. Hij zuchtte tevreden.

Simon vond de herberg wat minder druk dan de vorige keer dat hij er geweest was. Er waren nu diverse tafels vrij, onder andere een grote tafel onder een raam, zo ver van de haard af dat ze er ongestoord konden praten. Hij ging daar op een bank zitten en keek om zich heen. Twee serveersters brachten drank rond, maar hij kon zien dat dit niet hun beste tijd van de dag was. Hij zag ze uitgebreid geeuwen en kreeg een collega van hen in het oog die op een bank tegen de muur aan de overkant lag te slapen: hun leven richtte zich meer op de avond dan op het middaguur.

Baldwin en de anderen voegden zich bij hem; de ridder ging tegenover hem zitten, waarna ze eten bestelden. De serveerster met wie ze de vorige keer hadden gesproken, was in geen velden of wegen te bekennen. Simon besloot pas na het eten naar haar te vragen. Ze kregen een voedzame stoofpot voorgezet, met zulk fijngesneden vlees dat met geen mogelijkheid te zien was wat het was. Baldwin porde er achterdochtig met zijn houten lepel in en wierp Simon een vragende blik toe. "Wat zou dit zijn?"

De baljuw schonk hem een poeslieve glimlach. "Daar moet je niet naar vragen, denk ik."

"Waarom niet?"

"Omdat het van alles kan zijn. In deze contreien," hij maakte een weids armgebaar dat de uitgestrekte woeste gronden omvatte, "is qua voedsel niet veel te beleven, en de mensen moet zich zo goed en zo kwaad als het gaat in leven zien te houden. Er zijn natuurlijk wolven, maar de voornaamste dieren zijn hier het wild: herten, wilde zwijnen enzovoort. Dat is allemaal van de koning, en natuurlijk zou niemand hier de wetten van het bos durven overtreden door er jacht op te maken. Dit vlees zal wel van Chagford zijn gekomen."

"Ah!" Baldwin glimlachte en doopte brood in de kom. Inderdaad had het eten een sterke wildsmaak. Gecombineerd met de wijn die hij besteld had, gaf het hem een behaaglijk gevoel. Toen hij klaar was, liet hij zich achterover zakken en bestudeerde de andere aanwezigen in het vertrek, terwijl zijn disgenoten nog zwijgend aten.

De serveersters werkten hard om kroezen en pullen gevuld te houden. Een van hen, een tenger, donker meisje, met een bijna jongensachtig figuur, bewoog zich onverstoorbaar en zelfverzekerd tussen banken en tafels door, vaak met verscheidene pullen en kruiken tegelijk, die ze met kalme efficiency droeg. Ze zag er niet uit als andere vrouwen van de woeste gronden. De meeste meisjes in deze streek hadden een blanke huid en donker haar, maar zij leek een heel donkere huidskleur te hebben. Hij wenkte haar.

Simon veegde met de rug van zijn hand zijn mond af toen ze met een vriendelijke, maar gereserveerde gelaatsuitdrukking naar hen toe kwam. Toen Baldwin vroeg naar een serveerster die Molly heette, knikte ze terughoudend. "Dat ben ik," zei ze.

Vlug stelden de mannen zich voor, en omdat zij zei dat ze bang was dat haar baas boos zou worden als ze niet aan het werk bleef, riep Baldwin de herbergier bij zich. Toen hij hoorde wie zijn gasten waren, keek hij schuldbewust naar hun lege kommen. Hij lachte als een boer met kiespijn en bood haastig aan Molly met hen te laten praten zolang als de mannen dat nodig vonden. De ridder bedankte hem hoffelijk en haalde het meisje over te gaan zitten.

In jaren kon ze maar weinig ouder zijn dan Alicia, Thomas Smyths dochter, maar ze was geboren voor een harder leven, zonder de verwennerij die Alicia verwachtte. Grijze ogen staarden hem zonder nieuwsgierigheid aan. Ze was niet dom, maar stelde geen belang in de mannen aan deze tafel.

Toen Simon van wal stak, zag hij hoe ze het land had. "We moeten uitzoeken wat er gebeurd is op de avond waarop Peter Bruther stierf," zei hij. "Van John Beauscyr hebben we gehoord dat hij die avond hier is geweest met een vriend van hem. Kun je je dat herinneren?"

Ze knikte. "Ja, ze kwamen hier ongeveer twee uur voor het donker binnen."

"Ben jij een tijd met sir Ralph samen geweest?"

"Hij wou mij. Ik ben een paar uur bij hem gebleven, tot laat op de avond. Daarna is hij met John naar de havezaat teruggegaan."

"We weten dat John hier niet is gebleven toen zijn vriend bij jou was, maar ik heb begrepen dat hij terug was tegen de tijd dat sir Ralph vertrok."

Weer knikte ze. "Hij was hier toen we terugkwamen."

"Hoe was hij eraantoe? Zag hij er net zo uit als toen jullie hem achterlieten?"

"Ik weet niet waar u heen wilt – hij was een beetje opgewonden, denk ik… hij had een blos. Maar dat was ook al zo toen ze kwamen." Haar ogen kregen een starende uitdrukking. "Nee, hij was niet helemaal hetzelfde. Toen ze kwamen, was hij boos. Hij zat voortdurend binnensmonds te vloeken en negeerde mij en de andere meisjes. Doorgaans is hij niet zo, normaal lacht hij naar ons en maakt grapjes. Die avond was hij zichzelf niet. Hij kwam alleen maar binnen met zijn vriend, liet wat te drinken halen en ging op een bank zitten."

"Heeft hij met iemand gepraat?"

"Zou kunnen," zei ze achteloos. Ze geeuwde. "Ik weet het echt niet. Sir Ralph nam mij in beslag. Ik weet alleen dat John in een rotbui was en dat ik uit zijn buurt bleef."

"Juist. En hij was anders toen je weer beneden kwam?"

Ze knikte. "Dat klopt. Toen we terugkwamen, was hij opgewekter. Hij bood me iets te drinken aan en maakte grapjes met sir Ralph. Ik dacht dat hij met een van de andere meiden samen was geweest, maar zij zeiden van niet. Hij was gewoon weggegaan en in een beter humeur teruggekomen."

"Heeft hij verteld waar hij geweest was, of waarom hij zich beter voelde toen hij terugkwam?" vroeg Simon, op een nagel bijtend.

"Nee, niet dat ik weet. De meiden zeiden alleen dat hij een uur of zo weg was geweest, en dat hij in een beter humeur terugkwam."

"Juist, ja." Hij wuifde vermoeid met zijn hand. Het was duidelijk dat het meisje niet veel wist. Maar op dat moment leunde Baldwin naar voren.

"Molly," vroeg hij, "hoe goed kende je Peter Bruther?"

"Best goed," zei ze, met een argwanende blik in haar ogen. "Hoezo?"

"We willen zoveel mogelijk over hem te weten komen, dat is alles."

"Nou, het kan mij niet schelen wat ze zeggen," verklaarde ze met ingehouden hartstocht, terwijl ze een blik naar de tap wierp, waar de herbergier zo nu en dan naar hen stond te kijken.

"Wat zeggen ze dan, Molly?"

"Dat hij een slecht mens was, dat hij wreed was. Zo was hij niet!"

Haar heftigheid verraste hem, maar een nog grotere verrassing waren de plotselinge tranen in haar ogen en de manier waarop haar schouders schokten. "Molly, het spijt mij, ik wist niet dat je…"

"Nee. Niemand denkt er ooit aan dat serveersters ook gevoel hebben. Wij doen er niet toe." Haar stem klonk hard, niet van zelfbeklag, maar van een soort spijt waartegen ze zich wapende.

"Dat is het niet, Molly," zei Baldwin zachtjes. "Ik wist gewoon niet dat je met hem omging. Je kende hem goed, niet?"

"Hij was niet zoals de andere mannen, die beloven altijd van alles. Zoals John en de rest. Ze zeggen vaak dat ze ons hiervandaan willen halen, ons een eigen huisje zullen geven en voor ons zullen zorgen. Het komt voor, maar de meeste mannen geven gewoon niets om ons. Peter was anders. Hij gaf echt om mij. Als hij het geld had, zei hij, zou hij mij komen halen en zouden we ergens anders gaan wonen, ver hiervandaan. Hij zei dat hij mij zou meenemen naar een stad, naar Exeter of zo, en hij meende het. Bij de anderen was het alleen maar een manier om me in te palmen, maar Peter, die gaf echt om mij, dat weet ik zeker. En nu, wel…"

"Hoe lang kende je hem al?"

"Peter? Ruim een jaar. Hij begon hier te komen zodra hij van de havezaat was weggelopen."

"We hebben gehoord dat hij regelmatig ruziemaakte."

"Soms. Hij haatte het dat ik hier werkte, en hij vond het maar niks dat ik met de andere mannen ging. Het maakte hem razend. Hij is er verscheidene malen uitgezet omdat hij hier herrie schopte."

"En John Beauscyr zocht je hier ook op?"

"Ja. Maar ik heb hem nooit gemogen, hij is wreed. Hij doet de meiden pijn. Zo is Peter nooit geweest. Hij wist wat het was om lijfeigene te zijn, zei hij, en hoe heerlijk het was om te ontsnappen – en zo begreep hij wat ik wilde, ervandoor gaan en een vrij leven leiden. Hoe zou John Beauscyr dat kunnen begrijpen? Het enige wat hij weet, is hoe hij moet nemen wat hij wil, om het na gebruik af te danken."

"Was Peter Bruther hier de avond dat hij stierf?" vroeg Baldwin zachtjes.

"Ja, maar hij vertrok vlak voordat John en sir Ralph arriveerden."

"Ben je daar zeker van?"

"O ja," zei ze met nadruk. "Hij had jongeheer Johns ridder in verlegenheid gebracht. De oen had gedreigd Peter vast te binden en hem naar Beauscyr terug te slepen, en hij had niet gemerkt dat Peters vrienden achter hem stonden. Toen hij de anderen zag, moest hij met zijn staart tussen zijn benen aftaaien. En Peter hield zijn touw."

"Zijn touw?"

"Ja. De avond dat hij stierf brachten Peter en zijn vrienden het mee om het mij te laten zien. Hij was echt trots, ziet u. Het was net een oorlogsbuit, dat hij het touw had afgenomen van de man die dacht dat hij hem weer als een lijfeigene kon terugslepen."

"En Peter nam het mee toen hij vertrok?" vroeg Simon het meisje.

"O ja, heer. Hij wilde het niet achterlaten."

"En hij was op weg naar huis voordat John en zijn vriend arriveerden?"

"Ja, heer."

"Weet je hoe hij van hier naar huis moest?"

"De weg af, en daarna over de woeste gronden als hij voorbij het huis van de mijnwerker bij de beek was. Hij nam altijd dezelfde route."

"Dus als John en sir Ralph hierheen op weg waren vanaf Thomas Smyths huis, zouden ze hem onderweg gepasseerd zijn?"

"Ja, heer, ze.... Wat wilt u daarmee zeggen? Dat John Peter vermoord zou kunnen hebben?"

"Ik weet het niet. Het is de vraag hoe laat John kan zijn weggegaan toen jij al naar boven was."

"Voor zover ik weet heeft niemand hem zien vertrekken. Nadat ik met sir Ralph was meegegaan, zag iemand dat Johns stoel leeg was, maar niemand heeft hem naar buiten zien gaan. Naderhand moest Alison een boer op zijn paard helpen klimmen, omdat hij er in z'n eentje niet op kwam, en zag ze toen dat Johns paard weg was, wat betekende dat John was weggereden."

"Juist, ja," zei Baldwin, terwijl hij even naar Simon keek.

De baljuw zat naar het tafelblad te staren. "Molly," zei hij na enige ogenblikken, "je vertelde dat Peter Bruther tegen je had gezegd dat hij je weg zou komen halen en je vrij zou maken als hij het geld had. Hij had zijn eigen mijn, dus waarom ben je daar niet met hem heen gegaan?"

"Hij zei altijd dat het te gevaarlijk was, met de Beauscyrs die hem terug zouden proberen te halen. Hij was bang dat het op een gevecht zou uitlopen."

"Je wist dat hij lijfwachten uit het mijnwerkerskamp bij zich had. Ik snap het niet. We hebben gehoord dat de mijnwerkers wilden dat hij en de andere kleine tindelvers die niet voor Smyth werkten, de woeste gronden verlieten. Waarom stemden ze er wel in toe hem te helpen, en anderen niet. Waarom is zijn buurman, Henry Smalhobbe, afgetuigd en bedreigd, terwijl Bruther mocht blijven – en dat niet alleen, maar zelfs mannen kreeg om hem te beschermen?"

"Ik weet het niet, maar die avond, op de dag dat hij vermoord werd, zei hij dat hij geen lijfwachten meer nodig had. Hij zei dat hij met een schone lei kon beginnen, als een vrij man."

"Wat bedoelde hij?"

"De dag tevoren was er iets gebeurd. Hij had Thomas Smyth gesproken, maar hij heeft niet gezegd waar het over ging. Het enige wat Peter vertelde was dat hij weldra veilig zou zijn en dat ik hier weg zou kunnen om met hem te gaan samenleven. Ik zou ook veilig zijn, zei hij." Haar ogen vulden zich met tranen. "En de volgende dag kreeg ik te horen dat hij dood was." Plotseling vertrok haar gelaat, en ze siste: "Vraag die rotzak Smyth wat hij gedaan heeft! Vraag het hem; hij moet mijn Peter vermoord hebben."

Ze sprong op en liep weg van het groepje mannen dat om de tafel zat. Toen ze ten slotte haar naam hoorde roepen, keek ze éénmaal vlug om, en zag dat ze allemaal vertrokken waren.

"Hallo Molly," zei George Harang. Hij leunde achterover in zijn stoel en wierp haar een wolfachtige grijns toe. "Ik denk dat ik eerst een pint bier neem. En daarna wil ik je graag spreken – onder vier ogen."

Op weg naar het grote huis van Thomas Smyth praatten de vier mannen weinig met elkaar. De heer des huizes bleek thuis te zijn, en weldra zaten ze binnen, terwijl de bottelier wijn voor hen inschonk. Even later zagen ze Thomas Smyth verschijnen, de eeuwige zakenman met weinig tijd om te praten en te veel te doen.

"Baljuw, sir Baldwin. Wederom welkom. Waarmee kan ik u van dienst zijn?" zei hij, terwijl hij op een stoel neerplofte.

Baldwin sloeg hem onbewogen gade. Simon was boos dat alle informatie zoveel zoekwerk had gekost; hij was er zeker van dat Thomas Smyth meer wist dan hij wilde toegeven. Het moest de levenshouding van de mijnwerker zijn, dacht hij, om alles voor zich te houden totdat hij er zeker van was dat het niet kon worden gebruikt om er ten bate van zichzelf iemand anders mee om te kopen of te bedreigen. Daarom had hij, meende Simon te weten, geen melding gemaakt van de mannen die Bruther beschermden. Hij had er geen voordeel in gezien. Simon nipte nadenkend van zijn wijn en zette de bokaal toen neer. "Wanneer heb je voor het eerst mannen gestuurd om Bruther te beschermen?"

"Wat doet dat ertoe?" Op Thomas Smyths gezicht lag nog steeds een glimlach, maar die was minder breed dan tevoren.

Baldwin kon zien dat de man de uitputting nabij was, en hij was minder zelfverzekerd dan bij hun eerste ontmoeting. "Het doet ertoe omdat de baljuw je die vraag stelde," zei hij vastberaden. Hij kreeg als beloning een kille blik.

"Waarom heb je daar om te beginnen mannen gestationeerd?" vroeg Simon.

"Omdat ik niet wilde dat er een mijnwerker door de Beauscyrs werd gepakt," zei hij. "Het zou gênant zijn geweest als er een arbeider van de tinmijnen werd weggehaald."

"Acht man alleen daarvoor? En dat op een moment dat je andere mannen uit hetzelfde gebied weg probeerde te krijgen? Dat was wel een heel edelmoedige daad. Het zou gemakkelijker zijn geweest Bruther naar je kamp te halen – het was toch zeker niet nodig om mannen helemaal daarheen te sturen?"

"Het is niet bij mij opgekomen. Trouwens, als ik hem naar het kamp had laten komen, zou hij zijn mijn kwijtgeraakt zijn – ik kon de Beauscyrs niet laten denken dat ze zo een mijnwerker hadden afgetroefd."

Simon bekeek hem onderzoekend. Het sneed geen hout, dacht hij, terwijl hij zijn wenkbrauwen fronste. Ook hij zag de lijnen van vermoeidheid op Smyths gezicht, en nu de baljuw weer aan het woord was, pulkte de hand van de mijnwerker zenuwachtig aan een los draadje van zijn hemd. "Maar je wilde dat de mannen dat deel van de woeste gronden verlieten," hield Simon aan. "Dat heb je zelf gezegd. Vanwaar die buitensporige zorg voor één persoon?"

"In godsnaam!" De plotselinge uitbarsting deed hen allemaal rechtop zitten. "Waarom zou ik niet voor hem zorgen? Hij... Hij had hulp nodig, en ik kon die geven, en dat is alles wat erover te zeggen valt! In 's hemelsnaam, zet het uit uw hoofd en ga door met de moordenaar van die arme drommel te zoeken, dat is wat nu van belang is."

"Dat zijn we ook van plan, Thomas. Maar om dat te kunnen doen moeten we begrijpen wat voor soort man Bruther was, zodat we erachter kunnen komen wie er een reden had om hem te vermoorden. Neem jou, bijvoorbeeld..."

"Mij?"

"Ja. Jij wilde mannen als hij en Henry Smalhobbe van de woeste gronden weg hebben. Jij had je drie handlangers om dat voor elkaar te krijgen, zoals wij heel goed weten..." Terwijl hij sprak, was Simon zich bewust van beweging achter zich. Christine Smyth kwam binnenlopen. Thomas Smyth staarde naar zijn vrouw toen zij naast hem kwam staan en een hand op zijn schouder legde. "Dus waarom liet je je mannen hem niet ook aftuigen?" drong Simon aan. "Waarom was hij onaantastbaar terwijl je wel tegen zijn buren optrad?"

"Het enige wat ik kan zeggen is dat ik geen reden had om hem kwaad te doen, en alle reden om hem te beschermen. Ik heb u verteld waarom: omdat zijn havezaat hem terug wilde." Hij greep de hand van zijn vrouw.

Simon vond het een tragisch stel, zoals zij daar als een trouwe dienaar naast haar man stond, die zich verdedigde met diepe groeven van pijn en vermoeidheid in zijn gelaat. De baljuw zuchtte. Als de man niet wilde praten, kon hij daartoe niet gedwongen worden. "Goed dan. Iets anders: men heeft je in de richting van Bruthers huis zien rijden op de avond dat hij stierf. Waarom?"

De ogen van de mijnwerker waren spleetjes. "Beschuldigt u mij van die moord?"

Cristine Smyth verstevigde haar greep op de schouder van haar man. Ze wist dat hij om de een of andere reden gedeprimeerd was sinds hij voor het eerst van Bruthers dood had gehoord, maar hij wilde haar niet vertellen waarom, en ze was bang. Ze voelde hoe gespannen zijn spieren waren, en toen ze zijn adem hoorde stokken, snakte ze ernaar hem te liefkozen als een kind.

"Nee, ik wil alleen maar weten waarom je daar was."

"Ik wilde met hem praten."

"Dat had je al gedaan, de dag tevoren. Waar wilde je hem over spreken?"

"Dat had niets te maken met de moord op hem."

"Je weigering om te antwoorden doet onder deze omstandigheden vreemd aan." Simon wachtte, maar de mijnwerker trotseerde zijn starende blik. "Goed dan. Waarom is hij zijn lijfwacht kwijtgeraakt?"

"Dit heeft niets met Peters dood te maken, en ik ga mijn tijd niet verspillen aan deze nonsens!"

"Wel, vertel ons dan tenminste dit: wat voor soort man was hij?"

"Hij was een sterke, vitale man. Wat kan ik nog meer zeggen?

Hij leek me een onafhankelijk type, de soort man die het hier goed zou hebben gedaan, en die hard zou hebben gewerkt."

"Wist je dat hij vaak betrokken was bij vechtpartijen in de herberg?"

"Vechtpartijen? Peter? Ik vind het moeilijk te geloven."

"Hij had daar ook een vrouw. Een van de serveersters." Simon zei het achteloos, maar hij zag de lichte droefheid op 's mans gelaat.

"Het verbaast mij niets. Zo zat hij in elkaar, hij zorgde voor anderen."

Met een vragende blik keek Simon omhoog naar zijn vrouw. "Vrouwe, op de dag dat die man vermoord werd, was u uit, niet-waar?"

"Ja, ik was in Chagford met mijn dochter. En George Harang."

"Was George de hele tijd bij u?"

"Ja. Totdat we thuiskwamen. Toen moest hij er met mijn man op uit om toezicht op de mijnen te houden."

"Wanneer was dat?"

"In het begin van de middag – toen we terugkwamen."

Simon keek Thomas weer aan. "En toen jij van het kamp terugkwam, was Bruther toen hier? Heb je Bruther die avond gezien?"

"Nee, nee. Peter is die dag niet hier geweest."

"Hij was die middag in de herberg, volgens zijn vriendin. Daarna is hij deze kant op gekomen, om naar huis te gaan. Hij moet langsgekomen zijn, en je hebt hem niet gezien?"

"Nee, dat heb ik u al verteld." Thomas Smyths gelaat had een gekwelde uitdrukking. "Ik heb hem die dag niet gezien. Hij is hier niet geweest."

"Blijkbaar is hij uit de herberg vertrokken kort voordat John Beauscyr daar aankwam. Hij en sir Ralph waren hier gekomen met zijn vader, maar sir William en hij gingen voor jouw deur uit elkaar."

"Nee. Hij is hier niet geweest." Nu voelde Christine de onderdrukte emotie in de greep van haar man. Zijn vuist klemde zich om haar hand en perste het bloed uit haar vingers. Zachtjes trok ze haar hand weg, liep naar een bank in de buurt en ging gelaten zitten.

Met een akelig voorgevoel hield zij haar ogen op haar man

gericht. Ze wist dat hij de waarheid verzweeg, maar waarom? Hij was bang, zoveel was haar wel duidelijk, en hij vreesde dat zijn ondervragers dat zouden merken. Naarmate het verhoor vorderde raakte haar echtgenoot steeds meer geagiteerd.

Het was de eerste keer dat hij iets voor haar verborgen had gehouden. Gewoonlijk werden zelfs de kleinste bijzonderheden van het mijnwerkerskamp met haar besproken, de onbeduidendste problemen uitgeplozen, maar ze had geen idee wat zijn connectie met die Bruther was. Ze kreeg het op haar zenuwen. Thomas was altijd een sterke man geweest, vastbesloten en zelfverzekerd, maar nu was het of ze pleisterkalk van een muur zag komen, eerst een stukje, dan bladders, daarna hele brokken die naar beneden kwamen, totdat de muur kaal was. Er bleef niets over van de kracht en vastberadenheid van haar man door de slopende werking van iets dat te maken had met deze dode. Maar ze had geen idee wat het was.

De afgelopen nacht had hij niet kunnen slapen. Ze was plotseling wakker geworden en had haar hand naar hem uitgestoken, maar hij was er niet; hij bleek zelfs niet meer in de opkamer te zijn. Ze trof hem aan in de zaal, waar hij in zijn stoel voor het vuur zat, met een pint wijn in de hand. Hij had niets gezegd, maar ze kon zien dat zijn ogen bezorgd stonden, en geïrriteerd. Zelfs de honden hadden geweten dat er iets mis was. Ze zaten als wachters bij hem en hun ogen waren met toewijding op zijn gezicht gericht. Maar toch had hij haar niet willen vertellen wat hem zo kwelde.

"Het komt dus hierop neer. Toen sir William kwam, heb je zijn zoon of sir Ralph niet gezien, en je hebt Bruther niet gezien – klopt dat? En terwijl je buiten was, heb je toen sir Robert op de woeste gronden gezien?"

Christine beet op haar lip en wierp haar echtgenoot een gekwelde blik toe toen hij antwoordde: "Nee."

"Ik denk dat we nu niet veel meer te vragen hebben, Thomas," zei Simon, terwijl hij langzaam opstond en met een zekere afkeer naar de mijnwerker staarde. "Maar één ding moet je niet vergeten: als je wilt dat de wet mensen hier beschermt, niet alleen jouw mannen, maar ook jou en je familie, moet je ons alles vertellen. Ik weet dat je iets achterhoudt." Hij beende de kamer uit, op de voet gevolgd door de twee knechten en Baldwin, die naar Christine glimlachte en knikte.

Zodra het doek gevallen was, haastte ze zich naar haar echtgenoot. "Thomas," begon ze, maar hij onderbrak haar.

"Laat een boodschapper gaan kijken waar George uithangt. Hij moet hem vertellen dat hij direct hier moet komen – ik moet hem spreken. En haal een kruik wijn voor me. Ik heb dorst als een paard."

Ze repte zich om te doen wat hij haar had opgedragen. De stem van haar man had het oude gezag terug, en ze was er zeker van dat hij een uitweg voor zijn moeilijkheden had gevonden. Daar had Christine Smyth gelijk in... maar als ze had geraden welke loop zijn gedachten hadden genomen, zou de wanhoop haar om het hart zijn geslagen.

ḥoofɒsꞇuk 16

N a op zijn paard te zijn geklommen, maakte Simon aanstalten om zich in oostelijke richting te begeven. Baldwin sprong op zijn paard, en toen de baljuw hem een
snelle blik toewierp, keek hij dezelfde kant uit. Hoog op de heuvel zagen ze een ruiter aankomen. Tegen de tijd dat Hugh erin
geslaagd was op zijn rijdier te klauteren, was het duidelijk dat het
Alicia was.

"Goedemiddag," zei Baldwin vriendelijk toen ze hen naderde. "Een eind uit de buurt geweest?"

Ze lachte vrolijk en had het kennelijk warm van de rit. "Bijna
tot aan Chagford." Ze klopte haar merrie op de hals.

De ridder kwam iets dichterbij en bekeek het paard. Het was
een vos, niet veel groter dan een pony, maar robuust, met stevige
benen en een zware hals. "Hoe oud is ze?"

"Meg? Ze is net drie geweest."

"Laat me weten als je ooit een veulen van haar krijgt; ze ziet
eruit als een goed, gespierd dier. Ideaal voor dit land, zou ik zeggen."

Simon voegde zich bij hen. Ze schonk hem een kokette blik
en hield haar hoofd schuin. "Bent u hier om mij te verhoren, baljuw?" vroeg ze op plagerige toon. "Ik weet niet of ik u kan helpen, maar misschien moet u mij ertoe dwingen te vertellen wat
ik weet."

"Ik denk niet dat ik je zo hard zal aanpakken," zei hij zonder
haar glimlach te beantwoorden. "We hebben de zaak al met je
vader besproken." Waar dat ook goed voor mag zijn, voegde hij er
in gedachten aan toe.

Baldwin kon raden waarom zijn vriend zo knorrig deed.
"Vertel me eens, Alicia," zei hij op verzoenende toon. "Jij was met
je moeder in Chagford op de dag dat Peter Bruther stierf. Heb je
hem die dag niet gezien?"

Haar gezicht bevroor. "Ik? Nee, ik ben hem niet tegengekomen in de stad. Maar we zijn daar niet lang geweest, 's middags waren we al vroeg terug."

Om haar op haar gemak te stellen glimlachte Baldwin naar haar, en zij glimlachte terug, maar aarzelend, alsof ze wachtte op zijn volgende zet. "Ga je vaak zo ver uit rijden?" vroeg hij.

"Naar Chagford? Soms, niet erg vaak."

"Het zou toch gevaarlijk kunnen zijn? Er zijn hier heel wat mannen die de dochter van Thomas Smyth niet zouden versmaden."

"Wat bedoelt u, sir Baldwin?" vroeg ze onschuldig, en Simon keerde zich af om zijn brede grijns te verbergen.

Baldwins plotselinge verwarring deed zijn stem ruw klinken. "Ik denk dat je dat heel goed weet, Alicia. Ze zullen hetzelfde willen als je vriend sir Robert Beauscyr, stel ik me zo voor." Nu was het haar beurt om te blozen – niet van schaamte, maar van een soort jeugdige trots – en Baldwin knikte ernstig. "Je moet voorzichtig zijn. Er zijn heel wat soorten wolven in streken als deze."

Hij dacht aan wat ze van Smalhobbe hadden gehoord toen hij dit zei, maar zij begreep hem verkeerd. "O, maar dat is belachelijk! Zo is Robert niet. Het kan mij niet schelen wat mijn vader u heeft verteld, maar tegen mij is hij altijd aardig. Ik kan gewoon niet geloven..." Ze zweeg abrupt, alsof ze zich versproken had.

"Wat kun je niet geloven, Alicia?" vroeg de ridder zachtjes, maar zij schudde vastberaden haar hoofd.

"Laten we het daar niet over hebben. Het is niet belangrijk."

"Ik ben bang dat je je vergist. Zie je, als we er zeker van willen zijn dat het niet sir Robert was, moeten we bepaalde dingen weten. Bijvoorbeeld, momenteel weten we zelfs niet waar hij was op de dag dat Bruther vermoord werd. Hij geeft wel toe dat hij op de woeste gronden is geweest, maar hij wil ons geen manier aan de hand doen om dat te controleren. Het is bijna alsof hij denkt dat hij iemand in moeilijkheden zou kunnen brengen als hij zegt waar hij was."

Haar ogen meden de zijne. Ze staarde in de verte en zei met een benepen stemmetje: "U kunt toch niet echt denken dat hij bij die moord betrokken was? Hij is zo'n kalme, gelijkmoedige man."

"Bruthers moordenaar was waarschijnlijk een heel kalm man," zei Baldwin. "Je moet kalm zijn om iemand te wurgen door hem van achteren vast te houden totdat hij niet meer spartelt en zijn doodsstrijd voorbij is."

Ze huiverde. "Is hij zo gestorven? Dat wist ik niet." Ze dacht even na en keek hem toen vastbesloten aan. "Goed dan, ik zal antwoord geven op uw vragen."

"Heb je sir Robert die dag gezien?"

"Ja. Hij was in Chagford toen wij daar kwamen, en ik zag hem. Moeder niet, en ze heeft mij ook niet naar hem toe zien gaan. Hij had gedronken, hij zat in de put omdat mijn vader geld van zijn familie eiste. Ik zei hem dat ik zou doen wat ik kon om de afkoopsom te verlagen. Hij wilde met mij praten, maar moeder riep me, en dus sprak ik af hem later op de dag te ontmoeten, bij Longaford Tor. We… we zagen elkaar daar wel meer."

"Juist, ja. Dus je bent daar 's middags heen gegaan en hebt hem gesproken?"

"Nee, tegen de avond, het begon al donker te worden. En het was goed met hem. Hij was weer nuchter. Maar ik had nog niet met vader kunnen praten. Zodra moeder en ik uit Chagford terug waren, ging hij weg met George. Kennelijk waren er moeilijkheden bij de mijn. Ik wilde later met vader proberen te praten. Ik heb de middag met moeder doorgebracht. Toen zij ging rusten, ben ik stiekem naar de Tor gegaan om Robert te zien, en hebben we het begin van de avond samen doorgebracht. Toen ik thuiskwam, was vader daar al in bespreking met sir William, dus ik was te laat. Sir William had al betaald."

Simon kwam tussenbeide. "Wat vond je vader ervan dat je sir Robert zag?"

"Ik hou van sir Robert… en ik ga met hem trouwen." Alicia gooide haar hoofd in de wind. "Dat vader niet gelukkig is met zijn familie is mijn zaak niet."

"Met hem trouwen?"

"Ja. Dat hebben we gisteren afgesproken."

Dus dat was de reden voor het opgewekte humeur van de jongeman, de avond tevoren. Baldwin glimlachte. "Je hebt hem erg gelukkig gemaakt. Maar vertel eens, heb je die avond je vader zien arriveren?"

"Nee."

"Of Bruther bij het huis gezien?"

"Bruther? Hoezo – is hij hier geweest?"

Hij keek haar onderzoekend aan, maar kon geen onwaarachtigheid ontdekken. "Waar ben je met sir Robert heen gegaan?"

"Naar het westen, daarna naar het zuiden. Toen het laat werd, zijn we naar de weg gegaan om naar huis te rijden."

Simon interrumpeerde snel: "Dus jullie zijn naar de twee bruggen geweest?"

"Ja," zei ze, zich verrast naar hem toekerend. "Ja, daar zijn we geweest."

"Kwamen jullie daar vlak nadat het donker begon te worden? Hebben jullie twee mannen op paarden gezien?"

Ze knikte. "Ja, maar ze waren al van de weg af voordat wij hen bereikten. Ze gingen naar het noorden, in de richting van Wistman's Wood."

Simon en Baldwin keken elkaar even aan: de twee ruiters waren zonder twijfel Samuel Hankyn en Ronald Taverner. "Dat geeft ons in elk geval op één vraag antwoord," zei Baldwin, doelend op zijn overtuiging dat sir Robert daar was geweest. Dus dit meisje was de andere ruiter die door Samuel gezien was.

"Maar het laat er één onbeantwoord," zei Simon tegen het meisje, dat onderzoekend van de een naar de ander staarde. "Alicia, waar was je vlak daarvoor? Was je daar via de weg gekomen?"

"Ja, zoals ik al zei, we zijn op de weg gebleven. Het had geen zin ervan af te gaan, en trouwens, dat wilden we ook niet. Na het invallen van de avond is het op de woeste gronden te gevaarlijk – je kunt de moerassen niet zien. Hoezo?"

"Hebben jullie nog een andere ruiter gezien?"

"Nee, alleen die twee. Hoezo?"

Toen hij van het herenhuis wegreed, was Simon stil en in gedachten verzonken. Ze waren nog geen stap dichter bij de oplossing van de moord op Bruther gekomen; het enige wat ze hadden, waren getuigenverklaringen die elkaar tegenspraken. De vraag wie de twee ruiters waren geweest die Samuel gezien had, was beantwoord – maar in plaats van het mysterie op te lossen benadrukte het alleen maar hoe weinig ze van de zaak begrepen. Thomas Smyth was Bruther gaan opzoeken op de dag voor diens dood, maar weigerde te zeggen waarom; John Beauscyr was weg geweest en wilde zich er niet over uitlaten; sir Robert kon Bruther hebben vermoord voordat hij zijn ontmoeting met Alicia had.

"Terug naar Beauscyr, Simon?"

De kalme stem van zijn vriend onderbrak de stille overpeinzingen van de baljuw. Hij gromde bevestigend. Ze waren bijna bij het landweggetje dat aan hun linkerhand langs Adam Coyts boerderij naar de havezaat leidde, en nu de zon lager aan de hemel stond, voelde de wind kil aan. Baldwin trok zijn mantel om zich heen.

"Ik dacht dat het zomer was," zei hij huiverend.

Simon haalde somber zijn schouders op. "Het weer hier op de woeste gronden kan altijd een verrassing zijn. Deze wind voelt alsof er regen op komst is."

"Laten we dan voortmaken."

Ze gaven hun paarden de sporen en voerden hun tempo op. Boven hen joegen grote grijze wolken, aan de randen wit getint, met alarmerende snelheid langs de hemel. Het land, dat er zo kalm en zacht had uitgezien, groen en purper onder zijn fluweelachtige begroeiing, vertoonde zich nu in een duisterder stemming. De woeste gronden kregen een dreigend aanzien, met de heide als een donker kleed en de rotspieken als grote zwarte monsters die klaar waren voor de sprong.

Zelfs Baldwin huiverde bij die aanblik. Hoewel hij instinctief iedere suggestie verwierp dat er geesten of demonen konden zijn die op zielenjacht waren, zoals Adam Coyt en andere bewoners van de streek geloofden, was het gemakkelijk te begrijpen hoe zulke angsten konden ontstaan. De enorme open ruimte van de woeste gronden, met hun vrijwel totale afwezigheid van bomen, deed een mens beseffen hoe nietig hij was in vergelijking met de uitgestrektheid der natuur.

Terwijl hij even naar Simon keek, die zwaarmoedig voortreed, ineengedoken tegen de kou, zei Baldwin: "Er heerst hier een vreemde sfeer op de woeste gronden als het weer verandert."

"Ja," mompelde Simon. "Ik ben blij dat je het hebt opgemerkt. Speciaal na wat je over Coyt te zeggen had."

"O, we hoeven niet bijgelovig te zijn. Het enige wat ik bedoelde was dat je kunt voelen… Er is een zekere… Een boosaardige…" Zijn stem kreeg het verontschuldigende van een biecht en hij vermeed zorgvuldig de blik van de baljuw.

"Je kunt het voelen? Dat boosaardige? En jij wilt ontkennen dat je bijgelovig bent?"

"Simon, je kunt een sfeer voelen zonder denkbeeldige geesten en demonen de schuld te geven!"

"En toch kun jij blozen als een jong meisje met je flirt, en boosaardigheid voelen omdat het weer koeler wordt!"

"Het is niet alleen maar dat het weer is afgekoeld!" verklaarde de ridder heftig, die het onderwerp Alicia vermeed.

"O nee?" Een wenkbrauw werd cynisch opgetrokken. "Je vond de woeste gronden niks bijzonders totdat de wolken kwamen overdrijven."

"Dat heeft er weinig mee te maken. Het is de manier waarop..."

"Ja?"

"Er zijn tijden, Simon, dat jij iemand dol kunt maken."

"Ja. Maar mijn vrouw maakt goed bier en je bent gek op mijn wijnvoorraad," merkte de baljuw zelfvoldaan op.

"Soms vraag ik mij af of dat genoeg is om onze vriendschap te rechtvaardigen."

Toen zij het landweggetje bereikten, reden ze zwijgend op de havezaat af. Het begon te motregenen, waardoor ze nat werden en er kleine putjes in het stof op de weg verschenen, maar tegelijk voelde het weer warmer aan. Baldwin schudde zijn mantel los. Hij had altijd genoten van het gevoel van spattende druppels op zijn gezicht. Simon, zag hij, was minder ingenomen. De baljuw had zijn rug gekromd tegen de elementen en reed met een grimas van afkeer op zijn gelaat.

"Zo, Simon, wat doen we nu?"

"We zijn nog niets dichter bij een antwoord," antwoordde Simon moedeloos.

"Maar we beginnen tenminste iets van die Bruther te begrijpen," zei Baldwin.

"Is dat zo? Volgens Smyth was hij een toonbeeld van volmaaktheid, Coyt beweert dat hij een roekeloze figuur was, die Crockern aan zijn staart zou trekken als hij de kans kreeg. De Beauscyrs en hun gast dachten dat hij een soort gek was, een schurk die nergens voor terug zou schrikken en zelfs een ridder bedreigde en belachelijk maakte. Smalhobbe lijkt bang voor hem te zijn geweest, of op z'n minst op zijn hoede. Molly en Smyth zeggen dat hij vriendelijk, een harde werker en eerlijk was, volgens anderen was hij oneerlijk."

"Nou ja, maar bekijk het eens van de andere kant, Simon. Een man als Bruther boezemt de Beauscyrs en sir Ralph natuurlijk afschuw in. Hij druist in tegen de natuurlijke orde van hun leven; niet alleen had hij het lef om weg te lopen, maar achteraf gaf hij ook geen blijk van wroeging of schuldgevoel. Dat maakt hem tot een gevaar, iemand die bereid is zich te verzetten tegen alles wat hun dierbaar is – en voor hen was het ergste dat ze er absoluut niets aan konden doen. Voor Coyt was hij bijna niet te begrijpen: een man die geen angst voor de woeste gronden toonde, geen enkel ontzag had voor Crockern. Voor een boer die zijn hele leven hierbuiten heeft doorgebracht, is dat beslist onbegrijpelijk."

"Maar hoe zit het met de anderen?" zei Simon. "Smalhobbe leek hem niet te mogen."

"Dat kan voor een deel te maken hebben met zijn eigen positie. Hij is bang om als vogelvrijverklaarde te worden aangegeven, ook al kan hij vechten, te oordelen naar wat Magge vertelde. Iedere man die merkt dat er een hinderlaag voor hem is opgezet en die dan zijn aanvaller van achteren besluipt, moet enige militaire ervaring hebben, of die nu het gevolg is van conventionele training of... of een minder heilzame ervaring. In elk geval zat het hem duidelijk dwars dat het hem niet gelukt was zichzelf en zijn vrouw te beschermen, terwijl Bruther de hand boven het hoofd werd gehouden."

"En zoals je zegt, Molly en Smyth eerden zijn nagedachtenis bijna."

"Goddank is Molly's motief tenminste begrijpelijk! Ze dacht duidelijk dat hij haar van het leventje in de herberg zou redden en haar tot zijn vrouw zou maken."

"Maar hoe zit het met Smyth? Er is hier iets heel vreemds aan de hand." Simon zweeg, diep in gedachten.

"Wat?" moedigde Baldwin hem aan.

"Misschien heeft het niets te betekenen maar... iedereen met wie wij tot dusver hebben gesproken, heeft hem als 'Bruther' aangeduid, op twee na. Molly en Smyth spraken beiden over hem als 'Peter'. Ik weet het niet, maar allebei leken ze hem goed te kennen... Althans, ze leken hem beter te kennen dan de anderen. Heb je dat gemerkt?"

"Nee, ik niet," zei Baldwin, en zijn wenkbrauwen trokken zich samen tot een frons. "Maar je hebt gelijk – dat deden ze. Waarom zou dat zijn?"

Na zijn paard aan een stalknecht te hebben overgelaten, rende

George Harang naar de zaal. Daar zat Thomas Smyth in zijn stoel voor de haard, met een kroes in zijn hand. Hij keek op toen zijn knecht rood aangelopen en vuil na zijn rit door de motregen, met een bezorgde uitdrukking op zijn gelaat binnenkwam.

"Heer? Ik kreeg uw boodschap en ben gekomen zo snel als ik kon, maar wat is er? De jongen zei dat de baljuw en zijn vriend hier waren, dat ze vragen stelden – is er iets mis?"

Thomas Smyth glimlachte vermoeid. "Nee, oude vriend. In elk geval is het niet wat jij denkt. Maar ik weet eindelijk wie Peter vermoord heeft. Op de avond dat sir William ons kwam bezoeken, is hij met zijn zoon hiernaartoe gereden, die rotzak van een John. John verliet hem toen ze bij ons huis kwamen, en is naar de herberg gereden. En in de herberg was Peter, die arme jongen. Volgens Molly is hij kort voordat John arriveerde naar huis vertrokken."

George fronste zijn wenkbrauwen. "Dan moeten zij elkaar op de weg zijn tegengekomen."

"Ja. En daarna is Peter verdwenen. Dus wie had hem kunnen vermoorden? Dat onderkruipsel, die rotzak – John Beauscyr!"

"Wat wilt u..."

"Doe niet zo stom!" beet Smyth hem smalend toe. "Ik wil zijn hoofd, hier, nu, in mijn schoot! Die ellendige kleine worm heeft mijn Peter vermoord en denkt waarschijnlijk dat hij dat ongestraft heeft kunnen doen. De baljuw verstaat zijn vak niet – of wordt door sir William betaald om dat niet te doen. Ik weet het niet, en het kan me niet schelen ook; het enige wat ik wel weet is dat John Peter vermoord heeft en dat hij daarvoor moet boeten."

"Dus u wilt dat ik het de baljuw vertel?"

"Heb je me niet gehoord? Aan de baljuw hebben we niets! Wij moeten hem te pakken krijgen en hem berechten. Peter was een mijnwerker, een tindelver, en hij viel onder de mijnwetten. Wij als mijnwerkers kunnen gerechtigheid doen gelden. We kunnen niet op ambtenaren vertrouwen, die hebben hun handen in de zakken van de Beauscyrs en hoeven er niet op toe te zien dat de rekening wordt vereffend. Wat kunnen onze ontberingen die baljuw schelen? Aan hem hebben we niets, we moeten die Beauscyr zelf pakken. Ik wil dat een troep gewapende mannen morgen John Beauscyr gevangenneemt. Hij is een moordenaar – en hij zal boeten."

George haastte zich het vertrek uit, zijn hoofd liep om. Hij had geen tijd gehad zijn heer over zijn gesprek met Molly in de herberg te vertellen. Zou hij naar de zaal terugkeren om het alsnog te doen? Hij schudde zijn hoofd. Zijn heer beschikte over nieuwe bewijzen. Alles wat George van het meisje had gehoord, was nu onbelangrijk. Hij rende naar buiten, naar zijn paard.

Intussen hervatte Thomas Smyth zijn eenzame wake bij de haard. Vreemd, dacht hij afwezig, dat de vlammen hem niet meer verwarmden. Sinds de moord op Peter had hij geen zielenrust meer gekend, en de vermoeidheid van het nietsdoen had zijn botten aangevreten. Er ging een huivering door hem heen, en hij grinnikte zuur. Dit was dus de ouderdom, deze uitputting die de wil ondermijnde, de honger naar geld en macht uitholde. Het was niet zoals vroeger, toen iedere dag een nieuwe gelegenheid was geweest, een nieuwe kans om zijn mijngebied uit te breiden en zijn rijkdom te vergroten. Nu leek niets hem meer te interesseren.

Zijn vrouw Christine deed de deur van de opkamer open. Ze zag zijn verwrongen, gespannen gelaatstrekken en haastte zich naar hem toe, met een gevoel alsof haar hart zou barsten. Toen ze haar armen om hem heen sloeg en hem vasthield, voelde ze hetzelfde als toen ze haar kinderen had gewiegd, hun bescherming en veiligheid biedend; dat ze haar man nu deze kleine dienst bewees deed haar adem in haar keel stokken. Tranen van deernis welden in haar ogen op. Van haar kinderen, zes in totaal, was alleen één blijven leven. Al de anderen waren bezweken aan de kou en de ziekten die de kinderen van rijk en arm kregen.

Ten slotte maakte Thomas zich los. Hij keek haar aan met een soort verwondering, terwijl hij langzaam een hand ophief om de tranen op haar wangen aan te raken; toen zuchtte hij en trok haar in een liefdevolle omhelzing op zijn schoot. Terwijl zij hardop snikte, wiegde hij haar, kracht puttend uit haar zwakheid. Verdwenen waren zijn afwezigheid en zijn wanhoop, ze maakten plaats voor een koppige vastberadenheid. Wat er ook van kwam, hij zou Peter Bruther wreken.

Christine Smyth voelde de greep van haar man steviger worden naarmate zijn kracht terugkeerde. Toen ze zich uit zijn omhelzing losmaakte, zag ze een onwrikbare vastbeslotenheid in zijn nu zwarte ogen. Zuchtend wiste ze met één hand haar tranen weg, opnieuw met een gevoel van ontoereikendheid. Diep inademend wist ze uit te brengen: "Dus je gaat met de mannen mee om zijn moordenaar te zoeken?" voordat de tranen opnieuw opwelden.

"Je hebt ons gehoord?"

"Ik luisterde niet af; je sprak zo luid dat de mijnwerkers in het kamp je hadden kunnen horen."

Zijn gelaat stond ernstig. "We gaan morgen." Hij vond haar gekweldheid vreselijk om aan te zien, maar er zat niets anders op. Ze moest dat begrijpen; hij had een plicht te vervullen tegenover Peter Bruther.

Ze schonk hem een broze glimlach. "En je wilt John Beauscyr vangen en hem ophangen – hem lynchen als een gewone moordenaar?"

"Heeft hij Peter soms beter behandeld? Beauscyr heeft hem van achteren gewurgd als de eerste de beste vogelvrijverklaarde. Wat verwacht je dan?"

"Ik verwacht dat hij zich tenminste zal kunnen verdedigen."

"Waarom, zodat hij een sluwe raadsman in de arm kan nemen? Wat zou dat uithalen? We weten dat hij het gedaan heeft; er was daar niemand anders."

"Maar Thomas, als hij het nu eens niet was?"

"Hij is het geweest," zei hij ruw. Hij zette haar van zijn schoot, stond op en liep de zaal uit.

Bedroefd keek ze hem na. Hoewel ze het niet hardop durfde te zeggen, vormden haar lippen weer de woorden: Maar als hij het nu eens niet was?

hoofostuk 17

Simon en de anderen kwamen net op Beauscyr aan, toen sir William met lege handen van de jacht terug-keerde, vermoeid en gefrustreerd na een lange dag in het zadel. Al de dieren leken verdwenen te zijn. De gebieden die gewoonlijk voedsel garandeerden, waren leeg: de konijnen in de wildparken hadden onder een roofdier te lijden; de houtduiven leken naar een andere plek te zijn verhuisd; bij de visvijver was geen reiger te bekennen. Ten slotte had hij besloten naar huis te gaan en de koks opdracht te geven een paar duiven uit zijn dui-venhokken voor zijn gasten te bereiden.

Zijn humeur werd er niet beter op toen hij de vier mannen zag. In zijn ogen waren zij altijd ter plekke als er iets mis was, alsof ze het ongeluk meebrachten. Als ze hem in een vroeger sta-dium geholpen hadden, toen Peter Bruther net was weggelopen, zou hij er anders over denken, maar de incapabele manier waar-op de baljuw op de crisis gereageerd had – of, zoals sir William het zag, zijn volledige gebrek aan begrip of zijn onwil om hulp te bieden – had hem geen hoge dunk van de man gegeven. Wat zijn vriend betrof, de kritieke situatie waarin de havezaat zich bevond, leek hem te amuseren. En dus was het met vooruitge-stoken kin dat de oudere man naar Baldwin en Simon knikte. Zijn woede werd er niet minder op toen de baljuw direct om een onderhoud vroeg.

"Nu meteen?" snauwde hij. Begreep de baljuw dan niet dat hij zich even wilde opknappen alvorens antwoord te moeten geven op nog meer vragen? Maar de baljuw bleef aandringen, en ten slotte ging de ridder akkoord, zij het met duidelijke tegenzin. Hugh en Edgar gingen de paarden verzorgen, terwijl het drietal naar de zaal marcheerde. Hier troffen ze een aantal wachters aan die voor de haard zaten te dobbelen; ze vertoonden weinig animo om naar de wachtverblijven te verhuizen, die tochtiger waren. Uiteindelijk was er een boos gebrul van hun heer voor nodig om ze ervan te overtuigen dat hij niet in de stemming was om met zich te laten spotten. Chagrijnig dropen ze af.

"Goed. Wat is er?"

Simon ging zitten, en toen het na een minuut tot sir William doordrong dat de bijeenkomst wel even kon duren, liet hij zich ook in een stoel vallen. Baldwin nam een paar meter verderop plaats en bekeek de ridder met interesse. Hij kon diens boosheid begrijpen. Wat sir William betrof was de dood van Bruther iets wat hem niet aanging. De moordenaar had hem van een groot probleem verlost, dat was alles. Daarentegen was de wet, in de persoon van deze baljuw tot wie hij zich in het begin had gewend, van weinig nut gebleken. Hijzelf had gedaan wat hij moest doen door de hulp van het bevoegd gezag in te roepen toen hij het probleem had gezien, maar het had hem geen soelaas geschonken. Wat een simpel, duidelijk geval had geleken van een weggelopen horige die zijn heer beledigde, was een ingewikkeld politiek schaakspel geworden tussen hemzelf als de landeigenaar, en de mijnwerkers – en in zijn ogen had de baljuw de kant van de mijnwerkers gekozen. En de baljuw was nog steeds op zoek naar de man die zijn problemen uit de weg had geruimd als sneeuw die van een pad was geveegd. Van sir William mocht Simon blijven zoeken tot sint-juttemis. Maar ja, dat nam niet weg dat sir William voor een gesprek met de baljuw kon worden ontboden als die verdomde ambtenaar dat nodig achtte.

Het ergste voor de oude ridder was nog dat de baljuw dat kon doen wanneer hij maar wilde, wist Baldwin. Sir William mocht dan wel op leeftijd zijn, een dwaas was hij niet. Hoewel hij een alibi had, wist hij heel goed dat zijn zoons er geen hadden, en ieder gebrek aan openheid van zijn kant zou als verdacht kunnen worden beschouwd, nu sir Robert dacht dat Peter Bruthers dood zijn erfenis ten goede zou komen. Niettemin, de zaak direct met iemand te willen bespreken na een dag in het zadel was op z'n best onhoffelijk van de gast.

En nu zat hij daar dus als een vorst, met samengetrokken wenkbrauwen terwijl hij zijn woede in toom probeerde te houden. Zijn stemming werd er niet beter op toen Simon hem aan een lange, taxerende blik onderwierp voordat hij het woord nam. "Sir William, wij hebben vandaag ook vele uren te paard doorgebracht. We hebben verschillende mensen bezocht…"

"Kom terzake, baljuw," snauwde sir William.

"Goed dan. Op de dag dat Peter Bruther stierf, bent u van huis vertrokken met uw zoon John, uw gast sir Ralph en twee soldaten. Klopt dat?"

"Dat weet u."

"Ja. Hebt u op de rit naar Thomas Smyths huis nog iemand anders op de wegen gezien?"

Simon wekte de indruk dat de vraag belangrijk was; sir William dacht even na, met een van concentratie vertrokken gelaat. "We reden omhoog langs Coyts boerderij," zei hij ten slotte. "Voor zover ik weet, was daar niemand op de weg."

"En de rest van de weg? Was er iemand anders op de weg tussen dat punt en het huis van Smyth?"

"Nee, ik weet zeker van niet."

"Goed. En toen u bij het huis kwam, wat gebeurde er toen precies?"

"Ik ben afgestegen, en John en sir Ralph besloten mij daar achter te laten. Ze gaven er de voorkeur aan door te rijden naar de herberg, in plaats van op mij te wachten."

"En de soldaten?"

"Die had ik al eerder weggestuurd, kort nadat we Coyts weg hadden verlaten. Ik wilde niet dat zij hoorden wat ik met Smyth ging bespreken, maar John moest ik het wel vertellen. De positie waarin ik verkeerde was er nu niet bepaald een die respect afdwong. Waarom zou ik mijn mannen zulke dingen laten horen? Trouwens, ik heb u dit allemaal al eerder verteld; waarom moet u het allemaal nog eens horen?"

"Het is belangrijk, sir William. Vertel mij nu, hebt u iemand op de weg vóór u gezien toen u en uw zoon uit elkaar gingen? Naderde er iemand vanuit het oosten?"

"Nee, natuurlijk niet!"

"Vandaar lopen de woeste gronden af en je hebt er een weids uitzicht. Hebt u iemand op de woeste gronden gezien?"

Hij keek Simon aan, toen Baldwin, en zijn stem klonk scherp van irritatie: "Nee! Hoezo? Wat wilt u nu suggereren, baljuw? Wie zou ik hebben moeten zien?"

Simon zweeg, maar Baldwin keek de ridder weifelend aan. "We weten dat Peter Bruther die avond in de herberg was, en dat hij daar vertrokken is kort voordat uw zoon daar kwam. Je zou zeggen dat ze elkaar op de weg ontmoet moeten hebben, maar als dat zo is, waarom vertelt uw zoon ons dat dan niet?"

"Wie zegt dat John de man gezien heeft? Bruther kan zich verstopt hebben toen hij mijn zoon zag naderen."

"Daar niet, sir William. U kent het land evengoed als ik. Er zijn daar geen plaatsen waar iemand zich kan verstoppen, niet in de buurt van de weg. En we weten al dat Bruther gewend was bij Smyths huis de woeste gronden op te gaan. Hij is niet van de weg afgegaan totdat hij daar kwam. Dat lijkt erop te wijzen dat uw zoon hem tegengekomen zou kunnen zijn."

"En wat dan nog? Wilt u zeggen dat hij de man vermoordde, het lichaam helemaal naar Wistman's Wood sleepte en toen bliksemsnel naar de herberg reed? Ik neem aan dat hij die avond in de herberg was."

Simon zuchtte. "Dat wel, maar..."

"En kwam hij daar aan met sir Ralph? Of was hij later dan zijn heer?"

De baljuw wierp een zijdelingse blik op het vuur. "Ze kwamen samen aan," gaf hij toe.

"En toch waagt u het de naam van mijn zoon tegenover mij, in mijn eigen huis, te bezwadderen!" Sir Williams ogen waren wijd opengesperd van woede. "U suggereert dat mijn zoon een moordenaar is, dat hij iemand doodt en hem dan aan een boom hangt, terwijl u over geen enkel bewijs beschikt?"

"Sir William, alstublieft!" Langzaam sprekend, met effen, bedaarde stem, zei Simon: "Het is niet mijn bedoeling u of uw zoon te beledigen, sir William. Dat weet u. Maar het lijkt duidelijk dat John in de omgeving van de jonge Bruther was, en hem hoogstwaarschijnlijk gezien moet hebben. Ik zeg niet dat dit alleen voor uw zoon opgaat. Blijkbaar was sir Ralph daar ook, en het is mogelijk dat de vernedering die hij door toedoen van Bruther had ondergaan, sir Ralph nog vers in het geheugen lag. Hij zou niet de eerste soldaat zijn die iemand vermoordde die hem beledigd had. Voor zover ik kan nagaan, is er geen echte reden waarom John de jongeman vermoord zou hebben, maar sir Ralph had die wel. In elk geval hebt u bevestigd dat u Bruther niet op de weg hebt gezien. De mensen in de herberg waren er zeker van dat hij daar wegging kort voordat John en sir Ralph daar kwamen, dus volgens mij moeten zij hem op weg naar de herberg tegen zijn gekomen."

De oude ridder staarde hem ontzet aan. Beide mannen konden zien hoe geschokt hij was. "Maar... Maar... Dan moet hij al langs Smyths huis zijn gelopen voordat wij het bereikten," stamelde hij.

"Zoals ik al zei, sir William, als hij al gepasseerd was, zou u hem zeker op de woeste gronden hebben gezien. Vanaf de weg naar Beauscyr kun je mijlenver uitkijken, en de hele weg tot aan de herberg is het al net zo. Als hij op de woeste gronden was, zou u hem gezien moeten hebben."

"Maar we keken niet naar hem uit," zei hij smekend. "Hij zou daar geweest kunnen zijn, maar wij keken niet. Misschien zat hij achter een rots verstopt. Er zijn daar veel rotsen en hij zou zich in een mum van tijd achter een ervan hebben kunnen verbergen. Dat moet het zijn! Hij zag ons, besefte wie wij waren en verdween uit het zicht – hij wist dat sir Ralph wraak zou willen nemen vanwege de belediging die hij hem had aangedaan."

"Nee. Dat gaat niet op, sir William," zei Baldwin. Hij sprak op afgemeten toon, een toon die geen ruimte liet voor misverstand. "We zijn er de afgelopen dagen verschillende malen langsgereden. Als Bruther daar was, moet u hem gezien hebben. Maar u noch uw mannen zagen hem. U had de soldaten bij u, en zij zullen naar mijnwerkers hebben uitgekeken of naar iemand anders die een bedreiging had kunnen vormen. Uw zoon en zijn heer zullen trouwens ook hun ogen hebben opengehouden, want het zijn krijgslieden, die niet ingesteld zijn op vrede. Stel dat u zich op uw bespreking met Smyth concentreerde, dan nog vind ik het moeilijk te geloven dat uw metgezellen zo zorgeloos waren niet op de uitkijk te blijven. Natuurlijk had Bruther al verderop kunnen zijn, maar in dat geval zou hij zeker door Samuel en Ronald gezien zijn nadat u die had weggestuurd."

"Waarom? Ze zouden in tegengestelde richting zijn gegaan om hier terug te komen."

"Maar ze zijn naar de Dart gegaan, het bierhuis. Zo hebben ze het lichaam gevonden – ze gingen van de weg af vanwege de twee mannen van wie ze dachten dat het mijnwerkers konden zijn. Dus dat betekent dat Bruther nog niet gepasseerd was. En dat betekent dat uw zoon en sir Ralph hem later moeten zijn tegengekomen."

De oude man staarde van de een naar de ander. Zijn gezicht was plotseling bleek en wasachtig. Zijn ogen lichtten bijna op van angst en leken zijn eigen twijfels omtrent zijn zoon te verraden, toen ze zich wanhopig op Simon vestigden. "Verdenkt u John van die moord? Het moet zijn heer zijn geweest, sir Ralph. Waarom zou John die man vermoorden? Ze hadden niets met elkaar te maken."

Simon deed een poging het meelijwekkende schouwspel van de ineenstorting van de ridder niet te hoeven aanzien. Zuchtend keek hij naar zijn handen die in zijn schoot rustten, terwijl hij zei: "Het spijt mij, sir William, maar er is meer. Beide mannen kwamen wel samen bij de taveerne aan, maar niet lang daarna is uw zoon vertrokken en een tijd weggebleven. Hij zou het lichaam versleept en opgehangen kunnen hebben alvorens terug te keren." Hij dwong zichzelf de oude ridder in de ogen te kijken. "Het spijt me echt," zei hij zonder omwegen.

Sir William hief een hand op en maakte een merkwaardig doelloos gebaar alsof hij de suggestie dat zijn zoon hierbij betrokken zou kunnen zijn, van zich afsloeg. Hij opende zijn mond om iets te zeggen, maar voordat hij een woord kon uitbrengen, ging de deur open en kwam zijn vrouw binnen.

Ze leek verrast het kleine gezelschap te zien en stond stil om de stemming in het vertrek te peilen. Al gauw trokken haar wenkbrauwen zich samen en kwam ze langzaam en dreigend op de mannen af. Haar ogen waren met een beschuldigende blik op de baljuw gericht. "Ik hoorde dat mijn man terug was, baljuw. Ik wist niet dat u direct beslag op zijn gezelschap had gelegd. Gewoonlijk laat een gast een gastheer door zijn vrouw verwelkomen nadat ze elkaar een dag lang niet hebben gezien." Na dit kille verwijt ging ze bij sir William staan.

Simon zuchtte. Matillida Beauscyr beefde bijna van woede. Hij verlangde er niet naar de gesel van haar tong te voelen, maar dat was zijn noodlot, wist hij, als hij ook maar de minste verdenking tegen haar jongste zoon zou wekken. De aanwezigheid van zijn vrouw deed sir William kennelijk goed. De baljuw kon zien dat hij niet in de stemming was om het onderhoud zonder haar voort te zetten.

"Mijn excuses, vrouwe," zei hij. "Het was niet mijn bedoeling uw echtgenoot langer op te houden dan nodig is, en ik wilde u niet lastigvallen, maar er zijn nog een paar punten die moeten worden doorgesproken."

"Laat mij u daar alstublieft niet van weerhouden," zei ze met ijzige beleefdheid. "Ik zal hier wachten tot u klaar bent, en ik mijn man kan verwelkomen. In alle rust."

213

Haar komst sterkte haar echtgenoot die wat meer rechtop in zijn stoel ging zitten. Toen Baldwin een blik op hem wierp, zag hij dat de ogen van de oude man weer onverstoorbaar waren; de weifelende angst was eruit verdwenen. Baldwin schraapte zijn keel om de aandacht van de Beauscyrs te trekken. "Als u wilt blijven, vrouwe, gaat u dan zitten. Sir William, zou u intussen een dienaar willen roepen om uw zoon te halen?"

Ze wierp hem een woedende blik toe, omdat haar opzet mislukt was, maar haar man zuchtte en knikte. Toen hij bleef zwijgen, riep Simon de bottelier. De grijsharige man kwam binnenwippen als een verschrikt konijn, en weldra kwam hij met John terug, wiens sardonische glimlach in het gelaat gegrift leek. Ze werden gevolgd door sir Ralph. De ridder zag er somber uit, vond Baldwin, alsof hij verwachtte van iets beschuldigd te worden.

John grijnsde naar de verzamelde groep, slenterde naar een bank en ging doodgemoedereerd zitten. Hij sloeg zijn armen over elkaar en staarde Simon aan met een vragend opgetrokken wenkbrauw. "Wat kan ik vandaag voor u doen, baljuw?"

"Op de dag dat Peter Bruther stierf, ben je toch naar de herberg gereden nadat je je vader bij Thomas Smyths huis had achtergelaten?"

"Ja. Zoals u weet."

"Ben je toen iemand op de weg tegengekomen?" vroeg Simon, en Baldwin zag dat hij de jonge schildknaap niet in de ogen keek bij die vraag; het leek alsof hij aandachtig afwachtte hoe het antwoord zou worden geformuleerd en niet afgeleid wilde worden door de gelaatsuitdrukking of de gebaren van de jongeman.

John reageerde goed, vond Baldwin. Hij schrok, dat bleek uit de manier waarop hij diep inademde en zijn vader een blik toewierp, maar hij herstelde zich snel en keek Simon peinzend aan. "Dat zou kunnen," zei hij achteloos. "Ik kan het mij niet meer herinneren."

"Je kunt het je niet meer herinneren," zei Simon bars, en plotseling staarde hij John aan. "Je verspilt mijn tijd en die van mijn vriend, Beauscyr! Je zag Peter Bruther van de herberg komen, nietwaar? We hebben al gehoord over je aankomst bij de herberg, en over Bruthers vertrek. Wat is er gebeurd toen je hem zag?"

De minachting in Simons stem sneed door de arrogantie van de knaap heen als een mes door de boter. John deinsde met een opgeheven hand voor zijn toorn terug, als om een klap af te weren. "Nee! Ik heb hem niet vermoord, en u kunt niet zeggen dat ik dat wel heb gedaan."

"Wat is er die dag op de weg gebeurd?" Simon was half uit zijn stoel gekomen, en keek zo dreigend, dat sir William aanstalten maakte om zijn zoon te beschermen. Dit was het wat de jongen zijn kalmte deed hervinden. Hij zuchtte. Zijn gelaat gaf blijk van nervositeit, maar hij keek Simon berustend aan. "We zijn Bruther tegengekomen," gaf hij toe.

Plotseling werd het stil in de zaal. Iedereen wachtte op de ontknoping. Baldwin vond dat Simon even geconcentreerd leek als een jager die zijn prooi bestudeert. Sir Ralphs gelaatsuitdrukking vertoonde een angstreflex die zijn bleekheid nog verhoogde; sir William leek te zijn ineengeschrompeld. Hij staarde zijn zoon aan met de benauwdheid van een dief die de jury over zijn schuld ziet beraadslagen; lady Matillida leek verbluft.

"Hij kwam van de herberg, parmantig als een haantje, en even arrogant." John grijnsde bij de herinnering. "Eerst hadden we geen erg in hem, maar toen wij dichtbij hem waren, liet hij een soort gelach horen. Dat trok mijn aandacht en ik zag wie het was."

"Was hij alleen?" vroeg Simon, en de jongen schudde zijn hoofd.

"O nee, baljuw. Hij had een paar mijnwerkersvriendjes bij zich, anders hadden we hem misschien zelf vermoord. We hadden hem gemakkelijk aangekund als hij alleen was geweest. Maar helaas, dat was hij niet."

"Heb je de mannen gezien die bij hem waren? Kun je mij namen noemen?"

"Nee. Ik ga gewoonlijk niet met dat schorem om."

"Sir Ralph? Kunt u dit bevestigen?"

Baldwin wierp een blik op de ridder toen Simon de vraag stelde. "Ja. Het was gênant weer het mikpunt van zijn spot te zijn," zei sir Ralph. We hadden kunnen aanvallen, want wij waren te paard en zij te voet, maar we waren niet op strijdrossen. Mijn kleine merrie zou mij niet gebaat hebben – bij de eerste klap zou ze schichtig zijn geworden en ze hadden mij van haar af kunnen trekken terwijl ik haar in toom probeerde te houden. Als ik op mijn strijdros was geweest, zou ik niet geaarzeld hebben."

"Wel? Wat zeiden ze?"

"Ze maakten allerlei opmerkingen over ons, noemden ons vreemdelingen en indringers en vertelden ons dat we de woeste gronden moesten verlaten voordat de tindelvers ons eraf gooiden. En meer in die trant."

"En ze lieten u uw touw zien?' raadde Simon.

De ridder knikte. "Hij liet de kans niet voorbijgaan mij aan mijn vernedering te herinneren," zei hij gespannen.

Simon wendde zich weer tot John. "En toen zijn jullie naar de herberg gegaan?"

"Ja, godallemachtig! Wat verwacht u – dat we die mensen naar hun kamp gevolgd zijn? Zo stom waren we niet," smaalde John, ervan overtuigd dat hij de regie in handen had.

"En jullie zijn daar blijven hangen?"

De glimlach was een beetje te geforceerd, dacht Baldwin. Ook bij die vraag was John duidelijk ontdaan. "Wel, natuurlijk. Waarom zouden we weg gewild hebben? Het is een aangename plaats om een paar uur zoek te brengen."

"Ik weet niet waarom jij weg wilde, John, daarom vroeg ik het. Je was een hele tijd niet in de herberg en je bent daar naderhand teruggekomen – dus waar was je?"

Plotseling kwam de kleur terug in zijn gezicht, twee rode vlekken van woede die hoog op zijn wangen opvlamden. "Dus u heeft navraag naar mij gedaan? Het tuig in de herberg vragen over mij gesteld alsof ik een vogelvrijverklaarde was? Hoe durft u mij..."

"Genoeg! Ik wil weten waar je was en waarom. En wie je gezien hebt. Wie kan bevestigen waar je heen bent gegaan en wat je gedaan hebt, hoe lang je daar geweest bent en wanneer je bent teruggegaan om je bij je heer te voegen?"

"Ik weiger antwoord te geven." Hij stond op, schonk de baljuw een dreigende blik en liep toen op de deur af.

"Eén ogenblik, John!" Simons uitroep hield de knaap tegen, maar hij draaide zich zelfs niet om, en bleef alleen stokstijf staan terwijl Simon zijn stem verhief. "Je mag de zaal verlaten, John, maar de havezaat kun je niet verlaten, dat zeg ik je nu. Als je dat toch doet, zal ik je vogelvrij verklaren en een klopjacht organiseren om je gevangen te nemen. Ik weet niet wat er die avond gebeurd is, maar ik weet wel dat je tegenwerkt, en dat maakt mij argwanend. Je bent de enige die geen rekenschap lijkt te kunnen geven van wat hij die avond gedaan heeft, en daarom ben jij de hoofdverdachte. Er zal een lijkschouwer bij worden gehaald om de dood van de mijnwerker te onderzoeken en daarvan rapport op te maken, en dat zal een lijkschouwer zijn die zich aan het mijnrecht houdt. Weet je wat dat betekent? Een jury niet alleen van mannen uit Devon, maar een met tindelvers erin zal de vraag voorgelegd krijgen of ze denken dat jij die jongen vermoord kunt hebben. Denk daar eens over na! Denk daar goed over na, want als je niet begint met sommige van mijn vragen te beantwoorden, zal ik je in Lydford Castle laten opsluiten. Nu kun je gaan! Ik spreek je morgenochtend wel weer."

Zonder te antwoorden beende de jongen de zaal uit. Intussen keek Simon naar zijn vader en moeder. Ze zaten onbeweeglijk, als beelden op een graftombe, met een van schrik en ontzetting vertrokken gelaat. "Sir William, lady Matillida, het spijt mij zeer dat het zover is gekomen. Vergeef mij alstublieft, maar ik kan mijn plicht niet verzaken. Praat met uw zoon als u kunt en overreed hem mij de waarheid te vertellen." Hij stond op. Baldwin, die niet alleen met de ouders wilde worden gelaten, stond ook snel op en volgde zijn vriend.

Matillida staarde hen na. Ze kon de omvang van de moeilijkheden waarin de familie zich bevond niet bevatten. Haar hoofd bewoog heen en weer in stilzwijgende ontkenning dat haar zoon de moord op zijn geweten had. Het was onmogelijk, niet te geloven, dat men hem verdacht. John, haar zoon, zo slim, zo rechtschapen... Snel borduurden haar gedachten voort op de implicatie daarvan. John wist dat Bruther van de havezaat was weggelopen, schade en schande over de familie had gebracht, en het was duidelijk dat hij van de belediging af wist die zijn heer was aangedaan. Als hij daarna nog eens in woede was ontstoken over een nieuwe vernedering van sir Ralph, was het mogelijk dat hij besloten had wraak te nemen door het kwade element Bruther uit te roeien. Hij was altijd wild en koppig geweest, en was zeker in staat een moord te begaan.

Slechts één man kon enig licht op dit alles werpen. Ze keek naar sir Ralph, die met een verbluffte frons naar de deur staarde. "Wat hebben de mijnwerkers die avond tegen u en John gezegd?"

Opgeschrikt uit zijn overpeinzingen, krabde sir Ralph zich op zijn hoofd. "Ze sloegen vuile taal uit, vrouwe. Beledigden ons beiden, en onze familie. Ze maakten opmerkingen over u, en dat was wat uw zoon het meest woedend maakte." Hij staarde haar somber aan.

"Heeft hij Bruther vermoord?" vroeg zij. Het klonk alsof ze naar het weer vroeg, niets verried haar innerlijke beroering. Hoewel hij geen antwoord gaf, vertelde zijn gekwelde blik haar wat hij dacht. Ze moest zich vermannen voordat ze wankelend overeind kon komen en zich naar de opkamer kon begeven.

ɦOOFƆSƆUK 18

ugh en Edgar zaten beneden te wachten op hun favoriete plek bij de keuken, waar ze de bottelier ertoe hadden gebracht kruiken met zijn beste sterke bier te vullen. Simon en Baldwin voegden zich bij hen. Ze gingen op de bank zitten en Simon leunde voorover met zijn hoofd in zijn handen, terwijl hij zijn slapen masseerde. Intussen werd een pul naast hem op de grond gezet.

"Daar knap je van op," zuchtte hij, nadat hij een lange teug had genomen. Hij liet een boer en keek zijn vriend aan. "En, wat denk jij ervan?"

"Ik? Als de jongen geen antwoord geeft, zal het hem slecht vergaan," zei Baldwin zachtjes. Direct vroeg Edgar over wie het ging, en Baldwin legde uit wat er in de zaal was voorgevallen. "John houdt iets achter," besloot hij.

"Hij gedraagt zich alsof hij op z'n minst bij de moord betrokken is," voegde Simon eraantoe. "Waarom zou hij anders zo potdicht worden? Ik vraag me af waarom hij zelfs geen smoes verzon."

"Wat, heeft hij geen alibi?" Edgar zette verrast zijn pul neer. "Had hij er geen enkele verklaring voor?" vroeg hij verrast.

"Hij weigerde botweg te zeggen waar hij naartoe was gegaan." Bezorgd schudde Simon zijn hoofd. "En ik zie hem niet aan voor een dwaas. Hij weet natuurlijk wat we zullen denken. Als hij geen poging doet zijn onschuld aan te tonen, kunnen we maar één ding aannemen."

"Vreemd," zei Baldwin zo zachtjes dat de andere drie zich met gespitste oren naar hem toe keerden. "Ik bedoel, het lijkt vreemd dat John en sir Ralph naar de herberg gingen voor Molly – hetzelfde meisje dat Bruther kennelijk wou. Ik vraag me af..." Fronsend keek hij in de verte.

"Wat?" vroeg Simon na een minuut, geïrriteerd door de stilte.

"Hmmm? O, ik dacht alleen maar. Om Bruther op de kast te

jagen, had John kunnen zeggen dat hij met Molly naar bed wilde. Per slot van rekening had de mijnwerker daar niets aan kunnen doen. Behalve misschien... hem uitdagen."

Simon staarde de ridder met open mond aan. "Dat zou best kunnen."

"Het zou de feiten verklaren: sir Ralph en John zien de mijnwerker, er volgt een woordenwisseling, de schildknaap dreigt Molly te gaan opzoeken, de mijnwerker dreigt met een gevecht als hij dat doet, de ridder en zijn schildknecht gaan naar de herberg, hebben een ontmoeting met het meisje, de mijnwerker gaat dan ook naar de herberg, ziet haar met de ridder naar boven gaan en wacht buiten. Even later komt de schildknaap naar buiten, ze besluiten tot een gevecht, ontmoeten elkaar op de woeste gronden, vechten op leven en dood, en..."

"En de jongen sneuvelt. John neemt het lichaam mee naar Wistman's Wood en hangt het op. Daarna..."

"Ja, dat is het probleem, niet?" zei Baldwin, toen Simon aarzelde.

Hugh staarde van de een naar de ander. "Het klopt toch?"

"Nee, Hugh," zuchtte Baldwin. "Het klopt niet. In de eerste plaats zou John niet bang zijn het toe te geven. De uitdaging, gedaan in het bijzijn van de mijnwerkers, zou hem getuigen verschaffen en het tot noodweer maken, waardoor hem geen moord meer ten laste kan worden gelegd. Ten tweede zou de hele herberg dan van dat gevecht hebben geweten. En ten derde..."

Simon viel hem in de rede: "En ten derde, sinds wanneer gaan mannen een gevecht op leven en dood aan met alleen maar dunne snoeren om elkaar te wurgen?"

Strijdlustig naar de grond starend zei Hugh: "Misschien vochten ze met messen of zwaarden en hebt u zijn wonden niet gezien."

Baldwin keek hem even aan. "Nee, Hugh. Er was geen steekwond. Die zou ik hebben gezien. Bruther stierf door het snoer om zijn hals. Dat veroorzaakte een blauwe plek, en blauwe plekken verschijnen alleen op een lichaam dat nog leeft. De striem was dun, en het snoer dat hem doodde kan niet dikker zijn geweest. Als iemand blijft leven, lopen de blauwe plekken mettertijd uit en vervagen ze. Hoe duidelijker de contouren, des te verser het letsel; maar als iemand kort na een klap – of in dit geval, kort na gewurgd te zijn – overlijdt, blijft het letsel onveranderd, alsof het bevroren is. Ik heb gehoord dat dit Gods manier is om ons te helpen ontdekken hoe iemand aan zijn eind is gekomen."

De knecht keek verbaasd. "Hoe kan dat?" vroeg hij. "Bent u daar zeker van?"

"Ik heb heel wat doden gezien, Hugh," zei Baldwin, en zijn stem klonk ernstig. "Te veel, misschien. Maar ik heb oorlogen meegemaakt en gezien wat die met slachtoffers doen. Zo weet ik het."

Er viel een stilte. Simon zag dat zijn vriend in sombere overpeinzingen verzonken was, maar kon niets bedenken om hem af te leiden. Tot zijn opluchting deed Edgar dat voor hem. De knecht keek even nadenkend naar zijn heer en zei toen, met een achteloos gebaar: "En waar zijn die mijnwerkers naartoe gegaan?"

Simon onderdrukte een grijns toen Baldwin zich verstrooid omkeerde om naar zijn knecht te kijken. "Eh?"

"Nou, er waren mijnwerkers bij Bruther toen hij die avond van de herberg kwam, maar ze kunnen niet bij hem zijn geweest toen hij stierf. Waar zijn ze heen gegaan?"

Baldwin zei nadenkend: "We hebben alleen het woord van John en sir Ralph dat die mannen er waren."

"Als u gelijk hebt," viel Hugh plotseling in, nog steeds met een frons van twijfel op zijn gelaat, "zou John hem dan niet toch uitgedaagd kunnen hebben?"

"Wat?" zuchtte Simon, terwijl hij zijn knecht een blik van geërgerde berusting toewierp.

"Nou, als John met Bruther had afgesproken hem alleen te ontmoeten en te vechten, is hij misschien wel vroeg naar de afgesproken plek gegaan, voordat Bruther hem daar verwachtte, en heeft hij hem van achteren aangevallen. Dat kan toch?"

Simon staarde hem aan, en keerde zich toen naar Baldwin. De ridder knikte. "Als, zoals je zegt, John de uitdaging tot een duel aannam, naar de herberg ging en daarna wegglipte om Bruther in een hinderlaag te laten lopen, zou dat hout snijden. Het zou ook verklaren waarom sir Ralph zijn mond hield, want de ridder had het gevoel kunnen hebben dat hem blaam zou treffen, na de manier waarop Bruther hem eerder beledigd had. En misschien voelde hij zich schuldig vanwege het gedrag van zijn schildknaap, omdat het hemzelf in een kwaad daglicht zou stellen. Maar," zuchtte hij, "ik kan me niet voorstellen dat Bruther of John niet bang was dat de ander versterking zou meenemen, als ze op een eenzame plek met elkaar afspraken."

Edgar vulde de pullen bij, zette de kruik neer en zei: "Eén ogenblik. Er zijn toch geen andere getuigen die zeggen dat daar mijnwerkers waren, alleen sir Ralph en John? Als de hele ontmoeting langs de kant van de weg nu eens een verzinsel was? Zou het niet kunnen dat de twee Bruther tegenkwamen, hem wurgden, zijn lijk verstopten, en toen naar de herberg gingen om zich een alibi te verschaffen? Naderhand is John weggeglipt, heeft het lijk te voorschijn gehaald en is naar Wistman's Wood gereden, waar hij het heeft opgehangen."

"Zijn lijfwachten waren er wel – dat zei Molly tenminste," hield Baldwin vol.

"En toch moeten ze vertrokken zijn voordat Bruther vermoord werd."

"Ja," zei Simon. "Waar zijn zij heen gegaan? En waarom?"

"En wanneer?" mompelde Baldwin.

Toen Simon een deur hoorde slaan, keek hij op. John en zijn vader stonden boven aan de trap naar de zaal. Sir William gaf hun een wenk, trok toen een lelijk gezicht en liet zijn hand zakken.

"Baldwin," zei de baljuw zachtjes, "als ik mij niet vergis, is onze jonge vriend overgehaald om ons meer informatie te geven." Samen liepen ze over de binnenplaats naar de trap en bleven aan de voet daarvan staan, terwijl ze vol verwachting naar boven keken.

Johns ogen waren neergeslagen, en zijn vuurrode gelaat toonde meer vernedering dan woede. Het was zijn vader, merkte Baldwin op, wiens starre blik en lijkbleke gelaat grote woede verrieden. Toen hij sprak was het met verstikte stem, alsof het spreken zelf hem intens moeilijk viel.

"Wacht even, baljuw. En u ook, sir Baldwin. Mijn zoon heeft u een heleboel te vertellen. Schiet op, idioot!" Dit laatste was tot John gericht, en de oude man gaf zijn zoon een duw in de rug. John ontmoette Simons kalme blik. De baljuw zag geen angst in zijn ogen, enkel opstandigheid. Houterig, als een gevangene op weg naar de galg, daalde John de trap af. Via de stallen begaf hij zich naar de torentrap die naar de trans voerde. Hij beklom die alsof hij uitgeput was.

Simon was verbijsterd. In verwarring volgde hij de knaap, met zo nu en dan een blik naar diens vader, die leek te zieden van woede.

Sir William gaf de wacht een wenk hen alleen te laten op de vestingtoren. "Dit is de meest afgezonderde plaats in de havezaat. In de zaal zouden we overal kunnen worden afgeluisterd, en deze nietsnut heeft al genoeg gedaan om ons huis met schande te overladen," zei hij tegen de baljuw. Daarna trakteerde hij zijn zoon op een bittere blik. "Vertel het ze."

John legde zijn handen op een kanteel en staarde met een soort verwondering uit over het land dat voor hem lag, alsof hij het uitzicht nog nooit had aanschouwd. "We hebben Bruther inderdaad gezien," zei hij. "En hij was samen met zijn vrienden, zoals ik al zei. Ze schimpten en joelden, beledigden ons en hielden sir Ralphs touw omhoog, maar tegen zo'n overmacht konden wij niets uitrichten, niet zolang wij op onze rijpaarden zaten. We moesten onze trots bedwingen en doorgaan."

"Vertel hun de rest. Vertel hun wat voor soort zoon ik heb grootgebracht – vertel hun hoe je mijn naam onteerd hebt. Toe dan!" Terwijl sir William schreeuwde vloog het speeksel hem uit de mond, en de knaap deinsde terug voor het bleke gelaat zo vlak bij het zijne.

"Ik ben jaren soldaat geweest in het verre noorden. Daar hebben we nog nooit zo'n vernedering ondergaan; als een man ons beledigde, betekende dat zijn dood. Dat was de regel – en waarom niet?" Zijn ogen ontmoetten die van Baldwin en daagden hem uit. "Dat is nu eenmaal de manier waarop soldaten werken. Toen we voor sir Gilbert vochten, draaiden we onze hand niet om voor een moord, want dat was onze plicht – tot sir Ralph zijn eer vergat omdat hij over het beroven van de kardinalen hoorde. Hij besloot dat we sir Gilberts dienst moesten verlaten, net toen sir Gilbert onze hulp nodig had. We moesten ons hierheen spoeden als ratten die een brandend huis ontvluchten, tot onze schande. Wel, door Bruther te worden beledigd leek mij net zo erg. De horigen hier zijn hun plicht van dienstbaarheid en respect jegens hun meerderen vergeten, dat is duidelijk. Ik schaamde mij toen we die avond bij de herberg kwamen. Sir Gilbert zou niet hebben toegestaan dat zulk geteisem ongestraft ontsnapte. Maar sir Ralph zei dat we het moesten vergeten, dat we hen, dat we Bruther met rust moesten laten, en ons plan moesten doorzetten om uit het land weg te vluchten. Ik zei tegen hem: 'Dan zullen ze denken dat ze straffeloos een ridder kunnen beledigen!' Toen glimlachte hij alleen maar op die zelfgenoegzame manier van hem en zei dat we het er in elk geval levend af zouden brengen. Eer betekent niets voor hem!"

"En wat heb je gedaan?" moedigde Simon hem zachtjes aan.

"Ik dronk een of twee pullen wijn, maar de lucht was me daar te bedompt. Iedereen scheen zich te amuseren, behalve ik. Toen sir Ralph met een meisje verdween besloot ik naar buiten te gaan om een frisse neus te halen. Het was een stille avond, en ik wilde moeilijkheden vermijden, zoals sir Ralph mij had opgedragen. Dus zette ik koers in een richting die mij wegvoerde van de woeste gronden en de mijnen, ik reed richting Chagford. Ik weet niet precies hoe ik gereden ben, maar na enige tijd was ik in de buurt van een kar. Er zat een man op, en toen ik hem beval mij te zeggen waar ik was, maakte hij een opmerking over idioten die beter zouden moeten weten dan uit rijden te gaan zonder enig idee waar ze waren. En dus heb ik... heb ik hem neergeslagen. En toen zag ik zijn beurs. Het leek stom die niet te nemen, en hij was zo beledigend geweest. Ik dacht dat het een lesje voor hem zou zijn..."

"Dus jij bent de man geweest die Wat Meavy beroofd heeft!" hijgde Simon.

"Heette hij zo? Dat wist ik niet. Hoe dan ook, ja, dat was ik. Daarna ben ik weer naar de herberg gereden. Ik was een beetje verward, maar ik wilde niet dat iemand van mijn ontmoeting zou horen."

Sir William wendde zich vol afkeer van hem af. John hief aarzelend een hand op alsof hij zijn vaders schouder wilde aanraken, maar het kwam er niet van en hij liet mismoedig het hoofd hangen. Baldwin vond dat hij eruitzag als een geslagen hond. "Je hebt Bruther niet meer gezien na jullie ontmoeting op de weg?" vroeg hij. John keek niet op, hij schudde enkel zijn hoofd.

Na een ogenblik slaakte Simon een diepe zucht. "Goed dan. Voor het moment kun je gaan."

"Maar ik..." Hij keek naar zijn vader, die zich plotseling omdraaide en schreeuwde: "Je hebt de baljuw gehoord. Ga!"

Toen John de trap afliep, zei sir William: "Dus u ziet, baljuw, dat hij niets met de moord van doen had. Hij is enkel maar een dief!" Minachtend spuwde hij het woord uit.

Baldwin keek hem even nadenkend aan. Toen zei hij op

kalme toon: "Heel wat mannen doen dwaze dingen als ze jong zijn, sir William. Ik zeg dit niet om u ijdele hoop te geven. Velen leren op jonge leeftijd het genot van macht kennen, die hen later tot eer kan strekken. Uw zoon heeft een slechte start gehad, maar als hij zich bij een roemrijke compagnie van huurlingen in Italië aansluit, kan hij nog op het goede pad komen. Oordeel niet te hard over hem."

De oude ridder knikte met een merkwaardig wantrouwige gelaatsuitdrukking die ook een zweem van hoop verried. Hij wendde zich tot Simon. "Dat hangt van u af, baljuw. Zal mijn zoon als rover worden vastgezet? Of zult u hem naar Italië laten doorreizen?"

Simon antwoordde niet onmiddellijk. Hij ging het verhaal van de jongen na. Het klopte beslist met de feiten zoals zij die kenden... maar nu wisten ze nog steeds niet wie de ruiter was die Coyt op de woeste gronden had gehoord.

"Als u Wat Meavy's schade vergoedt, zie ik geen reden waarom ik me met die zaak zou bemoeien. Hij heeft nog geen aangifte bij mij gedaan, dus als u dit snel regelt, hoor ik er misschien nooit meer van. Maar ik zou u willen vragen dit nog niet aan John te vertellen. Hij moet zich maar een tijdje schuldig voelen, dat zal hem misschien het besef bijbrengen hoe hij zich heeft te gedragen. Laat hem op hete kolen zitten, later zullen we het nog wel eens over hem hebben."

Sir William knikte en verliet hen opgelucht. Baldwin kwam naast Simon staan en keek de gebogen figuur van de oude ridder na.

"Het is moeilijk te geloven dat hij eens een groot en gevreesd man was," zei hij mijmerend.

Simon was lichtelijk verrast over het medeleven dat zijn vriend toonde. "Ja," beaamde hij. "Je vergeet gemakkelijk dat iemand als hij eens jong en vol vuur is geweest."

"Nou, toen hij er net achter was gekomen wat voor soort man zijn zoon was, was hij nog vurig genoeg."

"Ja – maar kijk hem nu eens." Hun ogen volgden de ridder op de binnenplaats. Op een zeker moment struikelde hij en viel bijna. In de schaduwen bij de stallen stond een soldaat, die vlug naar voren stapte om de oude ridder te helpen. Simon zag dat het Samuel Hankyn was. Sir William stond plotseling doodstil, alsof hij geschokt was door zijn gebrek aan coördinatie, een man die gedwongen was zijn ouderdom onder ogen te zien. Het maakte diepe indruk op Simon. Sir William Beauscyr was oud en uitgeput door te veel crises – een man die te lang had geleefd en zijn zoon zich te schande had zien maken, een man die op de dood wachtte. De baljuw wendde zich van het meelijwekkende schouwspel af terwijl Hankyn zijn adellijke werkgever naar het comfort van zijn zaal leidde.

"Arme oude man." Nog terwijl hij sprak voelde Simon Baldwins scherpe ogen op zich gericht.

"Misschien. Maar ik vraag me af of Bruther hetzelfde medelijden voor zijn oude heer zou voelen."

hoofdstuk 19

het luidruchtige gelui van de kapelklok maakte Simon van het ene moment op het andere klaarwakker, en hij stond meteen op. De zaal was halfdonker, aangezien de ochtendzon nog niet hoog genoeg stond om door de ramen naar binnen te vallen. In een vlaag van verbolgenheid keek hij om zich heen. Hij had er een hekel aan plotseling wakker te worden gemaakt. Als hij thuis uit zijn slaap werd gehaald, was hij de rest van de dag zo lastig als een kind. Hij zou wel eens willen weten wat de reden van deze rustverstoring was. Hugh zat rechtop op zijn bank en wreef in zijn waterige ogen, Baldwin stond te fronsen en iets verderop zaten twee dienaren van de Beauscyrs zich gapend te krabben. Pas toen hoorden ze het rumoer buiten.

Simon probeerde zijn riem met het zwaard om te gorden terwijl hij naar de deur strompelde. In de gang voegde Baldwin zich bij hem, met een getrokken zwaard in de hand en de ondoorgrondelijk kijkende Edgar aan zijn zijde. Even later was ook Hugh bij hen, met zijn lange dolk zo stevig in zijn vuist geklemd dat zijn knokkels wit zagen. Simon trok de deur open.

Aanvankelijk was de baljuw ervan overtuigd dat het fort werd aangevallen. Het was een herrie van jewelste. Mannen renden kriskras door elkaar over de binnenplaats, sommigen met een helm in de hand, anderen worstelend met riemen en schilden. Hij rook de prikkelende geur van brand, en toen hij naar links keek, zag hij rook uit de stallen omhoogstijgen. Naar de rookzuil te oordelen was het een wonder dat het gebouw niet in lichterlaaie stond, maar zoals hij wist produceerden gras en stro nu eenmaal veel meer rook dan je zou verwachten.

De scherpe rook deed hem hevig met zijn ogen knipperen. Op de binnenplaats heerste paniek, iedereen leek er als een kip zonder kop aan de gang te zijn. Op de muren stonden wachters te brullen en te wuiven, vanaf de binnenplaats schreeuwden er mannen terug, het was één groot pandemonium.

Plotseling dook sir William onder aan de trap op. Hij nam de situatie even in ogenschouw en begon bevelen te brullen. Zo werd het heen en weer geren in banen geleid. Paarden werden uit de stallen gesleurd, terwijl zich vanaf de bron een keten van mannen vormde die emmers heen en terug doorgaven en water op de vlammen gooiden. Dienaren renden naar de schuren bij de keuken en grepen de lange stokken en ladders die daar opgeslagen waren. Deze mannen klommen naar het dak van de stallen en gebruikten de stokken om smeulend riet naar de grond te halen, waar anderen erop stampten. Weldra was de brand geblust. De mannen stonden opgelucht te lachen en te praten in het ijle licht van de vroege ochtend.

Intussen wenkte sir William een wachter, en Simon zag dat het de commandant was die Samuel had opgehaald op hun eerste dag in het fort. "Jij daar! Wat is er voor de drommel gebeurd?"

"Heer, ik weet het niet." De man haalde verbijsterd zijn schouders op. "De wacht heeft alleen gezien dat het hooi in brand stond, en toen wij naar buiten kwamen, was alles zoals u het zelf gezien hebt."

Simon wierp een blik in de richting van de keuken. Uit keukenvuren stegen soms vonken op die het strodak van gebouwen in brand konden steken, en maar al te vaak gingen de keukens zelf in vlammen op. Daarom lagen ze meestal afgezonderd van de zaal en andere gebouwen, maar dat voorkwam niet dat er wel eens een gloeiend deeltje op een ver dak terechtkwam, en dat was wat hier gebeurd moest zijn. Er was niets raadselachtigs aan. Hij haalde zijn schouders op, schonk Baldwin een vermoeide grijns en stond op het punt naar de zaal terug te keren om op het ontbijt te wachten, en nog even te slapen als het kon, toen een andere man naar de voet van de trap rende.

Zonder enige aandacht aan de commandant van de wacht te besteden klampte hij sir William aan. "Sir William, snel, u moet komen!"

"Wat nu weer?" snauwde de oude man.

"Heer, Samuel Hankyn en Ronald Taverner zijn dood!"

Na de eerste schrik stormden Simon en Baldwin de trap af. Ze renden naar het kamertje waar ze met de twee mannen gesproken hadden.

In het halfduistere interieur wekte Ronald Taverner de indruk dat hij sliep. Hij lag op zijn strozak, met zijn ogen dicht en zijn hoofd op zijn bundeltje kleren, alsof hij ieder moment wakker kon worden. Maar de deken was opzij getrokken, en zijn ontblote borst toonde een gemene steekwond die op een kleine mond met opeengeklemde lippen leek. Simon keerde zich kreunend af, terwijl Baldwin, met een in een frons van concentratie vertrokken gelaat, naar voren glipte en het lichaam in ogenschouw nam. Er knielde een man naast het bed, en Baldwin en hij waren met elkaar in gesprek toen sir William binnenkwam, met naast zich zijn zoon Robert.

"Wat is dit hier? Is Taverner dood?"

"Ja, sir Robert. Hij is dood. Weer een moord," zei Baldwin kortaf.

"Een moord? En in het fort zelf deze keer? Bent u daar zeker van?" vroeg Robert.

Baldwin gaf geen antwoord. De wond was te zien, en hij had belangrijker dingen te doen.

Sir Robert wendde zich tot Simon. "Zo, baljuw, het blijkt dat u even weinig in staat bent om moorden te voorkomen als om ze op te lossen."

Terwijl Simon hem een minachtende blik toewierp trapte hij ergens op. Hij bukte zich om het op te rapen. Het was een dobbelsteen. Hij overhandigde hem aan Baldwin, die de steen opgooide en opving terwijl hij naar het lichaam bleef kijken. "Wel?" vroeg Simon. Hij voelde zich ellendig bij weer een zinloze dood en kon zijn ogen niet van de roerloze gedaante afhouden.

De ridder haalde hulpeloos zijn schouders op. "Hij is doodgestoken, dat kun je zelf zien. Het moet net gebeurd zijn. Zijn lichaam is niet koud maar warm. En er is vrijwel geen bloed. Dat heb ik nog maar één of twee keer eerder gezien; het komt zelden voor. Normaal gesproken zou je verwachten..."

"Heer? Wilt u nu Samuel zien?"

Met plotselinge interesse keek de ridder op. "Waar is hij?"

"Hiernaast." De man ging voor via een lage deur in de hoek. Aan de andere kant van de muur was een klein vertrek dat als voorraadruimte werd gebruikt. Samuel bleek daar ineengezakt tussen een aantal omgevallen vaten te liggen. Hij lag met zijn gezicht omlaag. Eén arm lag omhoog gedraaid achter zijn rug, als om naar een mug of een paardenvlieg te slaan, de andere lag onder zijn hoofd. Het lichaam was verwrongen. Hij was een pijnlijke dood gestorven, dat was duidelijk.

Simon kon de aanblik van de ineengekrompen figuur niet verdragen. Het was één sterfgeval te veel, en het straalde een tastbare droefheid en pijn uit in deze kleine kamer die tot een graf was geworden. Hij bracht een hand naar zijn hoofd, waarmee hij gedeeltelijk zijn ogen bedekte, als om het schouwspel niet te hoeven zien.

Maar Baldwin griste een lantaarn uit de handen van een gapende jongen en gaf Edgar een teken met zijn hoofd. "Werk deze lui naar buiten. Hugh zal je helpen." Hij wees met een vinger naar de man die de twee lichamen ontdekt leek te hebben. "Hij kan blijven."

Edgar knikte en begon de menigte de kleine ruimte uit te werken. Het viel niet mee, want er waren mannen die probeerden zich door de kleine deur naar binnen te wringen terwijl Hugh en Edgar anderen naar buiten duwden. Toen ze ten slotte de deur vergrendeld hadden, merkte Edgar dat sir William en zijn zoon waren blijven staan waar ze stonden. De knecht overwoog hun ook te vragen te vertrekken, toen hij Baldwin hoorde roepen. Hij vergat hen omdat Baldwin hem de lantaarn liet vasthouden, zodat hij de figuur kon bestuderen.

Eerst nam de ridder de positie van het lichaam in ogenschouw. Zijn ogen dwaalden over de ledematen, sloegen hun positie in zijn herinnering op, legden vast waar de omgevallen vaten lagen en hoe het stond met de andere voorraad. Hij kon zien dat de man naar voren moest zijn gevallen. Afgezien van de omgegooide hoop vaten waarop hij ineengezakt was, wees niets op geweld. Baldwin ging op zijn hurken zitten en bekeek het dichtstbijliggende vat. Vlak ernaast vond hij de afdruk van een cirkel in de grond, en hij knikte. "Kijk, Simon, dit stond hier voordat het omviel." Hij rolde het vat even heen en weer. "Ook niet erg zwaar. De andere moeten erbovenop hebben gestaan."

Terwijl hij het tafereel nogmaals in zich opnam, ging hij op het lijk af. Een paar centimeter boven Samuels hand was een scherpe scheur in de wol van zijn mantel. Toen Baldwin die even aanraakte, voelde hij iets kleverigs, en zijn bovenlip krulde zich van afkeer. "Ja, hij is ook neergestoken. In zijn rug."

"Wat kan er gebeurd zijn?"

"Ik weet het niet." Baldwins ogen gingen naar het andere lijk, op het bed. Hij nam de lantaarn van Edgar over en liep naar de strozak. "Ah!"

"Wat is er?" Simon volgde hem. "Wat heb je gevonden?"

"Kijk." Baldwin keerde zich om en liet een mes met een kort lemmet zien; het staal was donker van geronnen bloed. "Dit moet het moordwapen zijn."

Uit de voorraadkamer riep sir William: "Sir Baldwin, er is hier ook een mes."

"Wat?" Het gezicht van de ridder drukte even verbazing uit, toen ging hij door de lage deuropening naar de oude ridder die fronsend naar een mes met een dun lemmet stond te staren, terwijl hij het keer op keer in zijn hand omdraaide.

Baldwin nam het mes van hem over en bestudeerde het. "Dus wat is hier dan gebeurd?" mompelde hij.

"Ik kan ernaar raden," zei sir Robert. "Er werd hier beneden regelmatig gegokt. De wachters vervelen zich vaak en dan gaan ze dobbelen. Kennelijk waren deze twee met een potje bezig, en is het uit de hand gelopen. Ze hebben elkaar neergestoken."

"Dat is echt een schitterende hypothese," mompelde Baldwin, en de jonge ridder glimlachte even, ingenomen met de goedkeuring van de oudere man. Diens sarcasme was Simon niet ontgaan en even klaarde zijn stemming op.

"Het zou toch kunnen?" zei de jonge ridder met een zelfvoldane blik naar Simon.

"O, ja!" Baldwins stem gaf blijk van nadrukkelijke instemming.

Glimlachend liep Robert de voorraadkamer uit. Hij staarde even naar het lichaam op het bed en ging toen naar buiten. Hugh deed de deur achter hem dicht. Sir William had toegekeken terwijl zijn zoon vertrok, maar nu keerde zijn blik naar Baldwin terug, die weer bezig was Samuels lichaam te inspecteren. "Dus u bent niet overtuigd, sir Baldwin?" vroeg hij met vaste stem.

"Nee. Volstrekt niet."

"Waarom?"

"Het is aan de ene kant te eenvoudig, en aan de andere kant te ingewikkeld. O, ik ben er zeker van dat die arme jongen daar op zijn strozak bijna direct aan zijn wond is overleden. Er was geen bloed, dus ik denk dat hij op slag dood was. Geen bloed lijkt altijd op een snelle dood te wijzen. Maar neem deze, Samuel – hij is erin geslaagd helemaal hierheen te strompelen, vanuit zijn bed, voordat hij doodging."

"En?"

"Sir William, deze man heeft erg gebloed. Voel maar aan de achterkant van zijn mantel, als u mij niet gelooft. Er is ook een flinke plas bloed waar hij ligt. En toch is er geen bloed op de vloer bij Ronalds strozak, of van het bed hierheen. Hij is niet daar neergestoken, maar hier doodgegaan, op de plek waar hij is neergevallen."

"Maar… maar dan kan hij toch nog wel door die ander vermoord zijn. Ronald moet hem hier hebben neergestoken, en toen teruggegaan zijn naar zijn bed, waar hij zelf is doodgegaan."

"Ik ben bang van niet. Zoals ik al zei, Ronald is bijna onmiddellijk gestorven. Wat zit er in deze kisten en zo?"

De vraag overviel sir William. "Voedsel en wat drank, denk ik. En reservekleren. Niets van belang. Waarom?"

"Ik vroeg me alleen maar af wat die man hier te zoeken had." Baldwins blik dwaalde de kamer rond terwijl hij sprak. Er was geen raam, enkel een deurtje dat uitkwam op de binnenplaats. Toen Baldwin erheen liep en het probeerde, bleek het op slot.

Simon wierp hem een vragende blik toe, en de ridder schokschouderde. "Het heeft niets te betekenen," zei hij. "Het is nu op slot, maar de moordenaar kan hier gisteravond zijn binnengekomen en het later hebben vergrendeld, nadat hij Samuel had vermoord."

"Wat wilt u daarmee zeggen – dat iemand in het garnizoen deze twee vermoord heeft?" vroeg sir William, met rood aanlopend gelaat.

"Hmm? O ja, zonder twijfel, wat mij betreft. Iemand is hier binnengekomen, vermoedelijk door de afgesloten deur, en heeft geroepen of een stapel vaten omgegooid om Samuels aandacht te trekken. Waarom zou hij hier anders komen? Toen de arme man binnenkwam, is hij vastgepakt en in zijn rug gestoken. Het zal niet lang geduurd hebben voordat hij gestorven is met een wond zo hoog in zijn rug. Toen is dezelfde man doorgelopen naar Ronalds kamer en heeft hem in zijn hart gestoken, mogelijk tijdens zijn slaap, maar dat is gissen. Of de dobbelstenen al op de vloer lagen of niet, is van geen belang, maar het is mogelijk dat de moordenaar ze achteraf heeft rondgestrooid om te suggereren dat de mannen bij een gokpartij slaags waren geraakt. Toen was het alleen nog maar een kwestie van messen laten slingeren, na ze in bloed te hebben gedoopt, om ons de duidelijke conclusie te laten trekken dat ze elkaar moesten hebben afgeslacht. Ik twijfel er niet aan dat we moesten denken dat de twee ruzie over geld hadden gekregen, maar ik kan dat moeilijk – nee, onmogelijk – geloven na hen samen te hebben gezien. Het waren te goede vrienden."

Sir William leek te verschrompelen terwijl Baldwin sprak. Simon verwachtte half dat de oude man op de vloer ineen zou zijgen toen de ridder uitgesproken was, zo breekbaar en zwak zag hij eruit. "En is er nog iets anders? Iets waaruit blijkt wie het geweest zou kunnen zijn?" vroeg hij, maar Baldwin gaf geen antwoord. Hij ging weer op zoek naar aanwijzingen, terwijl de anderen toekeken. Ze waren daar nog steeds toen de dienaar op de deur begon te bonzen en weer om sir William riep.

Sir Robert sloeg zijn broer gade met een droge, humorloze glimlach. Hij had van de ruzie van de vorige avond gehoord, en zag met genoegen hoe die zijn broer had geraakt. John stond apart, niet in de stemming om een praatje te maken met de soldaten die Robert op zijn paard hielpen, of met de mannen die op hun eigen paard klommen om aan de jacht mee te doen. Hij wachtte als een mokkend kind in de periferie van al het lawaai van de voorbereidingen.

Er hing nog steeds een allesdoordringende geur van verbrand hout en stro uit de stal, en dat was het ten dele wat Robert ertoe bracht voedsel te gaan zoeken. Hij wenste niet in het fort te blijven om leiding te geven aan de opruimwerkzaamheden. Na de vorige avond wist hij dat John er ook de voorkeur aan gaf de havezaat die ochtend te verlaten, en het verschafte hem een zeker sadistisch genoegen dat John niet weg kon. In een opwelling leidde hij zijn paard naar de plaats waar zijn broer stond.

"Kom, broer. Waarom ga je niet met ons mee?" John keek op, en Robert zag de wanhoop in zijn ogen. Het maakte dat hij spijt kreeg van zijn sarcastische, pesterige vraag. Toen hij weer sprak, klonk zijn stem zachter. "John? Is het goed met je? Zou je willen dat ik bij je bleef? De mannen kunnen wel alleen gaan, als je wilt praten."

"Met jou?" Een moment lang was de verrassing het enige wat Robert kon zien, en hij glimlachte als een boer met kiespijn. Het klonk inderdaad raar. Al een paar weken hadden ze voortdurend ruzie gehad, en waren ze elkaar uit de weg gegaan. Hun ideeën liepen te ver uiteen, hun motieven, hun interesses; in wezen verschilden ze hemelsbreed. Bij iedere ontmoeting sprongen de vonken eraf, als bij vuursteen en staal. Maar het gaf Robert een gevoel van innerlijke leegte. Hij wilde een broer die hij zijn vriend kon noemen, een man met wie hij kon praten, zijn zorgen en verwachtingen kon bespreken, iemand met wie hij over zijn liefde voor Alicia kon praten, en die het zou begrijpen en hem zou aanmoedigen. Het was meer dan dat. Hij had iemand nodig die hij ten volle kon vertrouwen, een man op wie hij kon bouwen, speciaal nu hij heer van Beauscyr zou worden. Hij leunde naar voren in het zadel, zodat zijn hoofd dicht bij dat van zijn broer was en niemand anders zijn woorden zou kunnen horen.

"Hoor eens, John, als je wilt blijf ik hier om met je te praten. Je gaat binnenkort weg, weet ik, en ik wil niet dat je in wrok vertrekt." Een zweem van onzekerheid trok over het gelaat van zijn broer en John keek naar hem op, terwijl hij op zijn lip beet. Het gaf Robert moed. "Als vader dood is en ik hier heer en meester word, ben je altijd welkom, en..."

De betovering was verbroken. Een honende lach vertrok Johns gelaatstrekken tot een grimas van afkeer en hij deed een halve stap achteruit. "Zodat je je edelmoedig jegens mij kunt voelen, bedoel je? Zodat je mij de kliekjes van je tafel kunt geven, alsof ik een oude man ben die je om een aalmoes komt vragen?" Robert had het willen uitschreeuwen, om de stroom van wrok en jaloezie een halt toe te roepen, maar de woorden bleven in zijn keel steken. "Wat aardig van je, broer! Wat ontzettend aardig! Dus ik mag hier zo nu en dan terugkomen om te zien hoe goed het met je gaat; hoe lucratief je landgoed is; hoe groot in aantal je kinderen. Ik ben bang, dat het er niet van zal komen. Ik ben bang dat ik er wel eens de voorkeur aan zou kunnen geven om in Italië te blijven. Een gevangenis daar zou me beter bevallen dan jou hier een gelukkig leven te zien leiden, en wat mij betreft hoef ik, als onze vader eenmaal overleden is, jou of dit landgoed nooit meer te zien. Dus dank je wel, broer. Ik hoop dat je een prettige jacht hebt." En je verdomde nek breekt! voegde hij er in gedachten aan toe.

Robert staarde voor zich uit, met een gelaat waaruit alle kleur was weggetrokken. Als uit marmer gehouwen zat hij op zijn paard, en pas toen zag John dat er geen trots in zijn broers houding school, maar enkel de pijn van het zich afgewezen voelen. John wilde zijn woorden terugnemen, proberen het uit te leggen... maar het was te laat. Het kwaad was geschied.

Robert gaf zijn paard de sporen en stormde door de eerste, en vervolgens de tweede poort, naar de open woeste gronden erachter. Hij voelde er niets voor de rest van het jachtgezelschap naar zijn kwelling te laten raden. Vóór hem lag het oplopende land, een uitgestrekt gebied, bekroond door een groepje bomen. Daar koerste hij op af, met achter zich het hoefgetrappel van de paarden van zijn metgezellen. In zijn wanhoop kon hij nauwelijks samenhangend denken, want hij was vol van John en de verschrikkelijke minachting in diens ogen.

Daardoor werd de hinderlaag zo'n dramatisch succes.

Ноогодсик 20

George Harang zag de mannen naderen met een gevoel dat grensde aan paniek. Als die brand er maar niet geweest was, dacht hij. Dan zou de havezaat niet zo vroeg wakker zijn geweest, ze zouden nog allemaal aan hun ontbijt hebben gezeten en niet buiten in actie zijn – het was toch nog veel te vroeg om er een troep jagers op uit te sturen? Hij sloeg met een gebalde vuist in de palm van zijn andere hand. De voorbereidingen waren nog niet half getroffen.

Intussen kwamen de mannen naderbij, alsof ze zijn groep mijnwerkers, die in hinderlaag lag, niet gezien hadden. Het was een sterke troep soldaten, met één man voorop die zo stijf als een plank reed. Het kon hem kennelijk niets schelen of de rest hem kon bijhouden of niet.

Snel taxeerde George de kansen op succes. Toen gebaarde hij dringend naar de man naast hem en gaf zijn instructies.

Als John zich nu maar niet zo vlug beledigd had gevoeld, dacht Robert triest terwijl hij zijn paard de helling op joeg. Waarom maakte het hem razend dat de oudste zoon het landgoed zou erven? Dat was de natuurlijke gang van zaken, niet een of andere onrechtvaardige nieuwigheid.

Resoluut klemde hij zijn kaken op elkaar. John had zijn verzoeningspoging niet moeten afwijzen, die was oprecht bedoeld. Eigenlijk had de smalende afwijzing van zijn broer duidelijk gemaakt dat er tussen hen geen vriendschap kon bestaan. Maar ondanks zijn woede kon Robert het nog steeds achter zijn ogen voelen prikken.

Toen doemde er aan de horizon een man op, die dringend met zijn armen zwaaide. Robert gaf zijn paard de sporen en verhoogde zijn snelheid. Daar is tenminste iemand die mijn hulp nodig heeft, dacht hij, met een bittere grijns om de lippen.

Verderop stelde hij vast, dat de man hem bekend voorkwam.

236

Een gedrongen lichaam, korte benen en een torso zo dik als een eik. Het was George Harang.

"Nu!" brulde George.

Plotseling wemelde het van de mijnwerkers. Er dook een groep voor hem op, en toen Robert met een ruk keerde, zag hij dat hij omsingeld was. Sommigen keken hem aan met een grijns van minachting vanwege zijn stommiteit, terwijl anderen naar zijn mannen toegekeerd stonden en pijlen op bogen zetten. Robert was verbijsterd. Het bloed klopte in zijn aderen, hamerde in het ritme van een strijdros in volle galop, en hij voelde hoe een ijzige angst hem bekroop.

George kwam luid lachend op hem toe, terwijl hij bevelen gaf en het gezelschap jagers in de gaten hield. "Bind hem vast!"

"Sir William, sir William!" Het gebons op de deur klonk alsof het de houten planken zou verbrijzelen, en de oude ridder slaakte een zucht. Werd hem dan nooit rust gegund, vroeg hij zich af. Geïrriteerd liep hij naar de deur en trok die wijdopen.

"Wat is er voor de drommel..."

"Sir William, de mijnwerkers hebben uw zoon gevangengenomen – we zagen het vanaf de muren, heer. Ze..."

Baldwin en Simon kwamen aangesneld en luisterden aan weerszijden van de oude ridder naar het gestotter en gestamel van de boodschapper, wiens angstig vertrokken bleke, ronde gelaat Baldwin aan zijn oude buldog deed denken, die nu zonder twijfel gerieflijk voor zijn haard op Furnshill lag.

Hij greep de boodschapper bij de schouder. De man had grijzend haar en een zwart, onregelmatig gebit in een weerzinwekkende, slappe mond. Blauwe ogen staarden hem aan, met duidelijk zichtbare angst, maar de ernstige blik van de bruine ogen van de ridder werkte kalmerend. "Goed, begin nu eens opnieuw. Je zegt dat de zoon van je heer gevangen is genomen. Wie van de twee?"

"Sir Robert, heer," hijgde de man.

"En hij is door mijnwerkers gevangengenomen?"

"Ja, heer. De mannen bij de poort hebben het gezien. George Harang en anderen grepen sir Robert vlak bij de top van de heuvel, toen hij uit jagen ging. Het waren er een heleboel. Ze bonden zijn handen vast en namen hem mee."

"Waarheen? Welke kant gingen ze uit?"

"Ik denk naar het mijnwerkerskamp. Een van onze mannen is ze gevolgd. We laten nu de rest van de paarden zadelen, heer."

"Goed." Baldwin keek sir William aan. "We moeten voortmaken; dit kan niet worden getolereerd. Bewoners van de woeste gronden gijzelen is één ding, een ridder gevangennemen is een ander verhaal."

"Weet u een reden te bedenken voor deze gevangenneming, sir William?" vroeg Simon.

"Nee, het is me een raadsel," verklaarde de ridder oprecht verbaasd. "We hebben altijd dicht bij de mijnwerkers op de woeste gronden gewoond, en zoiets als dit is nog nooit eerder gebeurd. We hebben betaald als ze geld wilden, we hebben ze niet geïntimideerd, ik heb hun macht erkend, en het zou stom geweest zijn te proberen hen aan de leiband te houden – dat zou alleen maar hebben geleid tot meer moeilijkheden. Nee, ik heb geen idee waarom ze dit gedaan hebben."

Simon knikte langzaam. "Goed dan. Laten we gaan."

Hugh en Edgar volgden hen. Baldwins knecht gaf Hugh grijnzend een klap op zijn rug. "Maak je geen zorgen," zei hij monter. "Dit wordt dikke pret," en hij begon te fluiten.

"Dikke pret!" mompelde Hugh minachtend. Hij had het onprettige voorgevoel dat er bloed zou worden vergoten, en hij voelde er niets voor dat van hemzelf te zien vloeien.

Op de binnenplaats troffen ze een menigte van hun stuk gebrachte mannen aan. Sommigen droegen een helm, anderen een maliënkolder, maar de meesten hadden alleen een leren of gewatteerde jas. Ze hadden zich gewapend met primitieve landbouwgereedschappen of pieken, slechts enkelen droegen een zwaard. Een van hen hield verlegen een kapmes vastgeklemd. Bleke of rood aangelopen gezichten verrieden bezorgdheid. Tja, dacht Baldwin, om voedsel en onderdak van een heer te krijgen, moest iemand hem beschermen, en dan kreeg een eed van trouw een angstaanjagende betekenis. Al deze mannen beseften hoe weinig hun leven sir William waard moest zijn als het om de redding van zijn oudste zoon ging. Er werd gewikt en gewogen: zou hun leider de strijd kunnen winnen zonder nodeloos de levens van zijn mannen te verspelen? Het was te zien aan hun waakzaamheid, de schoorvoetende, angstvallige manier waarop een hand de schacht van een lans betastte. Al deze mannen voelden dezelfde spanning terwijl ze naar sir William keken.

Baldwin stond op het punt zich om te draaien en hierover een opmerking tegen de ridder te maken toen de oudere man zich langs hem drong, naar de trap liep en die halverwege beklom. Maar de sir William die een moment geleden nog gebukt ging onder zorgen omdat zijn vitaliteit door de recente gebeurtenissen was ondergraven, had een metamorfose ondergaan. Nu was hij een krijgsheer.

Er klonk geen geroep uit de menigte om hem te verwelkomen. Bij een terechtstelling kreeg zelfs het slachtoffer een vrolijk applaus, maar zo niet sir William. De mannen keken naar hem en langzamerhand daalde er een vreemde stilte neer, die merkwaardig detoneerde bij zo'n omvangrijke groep. Verrassend was het niet, overwoog Baldwin. Per slot van rekening waren deze mannen getuige geweest van de langzame aftakeling van het hoofd van de Beauscyrs. Ze wisten dat hij nog maar weinig jaren te leven had. Geleidelijk aan was zijn gang trager geworden, hij werd eerder moe, en de kracht die hem als een groot krijgsman had onderscheiden, begon hem te ontbreken.

Minutenlang was alleen het geluid van wapperende kleren aan de waslijnen bij de keuken te horen. De zon gluurde tussen een paar wolken door en verleende het geheel een zweem van warmte, maar nog steeds bleef sir William staan staren. Enkele mannen begonnen te schuifelen in de plassen gemorst water die overal lagen.

"Jullie weten allemaal wat er met mijn zoon is gebeurd." Zijn toon was melancholiek, bijna bedroefd, maar zijn stem was luid en duidelijk. "Hij is door mijnwerkers gevangengenomen en weggevoerd. Ik weet niet waarom. Het kan zijn dat de tindelvers een losgeld voor hem willen eisen. Ze hebben dat eerder gedaan, hoewel ze dat nog nooit bij mij hebben gedurfd. Het is vermoedelijk omdat ik erin heb toegestemd hun te betalen om het land van de havezaat ongemoeid te laten. Nu voelen ze zich zo machtig dat ze denken zelfs mij te kunnen bedreigen. Het is mijn fout als ze dat denken. Ik had het kunnen weten. Maar ik had geen keus omdat ze met andere dingen dreigden als ik geweld zou proberen te gebruiken om hen hier vandaan te houden. Ik moest betalen. Dat spijt mij, want het betekent dat jullie nu allemaal moeten vechten om mij te helpen mijn zoon te bevrijden."

Hij stond kaarsrecht, en er was niets dat zijn leeftijd verried nu hij woest keek. "Maar begrijp dit goed, ieder van jullie. Dit is

niet alleen voor mij en mijn familie. Het is voor jullie bestwil! Als
de mijnwerkers dit ongestraft kunnen doen, zullen ze weten dat
ze de sterkste man op de woeste gronden hebben verslagen. We
kunnen niet toelaten dat ze naar hartelust mensen gijzelen, wanneer ze maar willen. Als ze dat doen, zal niemand meer vrij zijn,
ridders niet, maar ook boeren en kooplui, horigen, zelfs de mannen op de pachtgronden niet – iedereen zal zich aan de mijnwerkers moeten onderwerpen. Willen jullie dat? Ze zullen denken
dat ze overal kunnen gaan en staan, op jullie akkers, waar ze de
gewassen van jullie families zullen vernielen. Dat is wat er zal
gebeuren als we hen nu laten winnen. Dan zullen ze weten dat zij
de lakens kunnen uitdelen."

Zijn stem was steeds luider geworden, en de mannen op de
binnenplaats hadden aandachtig geluisterd, velen met een frons
van begrip op hun gelaat. Een paar keken vrienden aan en knik-
ten met nieuwe overtuiging. Sir William vervolgde: "Ik vraag jullie mij te helpen. Niet om mijn zoon te bevrijden. Slechts enkelen, als die er al zijn, voelen zich geroepen hem te verdedigen,
afgezien van jullie verplichtingen aan de havezaat en aan de erfgenaam van het land. Maar jullie moeten wel meegaan vandaag.
Niet voor mij of voor hem, maar voor jullie zelf en voor de andere bewoners van de woeste gronden, om jezelf te beschermen en
het land vrij te houden voor allen. We moeten de arrogantie van
deze mijnwerkers breken en hun leren dat ze niet kunnen doorgaan met bedreiging en afpersing, diefstal en plundering. Ze
moeten beseffen dat wij voor onszelf zullen opkomen en ons zullen verdedigen. En de manier om dit te doen is mijn zoon te
bevrijden. Ik verlang niet naar een gevecht, ik ben oud en mijn
tijd om oorlog te voeren is voorbij, maar ik zal mij mijn land niet
door rovers en bandieten laten afpakken zonder mijn zwaard te
trekken en tegen hen te zeggen: 'Tot hier en niet verder!' Nee, ik
verlang niet naar een gevecht – maar als het moet, zal ik vechten,
vandaag, zal ik misschien wel moeten. En jullie ook. Niet voor
mij, niet voor mijn zoon, maar voor jullie zelf."

Plotseling trok hij zijn zwaard uit de schede en hield het
boven zijn hoofd. "Is er iemand onder jullie die niet bereid is
voor jullie land te vechten?"

Een ontkennend gebrul, dat tegen de gebouwen echode deed
de paarden stampen en briesen. Er begon een hond te huilen.

"Te paard dan, en volg mij!"

Baldwin liet zijn ogen over de mannen gaan, die nu juichten en met hun armen zwaaiden. Het was een goede prestatie, vond hij. Mannen die nog maar net grimmig hadden staan mopperen over het opkomen voor een ridder die beter had moeten opletten, of die zenuwachtig hun wapens hadden betast in afwachting van een mogelijk gevecht; mannen die zich hadden afgevraagd hoeveel de mijnwerkers voor sir Roberts leven zouden vragen en of het te veel zou zijn; mannen die terugdeinsden bij de gedachte aan verwondingen – want in de zomerhitte kon een wond gaan zweren, en dat betekende een langzame, pijnlijke dood... allemaal betuigden ze nu hun bijval. De eerste les die een militaire bevelhebber moet leren, dacht Baldwin droogjes, is hoe hij mannen die voor hem vechten ervan moet overtuigen dat ze voor zichzelf vechten. Sir William was heel lang soldaat geweest, en die les was hij niet vergeten. Hij werd zelfs toegejuichd door een man die een bloedende snee in zijn arm had opgelopen door een onvoorzichtig gehanteerd mes. Baldwin slaakte een zucht. Vreemd, dacht hij, hoe mannen konden besluiten zich achter iemand te scharen, alleen maar vanwege een nette toespraak.

"Indrukwekkend." Ongemerkt was sir Ralph bij hen komen staan. Hij had zich in het paniekerige gedrang om de brand te blussen niet laten zien, en ook niet toen de lichamen werden gevonden. Nu stond hij met een soort treurige herkenning naar de mannen op het plein te kijken. "Vroeger was ik net als zij," zei hij peinzend. "Vol vuur en eergevoel stond ik klaar om mijn rechten en voorrechten te verdedigen: kom maar op en moge de duivel mijn vijanden halen. Nu vecht ik alleen nog maar voor geld, en geld is geen zaak waar je lang achter staat. Het zet ook het hart niet zo in vuur en vlam."

"Maar het houdt tenminste de maag een tijdje gevuld," zei Simon, die achter hem stond.

Sir Ralph keek niet naar de baljuw, maar naar Baldwin. "Ja even. En als het geld op is, is er niets anders meer. Geen zaak, geen eer, geen grote waarden. Enkel de jacht op meer geld." Hij wierp een blik op de menigte. "Zij hebben tenminste hun zaak vandaag, ook al zal die niet lang duren."

Baldwin dacht over zijn woorden na terwijl ze hun paarden ophaalden en zich gereedmaakten om uit te rijden. Er had een uitdrukking van oneindige droefheid op het gelaat van de man gelegen, alsof hij de tijden van weleer, toen hij aan roemvolle gevechten deelnam, als een van de trouwe en ridderlijke soldaten te midden van vele andere, node miste. Baldwin kon zijn gevoel iets verloren te hebben en een doel in het leven te missen, begrijpen. Het was hetzelfde gebrek aan richting dat hij had gekend toen zijn orde te gronde was gericht, een gevoel dat hem was blijven verteren totdat hij op zoek was gegaan naar de man die hij daarvoor verantwoordelijk achtte. Ja, Baldwin kon zich zijn gevoelens levendig voorstellen.

Voordat Baldwin zijn paard had beklommen, zat Simon al in het zadel te wachten. Hugh en Edgar waren in het gedrang op de binnenplaats druk bezig de paarden kalm genoeg te houden om ze te kunnen zadelen, en intussen ontdekte Simon de jongste van de gebroeders Beauscyr. Over de hoofden van de menigte heen kon hij de jongen aan de voet van de trap zien staan, met zijn duimen in zijn riem gehaakt. Sir William sprak John aan, en keek toen om zich heen of hij Simon zag. Even later kwam hij naar de baljuw toe.

"Baljuw, ik wil dat John vandaag met ons meegaat."

"Ik denk niet dat we hem nodig zullen hebben," zei Simon, met een gebaar naar de soldaten overal om hen heen. "Ik denk dat we met genoeg mannen zijn."

"Daar gaat het niet om, en dat weet u," zei de oude ridder vastberaden. "Robert is zijn broer. John heeft er recht op ons te helpen hem te bevrijden."

Het bleef even stil. Beiden beseften dat sir William hier niet om hoefde te vragen – als hij wilde, kon hij de baljuw laten vastbinden en bewaken terwijl hij zijn mannen meenam. "Als u mij zegt waarom, ga ik akkoord," zei Simon.

Sir William gaf een kort knikje. "Goed dan. De twee hebben vanmorgen ruzie gehad. John denkt dat het door deze ruzie kwam dat Robert op zo'n eigenzinnige manier in de hinderlaag is gelopen. Als ze geen onmin hadden gekregen, zou Robert voorzichtiger zijn geweest. Hij zou op z'n minst niet zo ver voor zijn medejagers uit zijn gereden dat hij gemakkelijk gevangen kon worden genomen. John voelt zich daar heel ongelukkig over, baljuw. Hij wil Robert helpen bevrijden."

Simon haalde zijn schouders op, en knikte toen. "Dat is een goede reden. Neem hem maar mee."

Al de mannen waren nu klaar. Baldwin zat op zijn zware

strijdros, en de knechten zaten ook in het zadel, Edgar nog steeds in opgewonden stemming. De binnenplaats verstomde toen sir William en zijn zoon op hun paarden klommen, en even later reden de ruiters door de poorten, de helling voor het fort op. Anderen zouden te voet volgen.

Bij de bomen boven op de heuvel kwam hun een boodschapper tegemoet, rood aangelopen en hijgend na zijn dolle rit over de woeste gronden.

"Goddank dat ik u tref, sir William! De tindelvers die uw zoon gevangen houden, zijn in het mijnwerkerskamp op de woeste gronden."

"Goed. Haal een fris paard en volg ons."

Sir William spoorde zijn paard aan en reed verder, zich vaag bewust van Simon en Baldwin achter zich. Naast hem reden zijn zoon en sir Ralph, maar de oude ridder bleef strak voor zich uit kijken om zijn gezicht in de plooi te houden. Hij vroeg zich nog steeds af wat Thomas Smyth met Roberts ontvoering hoopte te bereiken.

Het was niet zo dat ze voortdurend met elkaar overhoop hadden gelegen. Het onaangename feit dat de mijnwerkers rechten op de woeste gronden hadden, werd door de havezaat allang geaccepteerd, en ze werden niet lastiggevallen, zoals door veel andere landeigenaren. Sommigen daarvan hieven een belasting op alle tin die op hun grond gedolven werd, maar sir William was al vroeg tot het inzicht gekomen dat het beter zou zijn ze hun werk te laten doen. Er waren ook manieren om geld te verdienen die 's konings ambtenaren niet ongunstig zouden stemmen en de familie zouden schaden. Over het algemeen waren de mijnwerkers en hij erin geslaagd vreedzaam naast elkaar te leven. Dat maakte deze gijzeling zo onbegrijpelijk. Als er sprake was geweest van een langdurige vete, had hij het kunnen begrijpen, maar voor zover hij wist was er geen reden.

Hij wierp een steelse blik op zijn andere zoon. John reed met opgetrokken schouders, alsof hij gebukt ging onder verdriet. Het bracht sir William op het idee dat zijn jongste zoon misschien verantwoordelijk was voor dit drama. Boos ging hij na waarom de schildknaap problemen veroorzaakte: zijn voortdurende gekibbel met Robert, zijn arrogantie en onbeschoftheid, zijn stommiteit die man daar in de buurt van Chagford te beroven, dat alles leek nu te hebben geleid tot deze laatste ramp. Op de een of andere manier, vond de oude ridder, was het allemaal Johns schuld.

Dat bracht hem ertoe zich af te vragen wat de baljuw van zijn zoon dacht. Simon had overduidelijk gemaakt dat hij Johns woord in twijfel trok en hem op z'n best als onbetrouwbaar beschouwde. Misschien dacht de baljuw dat de knaap Bruther vermoord had – en waarschijnlijk ook de twee soldaten had neergestoken. Er was geen duidelijk motief waarom hij deze moorden begaan zou hebben, maar John leek simpelweg een neiging tot misdadigheid te hebben – hijzelf had dat bevestigd toen hij de beroving bekend had. En ook dat was een vergrijp zonder goede reden geweest. Als John geld nodig had gehad, had hij er zijn vader om kunnen vragen. Het was niet nodig geweest te gaan zwerven. Het enige dat in zijn voordeel sprak, wist sir William, was zijn jeugd. Veel mannen, bedacht hij spijtig, namen de wijk in roversbendes, de plunderende groepen mannen die overal opdoken waar het recht verstek liet gaan. Welke misdaden John ook mocht hebben begaan toen hij een baanstroper in het noorden was, ze konden nooit zo gruwelijk zijn geweest als die van sommige anderen.

Er was echter maar één ding wat er op dit moment toe deed, en dat was dat ze Robert vrij kregen. Hij moest zijn oudste zoon bevrijden, hoe dan ook.

Baldwins gedachten waren nog steeds bij de twee dode mannen. Er was die ochtend al zoveel gebeurd dat hij zich geradbraakt voelde. De brand, daarna de vondst van de lijken, de hinderlaag en de ontvoering van sir Robert... dat alles maalde hem door het hoofd, en hij probeerde die gebeurtenissen in een logische volgorde te plaatsen. Het was dubieus, wist hij, om het moordonderzoek zo te laten vallen, maar zolang Robert in leven was, moest iedereen die zou kunnen helpen proberen hem vrij te krijgen. En indien mogelijk moest de baljuw een poging doen een gewapend treffen te voorkomen, ook al zou dat moeilijker zijn na sir Williams toespraak. Nu verwachtten al de mannen van de havezaat dat het op vechten zou uitdraaien. Het bloed van een man van het westen kookte niet zo snel, maar eenmaal in actie gekomen zou hij zich doodvechten voor wat hij als juist beschouwde.

Baldwin ging in gedachten weer op zoek naar een logische verklaring voor de twee dode mannen. Wie kon ze dood hebben gewild? Het was een raadsel, want geen van beiden leek er de man naar om vijanden te maken. Maar er braken vaak gevechten uit onder garnizoenstroepen die zich verveelden als ze ver van de dichtstbijzijnde stad waren gestationeerd. Dat was de reden waarom moderne kastelen werden gebouwd met aparte ruimtes voor de eigen getrouwen en huurlingen: bij onenigheden onder de troepen konden de heer en zijn getrouwen zich dan terugtrekken en gevechten buiten de vergrendelde deur houden. In zulke gevallen waren de vechtpartijen gewoonlijk het gevolg van gokruzies. Misschien was iets dergelijks ook de oorzaak van de moorden geweest. Misschien was Samuel met iemand in de kamer aan het dobbelen geweest en was er een ruzie ontstaan. Misschien was de dader, wie dat ook was, van de ene kamer naar de andere gelopen. Hij had de vaten omgegooid om lawaai te maken, en toen Samuel hem volgde om te zien wat er loos was, had hij hem in de rug gestoken. Ronald had de schermutseling kunnen horen, en dus was hij ook vermoord...

Baldwin fronste zijn wenkbrauwen. Nee, dat klonk niet aannemelijk. Er waren te veel details die hem dwarszaten. Iedere soldaat zou weten hoe hij een hand over de mond van zijn slachtoffer moest leggen als hij hem van achteren neerstak – dat zou zinvol zijn om te voorkomen dat het slachtoffer alarm sloeg — maar het lawaai van de vallende vaten moest niet gering zijn geweest. Hoe kwam het dat het in de zaal boven niet gehoord was? Na zoveel jaren te hebben rondgetrokken en soldaat te zijn geweest waren hij en Edgar beiden lichte slapers, en ieder plotseling lawaai van die orde tijdens de nacht zou hen hebben moeten wekken.

Nee, zo'n tumult kon niet hebben plaatsgevonden terwijl zij sliepen. Bovendien, beide lichamen waren nog warm geweest, wat betekende dat de mannen later in de ochtend waren gestorven, vermoedelijk toen hij en Simon al wakker waren en op de binnenplaats... Bij al het lawaai van de klok en het blussen van de brand zou niemand het gebons van vallende vaten hebben opgemerkt. En het kon ook niet het gevolg van een gokruzie zijn. Soldaten dobbelden op ieder moment van de dag, maar zo vroeg in de ochtend?

"Daar is het!"

De uitroep van de voorste ruiter wekte Baldwin uit zijn overpeinzingen. Later zou hij nog tijd genoeg hebben om de details door te nemen. Nu ging het erom een jongen te redden en, zo mogelijk, een gevecht te vermijden. Zuchtend tastte hij naar zijn zwaard en bewoog het op en neer in de schede, terwijl hij bad dat er die dag niet nog meer doden zouden vallen.

Het kamp had iets van een vredig dorp. Uit de verspreide hutjes steeg rook op, en het ontbreken van een palissade gaf het geheel een uitstraling van vertrouwen en onverstoorbaarheid, alsof het mens noch natuur hoefde te vrezen – en inderdaad zouden niet veel mensen een mijnwerkerskamp proberen te beroven. Iedereen die zo roekeloos was dat te wagen, zou tot de ontdekking komen hoe gehecht een tindelver aan zijn negotie was. Baldwin herinnerde zich een abt in Cornwall die had besloten zijn eigen belasting te heffen over het tin dat op zijn gronden gewonnen werd, en een strijdmacht had gestuurd om betaling te eisen. De abt was er al gauw achter gekomen dat tindelvers, als ze getart werden, als bijen konden uitzwermen en steken – en had zich gedwongen gezien terug te krabbelen.

Een eindje verderop verwachtte sir Ralph half en half dat sir William het kamp binnen zou vallen als een krijgsman uit vroeger tijden, zodat het een orgie van verwoesting zou worden, met paarden die over de vlakte stormden en mannen die met hun zwaarden en pieken naar alles hieuwen en staken wat op hun weg kwam.

Maar sir William had zijn manier van oorlog voeren onder mannen als deze mijnwerkers geleerd, en hij verwierp een dolle stormloop. Naar wat hij gehoord had, wisten zijn tegenstanders hoe ze boogschutters moesten opstellen, net zoals de Welshmen, tegen wie hij met de oude koning Edward had gevochten. In die dagen waren hij en anderen onder de indruk geweest van de vaardigheden van hun vijanden, vooral de kunst om ruiters in nauwe doorgangen te lokken, waar de paarden geen manoeuvreerruimte hadden en hun berijders eraf getrokken konden worden. Hij voelde er niets voor zo in de val te lopen en nodeloos mensenlevens in de waagschaal te stellen, speciaal het leven van zijn zoon.

Zorgvuldig inspecteerde sir William het terrein. Het daalde af naar de beek, met her en der hutjes als steentjes op een bord. Er was geen zichtbare verdediging, geen barricade of muur waarachter boogschutters zich konden verbergen, maar de hutten zouden bescherming kunnen bieden. In de stegen en straatjes zouden gespannen touwen ruiters uit het zadel kunnen werpen.

246

Achter de hutten konden mannen op de loer liggen met een knuppel of steekwapen. De mijnwerkers wisten waarschijnlijk al dat hij en zijn troep hier waren. Ze moesten een uitkijk hebben gehad die de omgeving vanaf een hooggelegen punt in de gaten hield. Hij keek om zich heen. Links was een groepje rotsen – de ideale plek voor een wachter, met een goed uitzicht over het hele land in het oosten. Een uitkijk hier kon in een mum van tijd naar beneden springen, op zijn pony klimmen en naar het kamp galopperen.

Sir Ralph en Baldwin voegden zich bij hem. De huursoldaat knikte naar het dorp. "Waar denkt u dat ze hem hebben ondergebracht?"

"Ik heb geen idee. Hij zou in elk van die hutten kunnen zijn." Plotseling kreeg sir William een inzinking. Hij keek Baldwin vermoeid aan. "Wat denkt u, sir Baldwin?"

Zwijgend nam Baldwin het terrein in zich op. Toen wees hij. "Daar, in het ovenhuis. Het is de veiligste, best te verdedigen plaats. Daarom werden de drie mijnwerkers daar gevangen gehouden. De opslagruimte heeft slechts één deur en geen raam. Maar de gebouwen eromheen maken het moeilijk er te komen."

De oude ridder knikte. "Ik denk dat u gelijk hebt."

"Laten we dan gaan kijken," zei sir Ralph, terwijl hij enigszins verward van de een naar de ander keek. "Waarom blijven we hier staan?"

"Omdat ik die rotzak van een mijnwerker ken," zei sir William bars. "Jaren geleden is hij soldaat bij mij in Wales geweest. Hij is dan wel geen ridder, maar hij was een goed krijgsman, en sluw."

Simon kwam bij hen staan. "Als het een val is, heeft hij die van een verleidelijk lokaas voorzien. Mag ik voorstellen dat we die val onschadelijk maken voordat we erin lopen?"

"Spreek ronduit, man! Wat bedoel je?" vroeg sir William kregelig.

"Ik wil met hem gaan praten. Het heeft geen zin daar in volle vaart binnen te stormen. Zoals u zegt, als hij enige krijgservaring heeft, zal hij zijn mannen ergens hebben opgesteld waar wij hen niet kunnen bereiken, maar zij wel hun pijlen op ons af kunnen schieten. Daar moeten we niet in lopen. Hij zal mij wel ongedeerd laten. Ik heb hier niets mee te maken en hij zal de inspecteur-generaal en de koning niet tegen zich in het harnas willen jagen door mij kwaad te doen."

247

"Ik ga met je mee, Simon," zei Baldwin. "Ik zou ook geen gevaar moeten lopen."

"Zijn jullie daar zeker van?" vroeg sir William, terwijl hij hen duidelijk verrast aanstaarde.

"Zoals ik zeg, hij zal er niet om zitten te springen de koning tegen zich in het harnas te jagen – dit is kroondomein. Hij mag dan fier genoeg zijn om u te beledigen, maar als de koning te horen zou krijgen dat zijn baljuw iets was overkomen, zou hij orde op zaken stellen en zouden de mijnwerkers het hier een stuk moeilijker krijgen. Dus het zou veilig moeten zijn."

Nadat sir William berustend zijn schouders had opgehaald, begonnen ze langzaam en voorzichtig de lange helling af te dalen, vergezeld van hun knechten.

"Zonet vond ik dit nog een goed idee," zei Baldwin peinzend.

"En nu?"

"Het is me te rustig."

Hij had gelijk. Simon kon het ritmische geklater en gespetter van het water rondom het rad al horen. De hutten zagen er allemaal verlaten uit, maar hij had het onbehaaglijke gevoel te worden gadegeslagen. Het was alsof ze op een van die oude, sinds lang verlaten hofstedes af gingen, alleen was de sfeer dreigender, want overal hing rook. Het had hier moeten wemelen van de mensen, van vuren stokende en hamerende mannen die aan het werk waren; de stilte was benauwend.

"Verdomme! Laten we als mannen naar binnen rijden en een eind maken aan deze langzame kwelling," mompelde de baljuw, maar Baldwin hield hem tegen.

"Niet als je van je paard houdt, waarde vriend."

Fronsend volgde Simon zijn blik en nu zag ook hij de kleine vierkanten in het gras. Er waren gaten gegraven in het hele vlakke terrein dat hen van het ovenhuis scheidde, waarna de zoden weer waren teruggelegd om ze te verbergen. Hij grijnsde beschaamd en knikte met tegenzin. Onder elke zode lag een gat van een voet diep om het been van een paard te breken en iedere aanval tot staan te brengen.

Tussen de hutten in ving Baldwin een glimp op van wachtende mannen. In de meeste opzichten zagen ze er net zo uit als de mannen onder sir Williams bevel – een ruig, sjofel stelletje, gewend te werken met de zware houwelen en hamers die ze in hun handen hadden. Zorgelijk staarden ze naar de vier mannen die langzaam naderden om met hun heer te spreken. De ridder zuchtte. Waar het geschil ook over ging, wist hij, zo ging het altijd met oorlogen: de rijken maakten ruzie en de armen vochten en stierven voor hun zaak.

Bij het ovenhuis stopten zij en wachtten, terwijl ze op hun paard bleven zitten. Toen Simon naar Baldwin keek, zag hij dat de ridder doodkalm was. De baljuw grijnsde zuur, want zijn maag speelde op, en hij had een nare smaak in zijn mond. Bij een plotseling geluid bewoog zijn paard zich nerveus, en hij vloekte het dier uit, terwijl hij het tussen zijn knieën klemde. Even later keek hij in de onderzoekende ogen van Thomas Smyth. De mijnwerker stond voor hem met een zwaar kromzwaard in de hand, een oud zwaard met kerven in de enkele snede, die op een gewelddadig verleden wezen; hij leek verrast de baljuw en zijn vriend tegen te komen.

Simon voelde zijn angst verdwijnen. Waarom zou hij bang zijn voor iemand die er zo goed bij zijn verstand en normaal uitzag? Ook al waren zijn ontmoetingen met de mijnwerker niet altijd plezierig geweest, Smyth was tenminste zakelijk. "Thomas," zei hij, met een plotseling moe, leeg gevoel, "waar zijn we verdomme mee bezig?"

hoofdstuk 21

Ze zaten op de bank voor een hut en dronken bier, onder het toeziend oog van Thomas Smyth, die hen met samengetrokken wenkbrauwen aankeek. Hij zag eruit als een man wiens geduld te zwaar op de proef was gesteld, vond Baldwin. Zijn zwarte ogen waren roodomrand en lagen diep in hun kassen verzonken, en de lijnen in zijn gelaat waren dieper geworden. Evenals sir William was hij in een paar dagen zichtbaar ouder geworden.

"Het was de druppel die de emmer deed overlopen – toen ik hoorde dat die vlerk van een John Beauscyr die avond in de herberg was. Op weg erheen moet hij Peter gepasseerd zijn, nadat hij zijn vader bij mijn huis had achtergelaten."

"En dus?" vroeg Simon.

"John Beauscyr moet Peter later gevolgd zijn en hem vermoord hebben."

"Maar Bruther had toch mensen bij zich."

"Ja, dat weet ik. Maar ik weet ook dat die mijnwerkers hem niet helemaal hebben thuisgebracht en hier terug zijn gekomen. Hij vertelde hun die avond dat hij ze niet meer nodig had."

"Dus toen hij naar zijn hut ging, was hij op een gegeven moment alleen?" vroeg Baldwin.

"Ja. Die hele weg over de woeste gronden was hij in zijn eentje. Het zou een koud kunstje zijn geweest hem te vermoorden."

"Je weet hoe hij gestorven is?" zei Simon zachtjes, en de tindelver knikte somber.

"Gewurgd. En toen opgehangen. Daar zou John Beauscyr geen moeite mee hebben."

"Misschien. Maar waarom zou hij dat doen?"

"Hij is een Beauscyr, niet? Peter was van hun land weggelopen en had hen voor schut gezet. John wilde van de man af die zijn familie te schande had gemaakt."

"Zo denkt die jongen niet, Thomas. Ik kan me niet voorstellen dat zoiets hem ertoe bracht een moord te plegen. Hij schijnt er vooral plezier in te scheppen zijn broer in de penarie te zien. Ik denk dat hij Bruther wel mocht vanwege die wegloperij. Tenminste, totdat hijzelf door Bruther werd vernederd."

"In welk opzicht?"

"Op de avond dat hij stierf, heeft Bruther John en sir Ralph op de zo weg beledigd, dat ze hun gezicht verloren."

"Ja? Nou, dat zullen die twee dan wel hebben uitgelokt."

"Uitgelokt? Terwijl hij een troep mannen bij zich had?" Baldwins wenkbrauwen gingen omhoog. "Als twee mannen oog in oog met acht man komen te staan, gaan ze zo'n overmacht toch niet provoceren?"

"Misschien niet met opzet. Ridders kunnen arrogante dwazen zijn."

"Horigen ook," merkte de ridder sarcastisch op, en Thomas zweeg.

"Dat kan iedereen," zei Simon verzoenend. "Maar nu weten we nog niet wat dit allemaal te betekenen heeft." Hij gebaarde naar de gewapende mannen in de buurt.

De mijnwerker staarde hem aan. "Wat dit te betekenen heeft? Dat lijkt me toch duidelijk! Als de jongen Peter vermoord heeft, wil ik dat hij daarvoor boet. Mijn mannen konden hem niet te pakken krijgen, maar zijn broer wel, en dus hebben ze hem in zijn plaats gevangen.

"En wat ben je van plan, nu je sir Williams zoon gevangen hebt genomen? Wil je hem vermoorden – of hem alleen maar gevangen houden? Er wacht een flinke strijdmacht onder aanvoering van de ridder zelf op je, want hij wil zijn zoon terug. Ben je bereid mijnwerkers op te offeren alleen omdat je Bruther wilt wreken?"

"Ja! Ik ga Robert voor John inruilen, en de vlegel zal volgens mijnwerkersrecht boeten voor wat hij gedaan heeft."

Na deze nadrukkelijke bevestiging wisselden de baljuw en zijn vriend bezorgde blikken. Beide mannen wilden vermijden dat het op een uitputtende, gewelddadige strijd zou uitlopen. De mijnwerkers waren talrijker dan de strijdmacht van veertig bereden soldaten die sir William op de been kon brengen, maar andere wachters uit het fort waren te voet onderweg, en als de oude ridder dacht dat hij in het voordeel was, zou hij kunnen aanvallen.

Baldwin keek de onversaagde, vastberaden mijnwerker recht

in de ogen. "Dit slaat nergens op. Jij hebt een man verloren, maar dat rechtvaardigt nauwelijks dat je het leven van al deze anderen op het spel zet, Thomas. We weten trouwens niet zeker dat het John was, die Bruther vermoord heeft. Ja, hij zou de gelegenheid gehad kunnen hebben, maar we denken dat hij niet in de buurt was toen Bruther vermoord werd. Hij bevond zich in de buurt van Chagford."

Er trok een zweem van twijfel over het gelaat van de mijnwerker. Baldwin vervolgde zachtjes: "En Robert zelf was mijlenver uit de buurt. Dat weten we uit verklaringen van drie mensen die hem gezien hebben." Hij zag geen reden te vertellen dat een van de drie Smyths eigen dochter was. "Hij was er niet bij betrokken."

"Wie heeft Peter dan vermoord?"

"We hebben ons afgevraagd hoe het met jou zat," gaf Simon eerlijk toe. "Adam Coyt heeft je die dag in de buurt van Bruthers hut gezien. Wat deed je daar?"

Tot zijn verrassing grijnsde de mijnwerker. "Ik?" Hij draaide zich om en wenkte Harang, die een paar meter bij hen vandaan een lange dolk stond te wetten, terwijl hij over de vlakte naar de wachtende groep ruiters keek. "George, kom eens hier. Goed, vertel de heren maar wat jij en ik gedaan hebben op de avond dat Peter stierf."

De gedrongen man staarde argwanend naar Baldwin en Simon. Toen hij Thomas Smyth zag knikken, haalde hij zijn schouders op. "Het grootste deel van de middag zijn we hier in het kamp geweest om het ovenhuis te controleren en te zien hoe het werkte. Toen het laat werd, zijn we vertrokken om Peter in zijn hut op te zoeken. De dag tevoren had mijn heer hem een baan aangeboden als opzichter bij het smelten. Het zou zinvol zijn hier iemand te hebben die we kenden en vertrouwden, om de baren te controleren. We gingen naar hem toe om zijn antwoord te horen, maar zijn hut was verlaten, en dus zijn we doorgereden om sir William te ontvangen."

"Je moet Bruther vertrouwd hebben dat je hem dat aanbod hebt gedaan," zei Simon tegen Smyth.

"Hij was mijn zoon, baljuw."

Dus daarom noemde hij de jongeman altijd bij zijn voornaam, dacht Baldwin – waarom heb ik dat niet beseft?

Simon stamelde: "Maar waarom... Je had dat toch zeker... Waarom heb je ons dat niet verteld, verdomme?"

"Waarom zou ik? Zou het iets hebben veranderd aan de manier waarop u zijn dood heeft onderzocht? Wat zou u hebben gedaan, baljuw, als hij uw zoon was geweest? Hetzelfde als ik waarschijnlijk. Ik wilde ontdekken wie het gedaan had, oog in oog met de moordenaar komen te staan om hem te laten ondergaan wat hij mijn zoon had aangedaan. Mijn enige zoon." Hij kreunde van wanhoop.

"Ik begrijp het niet, Thomas," zei Baldwin zacht. "Je zegt dat hij je zoon was, maar..."

Smyth keek de ridder aan en glimlachte flauwtjes. "Mijn vrouw is een fatsoenlijke vrouw, sir Baldwin. Ze is goed voor mij geweest en heeft mij veel kinderen geschonken. Maar alleen Alicia is in leven gebleven; al de anderen zijn bij hun geboorte gestorven, of binnen enkele jaren daarna. Toen kon de arme Christine geen kinderen meer krijgen, en leerde ik tevreden te zijn, omdat ik Peter had." Hij kreeg een afwezige blik in zijn ogen. "Zijn moeder was Martha Bruther, een lieftallige jonge weduwe die ik leerde kennen voordat ik trouwde. Ik had Christine nog niet eens ontmoet toen ik naar Martha's hand dong. Ze trok mij zo aan dat ik bereid was met haar te trouwen, maar zij wou mij niet. Ze was één maal getrouwd geweest, en voor haar hoefde het niet meer. Haar man had haar geslagen, daarom bleef ze liever alleen – ze had geen man nodig. Maar ze was trots op Peter, onze zoon." Hij zweeg, terwijl hij in herinneringen verzonken langs Baldwins schouder staarde.

"Je had ons uren kunnen besparen als we dit eerder hadden geweten," zei Simon knorrig. "We hadden ons op de andere verdachten kunnen concentreren." En meteen vervloekte hij zijn ongevoeligheid.

"Ik kon het u niet eerder vertellen," legde Smyth uit, "niet met mijn vrouw erbij. Het zou haar te erg gekwetst hebben. Daarom heb ik het achtergehouden en u zoveel mogelijk proberen te helpen. Ik dacht dat het er niet toe deed."

"En dat doet het ook niet meer," zei Baldwin meewarig. "Maar laten we op ons voornaamste onderwerp terugkomen: wat ga je met Robert Beauscyr doen? Ik weet zeker dat hij onschuldig is, en je wilt de man die misschien je schoonzoon wordt, toch geen kwaad doen?"

De mijnwerker opende zijn mond, maar voordat hij kon antwoorden, klonk er een kreet en kwam er een man naar hen toe gerend, die naar de vlakte wees. "Ze komen eraan! Ze komen eraan!"

Smyth stond op en wierp Baldwin een kil glimlachje toe. "Ik denk dat sir William voor ons heeft beslist. We verdedigen ons."

Het was de aankomst van de voetknechten van Beauscyr die sir William deed besluiten tot de aanval over te gaan. Zijn hofmeester had al de mannen op het domein verzameld, en ook de reservewachters van de havezaat moesten zich in aller ijl bij hun heer voegen. Velen hadden meegenomen wat bij de hand was toen de oproep kwam. Houwelen, turfschoppen, bijlen en hamers moesten als wapens dienen, en allemaal hadden ze een bezorgde uitdrukking op hun strakke gelaat. Het was hen aan te zien dat ze niet durfden te deserteren maar bang waren voor wat hun te wachten stond. Als het een strijd was geweest om hun vrouwen en kinderen te beschermen, zouden ze zich met stoïcijnse vastberadenheid dood hebben gevochten, zoals hun voorvaderen dat tegen de Fransen, de Denen en de noormannen hadden gedaan, maar dit was niet hun strijd. Dit was een ruzie tussen mijnwerkers en hun heer, en ze voelden er niets voor hun gezinnen vaderloos achter te laten vanwege de vete van iemand anders.

Toen ze naar de vlakte kwamen, zag een uitkijk van Beauscyr hen. Hij reed direct naar de ridder toe, die hem opdroeg terug te gaan en de mannen uit te laten rusten. Sir William zou hen weldra ten strijde voeren.

Een tijd lang bleef hij te paard naar het dorp kijken met een frons op zijn gelaat. De baljuw en zijn vriend bleven te lang weg: dat verbeeldde hij zich niet, in dit licht wierp de zon sterke schaduwen, en hij had die van hemzelf over een heideveld en verder zien trekken. John zat op hete kolen, terwijl sir Ralph met een soort overgave naar het kamp beneden hen zat te turen, alsof er in deze woestenij niets anders was dat zijn aandacht kon vasthouden. Toen hij een paard luid hoorde snuiven, wierp sir William een blik over zijn schouder. De man achter hem bleef onbewogen. Slechts enkelen keken naar hem; de rest hield zijn ogen op het kamp gericht.

Hij had nooit gedacht dat hij op zijn leeftijd nog weer eens zou uitrijden. Bij het zien van zijn mannen, al de wachters van het fort en de dienaren die konden rijden, bekroop hem het eigenaardige gevoel dat er iets mis was. Hij zou het niet moeten zijn die de mannen aanvoerde, maar een van zijn zoons. Hij was te oud. Zijn tijd was, net als van de oude koning, de tijd geweest van de hevige, gewelddadige botsingen in Wales, meer dan dertig jaar geleden. Toen was hij nog jong en onstuimig, een krachtig aanvoerder, een man van eer met andere vermaarde namen aan zijn zijde.

Dat waren goede tijden geweest. De risico's waren groot, de buit was rijk, en bij alle mannen die het er levend afbrachten, heerste een gevoel van prestatie en trots. Zelfs na het debacle van de expeditie vanuit Anglesey had de lange man uit Beauscyr een groot deel van de buit voor zich opgeëist.

Een snelle frons trok over zijn voorhoofd toen hij weer aan de korte, donkere man met de keiharde ogen dacht die zelfstandig had meegevochten, alsof hij niet bij de rest van de groep hoorde maar een buitenstaander was, die zich alleen bij hen had aangesloten om hulp in nood te bieden. Nu, dertig jaar later, had deze zelfde Thomas Smyth zijn zoon gevangengenomen, zonder enige reden.

Hij keerde zijn paard en zei tegen een man in zijn buurt: "Breng de anderen op de hoogte." Er volgden nog een paar instructies en daarna reed de man weg. Sir Williams ogen bleven op de ruiter gericht tot die de heuvel op was en uit het zicht verdween. Toen keek hij zijn zoon aan. "Kom, John. Laten we je broer gaan bevrijden."

Simon en Baldwin keken grimmig naar het schouwspel van mannen die over de heuvelkam stroomden en in een verspreide menigte naar het dorp kwamen gelopen. Vanaf zijn plaats achter zijn heer kon Edgar enkele maatregelen zien die in het kamp ter verdediging waren genomen. Er was geen hoge borstwering of muur zoals op Beauscyr, maar her en der lagen grote stenen om de paarden af te remmen. Samen met de in de vlakte gegraven gaten zouden ze iedere aanval tot staan moeten brengen. De mijnwerkers vormden groepjes. Op de flanken stonden boogschutters, terwijl de hoofdmacht van de mannen zich in het midden bevond, met zwaarden, pikhouwelen en ijzeren staven in plotseling klam geworden vuisten.

Thomas Smyth liep rond, sprak nu en dan een bemoedigend woord, lachte om de grap van de een, sloeg een ander op zijn schouder en raakte soms met een vertoon van geamuseerde afschuw even een roestig wapen aan. In Baldwins ogen was hij een geboren leider, glimlachend, vertrouwen inboezemend door zijn optreden, en de naam van ieder van zijn mannen kennend. Zoals alle goede aanvoerders, wist Baldwin, begreep de mijnwerker dat een leider respect voor zijn mannen moest tonen, wilden ze bereid zijn voor hem te vechten en te sterven. En net als alle goede aanvoerders wist hij zijn troepen zo gunstig mogelijk op te stellen.

Twee keer deed Baldwin een poging naar de mijnwerker toe te gaan, maar George Harang had zijn zwaard getrokken en bewaakte met vijf anderen de twee mannen en hun knechten. Zijn ogen bleven voortdurend op de baljuw en zijn vriend gericht, zelfs toen het leger van de Beauscyrs zijn strijdkreet aanhief en ook toen het geluid van stampende en struikelende voeten een stormloop op het kamp aankondigde. Intussen jubelde boven het kamp een leeuwerik en murmelde de molenvliet. Het gaf Baldwin een onwezenlijk gevoel. Het leek onmogelijk dat hij hier echt was, en binnenkort getuige zou zijn van de climax van jaren ruzies tussen de tindelvers en de landheer, dat hij weer in een gevecht verwikkeld zou raken waarin hij onpartijdig was. Hij had geen belang bij de aanspraken of eisen van een van beide partijen, hij was hier alleen om zijn vriend te helpen recht te verkrijgen voor iemand die gegijzeld werd.

De rennende mannen waren nu iedere schijn van een formatie kwijt, wat Baldwin deed denken aan de troepen die hij in Akko had gezien. Arme, ongeoefende rekruten die op de vijand af werden gestuurd om te proberen zich een weg door zijn gelederen te banen, terwijl de cavalerie naar het beste punt zocht om een bres in de linies te slaan. Evenals in Akko gingen ze hun ondergang tegemoet. Hier was geen linie die kon worden gebroken, geen verdediging waar de cavalerie zich op kon concentreren. Toen hij het zoevende en knappende geluid van de bogen hoorde, kromp hij ineen. Voordat hij zich afkeerde, had hij mannen zien struikelen en vallen, twee met gevederde pijlen die obsceen uit hun borst staken, en een met een doorboorde keel. Een tweede golf van pijlen ging de lucht in, met het zoevende geluid van een vlucht ganzen. De doffe dreun als ze vlees troffen, was vreselijk om aan te horen.

Maar hij had niet beseft hoe doorkneed sir William was. Toen de stroom mannen het kamp bereikte, klonk vrijwel gelijktijdig, scheen het, bij de beek een luide aanvalskreet. Een sterke troep ruiters was omgereden en viel de verdedigers in de rug aan. De kreet spoorde de voorhoede van Beauscyr aan, wapens rezen en daalden, zwaarden raakten bijlen, spiesen raakten hamers, dolken raakten dolken, in een kakofonie van dissonant gekletter, alsof een leger ijzersmeden op aambeelden aan het werk was.

Er klonk een nieuw gedreun en gestamp nu de ridder zijn mannen in galop voorging. Baldwin kon de twee mannen voorop zien, sir William Beauscyr en sir Ralph. Met geheven zwaard kwamen ze aangestormd. De zon schitterde op maliënkolders en beschermplaten, op getrokken zwaarden, op de scherpe kanten van lansen, terwijl de grond beefde onder het gedonder van de hoeven. Toen de ruiters het terrein met de gaten over moesten, kwamen velen van hen ten val, maar de meesten bereikten de rand van het dorp.

Simon vroeg zich bezorgd af wat hij moest doen. Het was onmogelijk de vechtpartij te stoppen, maar hij kon ook niet aanzien, dat zoveel mannen zonder reden sneuvelden of gewond raakten. George Harang en zijn helpers waren op hun hoede. Thomas Smyth had Simon en Baldwin niet om hun zwaarden en dolken gevraagd, maar geen van beiden maakte aanstalten naar een wapen te grijpen. De mijnwerkers hadden nog geen reden hen als vijanden te beschouwen, en beide mannen gaven er de voorkeur aan dat zo te houden.

Tussen de hutten ving Simon zo nu en dan een glimp van de vechtende mannen op. Hij kromp ineen toen hij een bijl zag neerdalen en de arm van een man bij de schouder werd afgehakt. Er klonk een korte jammerkreet die abrupt eindigde, en toen hij zich met een ruk omdraaide, zag hij een man op zijn knieën zinken met een gapende wonde waar zijn keel had moeten zijn. Hij werd zo misselijk dat hij naar adem hapte terwijl de man langzaam opzij viel, met wijdopen ogen alsof hij verrast was.

Dat werd Simon te bar. Hij duwde een van de bewakers opzij en snauwde tegen George Harang: "Breng me naar Smyth!"

De mijnwerker keek hem onzeker aan. "Ik moest u hier houden."

"Kan me niet schelen. Hoeveel mannen moeten er nog sneuvelen terwijl die twee idioten met andermans levens vechten? Breng me naar hem toe, nu! Dit is niet alleen waanzin, het is nutteloos."

George stond in tweestrijd. Thomas had hem gezegd de twee mannen te bewaken, maar ook hij was geschokt door de gewelddadigheid van het gevecht. Dit was niet wat hij verwacht had. Het was geen manier om Peter te wreken – het was enkel een knokpartij waarin mannen met nauwelijks enige reden tot vechten tegenover elkaar stonden. Toch schudde hij uiteindelijk zijn hoofd. Hij had zijn heer nog nooit in de steek gelaten.

Baldwin kwam in beweging. Simon stond een eindje van George vandaan, met een gezicht dat rood was van woede, en de ridder ging naast hem staan, zich bewust van de verhoogde spanning bij de andere bewakers. "George," zei hij. "De baljuw heeft gelijk. We moeten hier een eind aan maken. Kijk toch eens."

De mijnwerker waagde een blik en zag mannen met elkaar worstelen, mannen die elkaar bij de keel grepen, een man die verdoofd op de grond zat en hevig uit een hoofdwond bloedde, en gevallenen... overal waar hij keek, lagen gedaanten op de grond. Toen zag hij een jonge man ineenzijgen, na een klap met een knuppel. Tandenknarsend wendde hij zich tot Simon. "Kom mee," zei hij zachtjes.

Hij ging hun voor, terwijl zijn mannen zonder iets te zeggen stonden toe te kijken, alsof ze niet wisten of ze aan het gevecht moesten meedoen of moesten blijven waar ze waren. George liep tussen de hutten door om een plaats te brereiken waar het terrein hoger was. Vanhier konden ze Thomas zien. Hij hanteerde zijn zware zwaard alsof het niets was, en tegenover hem stond John. Toen hij het terrein rondkeek, zag Simon sir William iets verderop. Hij was te voet, en bij hem, eveneens te voet, was sir Ralph. Er kwam een man met een lans voorbij gestrompeld. Hij had een bloederige jaap in zijn arm, en kon niet ouder dan twintig zijn. Hij huilde, en strompelde in het wilde weg voort om aan de strijd te ontkomen. De aanblik deed de baljuw in woede ontsteken. Voordat Baldwin hem tegen kon houden had hij zich een weg langs twee worstelende groepen gebaand, zijn zwaard getrokken, en John en Thomas uit elkaar geduwd om tussen hen in te gaan staan.

Baldwin keek verbijsterd toe, maar toen hij twee mijnwerkers op Simon af zag komen, greep hij in. Met een schietgebedje trok hij zijn zwaard, waarna hij met zijn rug naar de baljuw ging staan terwijl zijn bruine ogen zich in die van de mijnwerkers boorden. Ze aarzelden, keken elkaar aan, en begonnen aan een omtrekkende beweging om dichter bij Thomas Smyth te komen, maar Baldwin versperde hun de weg. Het was de stem van de baljuw die de situatie redde.

"Stop deze waanzin!"

Toen de ridder snel achterom keek, zag hij dat zijn vriend de mijnwerker recht in het gezicht brulde. Thomas hield wit van woede zijn zwaard in beide handen geklemd, en één vreselijk moment lang leek het of hij Simon zou aanvallen. Maar het vuur in zijn ogen doofde. Terwijl overal om hen heen het oorverdovende lawaai van de strijd klonk, zat de mijnwerker opgesloten in zijn wereldje van pijn en verdriet.

Dit was niet wat hij gewild had. Hij had John te pakken proberen te krijgen, omdat hij hem voor de moordenaar van zijn zoon hield en toen George Harang met Robert was aangekomen, had hij hem als ruilobject willen gebruiken. Het enige wat hij had willen doen, was zijn zoon wreken, maar nu de baljuw hem met openlijke afkeer aanstaarde, kwam Smyth tot bezinning.

De plek waar zij stonden vormde een duidelijk afgebakende oase van rust in een chaos van op elkaar inhakkende en stekende mannen. Bij welke partij ze hoorden was een raadsel, want in het heetst van de strijd werden de wapens gehanteerd met de onwrikbare en angstige vastberadenheid de slag te overleven. Thomas vond het moeilijk zijn eigen mannen en die van de Beauscyrs uit elkaar te houden. De mannen waren allemaal bedacht op zelfbehoud en vochten een persoonlijke strijd. Hij zag groepjes van drie of vier man met diverse wapens, sommigen verwikkeld in een dodelijk gevecht om het bezit van één enkele dolk, anderen struikelend en uitglijdend in een handgemeen op de oever van de beek, en weer anderen de lucht doorklievend met staal en ijzer. Hier en daar stonden mannen waakzaam naar elkaar te turen, naar adem snakkend, te uitgeput om alweer verder te gaan, even uitrustend te midden van de slachtpartij. En overal op de grond lagen slachtoffers; kronkelend, rollend, schreeuwend, of alleen maar roerloos, met verstijfde gelaatstrekken en een gat in hun schedel waar een goedendag of een pikhouweel hun hersenen had vermorzeld.

Simon zag de uitdrukking op het gelaat van de mijnwerker veranderen. Diens blik werd milder en toonde een onmetelijke droefheid. Smyth knikte, liet zijn zwaard zakken en kwam overeind uit zijn ineengedoken houding, voor Simon een teken dat het gevecht weldra voorbij zou zijn.

"Stop hiermee!" brulde hij, verbaasd over de kracht van zijn stem. "Iedereen, ophouden!"

Sommigen in de buurt staakten de strijd aarzelend. Baldwin zag één man naar Thomas kijken, en sloeg bliksemsnel een aanval met een kromzwaard af. Direct daarop draaide de man zijn hoofd weer om en hief zijn bijl in de richting van zijn aanvaller. Baldwin greep opnieuw in. "Houd hiermee op!" snauwde hij. "Als een van jullie het nog eens probeert, hak ik je arm eraf!"

Simon liep door de menigte op sir William af. Een man was bezig het hoofd van de ridder met een vieze lap te verbinden. Een lap huid van zijn wang hing er los bij door een houw met een dolk. Hij staarde sprakeloos naar de naderende baljuw. "Beveel uw mannen te stoppen. Nu!" blafte Simon. "De mijnwerkers stoppen als uw mannen dat ook doen. Beveel hen hun wapens neer te leggen, sir William."

"En Robert dan?"

"Als u uw mannen vertelt dat ze moeten ophouden, kunnen we het daarover hebben," bulderde Simon hatelijk. "Helpt het soms als al uw mannen sneuvelen? Zeg dat ze moeten ophouden met vechten!" Tot zijn enorme opluchting zag hij de oude ridder zuchten en knikken.

hoofdstuk 22

het gevecht had zich over meer dan een vierkante mijl verbreid, en het duurde enige tijd voordat de boodschap de strijd te staken was doorgegeven. Langzaam en onzeker gaven de mannen er gehoor aan, terwijl ze hun tegenstanders scherp in de gaten bleven houden en hun gekerfde of gebroken wapens betastten. Ze zochten steun bij elkaar en vormden norse groepjes die naar adem hapten, hier drie mijnwerkers, daar vier soldaten van de Beauscyrs. Een groepje boeren probeerde een jongeman te kalmeren, die snikkend zijn verbrijzelde pols tegen zich aan klemde. Iedereen scheen rekening te houden met een heropleving van de strijd; iedereen was bang verrast te worden, en niemand vertrouwde zijn tegenstanders.

Toen Baldwin dit zag, troonde hij Thomas mee naar de plaats waar sir William en Simon stonden. "Thomas, je moet je mannen bevelen zich een eindje terug te trekken. Sir William, u ook. Uw mannen moeten afstand nemen en u tweeën hier laten, zodat iedereen kan zien dat er geen bedrog in het spel is. Vertel hun dat ze een kring om ons heen moeten vormen."

Zo scheidden beide partijen zich omdat hun aanvoerders daartoe bevel gaven. Even dreigde een nieuw handgemeen toen een man een vriend dood op de grond zag liggen, maar zijn metgezellen trokken hem weg. Langzaam werd de tussenruimte groter nu de twee partijen zich terugtrokken, nog steeds met dreigende blikken naar hun vijanden. Zo nu en dan struikelde iemand over een lichaam. Gelukkig waren er niet veel doden. De gewonden werden opgetild en weggebracht om verzorgd te worden, en weldra vervoerden groepjes mannen degenen die niet konden lopen naar de oever van de beek om er hun ledematen te laten wassen en verbinden. Er werden vuren aangestoken om de ijzers te verhitten waarmee men de ergste verwondingen zou cauteriseren.

Simon dwong zich zijn aandacht te bepalen tot Beauscyr en

de mijnwerker. John stond naast zijn vader en keek met geamuseerde laatdunkendheid rond. Edgar en Hugh stonden bij Baldwin, en hoewel Hugh bloedspatten op zijn tuniek had, leek hij ongedeerd.

"Welaan, sir William en Thomas. Het moet uit zijn met deze onzin," zei Simon. "In de eerste plaats, Thomas, wil ik dat je opdracht geeft Robert Beauscyr vrij te laten. Het heeft geen nut hem hier te houden."

"Waarom zou ik? Ik denk dat dit ellendige hondsvot Peter vermoord heeft, en ik wens zijn broer vast te houden totdat ik zie wat er met hem gaat gebeuren."

"John Beauscyr heeft mij verteld wat hij deed op de avond dat je zoon werd vermoord, en ik ben er nu zeker van dat hij de waarheid sprak. Hij is niet de man die jouw zoon heeft vermoord."

Er viel een stilte na deze mededeling van de baljuw. De oude ridder was de eerste die sprak. "Je zoon?" vroeg hij ontdaan terwijl hij de mijnwerker aankeek.

"Ja, Peter Bruther was mijn zoon. Ik kende zijn moeder voordat ik trouwde, en om wille van mijn vrouw heb ik hem nooit erkend, maar hij wist dat hij mijn vlees en bloed was. Daarom is hij naar de woeste gronden gekomen. Ik had het hem gevraagd, zodat hij kon leren hoe hij tin moest winnen en rijk kon worden. Hij kreeg een lijfwacht van me om hem tegen jou en je mannen te beschermen."

John stond de mijnwerker met open mond aan te gapen. "Was Peter uw zoon?" zei hij ongelovig. "Niemand van ons wist dat!"

"Heb je hem daarom vermoord? Omdat je dacht dat er toch niemand was die hem beschermde?" brulde de mijnwerker.

Baldwin ging tussen hen in staan. "Wacht, Thomas. Kijk eens om je heen. Er is al genoeg kwaad aangericht. Laat ons even luisteren en praten voordat je besluit nog meer doden te laten vallen."

"Ik heb de doden hier niet op mijn geweten, het waren de Beauscyrs die het kamp hebben aangevallen," zei Thomas Smyth toonloos, en hij keek een andere kant op. Even later knikte hij.

Simon richtte zich tot de oude ridder. "Sir William, ik wil verder bloedvergieten voorkomen. Ik ben er zeker van dat u en uw mannen ook niet nog meer doden willen. Daarom stel ik voor hier en nu onderzoek te doen, met al deze mannen als getuige. Naderhand kan ik dan aan de inspecteur-generaal in Lydford rapporteren.Vindt u het goed dat wij doorgaan?"

De oude man knikte, terwijl hij nog steeds de mijnwerker aanstaarde, en Simon dacht dat hij zich afvroeg hoe hij zich zou voelen als hij Thomas Smyth was geweest, die zijn zoon had verloren, een jongeman die hij niet in het openbaar kon erkennen, en die hij had proberen te helpen door hem, als horige, een nieuw, beschermd bestaan te bieden – enkel om tot de ontdekking te komen dat hij vermoord was. Sir Williams gelaat verried zijn afschuw en medelijden. Die aanblik stelde Simon enigszins gerust. De ridder zou meewerken.

"Thomas?" souffleerde de baljuw, met een blik naar de mijnwerker, en Thomas Smyth knikte langzaam. "Goed. In dat geval moeten we stoelen laten brengen. Het is niet nodig te blijven staan als we ook kunnen zitten."

De baljuw zat in het midden, geflankeerd door Baldwin en Hugh. Edgar stond niet ver bij hen vandaan, sir William en zijn zoon zaten links van Simon en Thomas rechts. De mijnwerkers en de mannen van de havezaat hurkten of zaten overal in het rond, wat Simon deed denken aan de rechtszittingen van de tindelvers die hij had bijgewoond. Het was vreemd een bijeenkomst als deze te leiden; gewoonlijk was het de inspecteur-generaal of een rechter die op de rechterstoel zat om getuigenverklaringen aan te horen, maar de baljuw had geen tijd om zich zorgen te maken over zijn gebrek aan ervaring. Dit geschil was te ernstig om op zijn beloop te laten, zoals het gevecht had laten zien. Hij was vastbesloten de zaak tussen de mijnwerkers en de Beauscyrs tot een oplossing te brengen.

"Wij zijn hier om te proberen uit te vinden wat er werkelijk gebeurd is op de dag dat Peter Bruther stierf," begon hij. "Jullie kennen mij allemaal. Ik ben de baljuw van Lydford, en het is mijn taak de moordenaar op te sporen. Ik roep iedereen hier op om getuige te zijn van wat de mannen die vandaag voor ons verschijnen, te zeggen hebben. Jullie moeten luisteren en erop toezien dat we iedereen eerlijk bejegenen." Hij keek in het rond. "Eerst wil ik de drie mannen zien die op Henry Smalhobbe af zijn gestuurd en hem in elkaar hebben geslagen."

Het duurde even voordat het drietal opgehaald was. Harold

Magge stond er vastberaden en uitdagend bij, de anderen leken timide en nerveus. Simon zag dat hun blauwe plekken bleker waren geworden, en knikte nadenkend toen Thomas hun opdroeg de waarheid te vertellen. Even later nam hij het woord. "Op de avond dat Bruther stierf, zijn jullie naar Henry Smalhobbe gegaan en is hij door jullie overvallen, niet?"

Magge knikte. Snel liet Simon hem de verklaringen bevestigen die de man eerder had afgelegd, hoe hij op Smalhobbe had zitten wachten, hoe de man hem bijna verrast had, maar afgetroefd was, en hoe ze naar het mijnwerkerskamp waren teruggekeerd. Simon keek even naar Thomas voordat hij vroeg: "Wie heeft jullie later een aframmeling gegeven? Wie heeft jullie blauwe plekken op zijn geweten?"

"Thomas Smyth. Hij dacht dat wij Bruther vermoord hadden, en hij had ons gezegd dat we hem niets mochten doen. Toen hij hoorde dat Bruther bij Wistman's Wood was gevonden, kwam hij direct naar het kamp en liet ons bij hem brengen. Hij liet ons aftuigen om ons zover te brengen dat we de moord op Bruther bekenden."

"Hadden jullie Bruther vermoord?"

"Nee!"

"Hadden jullie Bruther die avond gezien?"

"Nee."

"Wie hebben jullie die avond wel gezien?"

Magge keek aarzelend naar Thomas, en Baldwin zag de oude tindelver even knikken. "George Harang en Thomas. We zagen ze uit de richting van Bruthers hut komen nadat we bij Smalhobbe waren vertrokken. Ze gingen in zuidelijke richting naar de weg toe."

"Thomas?"

"Ja, het is zo." Somber keek hij op. "We zijn hem gaan opzoeken, maar hij was er niet. Ik heb gewacht, tot het donker begon te worden. Toen leek het mij beter weer naar huis te gaan, voor de afspraak met sir William. Er was geen spoor van Peter te bekennen."

"Juist, ja. Harold Magge, waar kwam Henry Smalhobbe vandaan toen jullie hem in de val lieten lopen?"

"Uit het zuiden."

"Kan hij van Wistman's Wood zijn gekomen?"

"Smalhobbe?" Zijn stem klonk smalend. "Hij heeft maar een

klein lapje grond. Hij zou nooit een andere mijnwerker vermoorden."

"Hij heeft jullie bijna kunnen overrompelen, niet? Jijzelf hebt mij verteld dat hij jou misschien zou hebben overmeesterd als zijn vrouw niet geroepen had, en als het hem gelukt was, zou hij zich misschien ook de anderen van het lijf hebben gehouden. Nu wil ik dat je mijn vraag beantwoordt: kan hij van Wistman's Wood zijn gekomen?"

"Hij kwam uit zuidelijke richting. Wistman's ligt ten zuidwesten vanhier, maar hij kan in het laagland zijn gebleven, in plaats van over de heuvels te gaan. En hij was die avond laat, later dan gewoonlijk. Ik veronderstel dat hij naar Wistman's Wood kan zijn geweest."

"Dit heb je mij nog nooit verteld," zei Thomas Smyth. Zijn stem klonk vermoeid, zijn gelaat was bleek en hij staarde met een soort hopeloze droefheid naar zijn ondergeschikte.

"U hebt ons niet gevraagd naar waar Smalhobbe was geweest, heer," zei Magge kortaf. "U hebt ons gevraagd naar wat wij hadden gedaan – niet naar hem. Ik wist niet dat Bruther uw zoon was. Ik dacht dat we iets hadden gedaan dat u niet beviel..." Hij zweeg toen de baljuw een hand ophield.

"Harold, houd je het voor mogelijk dat Smalhobbe de dader was?" Instinctief vertrouwde Simon het oordeel van deze man. Op de een of andere manier straalde de mijnwerker een gezonde onverstoorbaarheid uit, vandaar dat hij, toen hij Magge voor de eerste keer had gezien, onmiddellijk aan een boer van de woeste gronden had gedacht. Nu zweeg Magge als een boer om de vraag te overwegen.

"Ik ga ervan uit dat het wel mogelijk is, maar ik denk niet dat hij het geweest is. Smalhobbe is geen moordenaar, wat anderen daar ook van mogen zeggen."

"In dat geval zou ik nu met Robert Beauscyr willen spreken," zei Simon. Weldra stond de jonge ridder vóór hem. Hij leek niet mishandeld te zijn, wat een opluchting was. Beauscyrs mannen waren per slot van rekening voor hem dit gevecht ingestuurd.

Simon vroeg hem iedereen te vertellen wat hij de avond van de moord gedaan had. Zenuwachtig vertelde Robert hoe hij de zaal uit gerend was, naar Chagford was gereden, daar Alicia was tegengekomen, en met haar had afgesproken elkaar te ontmoeten. Dit bracht een zuur glimlachje op Thomas' gelaat. Hij had niet beseft hoezeer zijn dochter met de knaap bevriend was. Onwillekeurig vroeg hij zich af of Robert Beauscyr zijn schoonzoon zou worden. Tot zijn lichte verbazing stond het idee hem minder tegen dan hij verwacht had.

"Maar je hebt twee mannen op de weg gezien, niet? In de buurt van Wistman's Wood," suggereerde Simon.

"Ja."

"En niemand anders?"

"Nee, baljuw."

Simon wierp een blik naar de mijnwerker. "De twee ruiters waren soldaten van de havezaat. Zij zijn het geweest die kort daarna Bruthers lichaam gevonden hebben."

"Zijn zij hier?" vroeg Thomas, terwijl hij de rij mannen tegenover hem monsterde.

"Ze zijn dood," zei Baldwin kortaf, wat een gevaarlijke nieuwe golf van spanning teweegbracht.

"Hoe zijn ze gestorven?"

Het was sir William die antwoordde. Hij klonk even vermoeid als de mijnwerker. "Ze zijn blijkbaar in gevecht geraakt bij het dobbelen. Ze waren neergestoken."

"Wanneer is dat gebeurd?" vroeg de mijnwerker.

Simon vertelde het hem. "Vanochtend vroeg. Hun lichamen waren nog warm toen we hen vonden."

Thomas Smyth keerde zich naar John toe. "Jij deed het, nietwaar?" Zijn stem beefde van emotie. "Op de een of andere manier konden die mannen jou identificeren, en jij hebt ze vermoord om ze tot zwijgen te brengen."

"Hou je mond, Thomas!" zei Simon, maar John was al doodsbleek van woede opgesprongen.

Hij ging voor de mijnwerker staan en greep naar het gevest van zijn zwaard, maar voordat hij het kon trekken, sloeg Edgar zijn hand weg. Onder de mannen van de havezaat ging een boos gemompel op, dat werd beantwoord door een plotselinge beroering aan de andere kant van de kring, waar de tindelvers zaten te luisteren. Snel stond Simon op, met zijn handen in de lucht. "Stilte!" bulderde hij, en daarna keek hij van Thomas naar sir William. Beiden kwamen overeind, langzaam en onwillig, en kalmeerden hun mannen. Intussen stond John woedend naar Edgar te kijken, die bedaard glimlachte zonder de jongen één moment uit het oog te verliezen.

Simon pakte de jongste Beauscyr streng aan. "Blijf met je hand van je zwaard vandaan, schildknaap. Ik zal niet toestaan dat er vandaag nog bloed vloeit op de woeste gronden."

"Verwacht u dat ik, de zoon van een achtenswaardig ridder, mij van een ordinaire moord laat beschuldigen? Door een mijnwerker? Bij God, u hebt het recht niet..."

"Zwijg! Ik heb volkomen het recht, ja, de plicht, een moord te onderzoeken. Kom voor ons staan, en blijf met je hand van je zwaard af. Moet ik je eraan herinneren dat dit een wettig onderzoek naar een moord is? Als je niet gehoorzaamt, zal ik je laten arresteren en in de gevangenis van Lydford laten opsluiten."

Even dacht Baldwin dat John zou gaan tegenstribbelen. Woest keek hij de baljuw aan, terwijl hij zijn situatie overwoog. Simon was rood van woede, een woede die bleef sudderen, op het punt om over te koken en de jongeman te verzengen. Ten slotte liep de knaap met een minachtend schouderophalen weg en ging naast zijn broer staan.

"John Beauscyr, jij was die dag op de woeste gronden. Heb je iemand anders gezien? Iemand die betrokken kan zijn geweest bij de moord op Peter Bruther?" Nu zijn woede wegebde, besefte Simon dat hij de bekentenis van de knaap dat hij iemand beroofd had, moest verzwijgen. In het huidige klimaat kon hij niet van de mijnwerkers verwachten dat ze hun toorn zouden bedwingen als ze hoorden dat John zich volgens eigen zeggen aan banditisme had schuldig gemaakt. John vertelde in het kort over die avond, over de rit naar Thomas Smyths huis en de daaropvolgende tocht naar de herberg. Toen hij over de ontmoeting met Bruther op de weg vertelde, werd het doodstil, en iedereen leek aandachtig te luisteren.

Baldwin vond hem een goede getuige, sterk, kaarsrecht en sprekend met een beheerste zekerheid. Alleen zijn houding al had overtuigingskracht. Zoals John daar stond, met zijn benen een eindje uit elkaar, en zijn armen over zijn borst geslagen, was hij het toonbeeld van alle ridderlijke deugden.

Simon nam zorgvuldig met hem door, hoe Bruther en zijn mannen de jonge Beauscyr en zijn ridder hadden nagejouwd toen ze naar de herberg doorreden. "En je hebt niemand op de weg gezien nadat je Bruther achter je had gelaten?"

"Nee, niemand." Weer liet zijn onomwonden verklaring geen ruimte voor enige twijfel.

"Het komt dus hierop neer," zei Simon, nu met luide stem sprekend ten behoeve van de mijnwerkers en de mannen van de havezaat overal in het rond. "Bruther ging van de herberg naar huis. Bij zijn vaders huis verlieten zijn mannen hem en ging hij alleen verder over de woeste gronden. Enige tijd later was Adam Coyt op weg naar huis. Hij hoorde een ruiter ten noorden van hem op de woeste gronden, maar heeft niet gekeken wie het was." De spanning in de menigte ontlaadde zich enigszins in een kabbelend gelach toen hij hier droog aan toevoegde: "Hij dacht dat het zo laat op de avond de duivel of Crockern zou kunnen zijn. Welaan, luister, allemaal!" Hij stond op en monsterde de toekijkende menigte. "Het is zeker dat Thomas zijn eigen zoon niet heeft laten vermoorden. John Beauscyr was samen met zijn vriend in de herberg. Zijn broer was samen met Alicia Smyth. Geen van hen heeft de moord gepleegd. Ik weet nog niet wie verantwoordelijk was voor de moord op Peter Bruther. Maar ik zal erachter komen, en als ik dat doe, zal de man worden gearresteerd en vastgehouden om terecht te staan."

Er klonk geroep uit de menigte achter hem. Een stem jouwde: "U doet maar alsof. Waarom zou u zich om een mijnwerker bekommeren? U geeft niets om Bruther. Het enige wat u wilt is uw vrienden de Beauscyrs helpen."

"Denk je soms dat ik door de Beauscyrs betaald word?" brulde Simon, met rood aangelopen gelaat. "Denk je soms dat sir William mij in zijn zak heeft? Je zou net zo goed kunnen suggereren dat ik door de mijnwerkers word betaald. Ik was het die sir William ervan weerhield Bruther te gaan terughalen; ik was het die zijn zoons aanraadde de mijnwerkers met rust te laten; ik was het die probeerde een eind aan deze waanzin te maken. Ik laat mij niet vertellen dat ik een huurling ben die zijn ambt voor smeergeld te schande maakt." Zijn woedende blik ging over de mannen in de menigte, en met een verholen grijns zag Baldwin dat degenen die zijn blik opvingen, onmiddellijk een andere kant op keken. Niemand verlangde ernaar zich de gramschap van de baljuw op de hals te halen.

Simon beheerste zich, al kostte het hem duidelijk moeite. "Dit is een treurige en onaangename zaak, maar de gevechten tussen de mijnwerkers en de mannen van de havezaat moeten afgelopen zijn. Er zijn al genoeg doden gevallen. Ik zal zowel Bruthers moordenaar vinden, als de moordenaar van Samuel

Hankyn en Ronald Taverner. Drie mannen hebben de dood gevonden, en God alleen weet hoeveel er door het gevecht van zonet om het leven zijn gekomen – of nog zullen overlijden. Het moet afgelopen zijn." Hij keek sir William en Smyth aan. "U moet uw geschillen bijleggen. Ik kan u niet weerhouden van pogingen elkaar te vermoorden, als dat is wat u per se wilt, maar bij God, als ik hoor dat hier nog gevochten wordt, zal ik de koning troepen laten zenden om de orde op de woeste gronden te herstellen! Ik ga nu, en sir William, ik wil dat u uw mannen meeneemt naar de havezaat. Ik zie u daar later. Thomas, van jou verwacht ik dat je sir Robert onmiddellijk vrijlaat."

Baldwin kwam niet van zijn stoel toen de mijnwerker en de landheer akkoord gingen en de strijders hun wapens begonnen op te rapen. Geleidelijk aan verlieten de mannen van de havezaat het strijdtoneel, sommigen te paard. De mijnwerkers dropen mopperend af of bleven om zich over gewonden te ontfermen.

Er waren tegenwoordig zoveel moorden dat de moordenaar maar al te vaak ongestraft bleef, bedacht Baldwin met een zucht. Een koopman kon op de weg worden neergestoken zonder dat de plaatselijke bevolking zijn aanvaller ooit te zien kreeg, of wel kon beschrijven maar zijn naam niet wist. Soms, als iemand bekend was en op heterdaad betrapt was, kon hij zijn gerechte straf ontlopen door ervandoor te gaan. Als hij niet gepakt werd, kon men hem ook niet voor zijn daad laten boeten. Dan was het aan de plaatselijke bevolking om belastingen aan de Kroon te betalen omdat orde en rust verstoord waren.

Het terrein raakte nu snel ontruimd. De mannen gingen in groepjes huns weegs, de tindelvers in de richting van hun hutten, de soldaten te paard of te voet de andere kant op. Baldwin zag Simon met Robert praten. De jongen zag er bleek en afgetobd uit, maar Baldwin weet dat aan angst voor zijn toekomstige schoonvader. Het was een opluchting dat de mijnwerkers hem ongedeerd hadden gelaten.

John besteeg zijn paard en galoppeerde weg. Baldwins ogen bleven hem volgen tot hij een kleine figuur aan de horizon was. De knaap was irritant, dat was buiten kijf, maar dat betekende niet dat hij een moordenaar was. Niettemin, hij was die avond op stap geweest, en hoewel hij een soort getuige had in de persoon van de man die bij Chagford beroofd was, bestond de mogelijkheid dat John Bruther al eerder had vermoord en zich daarna naar het oosten had gehaast om zich een alibi te verschaffen. Baldwin was er nog niet zo zeker van dat John onschuldig was, zoals Simon dacht.

Er waren trouwens meer twijfelgevallen. Adam Coyt, bijvoorbeeld. Hij zou het verhaal over een man die hem bij het vallen van de avond in de buurt van de weg gepasseerd was, verzonnen kunnen hebben. De ridder was geneigd hem te geloven, maar enkel omdat hij zijn type mocht: sterk en individualistisch, ontberingen trotserend om een kostje bij elkaar te scharrelen. Een andere reden waarom hij hem zou geloven was er niet.

Van de Beauscyrs was sir William de dag dat Bruther vermoord was 's middags bij de mijnwerker geweest, en sir Robert bij Alicia – maar er was een periode, al had Simon die niet in zijn toespraak tot de menigte genoemd, waarin Alicia volgens haar zeggen niet met Robert samen was geweest, namelijk tussen het moment waarop ze naar huis terugging en het moment waarop ze hem later weer op de weg ontmoette. Wat had hij in die verloren uren gedaan?

Diep in gedachten slenterde Baldwin naar de plek waar zijn paard stond vastgebonden. De dood van Samuel Hankyn en Ronald Taverner was nog een raadsel. Het tweetal leek onschadelijk genoeg, zeker die arme jonge Ronald. Dat ze in een fatale vechtpartij over een spelletje dobbelen verwikkeld zouden zijn geweest, was een belachelijke suggestie. De manier waarop Samuel voor zijn vriend had proberen te zorgen, toonde aan hoe onzinnig dat idee was. Als er een gevecht had plaatsgevonden, kon het niet anders of er was daar een derde geweest, iemand die vermoedelijk eerst Samuel had vermoord, omdat die gezond en fit was, en daarna de arme Ronald in zijn bed had doodgestoken.

Baldwin wierp een blik op Simon. De baljuw gaf Hugh kortaf instructies op een toon die verried hoe woedend hij nog was. Hugh wist het ook, want hij luisterde met hangend hoofd zonder te durven interrumperen of tegenspreken. Het was zo in strijd met zijn gebruikelijke dwarse manier van doen dat Baldwin, toen hij zich afwendde, een glimlach niet kon onderdrukken.

Dus wie had er bij de twee mannen in de kamer kunnen zijn, vroeg hij zich af. Misschien kon hij daarachter komen door de wachters te ondervragen, degenen die 's ochtends vroeg buiten waren geweest, maar om een of andere reden betwijfelde hij dat. Er klopte iets niet. Er was iets dat hem ontgaan was.

Nu de strijdmacht vertrok, zag hij waar de vierkante stukjes grasmat waren ingetrapt; het gevaar dat ze opleverden werd zo duidelijk zichtbaar. Het was een doodeenvoudige truc, wist hij, om cavalerie buiten gevecht te stellen. Ja, de mijnwerker was in staat zijn land te verdedigen. Hij had de tactische vaardigheden van een krijgsman aan de dag gelegd, en Baldwin had al van sir William gehoord dat Thomas Smyth lang geleden soldaat in Wales was geweest. Alleen aan het verrassingselement was het te danken dat sir William niet meer mannen verloren had. Het enige wat hij had hoeven doen om veilig te kunnen aanvallen, was de aandacht afleiden door het mijnwerkersfront angst aan te jagen voor bereden troepen met lansen en speren. Het was net als bij de brand, die de aandacht had afgeleid van de twee dode mannen.

Plotseling verdiepte Baldwins frons zich. Dus dat was de oorzaak waardoor de moorden niet gehoord waren, besefte hij – het plotselinge brandalarm. Het gelui van de noodklok had alle andere geluiden overstemd.

Simon had Hugh zijn laatste opdrachten gegeven en keek het kamp rond. De mijnwerkers waren bezig naar hun werk terug te keren en de mannen van de havezaat waren bijna over de kam van de heuvel verdwenen, met hun doden en gewonden. Vlak bij hem lag een hoopje lichamen, vijf mijnwerkers die gesneuveld waren. Simon bekeek ze somber. Dat een baljuw één enkele moord niet kon voorkomen was al erg genoeg, wist hij, maar een grootscheeps gevecht op een kroondomein ging te ver. Hiervoor zou hij ter verantwoording worden geroepen! Hij slaakte een zucht en voelde zich plotseling uitgeput. De gebeurtenissen van die ochtend hadden hun tol geëist, van het blussen van de brand tot aan het beëindigen van een gevecht, en het enige wat hij nu wilde was een kans om op zijn gemak een flinke slok verfrissend bier te nemen. Toen hij Baldwin zag slenterde hij naar hem toe.

"Zo, Baldwin. Dat is tenminste voorbij. We kunnen gaan"

De ridder vertelde hem prompt dat de brand bij de Beauscyrs een afleidingsmanoeuvre voor de moord op de twee soldaten moest zijn geweest. Simon luisterde, maar bleef onwillekeurig naar het zielige hoopje doden kijken. "Waar gehakt wordt vallen spaanders," zei Baldwin, die zijn blik volgde. "Daarom vind ik wat Samuel en Ronald is overkomen eigenlijk erger. Hun dood was van tevoren beraamd, en ze werden vermoord voordat ze zich konden verdedigen – net als Peter Bruther. Hij werd van achteren vastgegrepen en gewurgd, Samuel werd in zijn rug gestoken en Ronald werd afgemaakt terwijl hij hulpeloos in zijn bed lag."

"Als het klopt wat je zegt," zei Simon peinzend, "moet de moordenaar brand hebben gesticht en daarna de kamer binnengeglipt zijn om Hankyn en Taverner te vermoorden."

"Ja, maar waarom lokte hij Samuel de voorraadkamer binnen? Op die tijd van de dag moet hij ze toch zeker allebei in slaap hebben aangetroffen – en in dat geval kon hij Samuel neersteken op de plaats waar hij lag."

"Het zou kunnen dat de moordenaar de brand stichtte en toen vanaf de binnenplaats de voorraadkamer binnenkwam. Hij wachtte daar tot er alarm werd geslagen, en toen dat gebeurde, schopte hij de vaten omver om lawaai te maken. De brave Samuel werd daar wakker van, liep naar binnen om te zien wat er aan de hand was en kreeg een hand over zijn mond om ervoor te zorgen dat hij niet schreeuwde toen hij werd neergestoken. Daarna hoefde de moordenaar alleen nog maar de andere kamer binnen te lopen en de arme Ronald af te maken waar hij lag."

"Ja, maar waarom, Simon? Dat begrijp ik niet. Waarom ging hij hen vermoorden?"

"Dat moet je de moordenaar vragen, maar stel dat hij wist dat de twee mannen op de woeste gronden waren toen hij Bruther vermoordde. Dat zou een redelijke verklaring zijn, niet? Hij dacht dat ze hem gezien hadden, en dus zorgde hij ervoor dat ze het aan niemand konden vertellen."

"Als dat klopt," zei Baldwin zachtjes, "dan moet het iemand in het fort zijn geweest. De brand begon voordat de poorten geopend werden. Adam Coyt, Thomas Smyth en zijn mannen... iedereen die niet in het fort was, moet onschuldig zijn. Wie Bruther vermoord heeft en daarna de andere twee, moet gisteravond binnen zijn geweest."

"O ja, Baldwin. Daar twijfel ik niet aan," zei Simon grimmig. Hugh en Edgar stonden al te wachten bij de paarden.

Na snel in het zadel te zijn gesprongen, keek de baljuw het kamp rond. Vrijwel alle sporen van het gevecht waren nu verdwenen. De lijken, het bewijs dat hier gevochten was, waren bedekt en zouden zonder twijfel binnenkort naar de kleine kerk in Widecombe worden overgebracht. Twee mannen schepten aarde in de vallen en stampten die aan om de grond gelijk te maken, terwijl anderen over het terrein liepen en pijlen verzamelden.

Deze zouden weer in het arsenaal worden teruggelegd voor een eventuele nieuwe aanval.

Terwijl hij zijn paard de helling op dreef, zei Simon: "Het is alsof hier niets gebeurd is, zo rustig is het."

De ridder knikte instemmend. "Inderdaad. En dat na het bloedbad van nog maar een paar uur geleden. Het gras is platter, dat is alles. De woeste gronden lijken hun geheimen goed te kunnen verbergen."

"Ja. Of het nu één man is als Bruther, of een groep, zoals die mannen hier, ze verdwijnen als sneeuw voor de zon."

Ze waren nu aan de uiterste rand van de bebouwing, en Hugh keek nadenkend achterom. "Ik vraag me af waar Bruther eigenlijk stierf."

"Wat bedoel je?" vroeg Baldwin, terwijl hij Simons knecht aanstaarde.

"Nou, we weten toch niet waar hij stierf? Hij zou vermoord kunnen zijn waar hij gevonden is, maar je vraagt je af wat hij daar helemaal bij Wistman's Wood deed, zo ver buiten zijn route. Het enige wat we weten is dat hij ergens tussen Thomas Smyths huis en dat van hemzelf moet zijn gestorven."

"Goed zo, Hugh. Het enige wat we dus hoeven te doen is het hele terrein tussen die twee plaatsen afzoeken, dan vinden we wel waar hij vermoord is. Dat zou gemakkelijk genoeg moeten zijn." Simons toon was vernietigend sarcastisch.

Maar Baldwin staarde nadenkend naar de knecht. "Er zit iets in. Per slot van rekening weten we dat Bruther voorzichtig en op zijn hoede was. Als hij op de woeste gronden iemand achter zich had gehoord, zou hij zich hebben omgedraaid om te kijken wie het was. En als er iemand op de loer lag, had Bruther hem beslist moeten zien. De woeste gronden zijn hier zo vlak dat zelfs een kever al van een mijl af zichtbaar is."

Ze waren nu bijna bij de top van de heuvel boven de vlakte, en Baldwin keerde zijn paard om het landschap in ogenschouw te nemen. "Als iemand zich verdekt zou willen opstellen, zou hij dat toch zeker ver weg op de woeste gronden willen doen? Zelfs als hij mannen bij zich had, zou hij een rustige plek prefereren, waar hij niet de kans liep door een getuige te worden gehoord. Waar zou iemand dat kunnen doen op de woeste gronden?"

"Bij een rotspunt, veronderstel ik. Of een andere groep stenen."

"Precies! Er zijn stenen waarachter een man zich kan verbergen, maar had John daar kunnen komen om Bruther vanuit een hinderlaag aan te vallen zonder dat zijn slachtoffer het zag?"

Simon dacht even na. "Dat hangt af van de route die hij nam vanaf het huis van de mijnwerker. De moordenaar moet op de juiste plek zijn geweest toen Bruther langs kwam, daarna met het lijk door zijn gegaan naar Wistman's Wood, tijd hebben gehad om het op te hangen en vervolgens ontsnapt zijn. Ik vraag me af hoe lang hij daarover gedaan heeft."

"Een hele tijd," meende Baldwin. "En dat is wat ik niet snap. Iedereen lijkt te kunnen uitleggen waar hij was, behalve sir Robert en zijn broer. Natuurlijk zou John er geen tijd voor gehad kunnen hebben als hij direct naar Chagford is gereden om die boer te beroven."

"En dat betekent dat het sir Robert was."

"Ja." Maar Baldwins gelaat drukte twijfel uit.

Simon zuchtte. "We weten nog steeds niet waar en wanneer Bruther vermoord is. Het moet voor het donker zijn geweest. En hij was al enige tijd dood toen de twee mannen van de havezaat hem vonden, dus moet hij beslist vermoord zijn toen het nog licht was."

"Laten we dan aannemen dat hij bij daglicht vermoord is," zei Baldwin. "Zijn lijk moet toen zijn overgebracht, want als hij recht op huis aan ging, kwam zijn route nergens in de buurt van Wistman's Wood. Dat bos ligt minstens een mijl van het pad af, dus hij moet daar te paard heen zijn vervoerd. Hij zou te zwaar zijn geweest om te dragen."

"Ja," knikte Simon, terwijl hij diep nadacht.

"Als John te weinig tijd had, zou het dan zijn broer geweest kunnen zijn?" peinsde Baldwin.

"Heeft Alicia niet verteld dat ze sir Robert ontmoette toen het donker begon te worden? Hij zou tijd hebben gehad om Bruther te vermoorden tussen het moment waarop hij Alicia verliet en het moment waarop hij haar weer zag, later."

"Klopt, maar ik vind het moeilijk te geloven dat hij het was."

"Zou het dan Adam Coyt niet geweest kunnen zijn? Hij had een pakpaard bij zich", zei Edgar.

Voor één keer voer Baldwin scherp tegen zijn knecht uit. "Doe niet zo gek! Coyt heeft toegegeven dat hij daar was, anders hadden we dat nooit geweten. Als hij de moordenaar was, zou hij ons de informatie niet gegeven hebben. En bovendien: Coyt heeft weliswaar niet veel op met mijnwerkers, maar hij had geen echte hekel aan Bruther. Hij vond alleen dat Bruther de woeste gronden schaadde, en in dat opzicht verwachtte hij dat... eh... Crockern het land zou beschermen. Trouwens, Coyt was gisteravond niet op de havezaat. Hij kan de andere twee niet hebben vermoord."

Simon haalde zijn schouders op. "Het zou kunnen dat de moorden geen verband met elkaar houden. Dat is een mogelijkheid die we hoe dan ook niet moeten negeren."

"Het is te onwaarschijnlijk, Simon. Denk eens na: er wordt iemand vermoord; twee mannen vinden het lichaam en hebben misschien iets gezien; kort daarna worden deze twee ook vermoord. Het zou al te toevallig zijn als ze om verschillende redenen vermoord waren. Nee, op de een of andere manier moeten ze met elkaar in verband staan."

"Dus dan denk je dat het beslist een van de Beauscyrs moet zijn geweest?"

"Ja."

Hugh trok een gezicht en keek Simon aan. "En sir Ralph? Zoals u zegt, we weten niet wanneer Bruther vermoord is, dus sir Ralph zou het gedaan kunnen hebben."

"Nee, Hugh. Hij vergezelde sir William en John op hun tocht naar het huis van de mijnwerker. Ze hebben allemaal gezegd dat ze toen samen waren, en ik geloof ze."

"Dan moet het de andere zijn geweest," verklaarde Hugh. "Ik heb die sir Robert nooit vertrouwd. Hij kijkt te arrogant uit zijn ogen."

"Robert? Het is mogelijk, veronderstel ik," zei Simon, met een flauwe glimlach om het plezier dat die gedachte zijn knecht deed. "Maar ik heb het gevoel dat hij geen moordenaar is. Zijn broer lijkt me een waarschijnlijker kandidaat."

"John kan de man die hem beledigd had achterna zijn gegaan," beaamde Baldwin. "Het is best mogelijk dat hij Bruther heeft ingehaald en opgewacht, toen te voorschijn is gesprongen en hem heeft gewurgd."

"Als het John was," zei Simon, "vraag ik me nog steeds af of hij genoeg tijd had om Bruther te vermoorden en op te hangen."

"Hij had zolang als het duurde om op de weg naar Chagford

te komen," zei Baldwin kortaf. "Trouwens, wat was jij met Hugh aan het bekonkelen voordat we vertrokken? Je hebt een tijd met hem gepraat."

Simon lachte even. "Hij moest van me uitzoeken of hier veel berovingen zijn geweest die niet gemeld zijn. Die overval op Wat Meavy interesseert me. Ik wilde zien of Coyt de waarheid sprak en dat er meer mensen beroofd waren dan ik wist."

"En?"

"Vertel jij het hem maar, Hugh."

"Ze zeiden dat het er niet veel waren geweest tot een paar weken geleden. Sindsdien is het erger geworden."

Baldwin wierp de baljuw een snelle blik toe. "Denk je dat John daarmee bezig is sinds hij naar huis is gekomen?"

"Het zou de eerste keer niet zijn dat een schildknaap zijn toevlucht tot berovingen nam. Hij is er daar in het noorden in getraind, zou ik denken, en hij gaat gewoon door."

De ridder haalde zijn schouders op. "Mogelijk, maar ik zie niet in hoe dat ons op weg kan helpen."

"Bekijk het eens zo: hoeveel tijd zou John nodig hebben gehad om naar Chagford te rijden voor de overval op Meavy?" vroeg Simon. "Wanneer werd die Wat Meavy overvallen? Heeft hij de dader gezien? Was het werkelijk John die dat deed? We weten het nog niet, wel? Mooi, we denken dus dat John een reeks van overvallen kan hebben gepleegd, waarbij hij de mensen hier heeft bestolen... hoewel dat hem nog niet tot een moordenaar maakt zou hij, als hij aan roof schuldig werd bevonden, gestraft worden wegens ordeverstoring. Laten we er nu van uitgaan dat John genoeg tijd had om de herberg te verlaten, Bruther te vermoorden, het lichaam op te hangen en daarna naar het oosten te rijden totdat hij iemand tegenkwam die hij kon beroven. Toevallig komt hij Wat Meavy tegen en berooft hem – het had iedereen kunnen zijn zolang als het slachtoffer maar bang was voor de naam Beauscyr en hem niet van diefstal zou beschuldigen. Als ik gelijk heb, ging het hem alleen om een getuige die hij kon oproepen om te verklaren dat hij mijlenver van Bruther vandaan was, ingeval iemand van de herberg ons zou vertellen dat hij daar niet de hele avond geweest is. Daarom heb ik Hugh ook gevraagd te informeren waar die Wat Meavy woont. En dat heeft hij gedaan."

"Is het ver?"

Simon richtte zijn blik naar het noordoosten, schokschouderde en glimlachte.

Met een zucht rekte Baldwin zich uit. "Juist, ja. Goed dan.
Laten we erheen gaan om te horen wat er werkelijk gebeurd is."

ħOOFÐSCUK 23

ħenway, het dorpje waar Wat Meavy woonde, lag een mijl of vier van het kamp. De vier mannen volgden de weg tot Hugh een afslag op de woeste gronden aanwees. Zo bereikten ze een steil dal waar de lucht koel en fris was. Er stroomde een beek, en op de oevers daarvan groeiden bosjes struikgewas en bomen. Zowel het geluid van kabbelend water als het getemperde zonlicht dat door de bladeren viel, gaf een gevoel van rust en vrede.

De loop van het water volgend kwamen ze weldra bij Wat Meavy's huis, een robuust stenen bouwwerk, met een groep bijgebouwen eromheen. Een lage omheining van gevlochten takken hield het vee binnen en rovers buiten. Er steeg rook uit het huis op, die in hun richting dreef en de heerlijke geur van vers brood meevoerde.

Ze reden het smalle talud naar het erf op en stegen langzaam af om hun pijnlijke spieren te ontzien. Vanhier zag de boerderij er welvarend uit, met nieuw wit pleisterwerk op de muren, goed onderhouden stallen en een schuur. Terwijl ze daar stonden, kwam er een vrouw het huis uit, die haar handen aan haar schort afveegde.

Van enige afstand gezien leek ze in de twintig, maar ze bleek ouder te zijn, vermoedelijk tegen de veertig. Baldwin kon een paar kinderen nieuwsgierig door de deuropening naar het bezoek zien turen. Hij keek van hen naar de vrouw, met een half oor luisterend terwijl de baljuw hen voorstelde. De vrouw was van gemiddelde lengte, stevig gebouwd, zonder de gebogen schouders die men vaak bij boerenvrouwen ziet. Haar gelaat was gerimpeld van ouderdom en gebruind door een leven in de buitenlucht, maar haar bruine ogen waren helder en intelligent. Simon deed het woord, en ze vroeg de mannen met haar mee te gaan naar het huis.

Hier liet ze haar kinderen haastig kommen, borden en banken halen, ze stond erop dat het bezoek met het gezin mee zou eten als haar echtgenoot er was. Even later kwam hij met zijn zware schoenen van het erf naar binnen gestommeld. Hij knikte naar de mannen alsof hij hen verwacht had, liep naar een bank die niet ver van de haard stond en ging zitten. Er kwam bier op tafel, daarna brood, nog warm uit de oven, en kaas. Nauwlettend toe-kijkend wachtte de boer tot zijn bezoekers bediend waren alvo-rens te gaan eten, terwijl zijn vrouw de kinderen hielp met de pullen bij te vullen. Baldwin moest glimlachend zijn hoofd blij-ven schudden omdat de kinderen zijn pul gevuld probeerden te houden – iedere keer dat hij zijn blik afwendde, kwam hij tot de ontdekking dat er meer te drinken was. Ten slotte nam hij zijn toevlucht tot de simpele methode de pul vol te laten, maar hij voelde zich schuldig toen hij de verwijtende blik van een vlas-blond meisje van hooguit negen zag. Ze stond naar hem te staren met de kruik in de aanslag, totdat hij zich glimlachend gewonnen gaf en een slok nam. Toen ze hem beloonde met een stralende glimlach, gaf het hem een warmer gevoel dan het eten.

Zo nu en dan keek hij de kamer rond. Het huis was kleiner dan hij verwacht had. Hij nam aan dat het eens een lang huis was geweest, want die enorme gebouwen stortten maar al te vaak in. Dit huis leek aan één kant te zijn bezweken, terwijl de rest was blijven staan. Vroeger zouden de runderen en de andere boerde-rijdieren aan de ene kant van het huis zijn ondergebracht, terwijl de mannen en hun gezinnen de andere kant gebruikten, maar sinds de teloorgang van de helft van het huis leek – en rook – het alsof de dieren niet meer binnen kwamen. Hij vermoedde dat aan de nieuwe stenen muur achter hem terrein grensde waarop iets gebouwd was van de oude stenen – een stal of loods waar dieren konden worden gehouden. De kamer rook aangenaam naar rook en biezen, en had de sfeer van een grote zaal. Hammen hingen aan dakspanten in de rook van het vuur te drogen, en voegden er hun eigen doordringende geur aan toe. De ridder had ondervon-den dat de meeste boerenhuizen naar vee en mest, zweet en urine roken, maar hier was dat niet het geval.

Toen zijn blik ten slotte op Wat Meavy bleef rusten, merkte de ridder tot zijn verwarring dat de man bezig was hem aan een nauwlettende inspectie te onderwerpen. Fletsblauwe ogen ont-moetten zonder te knipperen de zijne. De boer had een volle-maansgezicht in de kleur van oud leer. Zijn roodbruine tuniek vertoonde scheuren, maar hij gedroeg zich als een trotse heer in een harnas. Grijze stoppels bedekten zijn kaken en bovenlip, en sluik grijs haar stak in een warrige bos boven een groezelige hoofdband uit, die misschien een wond bedekte. De boer hanteerde zijn voedsel zoals hij zijn gereedschap gebruikte, dacht Baldwin. Kolenschoppen van handen grepen hompen brood en kaas en propten die in zijn mond, terwijl zijn ogen tussen Simon en Baldwin heen en weer gingen.

Hugh voelde zich helemaal thuis. Hij was grootgebracht op een schapenboerderijtje in het noordoosten, bij Drewsteignton, en dit was het gezelschap waarmee hij zich het meest op zijn gemak voelde, boeren en hun kinderen. Deze kamer leek veel op wat hij zich van de woonkamer in zijn ouderlijk huis herinnerde, waar hij jaren geleden voor het laatst geweest was. De mensen waren vriendelijk, het eten was goed, en het bier – hij nam een lange teug en zuchtte dankbaar toen het pittige vocht door zijn keel spoelde.

Toen iedereen genoeg gegeten had en er gemakkelijk bij ging zitten, liet Hugh een boer en greep zijn pul. Een warme gloed maakte zich van hem meester terwijl hij achteroverleunde en zijn aandacht weer op de anderen richtte. Baldwin, zag hij, was in gedachten verdiept en staarde naar de boer. Wat Meavy, wiens brede voorhoofd gefronst was, leek heen en weer te worden geslingerd tussen nervositeit en achterdocht. Hij stuurde zijn vrouw en kinderen de kamer uit, en toen ze weg waren, nam Simon glimlachend het woord.

"We zijn hier omdat we je vragen willen stellen over de dag waarop je bent overvallen, Wat Meavy." Kort legde hij uit wie hij en Baldwin waren, daarna liet hij zijn kin op zijn hand rusten. "Ik weet dat je niet van plan was aangifte te doen, maar we moeten er alles over horen. Het kan van belang blijken in een andere zaak, een moord."

"Die op Peter Bruther, bedoelt u?"

Simon knikte. Zonder iets te zeggen keek de boer de baljuw een tijdje aan, daarna zei hij: "Wat wilt u weten?"

"Je was op weg naar Chagford?" vroeg Simon.

"Nee. Ik was daar de hele dag geweest, en kwam terug. Ik moest een zeug en een paar biggen verkopen."

"Juist, ja. Om hoe laat ben je vertrokken om naar huis te gaan?"

Wat Meavy begon langzaam te glimlachen. "Laat, baljuw. Ik was de hele dag in Chagford geweest, en het was een dorstig karweitje daar in de zon te staan. Ik hoefde me niet te haasten, want mijn vrouw verwachtte mij nog niet, en dus ben ik eerst naar de taveerne gegaan. Ik moet daar een paar uur zijn geweest voordat ik uit de stad vertrok."

"Was het al donker?"

"Nee. Niet helemaal." Plotseling fronste hij van concentratie. "Maar het werd het, denk ik."

"Ik heb begrepen dat je even buiten de stad bent overvallen, klopt dat?"

"Ja. Ik was net voorbij Coombe en begon in zuidelijke richting te gaan. Er is daar een huis waar vroeger een eik tegen de muur stond, maar die boom is een paar jaar geleden omgevallen en de oude Stephen Thorn is er nooit toe gekomen de muur te herstellen. De stenen liggen nog overal op de grond. Iets verderop maakt het pad een scherpe bocht naar links en wordt het smaller, en dan is er een ander pad dat van achteren komt. Wel, daar kwam die man vandaan, neem ik aan. Het leek of hij uit het niets kwam. Hij dook gewoon op met een groot zwaard in zijn hand, en schreeuwde tegen mij dat ik moest stoppen. Ik dacht dat het de duivel was! En mijn paard bleef vanzelf stokstijf staan, het is niet gewend dat er zomaar mannen opduiken. Voordat ik wist wat er gebeurde, had ik een klap tegen mijn slaap te pakken en had de hufter de beurs van mijn riem gesneden..." Zijn ogen kregen een afwezige blik. "Mijn zeug en twee biggen. De vuile dief! Ik had ze voor vijf schellingen verkocht, en het meeste van dat geld zat in die beurs. Vijf schellingen!"

Baldwin schraapte zijn keel. "En, eh, wat gebeurde er toen? Die man gaf je een klap, en je bent direct naar huis gegaan, klopt dat?"

"Ja, heer."

"Heb je hem herkend?"

"O ja, heer." Hij bekeek de ridder argwanend, alsof hij zich afvroeg of hij moest doorgaan.

Simon verbrak de plotselinge stilte. "Wees niet bang. Je hoeft ons alleen zijn naam te noemen en er gebeurt je niets. We denken dat we 's mans identiteit al kennen, maar het is nodig dat jij die bevestigt."

"Maar als hij en zijn familie nu hierheen komen? Ze zouden ons huis kunnen platbranden, ja, en mijn vrouw en de kinderen kunnen vermoorden. Wat dan?"

"Ze zullen hier niet komen, Wat. Daar zal ik voor zorgen."

"Ik weet niet..."

"Wat, de vader van de schuldige heeft mij al beloofd dat hij je de schade zal vergoeden. Maar ik moet van jou horen wie het was – je moet het me vertellen."

"Het was John Beauscyr."

Het plompverloren antwoord was een verrassing voor Simon. Hij had gedacht dat deze man hem iets zou vertellen wat hij nog niet wist, maar hier was het bewijs. Er was nog maar één ander punt dat van belang was. Zijn stem klonk zacht en ernstig toen hij vroeg. "Wat, heb je enig idee wanneer deze overval plaatsvond? Was het al donker, of was het nog licht?"

"Ik weet het niet," zei de boer, van zijn stuk gebracht door de vraag. Hij stak zijn onderlip naar voren en dacht ingespannen na. "Laat eens kijken. Toen ik uit Chagford vertrok, was het nog licht, en ik was Coombe maar net voorbij. Dat scheelt geen donder, veronderstel ik..."

"Hoe herkende je hem?" vroeg Baldwin, terwijl hij Simon een blik toewierp en naar voren leunde.

"Aan zijn gezicht, natuurlijk."

"Had je een lantaarn?"

"Nee."

"Dan was het toch zeker licht genoeg om te zien?"

Plotseling verscheen er een brede glimlach op het gezicht van de boer. "Ja, natuurlijk! Ik was ten westen van Meldon Common, en recht voor me ging de zon onder, wat me eraan herinnerde, dat het al laat was – ja, het was net toen de schemering inviel."

"Juist, ja," zei de ridder. "En het was al laat toen John uit de herberg vertrok, nietwaar, Simon? Ik denk dat John niet genoeg tijd had om Bruther te vermoorden en daarna Wat aan te vallen."

Simon knikte terneergeslagen. "Nee. Het ziet ernaar uit dat hij onschuldig is," beaamde hij. "Maar als dat zo is, wie was het dan?"

Baldwin glimlachte meewarig. "Ik heb net zomin een idee als jij," zei hij. "Wat, bedankt voor je hulp."

"Graag gedaan, heer," zei de boer, terwijl hij de mannen uit-geleide deed. Eenmaal buiten kwam Simon op de zaak terug. Er was hem iets ingevallen.

"Wat, je zei dat hij zomaar uit het niets opdook. Hoe keek hij? Zorgelijk of moe van de rit?"

"Moe? Nee, integendeel."

"Wat bedoel je?"

"Hij was... hoe zal ik het zeggen? Hij was net een jachthond die wild ruikt. Het was alsof hij zich waar wilde maken. Hij bleef maar dingen mompelen."

"Wat voor soort dingen?" Simon fronste nu zijn wenkbrau-wen, terwijl Baldwin terug kwam lopen om te luisteren.

"Iets over iemand..."

Baldwin raakte Simons arm aan. "Kom mee. Ik denk dat we deze boer al lang genoeg hebben lastiggevallen. Hij haatte Brut-her, dus hij zal wel gezworen hebben de belediging te wreken die de mijnwerker hem op de weg had aangedaan."

"Nee, heer," zei Meavy, met een diepe frons op zijn gelaat. "Nee, dat was het niet. Hij zei dat zijn vader per slot van rekening geen haar beter was dan hij. Dat hij net zo goed het voorbeeld van zijn vader kon volgen, en dat hij moest verdwijnen, hoe eer-der hoe beter. Ik weet het niet, het was moeilijk, mijn hoofd deed zeer, maar ik denk dat hij dat zei."

"Dat hij net zo goed het voorbeeld van zijn vader kon vol-gen?" Simons gelaat was een en al verwarring.

"Ja, heer. Dat hij net zo goed het voorbeeld van zijn vader kon volgen."

De zon neigde al naar de kim toen ze de kleine boerderij verlie-ten en de weg naar Beauscyr insloegen. Simon reed verstrooid voorop. Wat Meavy had met zijn duidelijke verhaal indruk op hem gemaakt. Hoewel de boer waarschijnlijk flink dronken was geweest toen hij na het bezoek aan de herberg was overvallen, kon hij zich niettemin zijn tocht naar huis herinneren. Hij wist hoe licht het was geweest, hij wist waar hij overvallen was, en dat alles nadat hij een klap op zijn hoofd had gehad. Zijn verklaring klonk geloofwaardig.

"Simon?"

De baljuw kwam tot de ontdekking dat zijn vriend naast hem reed. De ridder verbaasde zich kennelijk ergens over, want zijn

283

samengetrokken wenkbrauwen vormden één dunne zwarte lijn. Simon gromde. "Wat is er?"

"Stel dat de boer gelijk had. Stel dat John Beauscyr inderdaad zijn vader hekelde. Wat zou dat betekenen?"

"Dat zijn vader een hartig woordje met hem had gesproken over berovingen, veronderstel ik."

"Maar dit was voordat we hoorden dat hij een rover was. Pas toen we dachten dat hij bij de moord op Bruther betrokken was, heeft hij bekend Meavy te hebben beroofd – om ons en zijn vader te bewijzen dat hij niet in Bruthers buurt kon zijn geweest toen die stierf."

"Ja, en?"

"Houd je je nu met opzet van de domme?" Baldwin zuchtte. "Luister, hij mompelde iets over het voorbeeld van zijn vader volgen. Wat bezielde hem om Wat Meavy te beroven, bedoel ik. Mij dunkt dat hij die dag iets over zijn vader moet hebben gehoord dat hem ertoe bracht een beroving te plegen."

"Iets wat hij had gehoord was voor hem een aanleiding om Meavy te beroven?" herhaalde Simon nietbegrijpend.

"Het zou kunnen. En hij beweerde dat zijn vader geen haar beter was dan hij." Baldwin staarde naar de hals van zijn paard. "Simon, ik vraag me af..."

"Wat?"

"Als sir William hem al onder handen had genomen voor stelen en roven, en John daarna hoorde dat zijn vader vroeger ook een rover was, kan dat genoeg zijn geweest om hem ertoe te brengen iemand te overvallen."

Simon stond paf. "Dat is wel een heel gewaagde veronderstelling," wist hij ten slotte uit te brengen.

"Als sir William zijn zoon al had aangepakt over stelen, zou hij beslist woedend zijn als hij over Wat Meavy hoorde."

"Ja, ik neem aan van wel. Maar om nu te suggereren dat sir William zelf..."

"We weten dat sir William in verscheidene oorlogen voor de koning heeft gevochten; het zou me niet verbazen als hij in die tijd ook kansen op buit heeft gehad die hem eigenlijk niet toekwam."

"Maar van wie zou John iets over zijn vader gehoord kunnen hebben?"

"Bruther." Baldwin vermeed Simon aan te kijken.

"Bruther!" Simon ontplofte. "Hoe kom je daar in vredesnaam bij? Er is niets dat erop wijst dat Bruther iets over sir William wist, en nu wil je me wijsmaken dat John door Bruther over de schreef is gegaan – wat héb je?"

"Ik denk," zei Baldwin langzaam en precies, "dat Bruther misschien van zijn vader iets over het verleden van sir William heeft gehoord. We weten dat sir William soldaat is geweest, maar Thomas Smyth was dat ook. Het gevecht van vandaag heeft dat bewezen. De manier waarop hij zijn troepen opstelde, was heel efficiënt, en als sir William niet zo effectief had gereageerd, zou Smyth de mannen van de havezaat waarschijnlijk in de pan hebben gehakt. Het is mogelijk dat Thomas iets over sir William weet. Per slot van rekening zou dat een heleboel verklaren. Bedenk eens hoe vlot sir William voor de mijnwerker gezwicht is. Hij zei dat het was omdat Smyth wettelijk het recht had om daar op de woeste gronden te zijn, en misschien is dat zo, maar ik vind het moeilijk te geloven."

Ze waren nu bij het voornaamste pad over de woeste gronden gekomen, en gingen in zuidwestelijke richting de aangestampte aarde van de weg op.

"Als ik gelijk heb, was sir William bang voor de mijnwerker om wat Thomas Smyth van zijn verleden wist. En misschien..." Plotseling kreeg Baldwin een ingeving. "Simon – ik ben een idioot geweest! Natuurlijk, er is maar één verklaring voor!"

"Welke dan?" vroeg Simon sarcastisch. "Dat Thomas Smyth de ridder met onthullingen gedreigd heeft als hij de mijnwerkers geen tin liet delven op zijn land? Of denk je dat de ridder iets over Smyth wist dat hem sowieso van zijn land heeft weggehouden? Baldwin, ik denk dat je..."

"Simon, luister! Alsjeblieft, even maar." Baldwin glimlachte breed. "Denk hier eens over na: normaal had Bruther mannen bij zich om hem te beschermen, al de tijd dat hij op de woeste gronden was. Maar uitgerekend op de avond dat sir William een ontmoeting met Thomas Smyth had, had Bruther die mannen plotseling niet meer nodig. Vreemd, vind je niet? En denk ook eens hieraan: John ontmoette die avond Bruther, en ze hebben zeker woorden gehad – verder krijgen we te horen dat hij kort daarna naar Chagford is gejakkerd en daar de eerste de beste heeft beroofd die hij tegenkwam. Niet bepaald het gedrag van een rationeel denkende schildknaap, als je het mij vraagt."

"Ik denk dat je te veel van die goede oude Meavy's bier hebt gedronken – je raaskalt," zei Simon, maar hij bleef zijn vriend achterdochtig bekijken. Na een paar minuten verloor hij zijn geduld. "Goed dan, Baldwin, jij je zin. Wat bedoel je? Wat maak jij op uit deze twee aanwijzingen?"

"Ah, Simon, later, later, waarde vriend. Ik zie dat we de richting van zowel de havezaat als Thomas Smyths huis uit gaan. Waarom brengen we niet eerst een bezoekje aan Thomas Smyth? Het is niet ver om."

En hij weigerde verder over de zaak te spreken.

hoofdstuk 24

egen de tijd dat ze Smyths erf op konden, was Hugh de wanhoop nabij. Hij had niet durven stoppen om in de berm te plassen, want hij was er zeker van dat Baldwin dan zou weigeren halt te houden en de drie anderen hem zouden achterlaten. De gedachte aan Crockern maakte Hugh nog te zenuwachtig om zo'n waagstuk te ondernemen. En dus bleef hij pijnlijk doorzeulen, met van toenemend ongemak samengeperste lippen naarmate zijn blaas steeds meer protesteerde.

Het was druk op het erf. Knechten leidden paarden naar buiten om ze beweging te geven, of verwijderden mest en vuil stro uit de stallen, terwijl anderen een kar met levensmiddelen voor de keuken uitlaadden. Te midden van dit gedrang liet Hugh zich van zijn paard zakken om zich naar de stalmuur te spoeden. Na slechts enkele seconden pijn was de opluchting geweldig, en hij glimlachte beteuterd naar de stenen van de muur voor hem. Toen hij even omkeek, zag hij de anderen achter George Harang naar het huis toe lopen. Hij wist dat hij hen achterna moest gaan, maar hij kon zich niet haasten. Dat was ook niet nodig, dacht hij. Simon en de ridder gingen alleen maar naar binnen om nog meer vragen te stellen, en tot dusver hadden ze zijn hulp nog niet nodig gehad.

In het huis troffen Simon en Baldwin een chaos aan.

De zaal bevatte bijna twintig mannen die bij het gevecht van die ochtend gewond waren geraakt, en Smyths bedienden haastten zich van hot naar haar met kommen water en afgescheurde repen stof als verband. Zijn vrouw was er ook en hield de hand van een man vast, terwijl ze hem troostend toesprak. Ze keek op toen Simon binnenkwam, en veegde met haar hand over haar voorhoofd, maar hij kon zien dat haar gedachten bij de gewonde waren. Bij een andere gedaante knielde een chirurgijn, die het kennelijk razend druk had met de behandeling van alle houwen en steken.

Terwijl Simon met gefascineerde afschuw toekeek, voltooide de chirurgijn net zijn onderzoek van een hoofdwond. De baljuw kon zijn blikken niet afwenden toen de arts zachtjes met een vinger in de met een dikke klont bloed bedekte wond op de schedel drukte. Vervolgens nam hij het scheermes aan dat hem werd aangereikt, en schoor snel het hoofd van de gewonde kaal. Terwijl zijn assistent de lijkbleke mijnwerker bij de schouders hield, hurkte de chirurgijn met een grote tang bij diens hoofd. Op een teken werd de tang in de wond ingebracht en er snel weer uitgetrokken, nu met een stukje wit bot dat tegen het rood van het bloed afstak. De gewonde slaakte een kreet, gaf daarna geen kik meer en kalmeerde, hijgend, met ogen groot van angst en pijn. Maar toen de chirurgijn de wond opnieuw inspecteerde, glimlachte hij. Kennelijk in zijn nopjes waste hij het bloed af en maakte met eiwit de wond schoon, waarna hij deze voorzichtig hechtte en een klodder dikke, naar pijnhars ruikende zalf nam die hij over de wond uitsmeerde. Toen kwam hij met een zucht overeind en begaf zich naar de volgende patiënt, een jongeman van nog maar een- of tweeëntwintig, bij wie de gebroken schacht van een pijl uit zijn schouder stak. Hij huilde openlijk toen de chirurgijn naderbij kwam, en dikke tranen van angst liepen over zijn magere, vuile wangen.

Thomas Smyth keek verdrietig toe, maar even later ontmoetten zijn ogen die van zijn vrouw. Ze zette zich schrap, hield zijn blik vast, en glimlachte toen even naar hem alvorens haar aandacht weer op de gedaante voor haar te richten. Die korte herkenning deed zijn borst zwellen van trots. Na het drama buiten in het kamp had hij geweten dat hij Christine alles over Martha Bruther en zijn dode zoon moest uitleggen voordat ze er van anderen over hoorde. Nog terwijl de mannen naar binnen werden gedragen, had hij haar apart genomen.

Ze had niets gezegd terwijl hij sprak, en hij had paniek voelen opkomen bij de gedachte aan de pijn die hij haar deed. Maar toen boog ze haar hoofd. "Het was lang geleden, Thomas. Nog voordat ik je kende. En jij hebt je verdriet over zijn dood toch voor je gehouden om mijn gevoelens te sparen?" Sprakeloos had hij haar aangestaard, en na een moment raakte ze zachtjes zijn arm aan. "Kom, mijn gemaal. We moeten ervoor zorgen dat er niet nog meer doden vallen zoals je zoon."

En nu waren de baljuw en zijn vriend er weer om hem te

ondervragen. Smyth wreef in zijn ogen. Hij was moe na de verschrikkingen van die ochtend, en walgde ervan.

"Laten we maken dat we hier wegkomen," mompelde hij,
maar op zijn weg naar de deur bleef hij nu en dan staan om een
schouderklopje te geven of een paar woorden te wisselen. Hij gaf
om de mannen, zag Simon, en dat wisten ze. Sommigen probeerden zelfs rechtop te gaan zitten als hij naderbij kwam, als om hun
respect te tonen. Simon was opgelucht toen hij de zaal uit was en
weer buiten stond. De sfeer van pijn en dood binnenshuis was
deprimerend. Terwijl hij achter de mijnwerker aan wandelde, die
met gebogen hoofd en zijn handen in zijn riem naar de beek liep,
haalde hij diep adem. Er stond een bank die over het water uit-
keek, en hier nam Thomas Smyth op plaats. Simon en Baldwin
gingen voor hem staan, met Edgar op de achtergrond.

Het was Simon die de stilte verbrak. "Thomas, nadat we jou
in het kamp hadden achtergelaten, zijn we Wat Meavy in zijn
boerderij gaan opzoeken. Hij heeft bevestigd dat hij John Beauscyr heeft gezien op de avond dat je zoon werd vermoord."

"Heeft hij Beauscyr gezien, die avond?" De mijnwerker keek
Simon verbaasd aan. "Ik begrijp niet... Bedoelt u dat Beauscyr
daar was toen Peter vermoord werd? Hij is het niet geweest die
Peter vermoord heeft?"

"Nee. Uit wat wij hebben gehoord is het John niet geweest."

De tindelver was ontdaan. Hij keek over de woeste gronden
naar het oosten. "Mijn God! En ik heb doden op mijn geweten
omdat... Maar hoe kan die Meavy hier zo zeker van zijn? Wilt u
zeggen dat..."

Baldwin interrumpeerde tactvol. "Thomas, ik was vanochtend erg onder de indruk van de manier waarop je je verdediging
organiseerde – de opstelling van je boogschutters ten opzichte
van de voetknechten, waardoor je een eventuele frontale aanval
dwong zich precies daar te concentreren waar jij dat wilde. Ja, het
was meesterlijk." Zwijgend staarde de mijnwerker de ridder aan.
Onverstoorbaar ging Baldwin verder: "Als de tweede aanval van
over de beek er niet was geweest, zou je met gemak hebben
gewonnen, niet? Er zou daar een grote slachting zijn geweest.
Waar heb je zo leren vechten?"

Thomas haalde zijn schouders op. "Het was een kwestie van
geluk, meer niet. Het leek de beste manier om de mannen op te
stellen."

"Dus het kwam niet door je ervaring als soldaat in de oorlogen met sir William?"

"Heeft hij u dat verteld?" De verbazing kon niet geveinsd zijn.

Baldwin glimlachte, waarbij zijn snor in een wolfachtige grijns krulde. "Waarom niet?"

"Omdat het de man alleen maar in diskrediet brengt," zei Smyth ronduit. "Waarom zou hij erover beginnen? Ja, ik heb in de oorlogen tegen Wales gevochten, en ik heb sir William daar gekend. Dat was voor een deel de reden waarom ik hierheen ben gekomen. Ik had van zijn mannen over het delven van tin gehoord en dacht dat ik dat ook wel eens zou kunnen proberen."

Simon keek verward van de een naar de ander, en de ridder merkte dat. Met een grootmoedig gebaar naar zijn vriend zei hij: "Misschien zou je het moeten uitleggen. De baljuw was nog te jong om aan de oorlogen mee te doen."

"Goed dan," zei Thomas, met een enigszins geringschattende blik in Simons richting, nu de baljuw slecht op de hoogte bleek te zijn van de recente geschiedenis. "Het was in de jaren 1280. Koning Edward, de vader van onze Edward en verreweg de grootste van de twee, riep zijn leenmannen op om hem de Welshmen eens en vooral op hun plaats te helpen zetten, hij bood zelfs aan de troepen zelf te betalen. De Welshmen waren altijd al een doorn in zijn vlees geweest, en in die tijd, voordat zijn zoon er zo weinig van terechtbracht bij Bannockburn, had hij de Schotten onder de duim. Hij kon dus de tijd nemen om de Welshmen aan zich te onderwerpen. Mijn heer sloot zich bij het leger aan, en ik ging met hem mee om mij bij de mannen onder Luke de Tany aan te sluiten. Ik was toen pas twintig, in 1282, maar sterk en vastbesloten enige roem in het gevecht te verwerven. Weldra werd ik de leider van een groep mannen."

"Sir William was daar ook?"

"O ja, en net als zijn zoon Robert was hij zo arrogant als een jonge ridder maar kan zijn. Het was zijn eerste oorlog, denk ik, en sindsdien heeft hij heel wat expedities meegemaakt. Maar hij was ridder, en wou niet met mij praten. Ik was daar alleen om bevelen op te volgen. Wij bleven daar tijden lang onder de Tany. Ik herinner me dat we begin mei naar Neston moesten, aan de monding van de Dee. Ik was kruisboogschutter, en ik behoorde tot de groep die op de vloot van meer dan zestig schepen werd gezet die waren opgeroepen van de Vijf Havens.* Veel boogschutters dienden daar op die schepen als zeelui toen wij Anglesey bereikten. We veroverden het eiland en bouwden een brug over de Menai Strait, zodat we naar Bangor door konden stoten, maar daar bleef het toen bij. Tegen het eind van september waren we klaar, maar we moesten wachten op bevel van de koning om door te gaan, want wij moesten de vijand in verwarring brengen door zijn legers af te leiden zodra Edwards eigen troepen een nieuwe aanval inzetten.

Het ging goed. De koning en de graaf van Lincoln rukten op in het dal van de Clwyd, graaf Warenne naderde langs de middenloop van de Dee en Reginald de Grey kwam eraan vanuit Hope. De Welshmen hadden geen kans tegen zo'n overmacht, en de hele zaak had snel afgelopen moeten zijn, maar aartsbisschop Pecham besloot een poging te doen om het bloedvergieten een halt toe te roepen. Hij bemiddelde en hield de aanval op – een stomme tijdverspilling. Het was duidelijk dat de Welshmen alleen maar van de gelegenheid gebruikmaakten om hun mannen te hergroeperen voor verdere gevechten.

Intussen zaten wij op Anglesey vast met niets om handen. Het was ellendig, we hadden geen fatsoenlijk kamp en zaten met te veel mannen op een te kleine oppervlakte. Er werden mannen ziek, en iedereen was kregelig en verveelde zich. We wilden gewoon opschieten en de Welshmen terugdrijven." Thomas Smyth keek naar zijn aandachtige gehoor. "Dat is de reden waarom sir William het deed, denk ik. Verveling!"

Met een afwezige uitdrukking op zijn gelaat ging hij verder, terwijl hij zo nu en dan een hand naar zijn wang bracht om aan een insectenbeet te krabben. "Om te beginnen moet u begrijpen, dat de soldaten zich tot dan toe verdienstelijk hadden gemaakt. We hadden het eiland veroverd, we hadden een kamp opgezet, zoals ons bevolen was, en we hadden de brug gebouwd, zoals ons gezegd was. Maar toen moesten we wachten zonder iets te doen te hebben, en dat was vreselijk! We wisten dat we ieder moment

---

* Sandwich, Dover, Hythe, Romney en Hastings; een confederatie van de voornaamste havensteden uit die tijd, belast met de verdediging van de Engelse zuidoostkust en het Kanaal; leverden de Kroon schepen, in ruil voor privileges. – Noot van de vertaler.

de brug over konden worden gestuurd om de Welshmen te ontmoeten, en die gekken met hun lange messen zijn geduchte
krijgslui. In de hitte, en met steeds meer mannen die koorts kregen en daarna stierven, braken er gevechten uit. Kleine onenigheden werden opgeblazen. Normaal zouden ze zo vergeten zijn,
maar daar werden ze een reden om elkaar af te maken. En voor
een jonge ridder die roem en rijkdom najaagt, was het om gek
van te worden.

Het was november toen we in beweging kwamen. We hadden daar maandenlang gewacht, en ik denk dat de Tany net zo
naar actie verlangde als de rest van ons, dus we trokken de brug
over, Snowdonia in. Onze aanvoerder dacht dat hij een beslissen-
de aanval kon lanceren, die de Welshmen in verwarring zou brengen en een eind aan de oorlog zou maken. Er is wel gezegd dat de
Tany de vredesonderhandelingen in het honderd wilde laten
lopen – en dat zou best kunnen – maar het enige wat ik kan zeggen is dat wij tegen die tijd allemaal weg wilden.

Eerst ging alles goed, maar de hoofdmacht raakte in een
gevecht met Welshmen verwikkeld. Ik bevond mij toen met sir
William op de flank, en hij beval mij met hem mee te gaan. We
dachten dat het was om de Welshmen van achteren aan te vallen,
maar nee, hij maakte een omtrekkende beweging en voerde ons
mee het land in."

Smyth keek Baldwin aan. "Hij had gehoord van een nonnenklooster een paar mijl verderop – ik weet er nog steeds de naam
niet van – waar de nonnen goud en juwelen hadden. Het was
hem niet te doen om in een of andere roemrijke veldslag te vechten, maar om gewin te behalen uit een oorlog die hij dwaas vond.
Hij voerde ons erheen en wij vielen het aan. Ze hadden geen
kans. We waren met zo'n honderdvijftig man, en de nonnen hadden maar een man of twintig om hen te beschermen. Allemaal
vonden ze de dood, de vrouwen natuurlijk pas nadat ze verkracht
waren." Zijn stem klonk koud en bitter, en zijn gelaat verhardde
zich. "En sir William ging voorop, hij nam twee vrouwen voordat
hij zijn soldaten binnenliet."

Even heerste er stilte, toen bewoog Baldwin zich. "En jij?"
vroeg hij zacht.

"Ik? Ik was daar, maar ik heb niet meegedaan aan de ver-
krachtingen, moorden en berovingen. Hoe kan iemand zo bar-
baars zijn tegenover vrouwen die zich aan God hebben gewijd?

292

Dit waren geen kroegsletten, ze waren heilig. Ik zou ze niet hebben kunnen aanraken. En dus liet ik mijn paard rechtsomkeert maken naar Anglesey, en dat was maar goed ook. Als ik dat niet had gedaan, zou ik misschien iets tegen sir William hebben gezegd, en dat zou me een langzame dood en geen roem hebben opgeleverd.

In mijn afwezigheid was de slag al verloren. De Tany was verdronken in de Menai Strait. De mannen waren in de pan gehakt. Ik had nog grote moeite met de terugweg naar het kamp. Het leek weinig zin te hebben over sir William en zijn heldendaden te praten. De situatie was al erg genoeg, en de meeste overlevenden wilden naar de schepen terug om naar Rhuddlan of Neston te varen, maar de schepen weigerden ook maar iemand aan boord te nemen. Ik denk dat ze bang waren voor wat de koning dan zou doen. En dus zaten we daar vast, totdat we het geluk hadden dat Otto de Grandison arriveerde om de leiding te nemen. Maar toen kreeg ik de schrik van mijn leven, want plotseling was sir William er weer, nu kennelijk met roem overladen en rijk op de koop toe.

Hij had alles meegenomen wat hij kon en was ervandoor gegaan met zijn mannen. Ze zullen snel gereden hebben om de Welshmen te ontlopen, want tegen die tijd hadden ze denk ik van de nederlaag van het leger gehoord. En dus was het sir William die door de koning werd beloond omdat hij als boodschapper zo dapper was geweest!"

Smyth keek met een sombere frons naar het water in de beek. "Natuurlijk was ik maar een arme soldaat, een bereden kruisboogschutter. Ik kon een groot man als sir William niet van banditisme beschuldigen. Als ik dat gedaan had, zou die brutaliteit waarschijnlijk mijn dood zijn geworden. En dus probeerde ik het te vergeten. Onder Otto de Grandison trok ik opnieuw over de Menai Strait, ditmaal met succes, en ik was bij zijn leger toen het Snowdonia insloot en Caernarvon en Harlech innam. Er was geen geweldige buit, maar ik bracht het er tenminste levend af, hoewel het mij bitter stemde te zien hoe gemakkelijk een ridder roem, rijkdom en de gunst des koning kon verwerven. Naderhand begon ik het land rond te reizen. De oorlog had mij een ontredderd gevoel gegeven, en het duurde enige tijd voordat ik mij herinnerde wat anderen in het gevolg van sir William hadden verteld over het delven van tin, waardoor iemand onafhankelijk op de woeste gronden kon leven en werken om rijk te worden. Het idee klonk mij goed in de oren, en dus kwam ik hierheen."

Simon blies zijn wangen op en slaakte een zucht. Het verhaal van de tindelver was niets bijzonders. Hij had van andere soldaten gehoord hoe ze verraden waren, omdat er grote beloningen waren gegeven aan mannen die het niet verdienden, terwijl mannen die geëerd hadden moeten worden, vergeten werden. Zo ging het nu eenmaal in de oorlog. "En het was beslist sir William die de aanval op het nonnenklooster leidde?" vroeg hij.

Thomas Smyth gromde instemmend zonder op te kijken.

"Vertel eens, Thomas," zei Baldwin, "wanneer heb je hierover met sir William gesproken?"

Nu keek de mijnwerker op, terwijl een glimlach om zijn lippen speelde. "Hoe weet u dat?" vroeg hij. "Het doet er ook niet toe. Ik heb hem dat verteld op de dag dat Peter vermoord werd."

"Wat, toen je hem die ochtend op Beauscyr zag?" vroeg Baldwin, plotseling een en al aandacht.

"Nee, die avond, toen hij hier kwam."

"Wat heb je tegen hem gezegd?"

"Ik had hem gevraagd naar mijn huis te komen om te bespreken wat ik aan het tin op zijn land moest doen," zei Thomas met een snelle grijns. "U weet wat ik bedoel, denk ik. Hij had geld meegebracht, en hij dacht dat dat alles was... maar toen hij op het punt stond te vertrekken, vertelde ik hem dat ik mij het klooster herinnerde, en hij hield zich koest, zoals een hond zich koest houdt als hij gevaar ziet en in elkaar kruipt om toe te springen. Ik vertelde hem wat ik zojuist verteld heb, over de campagne, hoe hij mannen uit de strijd hield om zijn eigen belangen te dienen, en hoe hij de gunst van de koning had verworven. Ik denk dat hij geschokt was."

"Hoe kwam je ertoe hem dit te vertellen? Je hebt het jarenlang voor je gehouden, dus waarom moest je het ineens ter sprake brengen, zo lang erna?"

"Ik wilde dat mijn zoon meer verantwoordelijkheid voor de mijnen zou gaan dragen. Ik heb sir William natuurlijk niet verteld dat hij mijn zoon was. Ik liet hem alleen maar weten dat de jonge Bruther moest kunnen leven zonder bang te hoeven zijn voor een aanval. En ik vertelde hem dat als Peter zou worden aangevallen, ik uit wraak mijn verhaal zou vertellen. Per slot van rekening was de situatie nu anders. Vroeger was ik een onbeduidende kruisboogschutter, wiens woord in twijfel kon worden getrokken. Nu ben ik een machtig man in deze streek, met geld en mannen om mijn woorden kracht bij te zetten. Hij wist dat hij er niet onderuit kon en werd bleek van woede."

Baldwins gezicht stond ernstig. "Juist. En daarom dacht je dat Peter zijn lijfwachten niet meer nodig had?"

"Dat was niet mijn idee. Ik zou ervoor gezorgd hebben dat hij de mannen bij zich hield. Maar hij voelde zich veilig, neem ik aan," zei Thomas Smyth met een droevige zucht, terwijl hij omlaag keek. "Ik had hem de dag daarvoor het hele verhaal verteld – en dat ik het sir William onder zijn neus ging wrijven. Ik vond dat hij moest weten wat voor soort man sir William was, maar ik had er geen idee van dat hij die avond zijn lijfwacht weg zou sturen."

"Ik neem aan dat hij zich veilig voelde omdat jij sir William vertelde wat je van hem wist," zei Simon.

"Misschien," zei de tindelver treurig. "Hoe dan ook, het doet er nu niet meer toe. Mijn Peter is dood."

"Er is één ding dat ik nog altijd niet begrijp," zei Baldwin peinzend. "Je zegt dat Peter hierlangs kwam en dat zijn lijfwachten hem hier verlieten voordat hij over de woeste gronden naar huis ging, maar waarom zou hij hier om te beginnen langs komen? Als hij van de herberg naar zijn hut terug wilde, had hij ook direct vandaar over de woeste gronden kunnen gaan. Is hij alleen maar hierheen gekomen om de mannen hier achter te laten?"

"Hij kwam gewoonlijk hierlangs als hij van de herberg naar huis terugkeerde. Het pad vanhier is veiliger, met minder moerassen."

"Maar je hebt hem niet gezien?"

"Ik was die middag met George naar het kamp en daarna naar Peters hut."

"En sir William was hier toen je thuiskwam?"

"Ja."

"Juist. Dat was het!" Baldwin klapte gedecideerd in zijn handen. "Ik denk dat we je nu niet langer hoeven lastig te vallen. Het spijt me dat ik naar zaken heb moeten vragen die pijnlijke herinneringen bij je oproepen, maar je hebt een paar punten opgehelderd."

"Mooi," zei de tindelver oprecht verbaasd. "Dan bent u niet voor niets gekomen."

"Inderdaad, er waren een paar zaken waar ik niet zeker van was. En nu, goedendag."

Toen hij zijn broek optrok, zag Hugh dat de oude bottelier een eindje verderop een emmer in de afvoerbuis leeggoot. Hugh grijnsde verontschuldigend omdat de man naar de natte plek op de muur keek en opmerkte: "Het is geen plee, weet je."

"Het spijt mij, ik dacht..." stamelde Hugh.

"Het is voor de knecht van een baljuw zeker te ver om zes meter naar de afvoerbuis te lopen?"

"Hoor eens – ik dacht dat het er niet toe deed…"

"Niet toe deed!" De bottelier staarde Hugh met weerzin aan en keek toen nog eens naar de plek op de muur, voordat hij hoofdschuddend wegliep. Hugh ging achter hem aan, beschaamd omdat hij ergernis had opgewekt. Bij het horen van zijn gemompelde verontschuldigingen ontdooide de bottelier een beetje, en tegen de tijd dat ze bij de deur van het huis arriveerden, had hij bijna spijt van zijn woorden. "Laat maar zitten. We zijn hier allemaal gespannen, sinds Bruther vermoord is. Sindsdien is onze heer zichzelf niet, en nu zijn er ook nog al die gewonden."

Hugh knikte. Hij kon de gewonden al horen, en had niet veel zin om het huis in te gaan. "Is iedereen daar binnen?"

"Ja," zuchtte de oude bottelier. "Eerst die arme Bruther, en nu dit."

"Dit was toch vanwege Bruther. Je heer wilde zijn moordenaar grijpen."

"Bruther is dood. Het is niet eerlijk hem de schuld van dit alles te geven, ook al gebeurde het in zijn naam," zei de bottelier bitter. Hij zag de verwarring op Hughs gezicht en kreeg medelijden. "Kom maar mee naar de provisiekamer, dan drinken we een biertje," zei hij vriendelijker.

Hugh herkende de olijftak en maakte er dankbaar gebruik van. In de ruimte met de vaten en kisten ging hij op een wijnvat zitten, terwijl de oudere man kreunend op een oude kruk plaatsnam en twee tinnen kroezen met bier vulde. Even later verstijfde Hugh omdat er een schelle kreet uit de zaal klonk.

"Daar binnen is een chirurgijn met zijn assistenten aan de

gang," zei de bottelier. "Jij en ik zouden alleen maar in de weg lopen."

"Heb jij Bruther gekend?" vroeg Hugh, in een poging van onderwerp te veranderen.

"Ja. Die jongeman was aardig tegen mij, heel beleefd, en hij kwam altijd een biertje met me drinken."

"Het is best bier," zei Hugh, en de bottelier vulde zijn kroes bij.

"Dat zei Bruther ook altijd. Begrijp me goed, hij hield sowieso wel van een slok. Het deed er nooit veel toe wat voor soort het was, maar hij zei wel dat mijn bier het beste in Dartmoor was." Hugh wist genoeg. De oude man had behoefte aan gezelschap, niet aan conversatie, en een paar minuten zaten ze zwijgend bij elkaar. Toen zei de bottelier: "Hij was ook dapper. Heb je het gehoord, van hem en die ridder? Hij heeft die dwaas niet alleen weggestuurd, maar hem ook zijn touw afgenomen."

Met een frons keek Hugh hem aan. "Waar heb je dat gehoord?"

"Hij vertelde het mij, toen hij hier was op de dag van zijn dood. Niet lang, hij hoopte mijn heer te zien, maar Thomas was in het kamp. Hij heeft een paar kroezen bier met mij gedronken, terwijl zijn vroegere heer in de zaal om meer wijn brulde."

"Was sir William hier dan ook?"

"Ja. Die oude smiecht stampte de zaal rond in een rothumeur omdat hij op mijn heer moest wachten. Als hij niet om wijn bulkte, was hij hard genoeg aan het vloeken en schelden om de doden tot leven te wekken. Bruther vond het grappig."

"Hebben ze elkaar gesproken?"

"Nee, natuurlijk niet. Bruther is hier gebleven totdat hij vertrok."

"Dus hij is niet de zaal in gegaan?"

"Niet dat ik weet. Maar ik was hier niet de hele tijd, want ik moest even weg. Er was een probleem met het vuur in de keuken, en ik ben de kok gaan helpen."

"Is Bruther toen hier gebleven?"

"Enkel zolang als nodig was om zijn bier op te drinken. Hij kwam naar de keuken om gedag te zeggen. Arme drommel. Hij leek weer opgewekt."

"Was hij opgewekter toen hij wegging dan toen hij kwam?" vroeg Hugh omzichtig.

"Ja. Toen hij hier kwam was hij er ellendig aan toe, iets met een meisje, denk ik. Maar hij zei altijd al dat mijn bier zijn hoofd afkoelde en hem kalmeerde. Na een paar pinten was hij vrolijk zat. Ik zag hem gaan. Hij draaide zich nog om en wuifde. Hij was echt in zijn sas, met die tros touw over zijn schouder."

"Maar sir William was hier nog?"

"O ja. Ik zag hem toen ik uit de keuken kwam. Niet meer zo kwaad, goddank! Hij vroeg alleen maar waar ik geweest was, schreeuwde zelfs niet tegen mij. Hij wilde weer wijn."

Hugh krabde aan een insectensteek op zijn hoofd. "Dan ben je dus vrij lang weg geweest," merkte hij op.

"Zo lang ik maar kon," antwoordde de bottelier schouderophalend. "Ik had geen zin in dat geschreeuw van hem. Ik ben een hele tijd bij de kok gebleven, totdat ik de paarden van mijn heer hoorde."

"O," zei Hugh teleurgesteld. "En als je je heer op het erf kon horen, kon je sir William ook horen wegrijden als hij ergens heen was gegaan."

"Hè?" Sluwe oude ogen keken snel omhoog. "Hoezo? Wat wil je… Nee, dat kon ik niet. De keuken is aan de achterkant. Ik hoorde mijn heer op de weg."

"Dus iemand die op het erf op zijn paard klimt en over de woeste gronden wegrijdt, kun je in de keuken niet horen?" vroeg Hugh langzaam en omzichtig, met een hol gevoel van verwachting in zijn maag. Hij wist het antwoord al voordat het kwam.

ɦOOFÐSCUK 25

erug op Beauscyr, namen Simon en Baldwin plaats op stoelen dicht bij de niet brandende haard. Sir William moest nog komen. John, die nerveus een dolk de lucht in gooide en weer opving, stond bij hen in de buurt en keek afkeurend naar Edgar, die lui tegen een pilaar leunde. Sir Ralph stond met zijn rug tegen een muur, met de armen achteloos over elkaar geslagen. Ondanks dit vertoon van sloomheid kon Baldwin de waakzaamheid in zijn ogen zien flikkeren. Beiden leken verrast Thomas Smyth na de anderen te zien binnenkomen.

Even later verschenen sir Robert Beauscyr en zijn moeder. Zoals altijd kwam lady Matillida met veel bombast binnenzeilen. Ze negeerde haar gasten terwijl ze met lichte tred naar de tafel op de verhoging toe liep en in haar stoel plaatsnam. Na een korte aarzeling ging haar oudste zoon naast haar zitten met zijn gezicht naar Simon toe. Ten slotte werd de deur opengeworpen en kwam sir William binnen.

Alsof hij zijn jeugd had teruggekregen marcheerde hij met één hand op het gevest van zijn zwaard naar zijn vrouw. Hij raakte even haar schouder aan, ging toen zitten en legde zijn ellebogen op tafel. Na een blik van herkenning in de richting van Thomas Smyth, die gespannen achter Simon stond, richtte de oude ridder zich tot Baldwin en Simon.

"Wel, wat hebt u te melden? Ik wil een onderzoek naar de zaken van de mijnwerkers. Dat is nu cruciaal, nadat ze mijn zoon hebben opgepakt."

"Sir William, dat lijkt me geen goed idee," zei Simon vriendelijk.

"Waarom?" schreeuwde Robert. Hij was opgesprongen en staarde de baljuw woedend aan. "Ze hebben u zeker zoveel geld geboden, dat u niet kon weigeren. Weet u wat het is, om gevangen te worden genomen als een misdadiger ? Om zo te worden weggesleept, en..."

"Ja," zei Baldwin peinzend. "Het moet moeilijk voor iemand zijn om zo te worden ontvoerd. Ik bedoel maar, een koopman zou zoiets na verloop van tijd kunnen vergeten, maar een edele ridder? Iemand die de lakens wil uitdelen in zijn domein? Dat valt niet mee." En hij trakteerde de knaap op een innemende glimlach.

Robert wilde weer uitvaren, maar hij zag plotseling de gevaarlijke vonk in Baldwins ogen en deed er wijselijk het zwijgen toe. De vriend van de ridder was veranderd. Alle schroom en zachtheid waren geweken, ze hadden plaatsgemaakt voor een vreemde hardheid. Het was alsof hij tot een besluit was gekomen waaraan niet te tornen viel.

"Ja," zei Baldwin, terwijl hij opstond en naar sir Ralph toe slenterde. "Het zou voor een ridder moeilijk zijn als hij zo in verlegenheid werd gebracht, niet?" De ridder uit het noorden ontweek zijn blik. Niet uit nervositeit, zag Baldwin, maar uit een soort verveeldheid.

"Waar slaat dit op, sir Baldwin? Gaat u de draak met ons steken? Ik ben allerminst onder de indruk van uw houding, laat staan dat ik die amusant vind." Lady Beauscyr was doodsbleek, maar hield haar gezicht in de plooi.

"Vrouwe, mijn verontschuldigingen voor de opschudding die ik moet veroorzaken." Baldwin richtte zijn blik op Thomas Smyth, alsof hij de zaak aan de tindelver wilde uitleggen en de anderen in de zaal alleen maar figuranten waren.

"Deze moorden zijn verwarrend geweest. Toen het nog alleen om Bruther ging, leek er geen eind te komen aan de mensen die hem wilden vermoorden en het ook gedaan konden hebben. Zelfs mijnwerkers, onder anderen jij, Thomas werden verdacht. En er waren er heel wat die van zijn dood hadden kunnen profiteren.

Maar toen de twee soldaten dood werden aangetroffen, werd duidelijk dat de moordenaar iemand van de havezaat moest zijn. De poort is 's avonds gesloten en vergrendeld, dus de moordenaar kon niet ongezien van buiten komen. Het was iemand van hier.

Aanvankelijk dachten we dat het sir Ralph moest zijn. Hij kwam uit het noorden, waar moord aan de orde van de dag is en de lijkschouwers de doden nauwelijks bij kunnen houden. Zou het zo verbazend zijn als hij erbij betrokken was? Maar hij was die avond bij een vrouw, in de herberg. Tenzij zij en de anderen logen, is hij nooit lang genoeg weg geweest."

De mijnwerker knikte, waarop Baldwin naar John toe kuierde, die nog steeds met zijn dolk stond te jongleren. Baldwin bekeek hem met over elkaar geslagen armen. "John vormde ook een probleem. Hij was de hele weg tot de herberg met sir Ralph samen, maar eenmaal daar aangekomen, bleef hij er niet. En natuurlijk was er ook nog zijn broer Robert, die bij een bespreking de zaal uit was gerend en de rest van de dag over de woeste gronden reed. Maar het bleek dat Robert bijna de hele tijd samen is geweest met zijn geliefde, en dat in elk geval was op het moment dat Bruther vermoord werd. Hij was het dus niet."

Simon hield John in het oog, die steeds langzamer met zijn mes was gaan jongleren en er nu mee gestopt was. De knaap had zijn kaak agressief vooruit gestoken, en zijn stem klonk gevaarlijk zacht toen hij zei: "Word ik van de moord beschuldigd, sir Baldwin?"

De ridder bekeek hem een minuut lang zonder iets te zeggen. Simon antwoordde in zijn plaats: "Nee. En wel om diverse redenen. Om er één te noemen, wij kunnen niet geloven dat je in zo'n korte tijd van Wistman's Wood naar Chagford gereden bent. Bruther kwam van de herberg, toen je hem op de weg zag. Hij had mannen bij zich, dus jij liet hem gaan – er waren gewoon te veel getuigen. Na de scheldpartij over en weer ben je naar de herberg gegaan en daar een tijdje gebleven alvorens weg te rijden. Naar Wistman's rijden, de vermoorde Bruther ophangen en naar Chagford doorgaan zou onmogelijk zijn geweest. O, en er is nog iets in je voordeel: je dacht dat Bruther een hele hoop mannen bij zich had. Je wist niet dat die hem bij zijn vaders huis hadden verlaten. Nee, jij hebt het niet gedaan."

Robert kwam overeind, stotterend van verbazing. "Maar wie deed het dan wel?"

Sir Ralph keek zorgelijk naar Baldwin toen die antwoordde: "Jij in elk geval niet. Jij was met Alicia samen zoals je zei. En uit wat zij ons verteld heeft blijkt dat je de tijd niet zou hebben gehad. Je bent pas laat bij haar weggegaan, zegt zij, en ik geloof haar.

Nee, degene die de moord gepleegd heeft, moet een grote haat voor Bruther hebben gekoesterd, en reden hebben gehad om te denken dat hij van de dood van de jonge mijnwerker zou profiteren – of misschien dat zijn familie ervan zou profiteren. Voor zover ik weet gebeurde het volgende:

Bruther dronk die avond in de herberg. Hij ging daar zo vaak mogelijk heen om het meisje te ontmoeten waar hij van hield. Het was jammer dat zij degene was die hij verkoos, want zij kon zich niet aan één man geven. Zelfs toen ze van Bruthers dood hoorde, beklaagde ze alleen maar zichzelf. Ze zei dat hij een van de weinigen was die haar in ernst leek te willen. Alle anderen wilden alleen hun kortstondige geneugten met haar. Hoe dan ook, hij vertrok om naar huis terug te keren, en ontmoette onderweg jou, John. Van het een kwam het ander. Ik vermoed dat hij jou en je heer beledigde. Liet hij het touw voor je neus hangen? En toen zei hij waarschijnlijk dat je vader vroeger een rabauw was geweest, en dat hij geen haar beter was dan de eerste de beste bandiet. Hij vertelde je, denk ik, over een zeker nonnenklooster in Wales waar je vader de naam van de familie had bezoedeld. En jij reageerde navenant en zei dat je het met zijn vrouw ging doen."

Thomas Smyth kreunde begrijpend. Het klopte als een bus. Simon nam het over: "Je ging verder, maar je was razend vanwege alles wat je had gehoord. Je wist dat Bruther waarschijnlijk gelijk had, dat je vader vroeger inderdaad betrokken moest zijn geweest bij de plundering van een nonnenklooster, en je besloot dat je zijn voorbeeld net zo goed kon volgen om aan geld te komen. Daarom overviel je Meavy, en daarom mompelde je dingen over je vader toen je die arme man van zijn beurs beroofde. Je wist dat sir William ergere dingen deed toen hij jong was. Veel, veel erger."

Baldwin knikte waarderend en begon weer over Bruther. "Na de woordenwisseling zette Bruther zijn tocht voort. Hij arriveerde bij het huis waar zijn vader woonde, en de vorige dag was hij ingelicht over sir Williams verleden, dus hij dacht dat hij niets meer van sir William en zijn mannen te vrezen had. Hij werd zo overmoedig dat hij zijn lijfwacht wegstuurde, toen hij zag dat sir William er was. Waarom zou hij dat gedaan hebben als hij niet dacht dat hij veilig was?"

Simon leunde achterover en zuchtte, terwijl hij zijn armen over elkaar sloeg en de draad weer oppakte. "Hij dacht natuurlijk dat sir William het dreigement van zijn vader die ochtend al te horen had gekregen. Hij dacht dat zijn horigheid verleden tijd was, omdat zijn vader had gezegd dat hij zich voortaan geen zorgen meer hoefde te maken over de Beauscyrs. Het paard van de ridder stond voor het huis, en dus ging Bruther naar binnen. Hij heeft u daar beledigd, nietwaar, sir William? Omdat hij zich veilig voor u voelde, heeft hij u ook beschimpt, denk ik, en opmerkingen over u en uw zoon gemaakt. En toen ging hij terug naar zijn mijn, er zeker van dat hij geen gevaar liep."

"Hij kon niet weten dat zijn vader nog niet met sir William had gesproken," zei Baldwin. "Thomas Smyth keerde pas terug toen het bijna donker was. Het duurde even om naar Bruthers hut en terug te rijden, en hij arriveerde korte tijd na u, nietwaar, sir William?"

"Ja," zei de oudere ridder. Zijn gelaat was bleek, en de perkamentachtige huid leek bijna doorschijnend.

Simon wilde het woord nemen, maar Baldwin hield een hand op om dat te voorkomen. "Ja, hij kwam daar kort na u aan, maar dat was kort na uw tweede aankomst, niet? Want Bruther kwam de zaal in terwijl u daar alleen was en... wel, laten we zeggen dat u niet blij was met zijn houding. Omdat zijn vader er niet was, vertrok u weer om Bruther ergens op te wachten. U hoefde hem niet te ver te laten gaan, u had volop tijd. Toen hij verscheen, sprong u bovenop hem en wurgde hem met het eerste dat u bij de hand had – wat was het?"

"Een riem van mijn zadel. Die zat al dagenlang los. Ik heb hem verwijderd voordat ik mijn paard boven tussen de rotsen achterliet en op hem ging zitten wachten."

"Juist. En u kwam op het idee een blijvende boodschap achter te laten voor eventuele andere horigen die erover dachten naar de woeste gronden te ontsnappen – daarom reed u met zijn lijk naar Wistman's, en hing hem daar op."

"Het is waar," bekende sir William zachtjes en met een doodsbleek gelaat. "Ik heb hem naar dat vervloekte bos gesleept en hem opgehangen, en ben toen teruggegaan. Ik zweer dat ik nooit heb geweten dat hij Thomas Smyths zoon was. Ik dacht dat hij in Bruther geïnteresseerd was om mij dwars te zitten."

"Will." Matillida legde een hand op zijn onderarm, maar hij schudde die af.

"Ik heb hem om het leven gebracht. Maar ik heb de wet aan mijn kant. Hij was mijn horige, verdomme, hij had niet het recht om weg te lopen en mij en de mijnen te beschimpen. Hij was mijn horige en mijn eigendom. Ik heb hem proberen over te

303

halen om terug te komen, maar hij verwierp mijn voorstellen en toen hij mij… mij!… in het huis van Smyth begon te beledigen en dreigde mijn verleden openbaar te maken als ik mijn zoon niet bij zijn hoer vandaan hield, kreeg ik een rood waas voor mijn ogen. Ik moest iets doen. Ik ging hem achterna en legde een hinderlaag op de woeste gronden, en toen dacht ik dat zijn lijk de ideale waarschuwing zou zijn om anderen ervan te weerhouden hetzelfde te proberen. Toen ik het kwijt was, ben ik zo snel mogelijk naar het huis van de mijnwerker teruggereden en heb ik de komst van Thomas Smyth afgewacht."

"De bottelier wist niet eens dat u weg was geweest, zo snel was u," zei Baldwin.

"Hoe wist u het dan?"

"U was de enige die alleen was en geen alibi had. We dachten dat u in gesprek was met Thomas, maar hij kwam pas thuis toen het al donker was. Samuel en Ronald verlieten het bierhuis toen het donker werd, dus u moest heel lang in Thomas' huis zijn geweest. Ze hadden tijd om naar dat bierhuis te rijden, daar bier te drinken en er weer weg te gaan, en toch was ons verteld dat u kort vóór Thomas bij zijn huis was gearriveerd. Pas vandaag, toen we hoorden dat de bottelier u lange tijd alleen had gelaten, begon het ons te dagen. Anders zouden we het nooit geraden hebben."

Robert staarde zijn vader aan. "Maar waarom hebt u hem gedood, vader? U had hem toch niet hoeven te vermoorden?"

"Broer, je moet nog veel leren wat het is een onverschrokken ridder te zijn," zei John honend. "Een onverschrokken ridder doet zoals hem belieft en slaat geen acht op de zwakken."

"Ben je werkelijk zo'n dwaas?" Sir Ralph liep op hem toe, bevend van onderdrukte woede. "Denk je nu echt dat dat het enige is wat er van een ridder verwacht wordt? Heb je niets begrepen van ridderlijkheid? Het betekent niet stelen en moorden. Hoe kun je verwachten dat je naam in ere voort zal leven als moorden en verkrachten het enige is waarom je bekendstaat? Een ridder is iets heel anders; een ridder is de hoeder van de kudde, de handhaver van Gods wil!"

"Voor u misschien wel," repliceerde de knaap. "U die altijd zo eerlijk en zuiver bent geweest! Maar hier, moeten zwakke lijfeigenen onder de duim worden gehouden. U hebt mij een dwaas genoemd, maar u hebt uw heer in de steek gelaten toen hij u nodig had, en…"

De vuistslag trof de knaap op het puntje van zijn kin, en zijn hoofd raakte met een harde klap de muur achter hem. Hij stond weer snel rechtop, met ogen die schitterden van een dierlijke razernij en met zijn dolk in de hand. Hij beschreef er een zilverkleurige boog mee, en Simon keek versteend van afgrijzen toe, toen de dolk op sir Ralphs borst werd gericht.

Maar Edgar was er ook nog. Zodra hij sir Ralphs gebalde vuist had gezien, had hij zijn zwaard gegrepen, klaar om tussenbeide te komen. Net op tijd gaf hij met de platte kant van zijn zwaard een klap op Johns geheven pols. Hij probeerde zachtzinnig te zijn, maar iedereen in de zaal hoorde een bot kraken toen pols en zwaard met elkaar in aanraking kwamen. John kon alleen maar wezenloos naar zijn bungelende hand kijken terwijl zijn dolk rinkelend op de stenen vloer viel.

"Genoeg!" bulderde Baldwin. "Er vallen geen doden meer in deze vervloekte havezaat! Waarom besloot u Taverner en Hankyn te vermoorden, sir William? Was het omdat ze u die avond zagen toen u van het bos terugkwam? Was u bang dat ze daarover zouden praten?"

Sir William knikte vermoeid, met zijn ogen op zijn jongste zoon gericht. "Ja," gaf hij bars toe. "Samuel zag mij, en trok de voor de hand liggende conclusie. Hij heeft het mij gisteren verteld. Ik wist dat het slechts een kwestie van tijd was voordat zijn verhaal op straat lag. Anders zouden ze geen probleem zijn geweest."

"En dus stichtte u brand om de aandacht af te leiden," zei Simon ongelovig, "daarna stak u Samuel dood toen hij de voorraadkamer binnenliep, en bent u toen naar Taverners bed gegaan om de zieke in zijn slaap te vermoorden?"

De vermoeide oude ogen wendden zich naar hem toe, maar nu toonde sir William minachting. "En wat zou u gedaan hebben, heer baljuw? U laten chanteren? U kunt er zeker van zijn dat dat kleine opdondertje met zijn wezelgezicht dat van plan was. O, ja. En ik veronderstel" – zijn stem droop nu van sarcasme – "ik veronderstel dat u geen vinger zou hebben uitgestoken om uw naam en die van uw familie te beschermen."

Tot Simons verrassing kwam er commentaar van Robert, die zijn vader geschokt aanstaarde. "Maar vader! Waarom moesten zij sterven? Het enige dat u beschermde was uzelf, uw wandaden van jaren geleden. Het was niet nodig twee mannen te vermoorden die u jarenlang trouw hadden gediend. Uw eer was onecht, gefingeerd – dat is toch niet de levens van drie mannen waard? Het enige wat u hebt gedaan is onrecht op schande stapelen."

"Hou je kop, idioot!" snauwde Matillida. Toen ze Baldwin aankeek, was haar gelaat een masker van kille onverschilligheid. "Wel, sir Baldwin, dit was erg interessant, maar niet erg ter zake doende. Het is bijna donker buiten, en de poorten zullen al gesloten zijn. Vertel mij eens, waarom denkt u dat we naar meer hiervan zouden moeten luisteren?"

"Omdat, vrouwe, sir William drie moorden heeft gepleegd, en wij hiervoor bewijzen moeten leveren tijdens de volgende rechtszitting in Lydford. Het spijt mij, maar daar kunnen wij niets aan doen."

"Maar," zei ze zacht, "u wilt ons toch niet te gronde richten? Zullen de mannen die dood zijn daar beter van worden? Per slot van rekening is er maar weinig bewijs dat mijn man iets verkeerd heeft gedaan."

"Vrouwe, hij geeft het zelf toe!" zei Simon boos, maar ze hield haar hand op.

"Niemand heeft nog geprobeerd mijn man van iets te beschuldigen. We zouden deze onaangename kwestie gemakkelijk kunnen vergeten. We zijn niet zo heel rijk, maar we kunnen onze vrienden land en geld bieden."

Baldwin staarde haar met samengetrokken wenkbrauwen aan. "Stelt u een schikking voor?" zei hij ten slotte, en zij knikte. "Juist, ja." Hij keerde zich om naar de mijnwerker en beduidde hem naar voren te komen.

"In dat geval moet ik mijn mening kenbaar maken," zei Thomas bars. Hij wees met een bevende vinger. "Sir William, ik beschuldig u van de moord op Peter Bruther, van de moord op Samuel Hankyn en van de moord op Ronald Taverner."

"Ik denk dat daarmee alles gezegd is," zei Simon kalm. "Sir William, u bent onder arrest om met ons naar Lydford te gaan. Vrouwe, dat maakt hoop ik duidelijk hoe wij erover denken."

Ze staarde hem met toenemende woede aan en maakte aanstalten de wachters te roepen, maar Robert voorkwam dat alarm door een hand op haar schouder te leggen. Toen ze hem met afgrijzen aankeek, zei hij: "Stil, moeder. De ridder heeft gelijk – vader heeft zelf bekend schuldig te zijn. Ik zal niet toelaten dat er nog meer rechtschapen mannen worden vermoord om de schuldigen te beschermen. Sir Baldwin, u hebt mijn steun."

Uit de ogen van zijn vader sprak een wilde angst. "Robert? Wat bedoel je? Je verwacht toch niet dat ik naar het kasteel in Lydford ga? Ik zal iedereen doden die mij daarheen probeert te brengen, het kan me niet schelen wie het is! De wachters in deze havezaat zijn..."

"Van mij, en als ze horen dat u een moordenaar bent, die bekend heeft twee van hun vrienden te hebben vermoord, zullen ze doen wat ik zeg. Wilt u dat ik u laat vastbinden om dat te bewijzen?"

hoofdstuk 26

oen hij weer voor Simons huis in Lydford in de zon zat te kijken naar de horigen die de velden achter het dorp bewerkten, voelde Baldwin zich ontspannen en doezelig. De zaak was min of meer bevredigend afgerond, vond hij. Sir William was door de rechtbank in verzekerde bewaring gesteld, een gebeurtenis die aanvankelijk enige onrust had veroorzaakt onder de poorters van het stadje. Het was nooit bij hen opgekomen dat ze nog eens een ridder in de koude, vochtige cel onder de grond gevangen zouden houden. Maar ze waren al gauw aan het idee gewend geraakt, en nu deed het sommigen zelfs genoegen te zien hoe diep de ridder gezonken was – letterlijk en figuurlijk. De ruzie tussen de mannen van de havezaat en de mijnwerkers was bijgelegd. De enige gevechten waarvan nu nog sprake was, waren de normale kloppartijen bij de herbergen en zo nu en dan een ruzie op de woeste gronden over wie een bepaald stuk land had afgebakend om er tin te delven.

Toen hij een hoog geschreeuw en het getrappel van kleine voetjes in de gang achter zich hoorde, glimlachte Baldwin. Even later voegde Simon zich bij hem, en zijn dochter hing aan zijn arm. "Ga eens wat wijn voor me halen, Edith," zei de baljuw, en giechelend rende de achtjarige het huis weer in. Simon ging met een tevreden zucht zitten en wierp zijn vriend een onheilspellende blik toe. "Er is toch nog wel wat wijn over?"

Baldwin grinnikte en keerde zijn lege pul om. "Ik hoop het voor je," zei hij, terwijl hij zijn ogen samenkneep tegen het schelle licht. "Hoe is het deze mooie ochtend met je vriend sir William?"

"O, zoals gewoonlijk. Staat erop te worden vrijgelaten, betuigt zijn onschuld, houdt vol dat de honden geen brood van het eten lusten, beweert dat ik daar gauw genoeg in zijn plaats zal zitten als de koning van deze schande hoort... Je kent het wel."

"Hoe kan hij zeggen dat hij onschuldig is? Hij heeft tegenover ons bekend, verdorie!"

"Ja, maar dat lijkt hij zich niet te herinneren. Nu zegt hij dat hij niet in de buurt geweest is, en heus niet zo gek was om Bruther te wurgen, laat staan de twee anderen neer te steken."

Baldwin knikte. Zijn aandacht werd getrokken door de terugkeer van Edith, die op de voet gevolgd werd door de slanke, aanvallige gestalte van Margaret, Simons vrouw. Een min legde Ediths slapende broertje bij hen neer, en de baljuw keek vertederd naar zijn zoon, terwijl hij zich eens te meer verwonderde dat hij die kleine gedaante had helpen scheppen. "John Beauscyr en sir Ralph zullen weldra vertrekken," zei hij terloops.

Met wijd opengesperde ogen wachtte de ridder gretig tot hij er meer van zou horen, maar Simon maakte het haar van zijn dochter in de war, een aanslag op haar waardigheid waartegen ze luid protesteerde, en praatte met zijn vrouw. Na een paar minuten kon Baldwin het niet verdragen nog langer te wachten, en hij barstte uit: "Vergeef mij, Margaret, maar je echtgenoot is beslist de meest irritante man van de hele christenheid! Bedoel je, dat John en sir Ralph samen vertrekken? Wat is er gebeurd dat ze weer vrienden zijn?"

Simon wierp hem een geamuseerde blik toe. "Sorry, Baldwin. Ik vergat dat jij er niet bij was, gisteren op het kasteel." Hij doelde op een door hem georganiseerde bijeenkomst van Thomas Smyth, als vertegenwoordiger van de mijnwerkers, en Robert Beauscyr. Ze hadden de baljuw gevraagd erbij te komen zitten en getuige te zijn van hun afspraken, zodat daar in de toekomst geen onenigheid over zou bestaan. Baldwin was op dat moment met Edgar op weg naar het noorden geweest, en Simon had hem nog geen verslag uitgebracht. "De twee kwamen opgewekt genoeg binnen. Ik denk dat Thomas beseft dat hij in Robert een nieuwe zoon heeft, die hem misschien niet altijd zijn zin geeft, maar niettemin een goede vriend is, en eerlijk – het enige voordeel van veel lezen, zoals zijn broer zuur toegeeft. Hoe dan ook, ze hebben afgesproken wat ze moesten afspreken, zoals waar de tindelvers mogen komen, waar de Beauscyr Manor ze liever niet ziet komen en hoeveel de mijnwerkers de havezaat voor het gebruik van het land zullen betalen. Daarna gaven ze met genoegen kennis van het feit dat Alicia met Robert zal gaan trouwen, en ze nodigden ons uit voor de plechtigheid. Dat betekent inclusief jou, Baldwin. Aan het eind van de bijeenkomst kwamen John en sir Ralph binnen.

Het schijnt dat sir Ralph met afgrijzen heeft aangehoord, hoe John over eer en trouw sprak op de dag dat jij zijn vader beschuldigde, en dat hij geen idee had dat John overal mensen beroofd had. Hij lijkt vastbesloten de knaap een beter idee van ridderschap bij te brengen, en hij heeft hem nogmaals onder zijn vleugels genomen om ervoor te zorgen dat hij leert wat het inhoudt, speciaal met betrekking tot de ridderlijke deugden. De knaap heeft toegestemd – nogal tot sir Ralphs verrassing, denk ik! Zijn vader vernederd te zien is een zware schok voor de jonge John geweest, en ik denk dat hij zich gedwongen voelde nog eens over zijn eigen daden na te denken."

Margaret leunde naar voren en hanteerde de zware tinnen kruik om Baldwins pul te vullen. Terwijl ze bezig was nam Simon één slanke pols in zijn hand en hield die even vast, waarop zij hem de warme glimlach van een liefhebbende vrouw schonk. Ze keek even naar Baldwin en zei: "Dat is toch geen wonder? Per slot van rekening is de knaap nog jong, en hij moet zijn hele leven met macht te maken hebben gehad. Eerst hier, waar hij is opgegroeid als zoon van een vader die de baas was over uitgestrekte landerijen, en daarna toen hij naar het noorden ging, waar hij voortdurend gevochten heeft. Is het zo vreemd dat hij het vanzelfsprekend vond dat hij van iedereen kon nemen wat hij maar wilde, en wanneer hij maar wilde?"

"Nee," zei Simon, "maar zal hij er echt door veranderen?"

"Geef hem de kans, Simon." Baldwin lachte en nam een slok wijn. "Dat heb ik je een paar dagen geleden ook al gezegd. Hij is nog jong en heeft veel te leren: hoe respect en trouw te winnen, hoe roem en eer te verwerven, en, niet in de laatste plaats, hoe zichzelf te begrijpen. Denk eens aan de beroving van de arme oude Wat Meavy – dat was niet de kwaadaardige daad van een bandiet of een baanstroper, maar de misstap van een verbitterde jongeman die nog niet weet wat hij wil, die dacht dat het zijn vader zou bewijzen dat hij een man als hij was, dat hij sterk en vastberaden was. Misschien dacht hij dat het sir William voor hem zou innemen. Geef hem een kans en je zult misschien versteld staan hoever hij zal komen."

"Hij krijgt er de gelegenheid voor. Kennelijk zetten ze koers naar Italië."

Baldwin knikte slaperig. De zon was warm op zijn gezicht. Het was moeilijk zijn aandacht bij de ridder en zijn schildknaap te houden. "Ze zullen daar kansen krijgen om de roem te verwerven waar John naar snakt."

"Sir Ralph zei – verdomd, wat was het ook weer? O ja, hij citeerde uit een boek en zei dat hij John ging leren hoe hij een echte ridder moest zijn."

"Wat voor boek?" vroeg de ridder.

"Iets van een man die Lull heet, geloof ik."

"Ah! Ramon Lull. Ik ken zijn boek over ridderlijkheid. Het is niet slecht. Er zijn wel betere boeken, maar dit is het soort waar sir Ralph wel van zou houden, veronderstel ik. Lull beweert dat de trouwste, sterkste en moedigste mannen uitverkoren worden om ridders te zijn. Hij oppert de theorie dat na de zondeval, toen Adam en Eva uit het paradijs werden verdreven, de ridderschap werd geschapen om de mensen te verdedigen en in toom te houden. Niet het slechtste boek voor John om uit te leren, veronderstel ik. Zolang hij de idealen van dienstbaarheid aan de mensen maar meeneemt, en niet alleen maar de elementen met betrekking tot macht."

"Baldwin," zei Margaret glimlachend, "je dwaalt af."

"Dat, mijn beste," antwoordde hij zonder zijn ogen te openen, "is omdat ik een dolende ziel ben, en momenteel bijna slaap. Kom, waarom vertel je je man niet dat hij op zijn gemak van het weer moet genieten? Ik denk dat jullie zelden de kans krijgen om de warmte van de zon te voelen in deze duistere contreien. Waarom zouden we er niet gewoon van profiteren?"

Simon grinnikte en keek naar zijn vrouw. Het duurde niet lang of ze gaven hun zoon weer aan de min en liepen met Edith naar de akkers. Per slot van rekening was het onredelijk van haar te verwachten dat ze zich stil zou houden als het gesnurk van de slapende ridder de doden op St Petrocs kerkhof vijfhonderd meter verderop dreigde te wekken.

MICHAEL JECKS
SIR BALDWIN MYSTERIES

ngeland in de Middeleeuwen. Nadat hij aan de vervolging van de tempeliers door de Franse koning heeft weten te ontkomen, heeft sir Baldwin zich op een landgoed in Devonshire gevestigd. Hij raakt daar bevriend met David Puttock, de nieuwbenoemde baljuw van Lydford Castle. Samen leggen zij zich toe op het opsporen en bestrijden van misdaad en misdadigers.

DE LAATSTE TEMPELIER

Na twee jaar van overvloedige regenval en misoogsten maken roversbenden het platteland van Devonshire onveilig. De baljuw van Lydford Castle weet niet goed raad met deze uitbarsting van geweld in zijn tot voor kort vredige gebied en als op een dag het verkoolde lijk van Harold Brewer wordt gevonden, ziet hij dan ook geen enkele aanleiding om te denken aan moord. Maar sir Baldwin, de weinig spraakzame maar schrandere ridder die pas uit Frankrijk terugkeerde, denkt er anders over. Hij gaat op onderzoek uit en al snel stapelen de bewijzen van moord zich op. En dan wordt een tweede, nog afschuwelijker dood gemeld...

DE HEKS VAN WEFFORD

Agatha Kyteler, een vroedvrouw en kruidenvrouw, wordt vaak door zowel horigen als landeigenaren te hulp geroepen. Dat neemt niet weg dat heel wat inwoners van Wefford haar van hekserij verdenken.

Als op een winterochtend haar lijk wordt gevonden, bevroren

en verminkt, lijkt een jonge schaapherder die de benen probeert te nemen de makkelijk te vinden schuldige. Tot er een tweede dode valt.

Als sir Baldwin en Simon Puttock de moorden gaan onderzoeken, zien zij zich geconfronteerd met een sfeer van verdachtmakingen, afgunst en ontrouw die het stadje beheerst.

En wat dreef die jonge vreemdeling, zoon van een edelman, ertoe dit slaperige stadje te bezoeken om vervolgens in het niets te verdwijnen?